不大劍

傅羽

參

風雲靖難

目次

第二十五回　神蹟

「各位鄉親，恁（你們）一定要救救阮（我的）阿甘，伊昨透早（一大早）就出海打魚去矣，到現此時已經一日一暝（夜），閣（還）看無著人影，伊從來攏無（都未）佇外口過暝（在外頭過夜）。阮（我們）孤兒寡母，相依為命，伊若係有三長兩短，以後的日子叫我欲按怎樣（要怎麼樣）過咧？」清晨的漁港中，一個老婦跪著向一夥漁民求懇，說著說著，淚滴百結鶉衣。

一個老漁民道：「來福嫂，汝莫按爾（別這樣）！」俯身要扶起她，來福嫂堅持不肯。那老漁民嘆了口氣，道：「昨風大雨大，巨浪滔天，無人敢出海，只有阿甘堅持欲出去，我苦勸伊千萬毋通（不可以），不如踮佇厝裡（待在家裡）補破網，抑毋過（只不過）伊根本聽袂落去（不下去）。唉，人力畢竟有限，哪通（哪可）跟天爭呢？咱討海人應該明白這個道理。」來福嫂道：「王哥，阿甘一向一個人打魚，而且伊的漁船閣小閣破（又小又破），平常捉的魚勉強夠阮母仔囝（我們母子）溫飽爾爾，伊想欲趁風大浪高，其他的人攏毋敢（都不敢）出海，會使

（可以）加捉一寡仔（一些）魚，加賺淡薄仔（一點）錢予我買藥仔食，這也係伊的一片孝心，誰知影（誰知道）……誰知影……嗚嗚，阿甘，我的歹命囝啊！」

王哥道：「來福嫂，汝放心，今仔日係大好天，阮一出海就會留意阿甘的蹤影，汝就莫哭矣，吉人自有天相，阿甘係一個孝子，媽祖婆一定會保庇伊的。」來福嫂哪裡肯聽，一逕啼哭。大夥兒正慌亂無措之際，一人忽然大喊：「大家趕緊看覓（看看），彼係啥？無的確（說不定）係阿甘的船隻？」眾人聞言，俱奔至岸邊引頸而望，來福嫂憂子心切，搶在頭裡，兩腳踩入水中，若非有人拉住，已涉向大海更深處。其時旭日已升，海面上金光燦爛，遠處有一點黑影負陽而來，瞧不清是啥，大夥兒個個懸著一顆心，連大氣都不敢透一個。一會兒後，從海上斷斷續續傳來呼喊聲，隱隱約約是：「阿母，我斡來（回來）矣，阿母……」待那黑影漸近，可辨認出是個年約三十許的精壯黝黑漢子正在操舟。

那漢子靠岸下船，快步走至來福嫂面前，果真就是阿甘。來福嫂見他安然無恙，放下心，舉起手，狠狠打了他一個耳光，咬牙切齒道：「汝這個畜生，予阿母偕（跟）各位鄉親擔心受驚囉！」阿甘摀著臉，跪下垂泣道：「阿母，囝兒不孝，囝兒以後毋敢矣！」來福嫂怒道：「汝有甚麼面皮流目屎（眼淚）呢？敢講（難道）受到委屈？」阿甘道：「囝兒應該打，並無委屈，只係疼心（心疼）阿母的身體。」他瞥見不遠處有根木棍，跑去取來，跪著用雙手將木棍高舉過頭，道：「阿母，汝用這枝棍仔打我，會使省一寡仔氣力。」

來福嫂接過木棍，掄起要打阿甘，王哥急忙擋在她母子當中，道：「來福嫂，汝何苦如此呢？拄才（方才）汝等無阿甘，煩惱慣欲死，這馬（現在）阿甘轉來矣，汝反倒轉欲打伊，不如予伊先歇睏一下，食一寡仔物件（東西），再問清楚係怎樣一個情形。」旁觀眾人也紛紛附和。來福嫂心疼兒子，剛剛僅是在人前做做樣子罷了，聽王哥如此說，也就順水推舟，罵道：「今仔日若毋係王哥講情，我就打予汝死。」拋下手中木棍，臉上氣呼呼，心裡樂陶陶，領著兒子回家。一些好事者放著正事不幹，也都跟了去湊熱鬧，幾個較為熱心的，幫阿甘卸下漁獲，另有些知道來福嫂家貧，一向三餐不濟，於是先回自己家裡取來飲食。

阿甘略事休息，茶足飯飽後，說起昨日情形：「昨我一個人掠魚，原本掠到足濟（很多），心內有夠歡喜，風浪卻係愈來愈大，我拄才（方才）打算欲轉來去（回去），這時陣突然間一個大湧（大浪）打來，將我打落船，我拚性命才爬去咧船頂，隨著海湧浮浮沉沉。毋知影（不知道）過了多久，面頭前一個我從來就無看過的滔天巨浪快速捲來，我按算家己（料想自己）恐驚仔（恐怕）就欲葬身海底，一心只掛念著阿母。……」他說到這兒，不禁停下來望向母親。

大夥兒正聽得緊張，有人怪道：「恁（你的）阿母一直好好踮佇厝內，汝免為伊煩惱。彼個滔天巨浪後來到底按怎樣，汝就趕緊講落去（講下去），莫吊人的胃口，真係急死人矣！」阿甘續道：「彼時陣（那時候）我看到巨浪之上親像（好像）有一條人影，猶未看予清，認予明，巨浪已經打落來矣，將我連人帶船捲入海底深處，海水閣冰閣烏閣沉重，然後我就死死昏昏去矣。」他回想起當時情景，心有餘悸，發起哆嗦，臉色慘白，來福嫂見狀，趕緊倒了杯熱茶給他，撫揉他的背心。

阿甘啜飲兩口茶水，稍復平靜，續道：「等我醒過來時，發現家己倒佇一個溫暖的石洞內，身邊有一位仙女目睭（眼珠）晶晶咧看我，伊係這爾仔美麗端莊，就親像廟內底的媽祖婆。我驚一大跳，趕緊翻身下跪，對伊一直磕頭，感謝伊的救命大恩。伊由頭至尾攏無講一句話，只係文文仔笑（微微笑著），然後轉身出洞，打手勢要我綴（隨）伊出去。我一出去，就看著一個非常魁偉英武的大漢，馬上認出來，伊就係巨浪頂頭的彼位神仙，趕緊過去欲向伊磕頭致謝。彼位神仙衣袖只係按爾輕輕一揮，我的頭不但磕袂落去，連身軀嘛不由自主直起來，我想伊應該係毋願接受我的膜拜，就毋敢勉強。彼位神仙會曉講咱的話，問清楚咱漁港的方位，傳授我觀星辨位的方法，閣講我的船破損僫無算嚴重，會通駛軫來。果然如伊所料的，我死裡逃生，重返家園，船仔底閣滿滿攏係魚仔。」

來福嫂起身，雙手合十，向天說道：「謝天謝地，謝天謝地，這一定係媽祖婆顯靈，派伊的手下去救阿甘。」她放下手，轉向兒子問道：「阿甘，汝敢會記得媽祖婆佇佗位（在哪裡）？咱得要準備牲禮去答謝伊偺伊彼位手下，只係毋知彼位手下係千里眼抑係順風耳？」阿甘道：「彼位神仙相貌堂堂，一點嘛也無親像千里眼抑係順風耳生作遐爾仔（那麼地）……遐爾仔奇怪。」他不敢說二位神將生得凶醜，改稱奇怪。

來福嫂喃喃道：「敢講（難道）媽祖婆佇仙界已經有了神仙伴侶？」王哥斥道：「來福嫂，汝千萬毋通烏白亂講！媽祖婆係以處子之身成道，貞潔莊嚴，神聖無比，哪會有啥神仙伴侶咧？」來福嫂赧顏道：「對對對，係我烏白亂講，抑毋過媽祖婆寬宏大量，心懷慈悲，一定袂佮（不會跟）我這個無知無識的老查某人（女人）計較。無論如何，前去答謝伊嘛係必要的。」

阿甘急道：「這千萬毋通！彼位神仙講慇（他們）毋願予人攪擾，要我袂使向任何人洩漏慇的所在。他一掌就拍碎一粒大石頭，又閣講若係有閒仔人去到彼個海島，下場就會親像那粒大石頭。」來福嫂愁道：「這欲按怎係好咧？總要謝了神，咱才會安心，媽祖婆才會繼續保庇咱。」一個漁民提議道：「不如咱大家做夥（結伴）去湄洲媽祖的祖廟進香，按爾的話，誠意就應該有夠矣。」此議一出，眾人皆稱妙善，自有一番精心安排與熱鬧行程，此為閒話，按下不表。

且說來福嫂所稱的「神仙伴侶」，正是三保與韓待雪。他們離開泉州清源山後，出海覓得一無人島嶼，隱居其上。三保憑藉深厚內力與擊裂石塊的手段，將島上一個洞穴整治得有如神仙洞府一般，石床、石桌、石椅無一不備，甚至設有門戶、窗牖，雖不像神醫死不了所居那般機關重重，卻比泉州草庵石室雅致許多。更難得的是，因韓待雪茹素，三保闢出一塊菜圃，壘石成牆，以防風害，加上島上原有的果實與海裡的海菜，儘夠他倆食用的了。這島有座池子可蓄積雨水，清水供應無虞，而此島遠離漁場，亦不在航路上，是以不見人跡，他倆也就在此過著「島中無甲子、寒盡不知年」的悠哉歲月，外頭所發生的天翻地覆，他倆一概不聞不問，也無從得知，韓待雪的滿頭白髮逐漸恢復烏黑亮澤。

三保一得閒暇便習練劍法，進而自創劍招。他仇恨之念大減，更素無爭競之心，出劍雍沖平和，不慍不火，因感念宗喀巴尊者說法、可慈法師為己自宮，以及智障老和尚講授佛經故事，遂用佛典詞句來命名劍招。有回颱風掃過，他在狂風暴雨中練劍，一劍刺中上百片疾飛亂舞之葉，將此招命名為「大光普照」。他繼而以內力逼出劍上之葉，擊落其他飛葉，是為「雨曼陀羅」。其後他內力益強，劍術更精，任憑有再多落葉狂舞，先以純厚內力將之聚集一處，隨即一劍刺穿，此招則稱「滅度一切」。他將佛學與武學相互印證，有了深一層的體悟，感覺到人生彷佛是段騎馬的旅程，或長、或短、或平順、或顛簸、或風光明媚、或滿目瘡痍，皆屬個人業報，長、順、美不見得可喜，短、顛、醜也不見得可悲，到頭來終究還是得要下馬，差別僅在於有人平和瀟脫，有人拖泥帶水，他因而對於家人的慘死與個人的不幸，雖還談不上全然釋懷，但已不像以往那般悲憤莫名了。

然則他的內心深處，總以未能繼父祖步履前去默加朝聖為憾，況且此番他與韓待雪之間，在敘完別懷、道盡離情後，能傾心交談之事竟屬寥寥，二人共患難易，豈知在安逸的環境中獨處卻是千難萬難。他悲慘的遭遇，並非韓待雪造成，他既無法也不願怨責她，但那到底與明教脫不了關係，他難免心存芥蒂。多杰老喇嘛與張三丰都說他與韓待雪是雙修絕配，那是純就肉身而言，在心靈上，或許是她骨子裡根深柢固的漢尊胡卑心態，又或許她是高高在上的韓宋公主與凜然不可侵犯的明教聖姑，他對於她總感受到一層難以言喻的隔膜，加上與明教的恩怨情仇，他再也不能跟她同練神交雙修法與明教神功雙人合抱式了。兩人不再繾綣綢繆，如今維繫其間關係的，恐怕義遠重於情，恩更大過愛。前些日子，韓待雪再度藉秦王妃王敏敏大做文章，屢屢質問三保為何對秦王妃之死哀慟欲恆，又是否因為秦王妃之故，他才對她愈來愈淡漠，還責怪他一度隱瞞戴天仇未死之事，可見他對她並非全然坦誠。此外，他落水獲救後，未直接到泉州找她，反而先去滇西北明教總壇，誰知道他是不是藉機藉端去私會天香樓的小小姑娘，而且正是他帶高福興等人前去泉州，才讓他們搶走大光明聖印，這筆帳也要他擔待。三保有苦難言，內心不免埋怨韓待雪為何就不能體諒他，更感嘆自己是個閹人，享受不到一絲一毫的魚水之歡，卻還要遭受無窮無盡的情感折磨。

韓待雪年少時在竹篁庵幽居慣了，後來在鄭莫睬家自閉數年，對於當前島上日復一日的生活還算處之泰然，而大漠民族後裔的三保則備感氣悶。他幼時跟鄰童玩耍，和姊妹嬉鬧，伴父親漁獵，受母親調教，在明教總壇時，幾乎天天都與雪豹在山林間盡情奔跑，金剛奴時常講些引人入勝的江湖奇聞，而喜怒無常的戴天仇也讓他成天提心吊膽，後來幾度出生入死，日子絕不至於單調無聊。有道是「活罪好受，寂寞難耐」，原來安適閒散的生活還當真不易過啊！他偶爾閃過一個念頭：假使與自己同居此島的是潔兒、央金、小小，甚或朱玉英，景況或許會大不相同。他隨即責怪自己，韓待雪待己情深義重，兩人生死與共，怎能再想著其他女子呢？自己賤體殘軀，既有伊人相伴，不該再奢望甚麼。

他並不明白，韓待雪畢竟是個年輕女子，懷存著天生固有的情慾與母性，雖因本身是明教聖姑而強行壓抑，卻讓她遇見了他，且必須與他裸裎相對，居然萌生異樣情愫，從此深陷情慾的泥淖之中。她起初因為他年紀小且已去勢，對他毫無戒心，終究日久生情，待幡然憬悟時，以他是個閹人為由，放任自己的情思奔恣。在小小的櫥櫃裡與邏些的石室中所見景象，深深挑動了她的慾念，無可奈何之下，只能藉著讓他審視自己胴體上的祕笈圖文，來獲得些許滿足。誰知他離開泉州，一別三年，其間她連這樣的些許滿足也求之而不可得，不過他重返後跟她一同練功，那是她今生最暢美快意的一段時光，卻也埋下遠更摧殘人心的種子，漸漸地微小難辨的種子，終究繁衍成廣袤無邊、暗無天日的密林。

他首途西安之前便已神思不屬，不再與她同修，從西安返回泉州以迄於今，那就更不用說了，這讓她痛苦不堪，但她自重聖姑的身分，承受禮教的束縛，深懷女子的矜持，對於這種事根本說不出口，只得自行胡亂瞎練神交法，習練時盡想著別的男人，任何男人，如此既有偷情的刺激，也有報復三保的快意，事後懊悔不已，自怨自艾，轉而歸咎於他，忍不住再練，愈練陷溺愈深，所思愈來愈離經叛道，所想愈來愈荒誕詭奇，性子益發古怪，體香也逐漸消散。此外，她覺得他密藏許多心事不向她吐露，因此屢藉秦王妃生事，要逼他和盤托出，卻弄巧成拙，反倒使二人感情丕變，相處若非齟齬，便是冷淡。他們二人可以生死相許，但無法和顏以對，也都覺得，我說的，你不懂，你說的，我不想聽。就這樣，一個是必須永保貞節的聖女，一個是根本不能人道的閹人，竟也為情而飽嚐求不得、愛別離、怨憎會之諸般苦楚。

一日，三保看著滾滾浪濤，想起隨燕王北征時滑雪而行，忽然福至心靈，製作兩片約莫半尺寬、三尺長、前端翹起的木板，縛在腳底，仗著卓絕輕功，居然能夠踏浪而行，再經反覆練習並精進滑水板，再大的波浪也得臣服於他的腳下。他不禁幻想著，有朝一日，自己就這麼一路踏浪而至天方，搭救那個漁民純屬機緣巧合。送走那漁民後，三保憶起與戴天仇在大研城投宿之事，忖道：「我當時一念之仁，不殺那小廝，死不了爺爺與去病哥哥的性命後來因此斷送，此番不知又會惹出甚麼後患來。」一連數月，茫茫大海上未見任何人跡，他逐漸放下心來。

這日三保沒事裝忙，在菜圃裡這邊看看，那邊弄弄，以免必須面對韓待雪，忽聽得浪濤聲中夾雜著鑼鼓與爆竹聲響，循聲望去，不禁暗暗叫苦。遠處一艘船正往這座小島直駛而來，船上橫張著一幅紅色布條，在爆竹的煙硝中，隱約可辨識出布條上書寫著「恭迎媽祖與金仙聖駕」幾個斗大的金字。韓待雪也聽到聲音，走出洞穴，問道：「怎麼回事？」三保道：「看來人家把妳當成媽祖婆了，要迎請妳回去恭奉，妳最好梳妝打扮一番，才顯得寶相莊嚴。」韓待雪啐道：「你在這孤島上好些日子了，怎還跟你義兄一般油嘴滑舌呢？唔，他們怎會找到此島？難道是你救的那個……」

三保不想聽她囉嗦，打斷她的說話，道：「先別追究，妳進洞內莫出來，我到船上會會他們，探明是怎麼回事後，再作計較不遲。」不理會韓待雪的頻頻追問，旋即腳踏滑水板，飛快往那艘船奔去，離來船尚有數丈遠，提氣一躍登船，船身僅微微一晃。船上眾人看他這架勢，還能不認作是神仙降臨嗎？他們頓感驚慌失措，原本震天價響的鑼鼓聲，不免顯得七零八落，也沒人記得再燃放爆竹，紅色布條也垂頹下來，所謂「葉公好龍」，大概就是這副情景。

三保看他們的陣仗，猜著梗概，想到周顛，玩心忽生，學起戲文裡神仙出場時的口吻，唱誦一首定場詩，詩云：「吾乃逍遙一散仙，以風為翼浪為舩。爾等凡胎肉骨物，因何塵事擾吾眠？」他目光如電，射向瑟縮於角落的阿甘，責備道：「大膽刁民，本散仙不是要你無論如何，都不能跟任何人洩漏本散仙的道場嗎？你非但洩漏，還帶這麼多人大張旗鼓而來，難道你這條小命是打算還給本散仙不成？」他有意立威，運起神功，飄身到船尾的一面大鼓前，手指發出嗤嗤聲響，將鼓面從中劃了開來。那鼓面是用鼉皮製成，十分堅韌，縱用利刃，也不易割裂，三保露了這手絕技，眾人既驚且駭，皆匍伏在地，磕頭如搗蒜，三保只暗笑在心。

這船人帶頭的是老漁民王哥，他心想：「這位神仙爺爺法力如此高強，伊若係當真有意殺死阮，只要用那隻指頭仔往阮身軀指指點點，阮就攏總死翹翹矣，哪著要多費脣舌！看來伊慈悲為懷，拄才這般言行，不過係佇咧嚇驚阮爾爾。反正事已至此，也只好將所有希望寄託予伊。」王哥以官話恭敬說道：「神仙爺爺，您大慈大悲，我們實在已經走投無路了，才斗膽前來打擾您的清修。」三保故作一派冷漠，唱誦道：「土歸土來塵歸塵，仙是仙來人是人。人仙一向不同路，爾須自掃塵紛紛。」唱誦罷，轉身要下船。

王哥急道：「我們遭海盜威逼，已經窮途末路，神仙爺爺若不出手相救，我們全村老小百餘口，只得全都跳海而死，免受海盜們無窮無盡的欺凌。」三保轉回身來問道：「你們為何不報官？」王哥道：「當前天下暗潮起伏，官府哪顧得了平民百姓的死活！今年三月，晉王突然薨逝，民間議論紛紛，……」他靠近三保，語音轉低，續道：「覺得事情哪有這般湊巧，先是太子在洪武二十五年病故，接著是二皇子秦王在洪武二十八年病故，然後是三皇子晉王在洪武三十一年病故，這三人病故時皆為盛年，秦、晉二王更是身強體壯，薨逝前皆未傳出罹患重病，其中似乎有著不可告人的隱情。」

三保心想：「太子與秦王皆死在我的手下，難道晉王也是遭到刺殺？若是，那會是誰下的手呢？這個刺客也是受月使之命嗎？燕王排行第四，是否下一個就輪到他？」不禁擔心起燕雲鐵衛營的弟兄遭到牽連。王哥嘆口氣後又道：「唉，這還不打緊，到了閏五月初十，聖上駕崩，普天同哀……」三保驚呼：「甚麼？朱元璋死了？」當時直呼皇帝名諱乃大不敬，是要遭抄家滅族的，但王哥等人認定三保位列仙班，而神仙不受世間禮法約束，故對此大不敬一事不以為意，只是這位神仙的消息未免太不靈通，讓人有些擔心其法力，轉念一想，祂既自號「逍遙散仙」，平常自然不理人世俗務，他們也就釋懷了。

王哥壓低聲音道：「據說即將繼位的皇太孫耽憂藩王們造反，把重兵調往北方。而且去年初明教餘黨在陝甘一帶舉事，有個叫田九成的，當真大逆不道，竟然自稱漢明皇帝，沿用當年小明王韓宋國的龍鳳年號；另有個高福興，自稱彌勒降生；還有何妙順、仇占兒、金剛奴等等，都自稱為天王。他們說是要打倒朱皇帝這個假明王，起初聲勢不小，所幸田九成、高福興、何妙順、仇占兒等人相繼被長興侯耿炳文俘殺，只是事情還沒全了，金剛奴自號為四天王，率領明教殘部繼續頑抗，牽制了不少朝廷軍力。」

三保聽說高福興等人死難，明教的最後反撲落得一敗塗地，心裡不免一慟，臉上不露聲色，聽王哥續道：「一干海盜見東南防務空虛，有機可乘，趁勢作亂，燒殺淫擄，無惡不作，我們委實苦不堪言，於是斗膽冒犯仙顏，來請神仙爺爺拔苦救難，驅除海盜。」三保對朱標父子許下過承諾，並曾親眼目睹海盜的殘暴，也想暫時脫離沉悶乏味的生活，心裡已千肯萬願替這群漁民出頭了，但須跟韓待雪商量過才行，遂道：「本散仙受天庭差遣，在此仙島護衛聖妃媽祖，這事得先請示過媽祖祂老人家才行。各位且在此稍候，靜待覆音，不得擅自接近仙島，否則必遭大禍。」不由分說，飛身躍下船隻，踏浪回島。

三保告知韓待雪這批漁民的來意與自己的安排，但略去高福興等人敗亡一節，省得她將諸事纏夾一起，愈理愈亂。韓待雪蹙額顰眉道：「你這不是瞎胡鬧嗎？媽祖是得道真仙，我韓待雪何德何能，可以假冒祂呢？況且這島十分清幽，咱倆難得能夠廝守一起，過上幾天清靜日子，我可萬分不願意再回到擾攘塵世。」三保道：「根據傳說，媽祖蒙玄通老道傳授玄微祕法之前，只是個尋常民女，而妳是小明王的嫡女，更是號為龍鳳姑婆的明教聖姑，出身較諸媽祖，可謂有過之而無不及，別再妄自菲薄了。況且媽祖與明教原就關係匪淺，信徒多有重疊，妳假冒祂，僅是從權達變而已，本意出於解民倒懸，不算褻瀆。再者，海盜猖獗已久，勢力日盛一日，若不予以扼制，遲早尋到此島，咱們的清靜日子勢難長久。」

韓待雪道：「既然你心意已決，我再說甚麼也只是徒勞，你又何必假意與我商量呢？倒不如直接吩咐下來，小女子遵命照做，不就得了！你還沒跟我說，他們究竟是怎麼找到此島的，可是你救的那個漁夫引他們前來的？」三保賭氣道：「好吧，我去打發掉那些漁民便是了，從此任由他們自生自滅，至於他們是怎麼找到此島的，也就無關緊要了。」韓待雪道：「你愛充英雄，儘管去吧，我一個弱女子，可萬萬不敢攔阻馬大英雄大顯神威，即便再怎麼想，也攔阻不了，反正我孤苦伶仃慣了，你就放我一個人在這島上自生自滅吧！」三保怒火中燒，潛運內力，讓真氣流轉全身，強抑滿腔怒氣，靈機一動，上前一步，緊握住韓待雪的纖纖素手，鄭重道：「今生今世，沒有甚麼人比妳更讓我掛心，沒有甚麼事比與妳長相廝守更為要緊，無論如何，我絕對不會放著妳不管，妳不願意離開，我也不去。」

韓待雪的小手給三保的大手緊緊一握，本已覺得骨軟筋酥，又聽他這麼說，反而不再堅持，道：「要是對可憐的漁民不管不顧，大大有違我教掃除黑暗、追求光明的教義，也實非我所願，那麼便按照你的安排，只是我著實不夠格假冒媽祖，權且不發一語，充任『默娘』吧！」三保喜道：「如此大妙，妳真是蕙質蘭心，冰雪聰明，妳不言語，既與媽祖傳說暗相符合，也不易露出馬腳，我自有一番說詞。」數年前他從正一真人張宇初所授課程中感悟到，個人縱使武功再高，總有力有未逮之處，而宗教不失為一種凝聚眾人、達成目的的有效力量，今日則要首度付諸實現[1]。

三保告訴漁民們，人間正遭逢大變亂，仙界亦然，當前群魔亂舞，眾妖紛出，媽祖婆為了保境安民，與極厲害的妖魔鬥了個兩敗俱傷，一時法力盡失，直如凡人，她的兩個隨從——千里眼、順風耳也是。媽祖婆在這座小島上潛心靜養，以修復本元，天庭自身難保，傳令自己這個逍遙散仙來此護衛祂，而今自己受眾人請託前去對付海盜，眾人須將媽祖婆一併請去，以素齋鮮果供養之，切勿與祂交談，以免打擾其靜養清修，更不得走漏風聲，否則恐怕引來妖魔鬼怪，全村將遭受遠比海盜更大的劫難。眾漁民信以為真，歡天喜地將二人恭迎回去，悉心供養，但還是有人管不住自己的嘴巴，四處宣揚舉村得到神仙庇祐，藉以自抬身價。

過了數日，三保正在房內練功，忽聽得外頭喧鬧一片，於是出外查看。王哥一見到他，急切道：「神仙爺爺，來了，來了，他們來了。」三保知道他說的是海盜，問明對方的來向後，朗

---

[1] 鄭和率領龐大艦隊下西洋時，即善用媽祖信仰，反過頭來對該信仰的傳播也頗有貢獻。

聲道：「你們都趕緊回屋，緊閉門窗，不得擅出。」說完便運起輕功，隻身前去攔阻海盜，不一會兒即見到前頭長長短短數十條人影，認出領頭之人，停步佇立，手負身後，微微笑著。領頭的漢子放開嗓門大喊道：「是誰在這兒假冒神仙、妖言惑眾的呀？快給本大爺滾出來，吃本大爺一刀，教你充不了神仙，只能當個孤魂野鬼。」他邊說邊晃動手上長刀，好不威風，一見著三保，臉色驟變，身子定住，腳步一時止不了，差點給自己絆倒，堪堪穩住，結結巴巴道：「怎……怎會是……是你？」

三保哂道：「刀疤老六，許久不見，你跟陳大當家還有眾兄弟們，都別來無恙吧！」說來也巧，這群海盜帶頭的，正是陳祖義手下的刀疤老六。刀疤老六道：「你究竟是……是人，還是……是仙？」三保道：「那一日我掉進深海裡，閻王府拒收，後來改去水晶宮，跟東海龍王拜了把子，從此位列仙班，號為逍遙散仙是也。你們近來過得如何呀？還是波裡來、浪裡去嗎？看啥時候我鑿沉你們的船，帶各位到龍宮一遊。」刀疤老六顫聲道：「別別別，就別遊龍宮了吧！不過託您的福，陳大當家最近東山再起，生意雖然大不如前，還勉強過得去，混個溫飽而已，懇望您高抬貴手，別再跟小的們為難。」三保道：「當海盜終究不是個長久的營生，你帶我去見陳大當家吧！」單手虛劈，隔空將刀疤老六手上長刀劈落在地，發出清脆的匡噹聲，卻掩蓋不住刀疤老六牙齒互撞的答答作響。

一個入夥未久的海盜，早就看不慣刀疤老六欺軟怕硬的作風，以為是刀疤老六自己心虛膽怯，才讓長刀脫手，也有意顯擺本事，於是大步向前，走到三保面前站定。那海盜約莫與三保等高，身型壯碩許多，自恃手勁極強，粗聲粗氣道：「原來你跟我們陳大當家相識，那麼也算是個朋友，咱倆拉拉手，親近親近。」邊說邊伸出巨靈之掌。三保伸手與他手掌輕握，那大漢彷彿觸到燒紅的鐵板一般，急忙甩開，痛得哇哇大叫，舉起手掌來回仔細觀瞧，卻是毫髮無傷，不禁囔囔：「邪門，邪門……」再不敢小覷三保。其他人見狀，自無異議，簇擁著三保回返巢穴。三保在途中探知，當年與錦衣衛海戰之後，蘇俊等明教徒眾及蒯祥隨即反出，不知去向，迄無音訊。

一到海盜窩，自有人前去通報陳祖義。陳祖義出來，狠狠一摑，將刀疤老六打倒在地，抱怨道：「我說老六啊，上次你迎回一個冒牌王爺，這次請來一位不知是真是假的神仙，下次豈非要找來如假包換的閻王爺？」刀疤老六坐在地上，摀著臉頰，嘟起嘴道：「唉，誰教我這麼倒楣，就都讓我撞上這個冤家，當真無可奈何啊！」陳祖義不再理他，轉向三保道：「明人不說暗話，你究竟是人是仙還是鬼？」三保呵呵笑道：「我是甚麼，對你而言，究竟有何差別？反正你要是繼續當海盜欺壓百姓，我不管是人是仙還是鬼，都肯定饒你不得。」

陳祖義苦著臉道：「我的天爺啊，我若不當海盜，還能幹啥呢？況且我手下幾百口人，全仰賴我吃喝穿用，難道你要我們仿效神仙，飲甚麼甚麼墜露、餐甚麼甚麼落英嗎？再者，我們其實是身不由己，情非得已。」三保道：「你這純屬推託之詞。三百六十行，行行出狀元，各位身強體壯，轉行不難。再不濟，天下之大，豈無各位容身之處，無須老是殘害自己同胞。」陳祖義雙眼一亮，道：「這真是一語驚醒夢中人，那個足利勝不也跨海從東瀛來到中土嗎？我們可以往海外發展啊，省得老是撞上老兄您，還得受人威逼。」他一時興奮，忘了足利勝化為肉泥的悲慘下場。二保搖搖頭道：「此為下策，我勸各位還是早日金盆洗手為宜。」

這時一個嘍囉急奔而來，邊跑邊喊：「大哥不好了，大哥不好了……」陳祖義武功不行，但熟能生巧，手勁奇大，又是一個掌摑，將那嘍囉也打翻在地，怒道：「我好端端的，你咒我幹啥，活得不耐煩了嗎？」那嘍囉揉著紅腫的面皮，爬起身來，哭喪著臉道：「大哥，小的哪敢咒您哪，是日月門的陰陽二使上門來了。」陳祖義驚道：「這兩個煞星怎提前來了呢？」他原想今晚溜之大吉，不意惡客已然臨門，斜眼瞄向三保，道：「你不是勸我金盆洗手嗎？你得先幫我打發掉這兩個煞星才行，我們正是受他們逼迫，才不得不重操舊業。」

三保還來不及發問，便聽得幾聲熟悉的怪笑，笑聲有如鴟鴞夜啼，讓人耳膜嗡嗡作響，胸口頓時生出一股難以言喻的煩惡鬱悶感覺。兩條人影如鬼似魅般飄近，其一全身白衣，胸口繡著一顆血色太陽，另一全身黑衫，前襟繡著一輪慘白圓月，二人看起來活像一對黑白無常。發笑的是黑衣人，赫然是朱元璋四大御前侍衛之一的伍天圓，因勾結錦衣衛頭子蔣瓛，得了許多好處，一旦風聞朱元璋要對蔣瓛痛下毒手，嚇得跟師弟陸地方倉皇出逃，流落江湖，後來加入所謂的日月門，仗著卓絕武功及心狠手辣，不旋踵即成為其陰陽二使，地位僅次於教主。

伍天圓止住怪笑，捻捻嘴上鼠鬚，道：「陳大當家，這個月一萬兩白銀的規費，你可備妥了？」陳祖義陪著笑臉道：「回陰使的話，我全體兄弟們拚盡全力搜刮，不敢稍有懈怠，爭奈幾個漁村的油水著實不豐，禁不起反覆榨取，有些村的村民集體上吊身亡，有些村舉村避走他鄉，還有一個村竟然求助於神仙，而這位神仙正駕臨敝處說教，要我們洗手從良哩！」他朝三保一努嘴，道：「喏，我所說的神仙，就是這位老兄。」

伍天圓上回跟三保過招時，三保蒙著面，是以認他不出，陰惻惻哼了聲，道：「裝神弄鬼，快給老子現出原形！」伸出嶙峋五指，迅捷無倫地抓向三保胸口，滿心以為這一抓，定能將對方開膛剖肚，豈知對方雙膝未屈，居然憑空後移三尺，這一抓硬生生落了空。伍天圓知道自己碰上大高手了，不敢怠慢，雙手成鷹爪連抓。三保如今功力迥非當年初遇時可比，身子不住倒退，閃過連環鷹爪攻勢，卻愈看愈奇，不想立取對方性命，右手揮出一掌，只用上五成勁力，已是勢夾風雷。伍天圓瞧出厲害，止住身形，變爪為掌，使出最精擅的綿掌功夫，對了這一招，發出啪一聲悶響。伍天圓登登登連退三步，呼呼呼不住喘氣，原本蒼白的長臉霎時轉成青紫，全身顫抖不已，彷彿墜入冰窖之中。

三保上身微微一晃，忽覺右手掌至肘部奇寒澈骨，說不出地難受，趕緊運功抵禦右掌寒氣上侵，趁伍天圓調息未復之際，閃電般欺近，左手輕拂其下體。伍天圓出其不意，急忙後退，但下體已遭拂中，所幸對手此舉不帶內勁，自己僅受虛驚。這時陽使剛猛拳勁已襲至三保胸前，三保頓感一股炙人熱氣迫來，側身出左掌卸去對方拳勁，起右腳踢往陽使左股外側的環跳穴，迫使他向自身的右後方趨避，正好落入三保左手發出的少林玄空掌掌力範圍內，此掌法三保跟可慈對過，也記載於泉州草庵洞壁。陽使使出形意拳接招，急切間只能用上三成勁力，唯聞啪一聲脆響，他連退七步，一張赭紅圓臉脹紅得似乎要淌出血來，最離奇的是，他的一口大鬍子突然掉落，原來是用膠水黏在臉上，而膠水受熱力蒸融，黏不住鬍子，伍天圓的兩撇鼠鬚想必也是黏貼的。

三保左手掌灼熱難當，察覺到陰陽二使的內力雖截然劃分為陰陽，但皆與自己所練同屬一個路子，遂將雙手陰寒、陽熱之氣導引至一處，相互化解了去，正想擒下二人逼問，伍天圓調息已畢，口發暗號，身子急退，從腰間掏出一項物事，使勁朝三保身前地上一擲。那物事觸地爆裂開來，剎那間煙塵瀰漫，瓷片四射，居然是顆內含炸藥的瓷蒺藜。三保饒是神功通玄，碎瓷等閒傷他不得，卻也給震得頭暈腦脹，耳鳴眼花，待回過神來，陰陽二使已經遁走，陳祖義等人全都倒在地上痛得哇哇大叫，顯然是被瓷蒺藜的碎片劃傷。

陳祖義對三保怨道：「我的天爺，我的祖宗，上次你來一個日夜，我苦心經營十幾年的霸王島便全毀了，這次你來還不到一個時辰，我這些年賴以棲身的巢穴又遭了殃，你就行行好，饒了我吧！」三保朗聲道：「天作孽，猶可違；自作孽，不可活。陳祖義，你殺人越貨，魚肉鄉民，這僅是小小報應，若還不悔改，下回我可會要你腦袋。」陳祖義做慣海盜，積習甚深，哪裡是說改就能改得了的，嘴裡應承著，心裡打定主意要避居西洋，命刀疤老六送走三保，自去包紮傷口，同時差遣嘍囉打包行囊。

三保回到漁村，王哥等人快步迎上前來，急問：「敢問神仙爺爺，事情如何了？」三保道：「不過是一幫跳梁小丑罷了，不足為患，大家今後可以安居樂業了，海盜不會再來滋擾。」王哥等人寬了心，先相互慶賀，再拜謝三保。三保大功告成，要去王哥家接走韓待雪。王哥面露難色，吞吞吐吐，半晌才道：「媽祖婆給一個法力高強的妖道擄走了。」三保驚怒交加，抓住王哥肩膀，厲聲道：「甚麼？你方才為何不提，非要等我詢問之後才說呢？」王哥吃痛，額頭冒出黃豆大的汗珠，結結巴巴道：「神仙爺爺息怒，神仙爺爺息怒，我們護駕無功，深怕惹您不悅，這才不敢提。」

三保要再責問，轉念一想，跟他衡情論理全然無濟於事，放開手，問明那「妖道」的形容樣貌，忖道：「莫非是清虛道人？明教如今已一敗塗地，雪兒又早已交出大光明聖印，全無可利用之處，他若當真是明教月使，為何要在此時擄走雪兒呢？他武功極高，年紀又大，自然無須再涉險習練明教神功，更何況神功祕笈之祕，僅雪兒與我知曉。對了，日月門的陰陽二使竟然都會明教神功，他們是從哪學來的呢？『明』字可拆分成『日』、『月』二字，日月門定然與明教關係匪淺，難道是清虛所創，而他擄去雪兒，是打算自立門戶、另建明教別支嗎？」

三保驚疑未定，兀自思索，王哥從懷裡掏出一張字條遞予他，道：「那妖道臨走前，要我將這張符咒交給您，並說您若要找韓姑娘，須上此處。請問神仙爺爺，他指的韓姑娘是誰？會是媽祖婆嗎？媽祖婆不是姓林嗎？」三保不答，接過那張「符咒」一看，上頭的字跡再熟悉不過，用安息文寫了三個數字，對應《千字文》，正是「雁王府」三字。他先是一怔，隨即省悟：「《千字文》並無『燕』字，故用『雁』代替，只不知清虛為何要將雪兒擄去燕王府，以及燕王與此事是否有所牽扯。」他愈想愈糊塗，如墜五里霧中，再不理會這群漁民，運起輕功，往北直奔而去。漁民見他去勢疾如流星，神威凜凜，俱都朝他的去向跪倒膜拜，祈求金仙日後繼續保祐自家大大小小周全無礙，漁獲滿船，至於「媽祖婆」的安危，那就全然不關他們的事了。

第二十六回　月使

「三寶，數年不見，你更加俊朗健壯了。本王這些年屢屢率兵掃蕩漠北，少了你在身邊，好似缺了條胳臂，總覺得施展不開，現在可好，你可回來啦，呵呵。」燕王朱棣沒帶隨從，親自出至承運殿外的承運門前迎接三保，還刻意倒穿鞋子，表示對三保十分看重。朱棣幾年前聽從相士袁珙的建議，蓄起濃密長髯，以遮掩略顯尖削的下頷，方顯帝王氣派，如今長髯直垂至臍，配上一副紫膛面孔，相貌不再清俊，反倒有幾分肖似戲臺上唱大花臉的。

三保行過禮，道：「承蒙殿下不棄。稟告殿下，不瞞您說，草民此番……」朱棣插嘴道：「甚麼草民不草民的，你怎跟本王見外起來了呢？你還是自稱屬下吧！」三保道：「是，殿下。屬下此番重返北平，其實是來找尋一位韓姑娘，聽說她給一個道士擄來燕王府。」朱棣面容倏僵，隨即轉霽，笑道：「敢情你遭逢奇遇，身子、性子都轉了，居然對娘們感起興趣來。要真是這樣，別說『寒』姑娘了，甚麼冷姑娘、溫姑娘、熱姑娘，本王便各賞賜給你十個、八個，只怕你招架不住。哈哈哈……」

三保道：「殿下取笑了，屬下是個閹人，怎會對女子感興趣呢？屬下幼時家破人亡，承蒙這位韓姑娘收留，方能苟活於世，是以這位韓姑娘對屬下恩重如山，她日前遭一道士擄走，那道士留下訊息，說是須上燕王府來找。若韓姑娘果遭藏匿於燕王府，對殿下聲名恐有汙損，還望殿下查明。」朱棣微惱道：「我說三寶啊，燕王府的衛戍稱不上有多森嚴，但也不曾任人隨意來去，更何況還是個牛鼻子妖道挾帶一個大姑娘家。燕王府說大不大，說小不小，要搜查個人，也非一時半刻可辦妥當。不如這樣子吧，你與燕雲鐵衛營的哥兒們多年未見，先去跟他們敘敘舊，然後今夜本王聊設薄宴，為你洗塵，其他的事，以後再打算吧！」

三保聽朱棣這麼說，明白無法強求入內搜查，而且的確甚思念幾個把弟，也就不再多言，辭謝朱棣後便去探視他們。大夥兒久別重逢，歡喜不勝，自有許多言語，一時訴說不盡。三保對於自己這幾年的行蹤草草帶過，只稱逃離東宮後，輾轉避往閩南當漁夫，不久前聽聞太祖高皇帝崩殂，皇太孫繼位並大赦天下，是以北返燕王府。燕雲鐵衛營屢隨燕王征伐，頗受燕王倚重，儼然成為燕王親軍之首，人數也擴增至八百，最初的幾位成員都升了官，連年紀最輕的羅智也是，因為此舉全然不符朝廷規制，大夥兒對外皆密而不宣，對於三保，自是暢所欲言，絕無隱瞞，只恨自己少生根舌頭，傾吐得不夠淋漓盡致。

當夜朱棣設宴，穿得一身輕便，沒戴冠帽、襆頭，頭頂及兩鬢隱約可見幾莖白髮，袖子折起，袒露筋肉虯結的手腕，足下蹬著錦屐，坐定後便用腳丫子推卸了去，腳底踩在屐面上，雙腿抖個不停，不時蹺起一腿，以手指使勁搓揉腳掌，再將手指湊到鼻孔下深深一嗅，整副心曠神怡模樣，滿口鄙俗，汙言穢語紛呈，言談舉止全無王爺派頭。打從朱元璋死後，朱棣的言行竟比江湖幫會大頭目更隨性些，主客三保看了有些傻眼，兩位陪客王景弘與洪保見怪不怪，但他倆乃是眾所鄙夷的卑微宦侍，哪裡有過與王爺同桌共餐的榮寵，不免惴慄難安，汗出如漿，正襟危坐，四目緊盯著青花玉壺春瓶上威風凜凜的蒙恬將軍畫像，不敢旁視，手中瓷杯彷彿有千鈞之重，無論怎麼使勁，也對不準嘴巴，酒水潑灑而出，滴落胯間，濡濕一片，好生尷尬，立於朱棣身後的狗兒不住冷笑。

三保瞥見王、洪的窘態，於是說了些海上奇景與閩南異俗，為他倆遮掩，也藉以教導他倆調息靜心，二人受教，逐漸寧定下來。座中作陪的另有一位，即是曾與三保一同北伐的青年將軍朱能。朱能僅比三保年長一歲，二人原就意氣相投，此番再聚，更是相談得契。

朱元璋在位時，一方面不想勞民傷財，以收攬民心，另方面刻意彰顯儉樸，欲垂範後世，不許地方進貢諸如香米、人參、葡萄酒之類較奢侈的食材，朱棣既戮力效法朱元璋，也實在不是個精於飲食之道的風雅人，因此席上菜餚不算豐盛，亦無出奇之處，不過是燒羊肉、清蒸雞、椒醋鵝、燒牛肉、牛肉攛白湯，主食則是白粳米、香油餅與沙餡小饅頭，小饅頭所用餡料為沙糖、赤豆、雪梨、鮮菱等等，還有些茶食[2]，另外再按照朱元璋頒布的規定，點綴苦菜根、龍鬚菜、

2 這是借用自《南京光祿寺志》所記載的永樂元年十月的一份膳單，但因主客馬三保是個回民，故將豬肉改為牛肉。明初的宮廷飲食甚簡樸，後世則趨於豪奢。

齏芹之類的幾道粗菜，說是要皇親國戚們體察民間疾苦，不過除了朱元璋與朱標在世時外，這些粗菜通常無人下箸，僅擺著做做樣子，最後都倒給豬吃。

朱棣笑道：「農為國本，先皇為體恤耕牛辛勞，即位後嚴禁殺牛為食，回民卻不在此禁之列，本王今日沾了三寶的光，有牛肉可饗。」說完，舉起一隻手，手掌由後往前招了招，狗兒立刻從懷中取出一對三寸多長的金勾子，懸於朱棣兩耳，再將他的鬍鬚分為兩綹，用緞帶仔細紮好，連一根鬍子也未遺漏，然後把緞帶繫於金勾子上，如此一來，朱棣的一大口美髯便無礙飲食，也不致弄髒，這模樣十分滑稽，但無人膽敢發笑。朱棣頻頻勸菜，三保勉強下箸，覺得廚藝遜於鄭莫睬，倒還適口充腸，只是內心記掛著韓待雪，食不甘味，酒自然涓滴不沾，以茶代替，朱棣為表示體恤，不強令他喝酒。

朱棣自始至終皆顯得十分歡快，宴罷，要洪保找來幾個燕雲鐵衛，以骰子賭錢。大夥兒起初礙著朱棣在場，都未免有些拘謹，但見朱棣蹲踞在椅子上，一手執杯，一手握骰，嘴裡不住大呼小叫，活脫脫一副市井潑皮模樣，不多時便也吆五喝六起來，聲震屋瓦，直鬧到子夜，王妃徐氏遣侍女前來勸止方休。朱棣賭技甚高，手氣又好，大獲全勝，把贏得的賭資分賞眾人，因喝了不少酒，醉態可掬，一隻手臂攬著狗兒的雙肩，伸出另一隻手，緊緊扯住三保的前襟，將他拉至自己鼻尖前，口噴濃濃酒氣，大著舌頭道：「三寶，你回來，本王很是高興，不過你得答應本王，再莫離開，本王對你的心意，你可省得？」三保心想：「當初是你將我送給皇孫的，日後才生出這麼多的事端。」不過他還是點了點頭，道：「屬下省得。」朱棣放開他的前襟，拍了幾下他的肩膀，由狗兒攙扶著入內，邊走邊哼著俚俗小曲兒。

散會後，王景弘等人興致不減，還要跟三保秉燭夜話，抵足談心。三保打算在燕王府裡夜尋韓待雪，推說長途奔波，疲累不堪，倦意甚濃，辭別諸位弟兄，獨自返回客房，靜待片刻，出至房外，見四下無人，聽萬籟俱寂，掩了房門，縱身躍上屋頂，環顧四周，赫然見到北首十數丈外，圓月之下，燕脊之上，鴟吻之旁，面南佇立著一條瘦長人影，依稀就是清虛。那人一與三保打了照面，轉過身去，朝王城北首廣智門方向奔去，風馳電掣，踏瓦無聲，彷彿足不點地，顯現輕功高極。三保尾隨其後，躍過後宮圍牆，始終無法迫近，追至廣智門西側牆邊。

朱元璋欽定王府城牆高二丈九尺，女牆高五尺五寸，然而燕王府沿用元朝舊皇宮，乃是少數特許的例外之一。眼前這堵牆高逾五丈，那人不想驚動守門軍士，施展壁虎遊牆功，手腳如同生有吸盤，往上交互攀爬，身子輕巧無聲地迅速升高，到了牆頂，雙手攀在牆緣，往上閃電般探了下頭，確定無人，翻身而上，再從另外一邊攀下，落地後折向西行，出了王城範圍，復又往南，兜了一大圈，進入一座密林內，三轉兩拐，竄高伏低，來到一間透著微光的草庵前，霍地止住身形，回過身來，道：「馬施主好俊的身手，當真是英雄出少年，再過幾年，貧道恐怕就會讓你趕上了。」那人的確是清虛，他平素罕開金口，此刻難得說了這麼多言語，顯然對三保青眼有加，是以大違本性。

三保道：「道長夤夜引在下至此，意欲何為？料想不是考校在下輕功來著的吧！韓姑娘可是遭你所擄？是的話，她現今人在哪兒？」清虛道：「貧道師兄已在庵內恭候大駕多時，他會為馬施主說明一切。」一隻手擺往庵內，道：「請。」一說完，縮回手，仰頭望月，不再目視三保，渾身紋風不動，口鼻幾無氣息出入，連眼皮子也半晌沒眨一下，整個人彷彿泥塑木雕的一般。清虛對三保有活命之恩，但他涉嫌擄走韓待雪，用意未明，敵我難分，三保縱有千萬疑問，也只得先入庵內，再作打算，一走至門邊，看見裡頭坐著一個黑衣佛僧，不免有些詫異，再對視到一雙湛然生光的三角眼，吃驚更甚，那黑衣僧人赫然是大明國師道衍。

道衍哂道：「馬施主先請進吧！……老衲俗家姓姚，實乃明教徒，十四歲時為隱瞞身分，剃度出家，入了佛門，二十歲上下，跟從姑蘇靈應宮觀主子陽子學習道學、兵學、《易經》及陰陽術數，清虛是子陽子的弟子，可算是老衲的師弟。」這解釋了清虛道人怎會有個和尚師兄。道衍拜入子陽子門下時，清虛僅是服侍子陽子的道童，經道衍求懇，子陽子才將清虛收為關門弟子，傳授極高深武學，清虛感念道衍的恩義，從此甘受其驅策。

三保道：「原來如此。唔，敝友韓姑娘遭令師弟擄來北平，敢問國師，韓姑娘現今人呢？」他目光灼灼，逼視道衍。道衍又是一哂，道：「馬施主誤會了，韓姑娘是自願跟隨清虛前來的，並非遭擄。她貴為明教龍鳳姑婆，且是韓先教主小明王的遺孤，老衲忝任明教月使，又是小明王的老部屬，自當盡心竭力保護她周全，馬施主大可放心。許多事一時間說不明白，唯有出此下策，方能確保馬施主必定會前來北平，請馬施主切莫見怪。」

道衍自承為明教月使，大出三保意料之外。三保驚疑不定，心中閃過許多念頭，質問道：「你既是明教月使，何以劃謀獻策，幫助朝廷攻陷明教總壇呢？」道衍嘆道：「唉，為了興復明教，委實不得不然。」三保道：「國師此言未免太過於離奇。明教拜國師之謀，總壇陷落，傷亡慘重，首腦人物遭戮殆盡，教徒風流雲散，流傳數百年的教派，一夕之間土崩瓦解，如今僅剩金剛奴猶自負隅頑抗，這豈是興復明教之理！」他與明教之間存有諸多恩怨情仇，但此時仍仗義替明教質問道衍。道衍臉現痛楚神色，朝張椅子攤出一隻手掌，道：「此事說來話長，一言難盡，馬施主先請安坐。」

道衍待三保坐定後，一綹頷下灰白長鬚，道：「我教創教祖師爺為波斯安息王室後人摩尼，這個馬施主應已知曉了。」三保點了點頭，輕「嗯」了聲。道衍道：「他在遭受惡王釘上十字架且屍體被剝皮楦草前……」三保想到親眼所見的錦衣衛殘酷手段，不禁發出「啊」的一聲。道衍微頷其首，道：「是啊，我教創教祖師爺的遭遇果真慘絕人寰，然而此為成道證果所需，堪比釋迦牟尼佛在當忍辱仙人時，給歌利王割截了肢體，景教的創教祖師爺夷數，同樣也是先被鞭打得體無完膚，再遭釘死在十字架上，然後才完成其道業。」三保忖道：「『不經一番寒澈骨，哪得梅花撲鼻香。』光是要聞得梅香，都得先忍受一番酷寒，更何況有志開創萬人篤信、百代長傳的宗教，然則上天將降甚麼大任給我，才讓我飽受諸般苦楚呢？我非摩尼、釋迦、夷數之輩，可胸無教化百姓、拯救黎民之志啊！」

道衍眼望空處，續道：「我教祖師爺二十四歲創教，五十九歲涅槃，其間恪守戒律，戮力說法，傳有《徹盡萬法根源智經》、《淨命寶藏經》、《律藏經》、《祕密法藏經》、《證明過去教經》、《大力士經》、《贊願經》、《二宗經》與《大二宗圖》等等寶典，可惜早已亡佚不全。他又設下『三印』、『十誡』諸法門，供全體教眾同遵，而『選民』則須額外多守『五淨誡』，且應日行七拜。所謂『選民』，指的是教中僧侶及具職司者。『三印』為口、手、心，『口印』謂不妄語，『手印』謂不妄為，『心印』謂不妄想。『十誡』首是不拜偶像，其他為不妄語、不貪欲、不殺生、不奸淫、不偷盜、不欺詐、不行巫術、不怠惰，以及不二見，也就是對摩尼教義不生懷疑。『五淨誡』則是真實、不害、貞潔、淨口、安貧。」

三保心想：「聽來儒、釋、道、回、明等教的戒律大同小異，都是要信徒正己修心，為善除惡，何以彼此蔑視，相互攻訐呢？」此念一閃即逝，聽道衍續道：「蘇天贊等人位高權重，卻結婚生子，犯貞潔誡；吃肉飲酒，犯淨口誡；蓄積私產，犯安貧誡；殺、盜、妄語、妄為、妄想等等，更是每日犯上幾犯，而且朝不拜日，夕不拜月，哪裡算得上明教『選民』！不過依老衲看來，這些皆屬枝微末節，尚可隱忍。唉，我教雖在中土飽受迫害，必須假托於佛、道，方能勉求苟延暗傳，然則十誡之首的不拜偶像，無論如何絕不可破。我教崇拜的大明尊，又號光明使者、具智法王、摩尼光佛等等，乃徹內徹外一片光明，無質無形。蘇天贊以日使之尊，暫攝教主之權，非但不查禁無知教眾塑像之舉，反倒變本加厲，大造偶像，公然率眾膜拜，已大大違犯首誡。老衲屢屢規勸，他竟妄稱如此方可堅定教眾信心，教眾大多支持他，以光明金剛戴法王之聰慧及對明教之忠誠，在此事上也是如此，老衲勢單力孤，憤而離去。」三保憶起明教教眾膜拜摩尼光佛像一事，當時還覺得儀式莊嚴隆重，豈知竟是嚴重犯誡之舉。他又驚覺《天經》也是明文嚴禁膜拜偶像的，自己卻曾深受膜拜摩尼光佛的儀式感動，不禁羞愧難當。

道衍又道：「再者，蘇天贊等人一心一意要為先教主小明王報仇，早將我教拔苦救難、崇尚光明的基本教義拋諸腦後，既不戮力傳法興教，也不再心存黎元百姓，還自詡為光明正義的一方，念茲在茲的唯一念想，即是要誅除朱元璋此一黑暗魔王，別無他事須為。此外，蘇天贊等人曲解教義，竟將明暗誤認為陰陽，懷抱崇陽抑陰之思維，與儒教暗合，離摩尼日遠。君與父屬陽，民及子屬陰，我教一向濟弱扶傾，每每領導平民百姓對抗暴政強權，亦同拜日月，豈會一味崇陽抑陰！」明教徒現今服飾尚白，隱含「崇陽」觀念，道衍則好穿黑衣，表明「主陰」，也體現了「知其雄，守其雌」的道教思想。

他續道：「我教教義可粗歸為『二宗三際論』。『二宗』者，光明與黑暗；『三際』者，初際、中際、後際。當初際之時，天地未分，但明暗殊異，光明據東、北、西方，黑暗則占南方，互不侵擾。然在中際時，黑暗侵入光明，大明尊為了對抗黑暗勢力，召出善母佛，亦即生命母神，其後又喚出電光佛，其所示現的，為十二童女相。由此可知，我教本未崇陽抑陰，歷代均設有地位尊崇的聖姑，或稱姑婆，亦有女摩尼宣教。再者，觀世音今名觀音，乃是避唐太宗李世民名諱，但現白衣女子相，則與我教之宣揚傳播不無關係。三來，日月並明，陰陽相濟，才符合天道，焉能偏執其一！蘇天贇枉顧教義，既廢女摩尼之制，復對龍鳳姑婆陽奉陰違，且糾結黨羽，把持教務，愈陷愈深，積重難返。老衲無奈，為了興復正統明教，只得假借朱元璋之手，來除去蘇天贇及其黨羽，否則明教名存實亡，終將全然喪滅。」他這一席話，將蘇天贇等人指為破壞明教的首惡元凶，朱元璋反而成了肅清他們、撥亂反正的大幫手。

這畢竟是明教的家務事，身為穆斯林的三保未置可否，再問：「即便如此，蘇日使等人幾已死絕，後來為何不殺朱元璋，卻要除掉懿文太子與秦、晉二王呢？這可是出自燕王授意？」道衍回道：「刺殺之事並非燕王授意，而且他原本頗為躊躇，不過他在得悉藍玉屢對太子進讒言而太子未予以當面嚴斥後，便改變了心意，算是順水推舟。」三保心想，當年燕王至東宮探視生病的長兄，兄弟倆言辭款款，手足情深，自己大為羨慕，不意燕王為了權位，竟枉顧兄弟之情，當時其實已萌生弒兄之念。道衍接著道：「按照朱元璋親設的嫡長子制，一旦除掉燕王的三位兄長，四皇子燕王自可名正言順繼任太子，豈料朱元璋出爾反爾，在懿文太子朱標死後，竟然冊立允炆為儲君，秦、晉二王接連喪命，他仍不悔悟，如此一來，不免兵連禍結，黎民百姓又得受苦受難了。唉……」他臉現憂色，深嘆一口長氣。

三保道：「如今堪稱四海昇平，物阜民豐，國師既悲憫黎民百姓，為何非要一反現狀、暗助燕王登基不可呢？」道衍道：「據老衲探知，燕王生母並非傳言中的蒙古王妃，而是碽妃。碽妃乃高麗女子，非但美豔多才，溫柔婉約，又極擅床笫之事，有令天下男人銷魂蝕骨的……」他忽然想到三保是個閹人，不再對男女間事多加著墨，續道：「她原為先教主小明王的侍妾，小明王把她賞賜給朱元璋，以示籠絡。朱元璋本對碽妃寵愛有加，幾乎夜夜臨幸，碽妃很快有喜，懷胎未足九月即產下燕王。當時朱元璋尚受小明王節制，且西有陳友諒，東有張士誠，北有元皇朝，可謂朝不慮夕，雖心裡犯疑，仍貪戀碽妃美色，碽妃次年又生一子，是為周王朱橚。朱元璋一待坐穩皇位，天下美女充斥後宮，對碽妃的興頭也已冷淡，便以鐵裙酷刑虐殺她，所幸當時受馬皇后苦勸，才未加害燕王。燕王長成後，無賴勇悍，冷酷果斷，在諸皇子中，性子最肖似朱元璋，朱元璋益發拿不定主意，以為燕王可能真是早產，那麼萬萬不能殺害親生骨肉。一些老宮人曾暗地裡透露給老衲，碽妃為保住燕王性命，自他幼時起，便刻意泯滅他純真良善的一面，發揚醜陋狠惡的一面，屢屢要他親手虐殺蟲魚鳥獸，連宮中豢養的貓狗也不放過，至於說謊矯飾，收買人心，更是家常便飯，儼然成為朱元璋的翻版。」

三保這一驚非同小可，道：「倘若真是如此，那麼燕王不就是……」道衍頷首道：「唔，他或許是韓先教主小明王的骨血，此任龍鳳姑婆韓姑娘的同父異母手足，幫助燕王登上皇位，意謂天下復歸韓氏，朱元璋等於空忙一生。然而天下究竟跟誰姓，無關緊要，老衲之所以力助燕王，實因燕王首肯不再禁斷明教，只需明教改頭換面即可。」三保奇道：「明教改頭換面？這如何能夠？」道衍道：「我教初傳入中土時原稱摩尼教，於唐末、五代時改名為明教，另有牟尼、末尼、金剛禪、揭諦齋、四果、二襘子等等諸多名號，教義儀軌亦雜入佛、道甚多，惟其要義得以傳承，乃至發皇光大，名稱表相無關宏旨。老衲念及媽祖信仰素與我教淵源極深，並已深入東南沿海人心，我教或能依附之，先求存續，再謀傳揚海外。唉，『日中則昃，月盈則食』，明教勢力在元末達於空前鼎盛，甚至出了個中華皇帝，竟也因此埋下敗亡厄運，朱元璋為了根絕明教，管控儒、釋、道甚嚴甚厲，明教在不得已之下，只得轉而依止局限於東南沿海的媽祖信仰了。」

三保又問：「燕王可知自己身世？」他忽然覺得朱棣的遭遇比自己的要悲慘許多，至少自己曾經擁有慈愛的雙親與和樂的家庭，而朱棣自入胎起，便深陷重重危機之中，甚至必須扭曲天性，方可苟活。道衍道：「他年幼時親見生母遭受酷刑慘死，而且關於他身世的流言甚囂塵上，他心裡多少有數，老衲也曾點撥他，只是未曾明言。這種事誰敢當他面揭穿，必定惹上殺身之禍，即使是老衲。」三保道：「民心多向朝廷，燕王恐難成事。」道衍道：「老衲只知天道，不論民心，而且事在人為，老衲經營布置已久，明教存亡絕續皆繫於此，也不得不為，何況燕王厚顏無恥，不在劉邦之下，狠辣絕情，較朱元璋猶有過之，且豁達大度，唯才是用，他不為帝，誰當為帝？再者，朝廷這些年腐儒當道，把持朝政，其見識鄙陋，偏偏自命不凡，黃子澄即是顯例，是以敗象早露，敗局已成。」

他頓了頓，問道：「馬施主可知《推背圖》？」三保道：「小子孤陋寡聞，還請國師見教。」道衍道：「《推背圖》相傳是唐太宗時李淳風與袁天罡所製，計有六十象，每象含圖一幅、讖語四句及頌曰四句，藉以預言時政大事，當真靈驗無比，倒像是天帝按照《推背圖》來操弄世事，才會如此相符。《推背圖》第二十七象預示大明肇建與天下歸朱，如今第二十八象即將應驗，該象的讖語為：『草頭火腳，宮闈灰飛；家中有鳥，郊外有尼。』頌曰則是：『羽滿高飛日，爭妍有李花；真龍遊四海，方外是吾家。』『草頭火腳』正是個『燕』字，而『家中有鳥』表明燕王將會當家做主，其他皆屬天機，尚未可知。」

三保記起周顛所吟：「道即僧來僧即道，孔丘盜跖俱微塵，狂歌痛飲七十載，只問蒼生不問神。」道衍雖也是亦僧亦道，但二人關於天人之見，實屬南轅北轍，又覺得預言云云，幽冥難考，再者燕王謀反一事，當真非同小可，倘若洩漏出去，不知將有多少人身首異處，道衍何以要把如此要緊之事透露給自己，遂問：「此事究竟與我有何相干，國師何須誘我北來，夤夜相候見告？」道衍三角眼精光暴盛，一閃即斂，淡然道：「馬施主負絕頂武功，懷不羈之才，燕王地小兵寡，成大事須賴異能勇力之士，懇望馬施主鼎力相助。燕王苟得天下，老衲定會說服燕王，助你揚帆海上，去往天方朝聖，並收斂父母屍骨，予以厚葬，追封加謚，既慰其在天之靈，亦可光宗耀祖，令兄一家也能從此過上好日子，不再受飢寒所迫。」

三保躊躇道：「皇太孫與燕王皆對我有知遇之恩，我絕不能辜負他們任一人。再說我慘絕人寰的遭遇，乃拜朝廷與明教所賜，幫皇太孫即是幫朝廷，助燕王等同助明教，我委實不願為任一方效命。唔，不如這樣子吧，我勉力保全皇太孫與燕王性命，至於天下歸誰，非我所能慮及。」允炆已繼任為帝，三保一時改不了口，仍稱呼他為皇太孫。道衍沉吟道：「目前也只能如此了。」

三保繼問：「錦衣衛何以陷害藍玉、傅友德等諸多功臣宿將？難道其指揮使蔣瓛也暗助燕王？」他看朱棣與蔣瓛私交甚篤，是以有此一問。道衍呵呵一笑，道：「馬施主天性仁厚，把蔣瓛設想得太過良善了。蔣瓛的生父賣友求榮，背叛明教，戴法王當年一念之仁，留下蔣瓛這個禍胎，還養在身邊，終遭反噬。蔣瓛之所以屢屢誣陷戕害功臣宿將，既是揣度朱元璋的心思，藉以邀功爭寵，更是在為自己鋪路。他妄想兼任明教教主與中華皇帝，這是連朱元璋也沒能辦到的事。」蔣瓛尚在襁褓時，道衍即預言他必定反叛，戴天仇不信，以為待他如己出，可讓他死心塌地，蔣瓛長成後果然背師叛教，戴天仇悲憤不已，從此對道衍奉若神明，卻不知正是道衍透過朱元璋及其部屬，輾轉告知蔣瓛其自身身世的。

三保道：「蔣瓛的野心忒也大了，反正他已遭到報應，就不提了。唔，國師可曾聽聞過日月門？」道衍緩搖光頭，道：「老衲未曾聽聞。」三保道：「我來北平前，在一島上與日月門的陰陽二使動上手，他兩人都會明教神功，只是習練未久，還走了偏鋒，而那陰使居然是朱元璋御前侍衛之一的伍天圓，陽使我則不識。」他感覺到伍天圓似乎專練陰維脈、陰蹻脈，陽使則專練陽維脈、陽蹻脈，但如此細節不便透露給道衍。道衍驚訝道：「這可真是奇了。陰使既然是伍天圓，陽使若使的是形意拳，應該就是他的師弟陸地方，同在一殿擔任御前侍衛，這兩人一向焦不離孟，孟不離焦。對了，他們可淨了身？」

三保道：「陽使所使武功，果真是形意拳。我在過招時，趁機摸了伍天圓的胯下，他確已淨身，料想陸地方也是。」憶起陽使被自己打掉鬍子，暗暗覺得滑稽，頓了頓，續道：「日月門逼迫海盜行搶，再每月向他們勒索鉅額銀兩，著實膽大妄為。伍天圓還用上瓷蒺藜，觸地即炸，瓷片四飛，甚是厲害。」道衍白眉一蹙，道：「瓷蒺藜是南宋時西夏國所製火器，曾讓攻打西夏的蒙古大軍吃足苦頭，連成吉思汗都給炸下馬來，由是受傷成疾，不久即病逝，後來西夏軍民因此慘遭蒙古大軍屠戮一盡。這瓷蒺藜固然厲害非常，卻極不易製造，更加難以取得，故僅偶爾出現於戰場，從未用於江湖鬥毆，伍、陸二人雖曾是御前侍衛，等閒也不得擁有，上回居然用上了，且觸地即炸，無須事先點燃引信，比西夏的瓷蒺藜遠有過之，其來源誠費人疑猜，這事老衲得再派人查明。」

三保還問：「應天皇宮祕道是怎麼回事？國師怎知有此一祕道？」道衍不直接回答，反問道：「馬施主可曾聽說過沈萬三其人其事？」三保道：「我在東宮時，曾聽說過沈萬三富可敵國，應天城有一半是他出資興建的，他還犒勞了百萬名築城的軍士工匠，而他的錢財來自一個聚寶盆，因此取之不盡，用之不竭。」道衍哈哈笑道：「此傳聞是老衲編造的，世上本多愚夫愚婦，愈是荒誕不經的傳聞，他們愈是深信不疑，還會加油添醋，戮力散播。這個沈萬三本名沈富，其實根本不富，他的錢財乃是明教徒眾慷慨捐輸的，才會取之不盡，用之不竭，世間怎可能會有聚寶盆呢？」三保本覺奇怪之至，轉念一想，道：「沈萬三收買築城的軍士工匠，留下一條連朱元璋也全然不知的祕道，明教的首腦人物反而一清二楚，為日後攻打應天皇宮或刺殺大明皇帝預留伏筆。」

道衍道：「馬施主果真聰慧過人，只是該祕道尚未起到大作用，知曉的人也已所剩無幾了。此外，馬施主是否聽說過三個道士為應天皇宮卜卦選址之事？」三保搖搖頭，道：「這倒不曾聽說。」道衍道：「當初朱元璋為了替應天皇宮選址，命劉伯溫、黃楚望、張景和這三個望重天下的道士分別卜卦，三人不約而同，都卜中城東的燕雀湖。呵呵，那其實也是我教中人田德滿暗施手腳，存心跟酷嗜裝神弄鬼的朱元璋過不去，只是田德滿渾沒料到會因此而葬送自身性命，被沉至湖底生殉，表面上說是為了祭神，以求『填得滿』，讓填湖順利圓滿，說穿了，無非是劉伯溫等人吃了啞吧虧，拿老田出口怨氣。」世事當真難料，田德滿開了朱元璋一個大玩笑，讓大明皇宮興建於燕雀湖的湖床上，因此害死自己，卻在二十多年後，意外幫助刺殺太子朱標的三保逃離皇宮。

三保解開心中幾個疑團，關於另外幾個，道衍暫無解答，言歸初衷，道：「敢勞國師賜告韓姑娘何在，晚輩何時可見到她。」他對道衍從自稱「我」，改為「晚輩」。道衍道：「韓姑娘現居於老衲住持的慶壽寺內，安然無恙，馬施主大可放心，只不過她雖比馬施主早出發，且是騎乘萬中選一的神駒，卻比馬施主晚抵達，入夜後才進到北平，勞頓不堪，早已就寢。現為寅時，馬施主不妨先回燕王府暫歇，待天亮後至敝寺會見韓姑娘不遲。另外，老衲尚有一事奉勸。」三保道：「請國師示下。」道衍道：「當年雲南的慘況，是馬施主親見的，即便無戴法王的安排，阿甲阿得也未舉報令尊，你所居村莊遭到血洗，也僅是或早或晚罷了，而以你的執拗性子，恐怕不能身免……」三保恚道：「如此說來，我應該感謝貴教活命之恩囉？」道衍道：「老衲並無此意，只是想奉勸馬施主放下自身怨恨，多憐恤蒼生百姓。」三保道：「晚輩對於自身遭遇已然無恨，卻不能不怨，至於天下蒼生，那絕非晚輩所能慮及，更何況要起事興兵、禍延百姓的，可不是晚輩。」道衍聽他如此說，便不再言語。

三保向道衍告辭，返回燕王府，神不知、鬼不覺地進了客房，和衣躺下，思潮起伏，赫然驚覺：朱元璋好比聽信傳言、要殺死兒子的頻婆娑羅王；朱棣正像逃出父親毒手的善見太子，雖未當真弒父，卻意圖篡奪皇位，而且與其三位兄長之死脫不了干係；道衍活脫脫便是別有用心、慫恿善見太子謀叛的提婆達多；至於三保自己嘛，唉，不正恰似希冀脫離痛苦煩惱的韋提希夫人嗎？只是自己無論如何苦苦哀求，佛祖從未現身說法，難不成道衍一人分飾二角，冶釋迦牟尼與提婆達多於一身，既興風作浪，又來撫慰自己？三保暗笑此一念頭過於荒唐，聞得一聲雞啼，瞥見窗外透進些許天光，趁府內睡夢中人尚未起身，再次翻牆出了燕王府，逕往慶壽寺而去。

慶壽寺始建於金章宗年間，元朝重建，在寺院西側增築了兩座高塔，其一高九級，另一為七級，遠遠就能望見，所以此寺又名雙塔寺。寺院占地寬廣，規模宏大，為北平之最，雖還不及南北少林、靈谷，但寺中有數百常駐僧伽，香火鼎盛，北平居民幾乎人人知其所在，不過從北平城裡前去該寺，得穿過一片茂密松林，是以清晨夜晚罕見香客來往，寺前開闢寬闊大路，那是永樂年間的事了。三保走在松林裡，剛剛想起初次來此時遇見刁蠻任性的朱玉英，冷不防一道銀光橫胸劈來，勁力著實不弱，刀法堪稱精奇，只是在武學大行家的三保眼裡，根本不值一哂，然而他還是大吃一驚，因為這招正是徐達索魄刀法中的「驚心動魄」，使的人若非朱玉英，那還會有誰？多年不見，她已從荳蔻梢頭的少女，轉變成為丰姿豔美的少婦，眉目依舊如畫，卻隱隱多了幾許淒楚，並非久別重逢乍然凝聚的新愁，而是荏苒韶光所逐漸刻蝕的宿恨。

三保以二指夾住寶刀，「郡主」二字還未出口，朱玉英已撲進他的懷裡，雙拳使勁捶打他的胸膛，哭道：「你這死沒良心的，你這死沒良心的，一離開就是八年多，都不管人家死活，可知道人家日子過得有多苦！」當年朱棣故意讓三保入宮服侍允炆，固然出於謀奪天下的野心，卻也不無隔離寶貝女兒跟三保的用意，其後找了個文武雙全、高大英俊的袁容擔任燕王府儀賓，好近水樓臺接近朱玉英，徐妃再委婉地讓她明白閹人與一般男人的差別。朱玉英望穿秋水，三年前在情非得已之下嫁給袁容，迄今生育一女，心裡還一直放不下三保，老是無緣無故暴打痛罵夫婿。袁容自命不凡，心高氣傲，卻在老婆大人的淫威下，活像個窩囊廢，著實有苦難言，行為漸趨荒誕邪僻，嗜飲泡了苦膽的烈酒，酒中還摻和老醋、蜂蜜、芥茉、鹽巴，以及女人的經血[3]，屢屢借酒裝瘋。朱玉英氣苦無限，自嘆自憐，怨懟起三保來。

三保當然不曉得這種種情由，暗笑：「郡主娘娘竟然跟我悲嘆日子苦，呵呵。」問道：「打得手疼嗎？」朱玉英破涕為笑道：「呸，姑奶奶的玉手厲害得很，即便空手碎龜殼，也絲毫不疼。」畢竟關心他，殷殷垂詢別後情景，問得可仔細了，接著用三言兩語，草草交代自身婚嫁生育事，接著二人靜默半晌，相互凝望。三保為打破尷尬及了卻一樁心事，摸出她的玉珮，道：「在下為郡主保管多年，這就物歸原主吧！」朱玉英看他貼身藏著玉珮，很是高興，誤以為他此舉是「玉珮還卿雙淚垂，恨不重逢未嫁時」，一則以喜，一則以愁，道：「這玉珮代表我的心，我的身子無奈何給了別人，玉珮你得要好好留存。」掩面轉身奔回家去，打算再打老公一頓粗飽。

三保嘆了口氣，收起玉珮，舉步要走往慶壽寺，赫然見到韓待雪從樹後轉出，吃了一驚，一方面出其不意，再者以自己耳力之敏銳，竟未聽出她藏身樹後，料因自己神思不屬所致，遲疑了下，張開雙臂要擁伊人入懷。韓待雪後退半步，垂手而立，粉頸下勾，秋波黯淡，櫻脣緊抿，一臉漠然，問道：「你為甚麼騙我？」三保奇道：「我騙妳甚麼？我何時騙妳？」韓待雪道：

3 這裡借用朱元璋幼女寶慶公主駙馬趙輝的軼事，有書說他「喜食女人陰津月水」，還得享遐齡，而寶慶公主的生母正是美人張玄妙。

「那塊玉珮分明是那姑娘的，你為何騙我說那是你娘的遺物？」三保原本把玉珮連同明教神功祕笈、紅色錦囊埋在應天皇城外，查看紅色錦囊時，念叨著要物歸原主，取出玉珮貼身收藏，後來跟韓待雪摟摟抱抱時給她摸著，知道她小心眼，隨口謊稱是母親遺物，省得她刨根問底，沒完沒了，哪知今日給她撞見原主，一時啞口無言。韓待雪盯著他的窘態，垂目道：「算了，別說了，我不想知道你究竟還有多少個相好的姑娘，反正再怎麼問，你也不會老實講。」

三保不理解她這話其實是欲擒故縱，要賺他不打自招，也實在不知如何回應，勉強堆出笑容，道：「那日我會過海盜後，回返漁村，王老漢說妳被一個道人擄走，我大是焦急，隨即追來北平，這會兒看到妳安然無恙，那麼我也就放心了。」韓待雪道：「我原本百般不情願離開那座海島，打算與你廝守一生，終老島上，你竟然為了毫不相干的漁民，背棄對我曾經許下的永不分離的承諾，此時此刻又何必惺惺作態呢？」其語音冰寒雪冷，猶勝北國嚴冬。三保垮下臉，道：「咱們離開小島，不是已先得到妳的首肯了嗎？況且妳也說，若對可憐的漁民不管不顧，大大有違明教……」韓待雪打斷他的話，道：「我記得自己說過甚麼，用不著你提醒。那日你一聽見王老漢屋外的喧囂聲，話也沒說一句，便心急火燎地搶了出去，拋下我一個人，之後再無消息，可知人家心裡有多麼擔心？你既然這麼迫不及待想離開我，我也十分厭倦老是為你擔驚受怕，乾脆隨清虛道人遠去，豈不正合你的心意嗎？你又為何千里迢迢來找我呢？」

三保道：「當時一群海盜正往村子裡來，我得趕緊去應付，毫無跟妳說明的餘裕，而且妳正在假冒媽祖婆，不能開口說話，我要跟妳說些甚麼呢？」他不辯解還好，這麼一辯解，韓待雪更覺惱怒，道：「我不能開口說話只是假裝，又不是當真聾了，你有甚麼不好跟我說的呢？」三保不明白姑娘家極其幽微的心思，愈說愈僵，不禁深嘆口長氣。韓待雪道：「你嘆甚麼氣，難道怪我蠻不講理嗎？」三保默然。韓待雪嗔道：「既然如此，那你走啊，走得遠遠的，去陪你的哥們，去找你那些相好的姑娘，去你的天方，從今以後就不用再受我的氣了。」

三保見話不投機，而且心裡有愧，他在海島上，的確起過獨自遠去天方的念頭，也思念過其他姑娘，此時只得將話岔開，問道：「妳可知道慶壽寺住持道衍和尚便是明教月使，而且他還幫朱元璋攻陷明教總壇？」韓待雪「嗯」了聲。三保又問：「那麼他跟妳說明燕王的身世了嗎？」韓待雪遲疑了下，依舊「嗯」了聲。三保道：「道衍居心叵測，燕王野心勃勃，天下即將大亂，北平乃兵凶戰危之地，咱們切莫蹚這渾水。」這是正經事兒，韓待雪不能再跟他一味鬧彆扭，鄭重回道：「無論燕王是否當真為我的同父異母兄長，只要明教尚有一絲興復之望，我縱使粉身碎骨，亦在所不辭，豈會在乎甚麼渾水不渾水的！」三保道：「雪兒……」韓待雪沉聲道：「吾意已決，毋復多言。」三保深知她的性子，無可奈何道：「那好，不管是天幸抑或劫數，咱們都一同承擔。唔，北境天寒地凍，可不比閩南，妳先前趕路，想必十分勞頓，我送妳回寺內歇息吧！」

韓待雪不答腔，柳腰輕旋，扭身便行，快步進了慶壽寺，一逕走入女客廂房內，未曾回顧。

三保雖是個閹人，也只能止步，看著她的倩影消失得無影無蹤，呆立半晌，等不到韓待雪出來說，她方才是跟他鬧著玩的，只得喟然而退。他一步出慶壽寺，鵝毛般的雪花紛紛飄墜，撒滿他一頭兩肩。「唉，這並非曼陀羅，而是世間惱！」他心裡嘆道，舉手輕拂了去，但雪下得委實淒緊，這舉動僅屬徒勞，因而罷手，駐足仰頭，望向灰濛濛的蒼天，知道自己將要捲入一場天大的風暴，不禁茫然，任由冰冷冷的雪片在臉上消融，在身上堆聚，才一會兒，全身已遍覆亂瓊碎玉了，放眼所及，亦復如是。他苦笑道：「債多不愁，禍多不憂，原來煩惱多到一定程度，無論置身事外或深陷其中，不都別有一番境界嗎？」

三保踏雪回返燕王府，匆匆盥洗，更換衣衫，禮拜真主，剛胡亂用過早膳，羅智便來纏著他，要他傳授武藝，王景弘見到，出言斥責。羅智現年二十二歲，因十分仰慕拜把大哥三保，這些年練武甚勤，個頭不高，卻是肩寬膀厚，迥非初見時的瘦弱靦腆少年可比，他平常很聽王景弘的話，此刻不顧王景弘喝止，跟三保一味瞎纏。三保很是憐惜這個年紀最幼的把弟，心中早就千肯萬願了，不過看著他對自己懇求授武的執拗模樣，活脫脫便是自己昔日懇求父親講故事時的翻版，覺得又是喜歡，又是難過，暗自尋思：「天下紛亂，如大雪普降，我能避往何處呢？縱使遠遁他去，當真可以做到片雪不沾身嗎？幫助燕王，既因雪兒，也是為了這群弟兄，我多承擔一分，便多一分安心，而今而後，惟求問心無愧。」

三保打定主意，心下驟寬，道：「為兄身子還算硬朗，絲毫不覺得睏倦，反正眼前無甚要緊事須做，跟弟兄們切磋切磋武藝也好。」王景弘其實巴不得如此，方才顧慮三保遠來疲憊，而且他昨晚遲睡，今晨早起，此刻還密密下著大雪，聽他這樣子說，自是欣然從命。王景弘處事公正，連忙找來楊慶、李興、朱良、周滿、楊真、張達、吳忠、唐觀保、侯顯，燕雲鐵衛幫的十二位成員悉數到齊。三保剛考校完每個把弟的功力深淺，正要演示武藝，狗兒恰於此時來傳他至燕王的書房議事，大掃眾人之興，王景弘等人不敢抱怨，失望之情溢於言表。狗兒幸災樂禍，輕蔑地掃視王景弘等人，投向三保的目光滿是妒恨，三保佯裝不知。

朱棣議事之處說是書房，倒不曾擺放過書冊丹青，連書櫃也無，四壁所懸，若非刀劍斧鉞，便是虎頭豹首，地上鋪滿猛獸之皮，几案上的紅珊瑚筆架，擱的是匕首，黃楊木筆筒，插的是飛鏢，唐朝諸葛紫毫筆，蘸的是他老兄的耳屎，而最令人怵目驚心的，當推宋代端石括囊硯，承裝的是居然是磨下來的燕王腳底繭皮，幾盞銅製人首宮燈高燃牛油，從半敞開的頭殼中發散出光芒，將房內照得亮晃晃的，比此刻濃雲滿布的屋外還來得明亮。

三保到時，朱棣、道衍、朱能已在書房內坐定，另有一位年過半百、滿臉橫肉的老者，其前襟補子上繡著一頭猛虎，一望即知是個三品武將。那武將姓張，單名玉，字世美，原本在北元朝中任樞密知院，洪武十八年歸降大明，追隨涼國公藍玉出生入死，立下不少汗馬功勞，藍玉案爆發後，僥倖沒受到牽連，改跟從朱棣，屢屢追亡逐北，掃蕩蒙古殘存軍力，甚是驍勇，朱棣推崇他為麾下第一大將。張玉瞧三保是個宦侍，不禁心生鄙夷，又見他與朱能親善，立時起了嫌隙，更因本身長得凶醜，容不得容貌俊美者，斜眼瞥了下三保，隨即轉望別處，敷衍道：「幸會，幸會。」不知對誰表示幸會。

朱棣看在眼裡，起身握住三保的手，顯得十分熱絡，滿臉堆歡道：「三寶，你可還記得，咱倆上回並轡前去錦衣衛指揮使司，當時的指揮使蔣瓛，允諾送給本王一張人皮椅子，他還真是信守然諾，喏，這不就是麼！」他另一手輕撫著自己的座椅，續道：「嘿嘿，外頭這層用的可是從藍玉那廝身上活剝下來的皮，木頭上還鑲嵌著他滿口被鐵鎚敲碎的牙齒哩！你可知本王管這張寶貝叫甚麼？」三保道：「有勞殿下見告。」朱棣道：「本王稱之為『藍皮玉牙紫檀椅』，坐在上頭，不只威風八面，還挺舒坦的，以前沒讓蔣瓛總管二十四衙門，算是埋沒了他的天賦。哈哈哈……」說完，放開三保的手，大喇喇坐下，一屁股占滿整個椅面。

那是張以千年天竺紫檀木製成的圈椅，光是木料便已價值不菲，再經能工巧匠在靠背上透雕出螭紋，左右扶手各鏤刻成虎豹之形，四隻腳則作鷹足之狀，端的是精緻典雅，威猛氣派，上嵌藍玉的碎牙，並包覆其皮，頭枕處尚留有其髮，扶手以其雙臂皮膚包覆，四隻椅腳則裹著其雙足皮膚，而為了彰顯藍玉的彪炳戰功，他身上多處刀箭傷疤都刻意留著。常人一見這張椅子，便覺毛骨悚然，遑論安坐其上，朱棣倒是頗為怡然自得。藍玉與朱標交好，又是舅甥關係，常到東宮走串，三保見過他幾次，因他是領兵攻打雲南的將領之一，且好色貪杯，莽撞粗魯，三保對他素乏好感，然而乍見一代名將居然落得如此下場，不免唏噓，另一方面，雖覺朱棣殘暴不仁，既已知曉他的身世，也為他感到可悲。

藍玉沉湎酒色，魯莽跋扈，為世人詬病，卻也勇猛善戰，每每身先士卒，剛烈豪爽，待屬下甚親厚，張玉除了不算格外好色外，差不多也是這個調調，素來對這位同名的老長官很是欽服，這時面子上有些掛不住，而藍玉畢竟是以謀反罪名受戮，張玉不好為他辯解，遂道：「藍玉作戰勇猛，能與士卒同甘共苦，頗得下屬愛戴，然而為德不卒，食君厚祿，受君隆恩，竟懷不臣之心，名列《逆臣錄》之首，末將每以藍玉為殷鑒，時時提醒自己必當忠心為主。」道衍哂道：「張將軍此言差矣！咱們今日所議，正是大逆不道之事。」張玉連吃兩個悶虧，心裡不免有氣，脹紅了原就十分凶醜的面孔，不敢對朱棣與道衍發作，轉而遷怒三保，乾脆來個悶聲大發財，雙眼布滿血絲，瞪視三保。三保了無所懼，回看著他，不表露一絲半點情緒。

朱棣坐在舉世絕無僅有的藍皮玉牙紫檀椅上，探出身子，伸長了手，將一張黃花梨木交椅拉近身邊，拍拍椅面，道：「三寶，你坐這兒，坐，坐，別這麼拘謹。」他原本笑意盎然，待三保謝恩坐定後，忽然愁容滿面，未語先嘆道：「唉，我那允炆姪兒看似庸懦，當年連隻受綁縛的豹子也沒膽子殺，豈知竟是十足地心狠手辣。我父皇於今年閏五月賓天，允炆下詔嚴禁所有叔父們進京奔喪，壞了人倫大節，反倒要嫡子代為前去，以充作人質，他還聽信黃子澄、齊泰等一干奸臣的讒言，在七月間假防備邊境之名，派遣李景隆至開封，李景隆一到開封，突然帶兵闖進周王府，將本王同母弟周王橚全家押回京師，他們給允炆廢為庶人，還發配雲南。本王這個橚弟最是慈悲賢良，他曾發下宏願，要編寫一本《救荒本草》，以便年歲不好時，飢民可藉以活命，真可說是神農轉世，菩薩降生，當世少有。我橚弟究竟犯了何罪呢？只不過是他年方十歲的次子告發老子謀反，黃口小兒受父親責罰後挾怨胡言，堂堂大明天子竟然還真當回事，實在是『欲加之罪，何患無詞』啊！」

道衍道：「臣以為皇上此舉，其實是『項莊舞劍，意在沛公』。」允炆已即帝位，室內還有旁人在，道衍可不能像朱棣那樣肆無忌憚地直呼其名。朱棣一怔，道：「此話怎講？」道衍道：「據臣安插在皇上身邊的細作回報，新升任的兵部尚書齊泰主張立即削奪殿下藩王之位，太常寺卿黃子澄卻擔心打草驚蛇，力陳應先剪除殿下側翼，再圖謀殿下本人，因黃子澄曾任東宮伴讀，與皇上關係匪淺，皇上偏聽於他，採行後一計策，周王首當其衝。」

朱棣道：「這個黃子澄只因學問還可以，八股文章來得，便自負得緊，其實不過是個狗屁不通的腐儒，身為帝師，卻不想想本朝開國的現成事例。當年我父皇未稱帝前在江南爭雄，陳友諒兵強，張士誠財厚，我父皇夾於二者當中，腹背受敵，要眾人提出策略，眾人都是柿子挑軟的吃，皆主張先攻兵弱財厚的張士誠，再打兵強馬壯的陳友諒，只有我父皇與劉伯溫力排眾議，最後我父皇削平群雄，底定天下，證實自己的眼界果然不同凡俗。允炆倘若記得這個教訓，先削我藩，本王應變不及，只好當一回縮頭烏龜，乖乖俯首就範，黃子澄反倒先猛打草叢，再給予本王準備反擊的時間，可說是掩耳盜……盜那個甚麼的。」他讀書不多，一時之間忘了這句成語。道衍道：「掩耳盜鈴，自欺欺人。唔，奸臣當道，國亂民愁，王不出頭誰為主[4]啊？」朱棣嘻嘻笑道：「先生甭再發愁了，本王這不就聽從先生之勸，要出頭了嗎？」道衍道：「此誠江山之幸，萬民之福。」

朱棣沒再接他的話，道：「不久前允炆才派任工部侍郎張昺為北平布政使，謝貴為北平都指揮使[5]，本王原以為按照官員素有的僚氣及惰性，他們明年開春才會啟程，不意昨夜這兩個王八羔子居然聯袂到任，來得好不快捷，其中必有蹊蹺，看起來是存心不讓本王好好過這個年。」道衍道：「皇上因黃子澄之故，一向重文輕武，這回卻派了兩個練家子來，殿下不可不慎。」朱棣道：「這兩個王八羔子的武功很高嗎？」道衍輕頷光頭，道：「張昺是山西澤州人，胸懷大志，文武雙全，少時即通曉四書五經，又拜入嵩山少林寺習武，精擅金剛拳，後來獲得舉薦入仕。他並非科舉正途出身，卻能在洪武朝中平步青雲，可想而知其手段。謝貴家世顯赫，乃東晉謝安的第四十世孫，自幼癖好武術，不喜讀書，他父親不得已，送他上武當山跟道士習武，學有所成後投身軍旅，仗著武功高強，立下不少軍功，最拿手的技藝乃是轉掌。皇上派此二人前來北

4 道衍一直力勸朱棣起兵，好讓王頂白冠（即「皇」字）。據說有個冬日，朱棣忽見簷垂冰柱，便出一上聯曰：「天寒地凍，水無一點不成冰」。道衍對曰：「國亂民愁，王不出頭誰為主」，也就是要燕王出頭來當天下之主。

5 明朝初年，地方軍事指揮機關稱都指揮使司，簡稱都司，首長為都指揮使，與布政使（掌行政）、按察使（掌司法監察）同為正二品的封疆大吏。

平，實是挾朝廷之勢，仗少林、武當之威，既可公辦，亦可私了，手段多了不少。」

「儒以文亂法，而俠以武犯禁」，朱元璋深以為戒，開創大明朝之初，除了藉科舉取士來局限文人思想外，還延續元朝策略，使弄天下武人與明教鬥得兩敗俱傷，並收編他們，授予官職。不少武人貪圖富貴功名，爭相投效朝廷，又廣納門徒，各門各派一時間枝繁葉茂，開花散果，好不興旺，但僅屬曇花一現。朱元璋隨即濫殺武將，廣造火器，力倡科舉，鼓勵仕進，對武人的態度，從忌憚丕變為蔑視，他們在其心目中的地位，恐怕僅比宦官稍高半等。武林中有志之士不免心寒齒冷，年輕一輩這些年來，潛心武學者日少，投身科舉者驟增，更有如雪上加霜，中原武學根基已大受腐蝕。張昺、謝貴這兩個技擊名家卻在這節骨眼上出任北平重地的封疆大吏，若說朝廷別無圖謀，連三歲小兒也難以置信。

朱棣眉頭深鎖，道：「所謂『明槍易躲，暗箭難防』，這兩個王八羔子連暗箭也不用，光憑拳掌，便可取人性命，本王內力早已盡失，縱然打熬得筋強骨壯，可還抵擋不了武學高手的一招半式，這應當如何是好？」他與道衍一搭一唱，如演雙簧，同時將目光投向三保，三保視線遊移開去，垂首不語。道衍可由不得他逃避，突然雙膝跪下，向朱棣奏道：「臣以為於今之計，首要迴護殿下周全。燕雲鐵衛營乃寶公公創設，人數原僅數十，如今增至八百，武藝尚嫌粗疏，寶公公現已回府，臣奏請殿下恩准，由寶公公擔任燕雲鐵衛營總教頭，職司殿下安全及護衛燕王府。」

朱棣道：「先生快快請起，本王自是准奏。三寶趕得可巧，正好比張昺、謝貴這兩個王八羔子早一步到北平，想是天助我也，只不知三寶是否願意屈就，這可是殺頭的差使，還無正式職銜，領不了朝廷俸祿。」道衍不起身，一雙三角眼盯著三保，眼神中滿是期許。三保早已非懵懂無知少年，明白朱棣方才不惜折辱手下第一大將來攏絡自己，為的是要解決眼前的難題，雖然對他甚為不齒，爭奈韓待雪與十一個把弟的性命都操控在他的手裡，先前也已打定主意幫助他，這時不再裝聾作啞，也跪了下來，俯首道：「屬下雖力薄無能，武藝低微，然願效犬馬之勞，不計較職銜俸祿，唯有一項請求。」

朱棣問道：「你有甚麼請求？」三保道：「屬下只負責殿下人身安全，不願涉入軍務政事。」朱棣大笑兩聲，道：「你真能分得清楚嗎？唔，也罷，本王一併准了。」離座俯身，伸出二手，要同時扶起道衍及三保。三保心念一動，道：「且慢！屬下還有另一個請求。」朱棣有些尷尬，收回雙手，直起身子，道：「我的寶公公，你還有啥請求，快快說了，本王二話不說，一切照准。」三保道：「屆時屬下也將力保皇上的性命，懇請殿下諒解。」朱棣一怔，心想八字還沒一撇，先度過眼前的難關再說，頷首道：「保國衛君，理應如此。」三保叩首謝恩。

朱能曾親見三保的本事，滿心歡喜，站起身來，抱拳道：「恭喜殿下！賀喜殿下！殿下得寶公公之助，當真如虎添翼，大業可期。」眾人皆站立，張玉獨自坐著嘟囔道：「不過是個閹宦罷了，連自己的那話兒也保不住，還能有多大能耐？」朱棣橫了他一眼，並不作聲，反正已得到三保應允，無須再多費唇舌，也沒打算計較張玉的失禮。朱能擔心張玉此言刺傷三保，故意將話岔開，問道：「練兵需有場所，起事要備武器，張昺與謝貴既已來到，必派人刺探，咱們應當如何是好？」

朱棣神祕一笑，一屁股坐下，指示另外三人回座，拍拍座椅把手，道：「除了這張人皮椅子外，蔣瓛還送給本王一項大禮，事過數年，終於要派上大用。嘿嘿，當年錦衣衛攻占霸王島，蔣瓛將繳獲的上萬把倭刀，用來栽贓藍玉通倭謀反，鑄刀的工匠則央求本王派人看管，本王可沒讓他們閒著，以免技藝荒疏，這些年來已打造不少兵器，本要用以報效君父，保疆衛土，現在恐將拿來對抗朝廷。至於練兵場所嘛，本王數月前即命燕雲鐵衛營在王府寢宮地下挖鑿一個巨大密室，現已峻工，可充作演兵校場。」原來他早已有備，並非張昺、謝貴來到才臨時起意，因悉用內官行事，張玉、朱能等親信大將都不知情，三保昨日已蒙王景弘等人告知。

朱棣的嘻皮笑臉忽然變得嚴肅，鄭重道：「本王命馬三寶擔任燕雲鐵衛營總教頭，職司訓練，營中軍士在王府內由馬三寶統帶，出了王府則由朱能調度指揮。另外，由於演兵練武的動靜太大，張玉即刻選派五百精銳士卒扮作百姓，在王府四周蓄養雞鴨鵝等禽類，每當燕雲鐵衛營操練時，務使眾禽聒噪不休，以遮掩聲響，並須力行保密，絕不可洩漏於外。」三人俱離座躬身受命。

張玉是個戰功彪炳的大將，得到這麼一個怪異卑微的差使，既羞且惱，遷怒於三保，對他怒目瞪視，忿然退下。三保旋即點校燕雲鐵衛營八百軍士，他們皆為宦侍，出入王府寢宮不致引起猜疑，一有閒暇，便到地下密室操練。三保注意到其中有個青年的拳法使得虎虎生風，依稀識得，尋個空檔，找來一問，得悉他姓丁名勝，是滄州的回族子弟，因個性剛硬，拳法猛烈，還時常頂撞王景弘與洪保，因此在燕王府內得了個「小釘子」的渾號。

滄州東臨渤海，北倚天津，號稱「京津南大門」，自古便是兵家必爭之地，戰亂頻仍，且有京杭大運河通過，為水陸交通要衝，南來北往的各路人馬絡繹不絕，叛將逃犯尤其喜歡窩藏此間，故別名「小梁山」，又地處九河下梢，土地貧瘠，常生澇旱蟲災，生活極其艱困，是以民風強悍，多習武藝，以充任鏢師、護院作為生計，武術流派甚多甚雜，也不乏出類拔萃的人才。大明開國以來這些年，雖然北境遭蒙古鐵騎威逼，東南受倭寇海盜肆虐，另有明教屢屢興事，大致天下太平，人民得以休養生息，盜賊少有，朝廷刻意重文輕武，滄州居民反而不易謀生。丁勝父母空有一身高強武藝，因生活凌逼，不得已在數年前讓長子丁勝淨了身來燕王府充當宦侍。

丁勝使的是回族獨擅的湯瓶拳，此拳據說創自忽必烈麾下回回軍裡的武學高手，無論用於私鬥或戰陣，皆能發揮極大威力，百餘年來不斷精進，獲譽為「中原第二狠拳」，僅次於心意六合拳，泉州草庵洞壁是宋代產物，自然不會有所記載。湯瓶拳的起手式與收手式皆為一手前伸，另一手屈肘搭於腰際，從側面看來，活像回族居家常備的湯瓶壺，前伸之手仿如壺嘴，腰側之手則肖似壺把，是以得此名稱。該拳法包含老七式，分別為撕、拉、劈、挑、撩、鑽、開，每式各具七種變化，稱花七式，功架可依臨敵狀況而區分為高、平、低，以及大、中、小，再加上虛、實、軟、硬、陰破、陽打等等，身形與腿法亦極其講究，練拳之初得先練腳，招式端的繁複非常，變化莫測，卻又剛猛凌厲，不同於一般繁則不猛、猛則不繁的拳法。丁勝學得相當扎實完整，對同屬回族的三保毫不藏私，連心法口訣也都坦露無遺。

三保年少時常見父親演練此拳，因母親以「打死賣拳的，淹死會水的」為由，不喜見兒子習武，以免好勇鬥狠，惹禍上身，他只能偷偷跟從父親學些極粗淺的入門把式，而那已是十七、八年前的事了，此時看著丁勝一招一式使出，既喜歡，又傷感。他靜觀丁勝演練完一遍，參照心法口訣，已然領悟湯瓶拳要旨，試演幾招，果真威猛無儔，還點撥丁勝練得不甚到位之處。丁勝對三保自是服服貼貼，欣然拜謝而去。三保思量，湯瓶拳固然威力極大，卻是回族不傳教外之祕，況且殊難學成，也就沒打算教導其他人，只偶爾自與丁勝切磋。

八百燕雲鐵衛在三保的悉心調教下，個個武藝大進，十幾條彪形大漢等閒近不了任何一位的身。三保勤敏好學，一得空閒，便向朱能討教行軍布陣、帶兵統御之法，朱能則向三保請益武學刀技，二人愈發親近相得，只差沒拜上把子。

第二十七回　反目

次年，大明改元建文，允炆追封父親朱標為孝康皇帝，廟號興宗，並立未滿三歲的嫡長子文奎為皇太子。三月，允炆以防備邊境為名義，命都督宋忠屯兵開平，耿瓛練兵山海關，徐凱練兵臨清，三地皆去北平不遠，還調走原受朱棣統御的十數萬大軍，只留下定制的護衛藩王的三個衛，每衛不過五千餘人，即使加上私設的燕雲鐵衛營，直轄於朱棣的總兵力不到兩萬。這簡直是既緊扼住朱棣的咽喉，又硬拔去他的爪牙，如此一來，朱棣連要自保都嫌不足了，遑論逐鹿中原。

道衍認為目前師出無名，準備未周，況且自朱元璋死後不久，朱棣的三個嫡子都遭扣留在京師充當人質，唯一的庶子七年前已死，朱棣早就不能人道，等於血脈全掐在允炆手中，因此未到起兵時機，只得暫時隱忍。這當中還有一個極為重大的關鍵，那便是軍費。打仗耗資甚鉅，花錢快於流水，若空有兵而無餉，將士遲早譁變，可比甚麼厲害敵軍都還來得致命。道衍表示，不如順勢讓大軍調移，先由朝廷幫忙養著，待籌得充裕軍費後再號召他們歸建。朱棣對此論嗤之以鼻，大發幾頓脾氣，找了道衍幾次碴，卻也無可奈何，道衍隨即送上一份天大禮物，稍安朱棣的心。

小明王韓林兒稱帝的那幾年聚斂頗豐，龍鳳五年（元至正十九年）國都開封遭元將察罕帖木兒攻破前，韓林兒將大批財寶就地藏匿起來。朱元璋風聞此事（他極力拉攏察罕帖木兒的養子兼外甥王保保，或許跟寶藏不無關係），並有意取代韓林兒的宋朝繼承者地位，以符合「驅逐胡虜，恢復中華」的號召，因此一度打算定都開封，後來得到沈萬三的資助，且已奄有天下，不再急需小明王寶藏，加上其他諸多考量而作罷，但仍以開封為「北京」，春秋往來巡狩於應天與開封二都，暗命蔣瓛在開封遍尋寶藏未果，便擱置下來，將心力轉而對付明教，把胸無大志、原為吳王的第五子朱橚改封周王，以開封為其藩地。允炆廢了周王朱橚之後，宣稱開封周王府僭越規制，派人到那兒東挖挖，西挖挖，說是要「鏟王氣」，其實是要找出寶藏，以免落入朱棣或其他藩王手裡，卻一無所獲。周王府是以宋金皇宮為基礎改建的，規模原就甚大，朱橚早在洪武十四年即已就藩，連猜忌心重到無以復加的朱元璋都認可了，允炆居然在周王府的規制上大做文章，顯然僅是藉口而已。

明教至關緊要的兩方大光明聖印，刻著「聖明淨寶」字樣的那塊，內含小明王寶藏的藏寶圖，而鏤有「五雷號令」字樣的，則是開啟藏寶庫之鑰，所謂「號令百萬教眾」云云，並非全靠道德感召，更有賴金錢收買。高福興、田九成等人只因明教人才凋零甚速，倖居掌旗使之位，未曾與聞此一絕大機密，不知自己奪自韓待雪的大光明聖印僅是贗品，無怪乎號令不了百萬教眾，更別提這些年來，明教徒死難與變節的甚多，忠於明教且願意起而對抗朱元璋者，已所剩寥寥。道衍乃明教地位僅次於教主而與日使並列的月使，自然知曉寶藏與聖印內情。韓待雪先遭三保離棄，復受高福興等人背叛，由是性格大變，後來雖與三保復合，心中陰影始終抹除不去，不再相信任何人，假印之事連三保也隱瞞了。高福興、田九成兵敗遭擒殺，分別從他倆身上搜出的大光明聖印證實為假。道衍消息靈通，得悉後即派清虛拐來韓待雪，再哄得她心甘情願交出真的聖印，另遣別的心腹前往開封尋得藏寶庫，打開庫封，取出內藏珍寶，送來北平。不過此事必須避開朝廷耳目，是以進展得甚為緩慢，朱棣再如何心癢難搔，也得強自按捺。

再說黃子澄、齊泰在建文元年四月的這個月裡，奏請允炆接連削去齊、湘、代三王，皆全家廢為庶人。湘王朱柏一向醉心於道家思想，自號紫虛子，曾親上武當山尋訪張三丰，同樣只因湘王府邸的規制越級而遭控謀反，不禁怒極攻心，把道家「柔弱者生之徒」的教訓悉拋腦後，居然舉家自焚，以死鳴志。齊王朱榑與代王朱桂束手就範，受到軟禁。到了六月，岷王朱楩也被入罪，廢為庶人。朱元璋共有二十六個兒子，他還在世時，第一、二、三、八、九、十、二十六等七子已死，如今第十二子又亡，第五、七、十三、十八子給孫子廢為庶人，第十九子以降皆年未及冠，尚不成氣候，自然不足為患，其餘幾個人人自危，如此一來，洪武大帝高築的大明藩屏，已瀕臨分崩瓦解。

五月十日是朱元璋的忌日，朱棣原該奉旨入京祭拜，自知這麼一去，王位不保不說，還可能身陷囹圄，更別提王頂白冠之美夢勢必就此破滅，因此假託病重，無法親往，差長史葛誠與護衛指揮盧振送去祭品，並奏請允炆恩准自己三個嫡子返回北平探病。齊泰提議將朱棣滯京三子收押起來，以讓早已不能人道的朱棣投鼠忌器，不敢輕舉妄動，免得絕後。黃子澄有意跟齊泰別苗頭，說如此做會授予朱棣起兵理由，不如放他三個兒子回去，好去除他的疑心，日後才好襲擊。允炆再度採納黃子澄之議，准予放行朱棣三個兒子。這三兄弟的大舅舅魏國公徐輝祖一聽說此事，連忙氣極敗壞前去求見允炆，奏道：「臣這三個外甥各有本事，次子朱高煦最是勇悍無賴，無論背君叛父，甚麼壞事都做得出來，跟他老……，唔，將來必成大患，留下他們，可剪除燕王一臂。」他原想說朱高煦跟他老子朱棣全然一個樣，但朱棣最起碼在名分上是允炆的親叔父，所謂「疏不間親」，這句話也就硬生生吞了下去。

允炆拿不定主意，復諮詢黃子澄，黃子澄已然懊悔縱放朱棣三子，畢竟朱棣目前手上僅剩親兵三衛，連北平駐軍都不是他的人馬了，哪還有甚麼兵可起？允炆遂命徐輝祖追回他的三個甥兒。就在他們議論的當下，朱高煦明白自家三兄弟仍身處險境，而大舅舅徐輝祖得其父中山王徐達的真傳，勇力過人，武藝超群，騎術精湛，槍法通神，號為「鬼馬神槍」，且善於馴養良駒，於是偷偷潛入魏國公府邸，把馬匹盜竊一空，三兄弟與隨從們騎著徐輝祖親自豢養調教的駿馬，揚鞭急馳北返。朱高煦不理會長兄的勸阻，一路上殺官劫掠，以抒發受到軟禁的怨氣，全然目無國法。徐輝祖得了御旨，回家一看到空蕩蕩的馬廄，氣得頭頂直冒青煙，咒罵不休，卻也無可奈何，只得進宮據實上奏。允炆秉性仁厚，原就無意加害這三個堂弟，且與年齡相仿、知書達禮而腿有殘疾的燕王世子朱高熾交好，得悉他們逃脫，非但不再追究，反倒暗覺鬆了口氣。

朱棣得了小明王寶藏，家底殷厚充實到滿溢出來，三個嫡子又安然返回，便命親信們分頭招兵買馬，因動靜太大，遭燕山的一名百戶向朝廷告發他的兩個手下于諒、周鐸圖謀不軌。允炆密遣錦衣衛將于、周逮至京城，親自訊問。于、周皆是鐵錚錚的硬漢，原就無懼於酷刑，更何況打從蔣瓛黨羽遭清除一盡以來，錦衣衛的逼供手段已大不如前，但二人招架不住當今大明天子的軟言懇求，坦承受朱棣指使，圖謀陰蓄武力，至於是否真要造反，他們就不得而知了。黃子澄大喜過望，奏請允炆立即發兵討伐朱棣，這時傳來朱棣發瘋病危的消息。允炆極畏懼朱棣，也因北平對於防堵蒙古殘餘勢力的地位相當重要，不敢妄動干戈，依黃子澄之議，諭令張昺、謝貴前去探視朱棣病情，並見機行事，倘若查知朱棣裝病，即當場拿下，押解來京，適可治燕王欺君罔上、抗旨不朝之罪。

這一日剛入三伏，北平比往年還來得炎熱，仿如一口大烤爐，張昺、謝貴二人手捧聖旨，頭頂烈日，冒著暑威，帶領數十個千中挑一的健卒至燕王府宣旨。朱棣再怎麼膽大妄為，也不能避不見面，正好道衍與三保同在書房裡，他心上來氣，放下湊到脣邊的冰酪，揮退報信者，一手猛揮團扇，另一手不停撥弄濃密長髯，以散發熱氣，卻愈散愈熱，額頭上盡是黃豆大的汗珠，急問道衍該如何是好。

道衍道：「張、謝都是練家子，光看殿下神色，即知是否當真生病，不像一般人可以輕易矇騙過去，這事於急切間可不易辦。」朱棣道：「你這不是廢話嗎？本王清楚得很，才在心急火燎啊！本王前些日子頭插草標，赤著腳滿市場亂走，逢人便哭爹喊娘，那已是最底限了，可不想學孫臏，為了佯裝瘋癲而大嚼狗屎。」他看道衍的神情古怪，連忙補充道：「莫說狗屎，吃人糞也是不行的，說不得，只好立刻動手了。」道衍道：「咱們目前尚準備不周，若能儘量拖延，那是最好不過的了。」朱棣雙手忽然停住動作，一張紫膛臉垮了下來，沉聲道：「先生一直力勸本王起兵，如今錢有了，兒子們也回來了，賊人還已侵門踏戶，反而要本王儘量拖延，不知是何道理？本王不管了，先生得想出一個妥善辦法來。」說完，雙腳前伸，身子坐低，後腦杓枕在藍玉的頭皮上，兩眼眯起，口哼小曲兒，隨著曲調搖頭晃腦，輕搖團扇，一副天風海雨不驚的悠哉模樣，唯汗水仍涔涔而出。

三保自從跟日月門的陰、陽二使動過手後，數月來反覆尋思：他二人放著原有的極強內力不用，偏偏要使初學乍練的明教神功，因而功力反倒顯得遠不及自己，但他們能將明教神功化為純陰與純陽，可見功夫人人會使，巧妙各有不同，當真學無止境。他本就資質過人，明教神功也已練得周全，且曾獲多位高人指點，其中的多杰老喇嘛，更具備雙掌化分陰陽的好本事，三保逐漸摸索出門道來，目前雖然尚未練到要陰即陰，欲陽便陽，無法用來跟高手過招，不過若得到調息運功的餘裕，要使出純陰或純陽的掌力，倒也不成問題，此時見朱棣面臨燃眉之急，連智計百出的道衍也束手無策，便道：「啟稟殿下，屬下有個法子，只是頗具凶險，不知使不使得。」朱棣道：「不妨說來聽聽。」

三保說出想法，朱棣聽完，望向道衍。道衍沉吟道：「這法子的確有些凶險，不過迫在眉睫，或許使得。」朱棣曾習練多年內功，十分清楚凶險所在，白了道衍一眼，道：「挨打的又不是你，你當然覺得可以使得。」轉向三保道：「三寶啊，本王最信得過的人，除了道衍先生外，首推老兄你啦！然而你這一掌倘若使輕了，須瞞張、謝二人不過，但要是使重了，那就弄假成真，我這條命即刻葬送在你的手裡。」他咬咬牙，臉現堅毅神色，道：「好，事到如今，那就來吧！」

三保調勻氣息，勁分陰陽，蓄陰勁於右掌，集陽勁於左指，心裡閃過幾個念頭：「我只須稍稍多加點兒勁力，允炆從此可安坐皇位，我便報了他對我的知遇之恩，也稍減我殺他父親的愧疚，千萬生靈亦可免於戰火塗炭。然而如此一來，月使的一片苦心，明教千萬殉難的徒眾，豈非全然白費！雪兒是否會因此恨我，而我跟她今後又要何去何從呢？但明教究竟與我何干？我家破人亡的血海深仇，揮刀自宮的奇恥大辱，要跟誰去算呢？至仁至慈的真主啊，我馬和到底應該如何是好？」他這些念頭一閃即逝，略略遲疑，左手陽指疾點朱棣的心脈要穴，右手陰掌往他的背心拍了下去……

張昺、謝貴在承運殿的廡廂枯等良久，實在按捺不住，自恃武功高強，不帶任何親隨，逕往後殿走去。他二人是建文帝欽命的北平最高政、軍首長，而且奉有聖旨，燕王府裡無人膽敢攔阻，縱使真有不長眼的，也會三兩下子即被打翻在地。二人長趨直入至朱棣寢宮前，看到正、副良醫與幾個內官圍立在外頭，皆一副垂頭喪氣模樣。張昺與謝貴素知朱棣狡猾多詐，不肯善罷甘休，對視一眼，要往裡頭硬闖，一個身材高大、面目俊朗的宦侍張開雙臂阻擋。謝貴哼了聲，出手如電，扣住那宦侍的手腕，一扭一送，那高大俊朗的宦侍往後跌去，撞開寢宮之門，摔倒在地，一團熱氣轟地自內竄出，撲上身來。張、謝二人吃了一驚，定睛一瞧，對於眼前景象全然不敢置信。大熱天裡，這寢宮居然窗牖緊閉，裡頭還燒了個焰旺旺的火爐，火爐邊的一張羅漢床上半躺半坐著個中年漢子，其全身裹著厚重皮裘，猶自瑟縮打顫，再一細看，發覺那漢子赫然是雄鎮北疆的燕王朱棣。

張昺、謝貴再次對望一眼，跨過躺在地上呻吟的宦侍，比肩齊步走到羅漢床前數步，跪拜道：「卑職張昺，卑職謝貴，叩見王爺千歲千歲千千歲。」他們原是奉聖旨而來，但聖旨只是個幌子，一見著朱棣如此模樣，就沒打算請出來。朱棣氣若游絲，兩眼呆滯，嘴角流涎，直淌到他素來引以為傲的美髯上，而那一大口濃密美髯，已給涎液浸得濕透，再讓熱氣一蒸，散發出令人作嘔的臭味，瀰漫整個室內，另有別的惡臭來自他的下身前後。朱棣沒搭理床前跪著的二人，喃喃顫聲道：「凍、凍、凍，凍死我啦！」

張、謝面面相覷，未得朱棣允許，不敢擅自起身，才跪一會兒，全身汗濕，朱棣兀自連連喊凍。張昺強忍惡臭，膝行至羅漢床邊，抬眼打量朱棣，看他臉色慘白，滴汗全無，而嘴唇青紫，上下牙齒相互碰撞，不住發出答答響聲，全然不似作偽，但還要確認，道：「卑職稍通醫理，斗膽為殿下把個脈。」也不管朱棣答應與否，將手伸進他的皮裘內，手指搭在其手腕上，但覺觸手冰冷異常，如摸著寒冰。張昺收回手，道：「恭祝殿下玉體早復，卑職二人先行告退。」拉著謝貴匆匆離去。一出燕王府，張昺低聲道：「燕王脈象飄忽虛弱，看來尸居餘氣，形神已離，命在旦夕，皇上可去一心腹大患，實乃社稷之福。」謝貴道：「燕王向來勇悍，年方不惑，竟一病如斯，難怪連猛張飛都畏病甚於畏死。」二人不敢太過於放肆，只相視微笑，回返布政使司，聯名飛書奏報京師。

摔倒在寢宮地上的宦侍正是三保，他一待張、謝二人離去，趕緊起身，發功化去朱棣身上的寒氣，而他事先用純陽內勁護住朱棣的心脈，不令大損。朱棣冒險騙過張昺、謝貴，暫解危機，十分得意，當夜設宴慶功，沒料到長史葛誠上回進京時，受到允炆策反。葛誠一直苦無吃裡扒外、報效君上的良機，此刻見獵心喜，在宴席中頻頻舉杯恭賀朱棣，心裡打的全是別的主意，次日一早即去向張昺、謝貴告發朱棣裝病。張、謝親見朱棣死多活少的慘況，根本不信葛誠言語，只一味跟他虛與委蛇。葛誠無奈，寫了封密奏，輾轉送達允炆手上。

允炆先接獲張、謝飛書，憂愁才下眉頭，不意過了數日收到葛誠密奏，煩惱復上心頭，找來一干大臣商議，眾大臣難得意見一致，都說應該立即討燕。這回卻是允炆不願冒然興兵，傳旨宋忠率軍進駐居庸關，並命張昺、謝貴逮捕燕王府一干官僚，但依然不敢也不願對朱棣本人下手。允炆曾遭朱棣恐嚇，那是生平唯一一次，因此極畏懼他，內心深處也有意效法三保懲奸除惡，而朱棣即是最奸最惡的大魔頭，比蒙古大汗、倭寇首領還可怕許多，倘若這個大魔頭不敢輕舉妄動，或太容易除去，那便全然沒意思了，而這個決策背後，也不無感念朱棣將三保送給自己的成分在。黃子澄常伴允炆，深明其心思，也就跟他一同兒戲起來。

七月四日，張昺、謝貴領了數千軍馬，團團圍住燕王府，將詔書與要逮捕的官僚名單送進燕王府，限定時辰要朱棣照辦。朱棣掃視名單，發現長史葛誠與護衛指揮盧振不在其中，即知這二人反叛，先不動聲色，與道衍、三保密議。道衍覷了三保一眼，計上心來，道：「臣有一計，成敗繫於寶公公與燕雲鐵衛營，還望寶公公成全。」然後說出計策。朱棣道：「養兵千日，用在一時，成敗在此一舉。」對三保鄭重說道：「三寶，本王明白你不願意牽扯進我跟允炆之間的爭鬥，然而今日倘若事敗，本王一家老小可連命都沒了，更別說甚麼皇位不皇位的。」三保跪下道：「屬下誓死迴護殿下周全。」朱棣扶起他，握住他的雙手，溫言道：「本王信得過你，再次將性命交在你的手裡。」

卻說張昺、謝貴估量所限時辰已到，正要下令攻打燕王府，忽見端禮門敞了開來，先前會過的那名高大俊朗宦侍走出，高宣：「一干欽犯皆已悉數捆縛到案，燕王有請張布政使與謝都司二位大人入內。」那宦侍自然是三保。張、謝二人互望一眼，要帶兵進燕王府，三保喝道：「且慢！燕王有令，僅二位大人可進燕王府，其餘都留在府外等候。」張、謝二人往府內探了探，望見庭院裡、廊道中有不少人跪在地上，皆遭五花大綁，幾個宦侍站在他們身後看守，因自恃武藝超群，數千軍馬就在燕王府外虎視眈眈，且指揮盧振已事先調走燕王護衛，諒燕王縱想使詐，也插翅難飛，便吩咐眾軍士留在府外戒備，未得自己親口允許，絕不可放任何活物進出。二人交代畢，隨三保走入端禮門，接連穿越承運殿、圓殿，進到存心殿裡，看見燕王拄著枴杖，大剌剌坐在虎皮椅上相候。

朱棣一見著他們，晃了晃拐杖，欠了欠身，道：「本王託皇上鴻福，惡疾稍瘳，唯病體依舊慵慵困倦，不方便起身相迎，還請二位大人見諒。」他氣色紅潤，雙目炯炯，中氣十足，與張、謝二人上回所見，實有天壤之別。朱元璋偏袒自家人是出了名的，朱標也極愛護弟妹宗親，允炆有樣學樣，雖將幾個叔父廢為庶人，仍對他們禮遇有加，反而重罰了膽敢對他們稍有不敬的官將。張、謝對此事屢有風聞，且「疏不間親」乃千古至理名言，是以對朱棣畢恭畢敬，禮數不敢絲毫有虧。朱棣賜二人坐，二人謙辭幾句，坐了下來，屁股只沾到一些兒椅面，神態甚為拘謹，哪裡像是來抓人的，張昺一向老成持重，倒也罷了，謝貴剛踏入府內時威風八面，此刻卻是一副小媳婦兒模樣。

三人各說了些不著邊際的應酬話後，朱棣轉入正題，道：「本王天性粗疏，又是多愁多病的身子骨，每每纏綿病榻，幾度瀕臨死境，對於管教一事，著實有心無力，致令府內藏汙納垢，奸逆叢生，竟惹皇上費心，二位大人勞神。今兒幸賴皇上英明，與二位大人力助，本王得以將奸逆一網打盡，悉數逮捕到案，稍待片刻，即請二位大人核驗核驗，看看是否有漏網之魚。」張昺道：「殿下屢屢出師漠北，掃蕩韃虜，戰果輝煌，功業彪炳，實為江山之屏障，社稷之柱石，諸王之楷模，群臣之表率，今日之事，必定出於甚麼誤會。卑職與謝都司一向仰慕殿下得緊，只待誤會冰釋，盼有朝一日，能附殿下驥末，效法先賢『駕長車，踏破賀蘭山缺』，方不負男兒報國之志。」朱棣書讀得不多，岳飛這首〈滿江紅〉倒是爛熟於胸，道：「『壯志飢餐胡虜肉，笑談渴飲匈奴血』，岳爺爺這兩句寫得當真是壯懷激烈，深得我心。二位大人忠肝義膽，豪氣干雲，燕王府內並無胡虜肉、匈奴血可饗二位，聊以瓜片代替。」站起身來，一手拄著枴杖，一手抄起兩片皮薄翠、瓤沙紅的西瓜，顫巍巍地走向他們。

北平自遼聖宗年間（西元一〇二〇年代）即有西瓜種植，為御花園裡的異果奇珍，遼道宗耶律洪基更曾設西瓜宴款待王公大臣，堪稱食壇韻事。時至建文元年，西瓜雖較遼、宋時為多，但仍甚稀有難得，列為貢品，貴為北平最高政、軍首長的張昺、謝貴，也只品嚐過兩三回，對於其鮮甜多汁、甘美爽口的好滋味，一直低迴不已，而且吃過的都是黃瓤，朱棣手上的西瓜片奇香撲鼻，瓤肉色呈血紅，那是只曾耳聞、未曾目見的西域珍品，料想是以蒙古快馬奔馳千里送達，大可媲美「一騎紅塵妃子笑」的荔枝，自己居然就要可以親嚐，不禁又驚又喜，誠惶誠恐地離座而起，控背躬身，各自伸出微微顫抖的雙手要承接。豈料朱棣手腕一轉，竟將珍稀難得的西瓜片往地上使勁一砸，頓時汁水四濺，瓤肉噴滿一地，緊接著厲聲罵道：「他奶奶的，即便是尋常百姓人家，也會相互體恤幫助，本王是皇上的叔父，為了大明江山拚死拚活，吃盡雨雪風霜之苦，冒盡矢石刀槍之危，反而要時時擔心性命給皇上收了去。皇上既如此無情，便休怪本王無義。」提起拐杖，滿懷臣子之恨，龍行虎步地往殿後走去，頗具怒髮衝冠之勢，只差沒學岳飛仰天長嘯，全然不像大病初癒之人。

張、謝二人愣在當地，一時沒了主意，忽聽得府外連珠火銃爆響，這才回過神來要追將進去。三保再次張開雙臂阻攔，道：「在下不才，想領教二位大人的高招。」謝貴冷笑道：「區區閹豎，竟妄想以螳臂擋車！難道你的骨頭當真如此輕賤，上回摔得不夠重，這會兒還想討打嗎？」張昺已看出三保懷有驚人藝業，道：「謝大人萬萬不可輕敵！這位公公氣息綿綿，若有似無，寂寂不動，如同淵停嶽峙，舉手投足，彷彿行雲流水，武功著實不弱。」謝貴道：「張大人是少林高徒，小弟乃武當傳人，合你我之力，要於百萬軍中取上將首級，可謂易如反掌，這傢伙雖然生得牛高馬大，到底只是個低三下四的閹豎，能有多大本事？」

三保聽謝貴反覆蔑稱自己為「閹豎」，難免有氣，也想試試湯瓶拳的實戰威力，遂道：「謝大人師承玄門主流，張大人出身佛門正宗，在下便以初學乍練的回族武藝，分別向二位討教轉掌與金剛拳。」說完，一手前伸，另一手屈肘搭腰，口誦「太斯米」，意謂「奉至仁至慈的真主之名」。謝貴聽他如此托大，居然打算以剛剛學得的異族武術，來挑戰自己浸淫三十年的成名絕技，鼻孔哼了好大一聲，道：「狂妄小子，膽敢班門弄斧，今天謝大爺就送你去見你的真主。」身形閃動，欺到三保左側，一出手，便是轉掌的絕招。轉掌講究「以動制靜，避正打斜」，身法按八卦圖遊走不已，基本掌法為先天八掌，又稱八母掌，分別是蛇形順勢掌、龍形穿手掌、虎形回身掌、燕翻蓋手掌、轉身反背掌、擰身探馬掌、翻身背插掌、停身搬扣掌，每一母掌各自化生出八種變化，招招相續不斷，式式纏綿無盡，即為後天六十四式纏連掌。

謝貴一見三保湯瓶拳的起手式，便使出燕翻蓋手掌，同樣也是一手前伸，另一手置於身後，有意跟他別苗頭。三保早經道衍告知謝貴擅長的武技，而轉掌絕不罕見，泉州草庵洞壁繪述有破解法，但三保捨棄不用，一心一意要使湯瓶拳。他對於如何克敵致勝，成竹在胸，故意用言語擠對謝貴，謝貴果然一出手即用轉掌。湯瓶拳著重後發先至，這說起來簡單，要能做到，談何容易！卻見三保不退反進，左手掌往外一翻，撩開對方的燕翻蓋手掌，仗著本身手長腳長，同時用左腳掌扣住對方的一隻腳踝，右手使出五成勁力，一記鑽拳直打謝貴中路。謝貴感到來拳威猛無儔，且甚刁鑽，大吃一驚，自忖萬萬無法力搏，急欲遊走開去，腳下一個踉蹌，立足不穩，勉強發掌要硬接這一招，不意來拳急轉直下，倏變為撕式，待要招架或閃避，都已不及，忽覺下體一陣撕裂劇痛，禁受不住，暈厥過去。

張昺雖然瞧出眼前這個青年宦侍的本領不低，但絕料想不到他一出手，便結果了威名赫赫的謝貴，顧不上江湖道義，且於電光石火間琢磨出一些門道來，放著最擅長的金剛拳不用，一記追風砲拳直打三保後心，這已算是偷襲了。砲拳創自宋代的福居禪師，號為「諸拳之王」，與金剛拳同屬少林十大名拳[6]，講求「內要提，外要隨，起要橫，落要順，打要近，氣要催，拳如砲，毀敵身」，正所謂「少室正宗武之花，諸拳之王砲拳架。一招一式衝天塌，手足身步捲風沙。拳似發砲身如龍，趨避神速妖皆怕。」不過有元一代與朱元璋皆刻意剷除中原武人，如今流傳於世的砲拳殘缺不全，威力大減，根本無法與宋朝時的砲拳相提並論，連小妖小怪也不怎麼怕了，何況是武學大高手馬三保。

張昺這招固然威猛神速，卻撲了個空。三保彷彿背後長眼，身子突然橫移三尺，回身出掌，劈向張昺的手臂。張昺明白如被對方掌緣真氣劈中，這隻手便算廢了，趕緊收回，另隻手發出迎面砲。三保已打倒謝貴，有意拿張昺試招，側過身子，化掌為爪，抓向張昺肩頭。張昺身子一矮，閃過這一抓，隨即由下往上發出一記沖天砲。三保上身後仰，間不容髮避開這凌厲非常的一擊。張昺趁對方尚未站定，發出連環砲，一拳快過一拳。三保上身仍是後仰，雙腿不住後退，張昺連出四十幾拳，拳拳僅挨著他的衣服，連一絲皮膚也沒沾到。

張昺駭然，連忙變招，羅漢拳、七星拳、大戰拳、長拳、小紅拳等等拳術交互使出，又飛

6 其他八種為太祖長拳、小紅拳、連環拳、七星拳、長護心意門拳、羅漢拳、梅花拳、大戰拳。

快打了數十拳，三保瀟灑自如地全接了下來，始終只用湯瓶拳應敵。張昺久戰不下，不免焦躁，而他工於心計，故意行險賣了個破綻，假裝踩著西瓜皮，致腳底一滑，看到對方中計追了過來，其胸腹敞出個大空門，暗自得意，抓緊機會，畢聚全身功力，發出一記「碎為微塵」，正是金剛拳的絕招。三保讚道：「來得好！」以湯瓶拳的劈式硬碰硬，兩股剛猛巨力迎面相撞，發出轟隆一聲巨響，震破存心殿的屋頂，瓦片四飛，張昺的身軀雖未碎為微塵，卻已化成一灘肉泥，深深嵌進存心殿的牆壁裡。

三保口誦「接嘟哇」，意為「真心誠意接受真主的恩賞」，俯身抓著暈死在地的謝貴的後衣領，提起他的身軀，正要出殿，瞥見清虛道人仗劍挺立在存心殿與寢宮之間的穿堂中，心想：「道衍畢竟不全然信得過我，還是留了個極厲害的後著。唔，萬一有朝一日，我必須跟清虛性命相搏，不知誰死誰活？我現在的武功還不及他，再過幾年，那可就不一定了。」他出到端禮門前，赫然見到府外屍橫遍地，燕雲鐵衛往來逡巡，一發現倒臥的官兵尚有氣息者，便一刀了結之。朱棣自上回張昺、謝貴前來打探後，暗中加強防備，方才以擲瓜為號，埋伏在王城上的衛士輾轉得令，以火銃、連弩猛烈射擊張、謝所部官兵，朱棣與朱能分率燕雲鐵衛營八百壯士，循祕道殺出府外，張玉則帶領伴養家禽的五百健卒，從外往裡夾攻。隨張、謝前來的數千官兵群龍無首，先遭火銃與弩箭射得七零八落，繼讓亂飛亂竄的家禽搞得昏頭搭腦，復見燕兵從四面八方殺來，全然不知如何因應，不消多時即被砍殺精光，一個不存，過不多時，葛誠與盧振受縛而來。

三保踩著屍身間的血泊來到朱棣面前，將謝貴往地上一擲。謝貴身子受到劇震，甦醒過來，抱著血淋淋的下體狂呼猛叫，滿地打滾。朱棣揩拭臉上血漬，驚問：「三寶，你把謝大人怎麼了？」三保道：「謝大人武功不弱，屬下有意召募他進燕雲鐵衛營，斗膽徒手一撕，將他淨了身。」朱棣啞然失笑道：「你這『手撕雞』的獨門功夫當真了不起，本王日後或將保薦你擔任司禮監太監，給每個應徵內官者都來這麼一下，豈不省事！」他煞有介事地打量謝貴一會兒，道：「唔，可惜這位老了些，還蓄有鬍鬚，要當宦侍，模樣不甚討好。此外，本王引他去存心殿，已透露存心不良，他也領會不到，未免太蠢，看來本王恐怕要謝絕三寶的好意了。」謝貴聞言，怒髮上指，咬牙切齒，瞪視朱棣，目眥盡裂，鮮血從他的眼眶滲出。朱棣嘻嘻笑道：「不讓他當宦侍，這老小子還很不服氣哩！」周遭之人盡皆大笑。

謝貴忽然虎吼一聲，躍起撲向朱棣，他下身雖受重創，手腳武功絲毫無失，情急拚命，委實非同小可。朱棣猝不及防，急往後退，教一具屍體絆倒，一屁股摔坐在血泊中，好不疼痛，起身待要再逃，卻見謝貴定住不動，仔細一看，原來他給三保點了穴道，趁機揮刀斬斷他的脖子。謝貴的頭顱在地上滴溜溜轉了幾圈，停了下來，一雙血目兀自對著朱棣圓睜怒視。朱棣上前一腳，將謝貴的腦袋瓜兒踢得大老遠，罵道：「滾你的頭，去你的蛋，竟敢嚇唬老子。」三保忖道：「謝貴雖自負得很，又極鄙視閹人，倒不失忠義節烈。」不禁大感懊悔，飛身去捧回他的頭顱，以手闔上其雙眼，再將頭顱安放在屍身上，對他磕了三個響頭，誦唸「克里麥團依拜」，意思是「願真主與你同在」。三保此舉無異公然給朱棣難堪，朱棣惱恨在心，但不好在此時發作，寒著臉問道：「張昺如何了？」三保起身回道：「屬下已給張大人一個快死。」

朱棣幫自己找下臺階，沉吟道：「唔，張昺、謝貴皆朝廷命官，與本王素無瓜葛，如今奸臣當道，皇上受到蒙蔽，他倆不過是奉命行事，本身並無過錯，大丈夫一碼歸一碼，須厚葬二人。」再指著葛誠與盧振喊道：「至於這兩個吃裡扒外的混帳東西，來人哪，把他們拖下去剁成肉醬炒熟，今晚拌麵吃，方消我心頭之恨。」自有人前來將葛、盧二人橫拖倒曳地拉走。朱棣又喊：「等等，留下他倆的心肝別剁，本王倒想生啖看看，會是怎樣的噁心滋味。」

道衍徐徐走出，道：「殿下，出入北平的九座城門都還在官軍的掌控之中，須趁消息尚未走漏，趕緊乘勝奪回。」朱棣回道：「先生之言正合我意，本王即命……」三保道：「啟稟殿下，燕雲鐵衛營方才已血戰一場，以寡擊眾，傷亡甚重，且疲累不堪，懇請殿下恩准他們在府內暫歇療傷，如此亦可保衛王府，以防官軍偷襲。」他環顧燕雲鐵衛們，發現折損不少，心下甚痛，顧不得禮節，冒然打斷朱棣的發號施令，否則軍令一旦下達，要主帥立即收回成命，那可是千難萬難。朱棣這下子不由得不惱怒，緊抿著嘴，哼聲從他鼻孔噴薄而出，冷冷說道：「你既然這麼心疼你的哥兒們，那麼你代替他們去啊！」掉頭大步走開，道衍與幾個將領趕忙跟了過去。三保站在原地不動，抱拳躬身道：「遵命！」

王景弘、楊慶、李興等燕雲鐵衛營的老班底圍在三保身後，齊聲道：「我等皆願追隨大哥。」三保回過身去，道：「諸位賢弟，萬萬不可。」王景弘道：「大哥，咱們是結拜過的，總要同生共死，禍福與共，才合兄弟之義，你不能老將一切危難獨自攬起，今日之事可不比當年宦侍之間打架啊！」三保道：「非也，非也，我並非要獨攬一切，咱們兄弟其實是分頭辦事。營裡弟兄頗有傷亡，端賴諸位賢弟照料善後；還有不少弟兄今日是首次拚殺，受驚甚劇，也需諸位慰撫鼓勵；保衛王府的重責大任，更要著落在諸位的肩上。為兄去去就回，不會有事的。」「大哥……」其他人還要再說，三保抬手止住，道：「此事就這麼定了，諸位賢弟救死扶傷要緊，休再多言。」他近來因韓待雪之故，對於愈親近之人愈缺乏耐性，總覺得我是真心為你好，你為何就不能坦然接受呢？

第二十八回　奪門

在三保與其把弟們爭論之際，朱棣已將萬餘名親軍三衛分撥調度妥當，兵分四路，每路約四千名軍士，一路由張玉率領，先奪北平城東南首的文明門[7]，再取正南的麗正門；一路由徐忠率領，先破西南的順承門，再下西方偏南的平則門；一路由朱能率領，先攻正東偏南的齊化門，再打東北的崇仁門；一路由李彬率領，先襲正北偏東的安定門，再擊正北偏西的德勝門。最後張玉會合徐忠為南路軍，朱能會合李彬為北路軍，合圍西北首的和義門，南北二路總受張玉號令。

三保脫下宦侍官服，裡頭一身勁裝，因與朱能交好，隨朱能出發。眾軍士在行進間胡亂吃些乾糧果腹，當迫近齊化門時，夜幕已然低垂，眉月斜掛牆頭。由於從半途起，即開始人銜枚，馬勒口，摸黑前進，並未驚動看守齊化門的官兵，官兵們若非還在埋鍋造飯，便是已經食罷，多半左右無事，準備安歇或找樂子去。朱棣下令將張昺、謝貴所帶數千軍士殺得精光，且以迅雷不

[7] 這九門是指內城九門，且用明初的名稱。通行於今的正陽、崇文、宣武、東直、西直、朝陽、阜成之名，皆於永樂或正統年間所命，唯德勝、安定之名是在洪武年間即定。

及掩耳之勢，把叛徒一網成擒，四路人馬隨即出發，是以風聲未曾走漏一丁半點，九個城門皆防衛疏鬆，縱使有備，也是針對城外可能前來偷襲的蒙古人，不過幾個大汗還嫌自己逃得不夠遠，哪敢前來捋虎鬚，九門守軍僅敷衍了事，渾沒料到大禍居然起自深溝高牆之內。

三保跟朱能商議道：「咱們倘若明火執杖攻打齊化門，崇仁門的守軍勢必警覺，再要強攻，須多費力氣，何況燕軍人馬甚缺，應儘量減少傷亡，以保存戰力，不如愚弟再演夜見北元太尉乃兒不花的舊事，朱兄率兵逕去襲擊崇仁門，留五百軍士即可。」朱能道：「此計雖妙，我軍之中卻無人有觀童的巧舌。」三保道：「愚弟去將齊化門指揮縛了來，刀架其頸，不由得他不服。」朱能道：「我留千戶丘福領五百軍士聽馬兄差遣，馬兄務須小心。」三保道：「多謝朱兄關心，愚弟省得。」才說完，不多耽擱，往齊化門摸了過去。他對明軍狀況瞭若指掌，武功又高，不消多時，便在神不知、鬼不覺之下，將指揮馬宣負在肩上扛了回來，朱能已分兵離去，丘福持叉迎住。

三保放下馬宣，道：「張昺、謝貴意欲不利燕王，已遭誅殺，你的命掌握在我手裡，不如降了吧！」邊說邊出手解了馬宣的穴道。馬宣昂然道：「食君之祿，忠君之事，我馬宣絕對不會投降反賊。你要殺便殺，要剮便剮，大丈夫只恨未能馬革裹屍，戰死沙場，竟是把寶貴性命，葬送在雞鳴狗盜之徒手裡。」三保突然後躍，從一個軍士的手裡奪下一把刀，又往前欺，掄刀在馬宣周身舞起一團銀光，緊接著後縱，刀歸原主，再躍回原處站立，不發一語，哂望馬宣。他後躍、取刀、前縱、揮刀、再後躍、還刀、返回，全在一眨眼間完成，加上天色昏暗，沒人瞧得清楚，都只覺眼睛一花。馬宣冷笑道：「你到底在幹啥？跳來跳去，跟隻發了春的大馬猴沒兩樣，可嚇唬不了……」忽然一陣嘩嘩聲響，他身上所披鎧甲與上身衣衫垂落在地，急用雙手摸摸上身肌膚，沒感到任何傷痕，再將雙手湊至眼前，也未看見任何血漬，不禁顫聲道：「你……你究竟是人，還……還是妖？」他不敢相信三保方才所為乃人力所能及。三保道：「足下覺得我是人，我便是人，若認為我是妖，我即是妖，不管是人是妖，要取你性命，都易如反掌，你究竟降或不降？」馬宣不禁氣餒，原本滿是憤慨的面容轉趨和緩，仍毅然道：「我馬宣算是服了你了，然而個人生死事小，大節不能有虧，我技不如人，死在足下手中，也不算冤枉，請動手吧！」說完，低頭引頸，閉目待死。三保道：「武功乃末流微技，徒逞一時之快，高下強弱何足道哉！馬指揮是真義士，真豪傑，英烈足式千秋，我不為難你，你自行離城去吧！」馬宣睜眼盯視三保一會兒，嘆道：「可惜你我各為其主，勢同水火，不然倒可交個朋友，懇望足下也能對我的手下高抬貴手。」朝三保一抱拳，轉身邁開大步，光著背膀，走進蒼茫的夜色裡。

三保望著他的背影，感嘆同樣姓馬，馬宣可擇其義所當為而為之，自己卻一直身不由己，才說不願涉入軍務政事，此時已深陷其中。丘福素來木訥寡言，這時打斷三保的思緒，道：「馬公公，人是你捉的，你要放走，在下不便多言，然而咱們要如何拿下此門？」三保笑笑，在馬宣遺留下的衣物中摸出一面令牌，道：「就憑這個，有勞丘將軍跟各位兄弟再稍待片刻。」他再度隻身前去營房，不消多時，一個軍官隨他快步走出，至丘福身前站住。三保對丘福道：「丘將軍，這位是指揮僉事呂震呂大人，呂大人願率部眾追隨燕王。」不願投降的指揮同知及另一位指揮僉事，都被三保點穴制服。

呂震道：「下官早聞燕王豁達大度，智勇兼備，心甘情願充當燕王馬前卒，縱九死而不悔。」他將配劍交給丘福，表示臣服。三保把指揮的令牌遞給呂震，呂震隨即召集把守齊化門的軍士們，朗聲高宣張昺、謝貴已死，本衛指揮馬宣將指揮之責交付自己後逃逸，自己誠心歸順燕王，眾軍士願降的留下，不願降的可以離去，他日沙場再見，不再是同袍，而是敵人。眾軍士面面相覷，議論紛紛，亂了一陣子後，都先繳了械，約莫半數留下，其餘攜帶一日份的乾糧飲水，打開齊化門，徒步出城。三保解了指揮同知及另一位僉事的穴道，打發他們上路，因顧慮降兵可能有所反覆，留下丘福及五百軍士看管他們，獨自一人去與朱能會合。

三保運起輕功疾朝北去，行不多時，見到潰散的官兵迎面而來，又聽到遠處隱隱傳來殺伐聲，不想耽擱，躍上城牆，避開散兵游勇，逕往前奔。他腳程快極，頃刻間已近崇仁門，藉星月之光，望見城下戰事大致底定，只剩零星戰鬥。一名軍官身手頗為了得，朱能與數十個燕兵圍攻他一人，居然討不了好，而那名軍官身旁倒伏著七、八名燕兵。三保躍下城牆，朱能瞥見他，喜道：「馬兄，你來得正好，快助我解決這個兔崽子。」三保瞧那軍官也身著指揮服飾，然而武藝精強，邊幅不修，神情舉措大大不同於一般軍官，反倒更似武林中人，便想用江湖手段來化解，朗聲道：「請各位暫且罷鬥。」朱能命燕兵退後，那名指揮左手執刀挺胸而立，逼視三保，他力戰多時，卻大氣不喘，滴汗未流，顯然遊刃有餘。

三保向那指揮抱拳道：「這位兄台刀中夾掌，掌出如刀，莫非是江西袁州彭遠彭老師傅的傳人？」他少年時常聽明教諸長老與金剛奴講述江湖中事，知道這個彭遠是明教長老彭瑩玉的姪子，的確是塊練武材料，也是個虔誠的明教徒，跟從彭瑩玉習練雙刀有成，在江湖中闖出響亮名頭，待朱元璋開始迫害明教，改名為舉，舉家從江西遷至山西，又將雙刀改為刀中夾掌，說是祖創家傳，好掩飾武功師承，以免惹禍上身，而且只傳兒子，不收門徒，從此在江湖中銷聲匿跡，唯偶爾跟明教長老暗通訊息。彭遠的大兒子盡得父親真傳，謹記自己是明教徒，恥食大明俸祿，以耕樵為生。彭遠死後，二兒子不服大哥規勸，守喪剛滿一年，便離家投身軍旅，仗著武藝了得，殺了不少蒙古人與明教徒，一路積功晉升，新近調任指揮，駐守北平崇仁門。那指揮聽來人道出自己的武功與家世之祕，心裡一驚，不敢怠慢，看合圍的燕軍退後丈許，於是垂下刀尖，抱拳正色道：「在下彭二，彭老師傅正是先君，敢問足下的長輩識得他老人家嗎？」彭遠抑鬱而終已經十多年了，而且晚年幾乎足不出戶，三保才二十多歲，兩人應該沒有交情才對，彭二因而有此一問。

三保道：「彭老師傅已然仙逝了嗎？可惜，可惜，可惜之至！在下年少時風聞過令尊大名與事跡，心儀已久，卻無緣識荊，誠屬福薄，但今日得以親見彭門武藝有所傳承，自也欣慰。」

彭二怒道：「你既然不識得先君，東拉西扯，亂套交情，意欲何為？」彭遠學自彭瑩玉的雙刀刀法，乃明教固有武功，記述於泉州草庵洞壁，三保知之甚詳，有意挫折彭二銳氣，遂道：「令先君師承明教絕頂高手，而這刀中夾掌之技，應是他老人家自創的，威力雖不及原本的雙刀，但可謂別出心裁，獨樹一幟。彭二哥似乎還沒將家傳武藝學得完全，破綻仍多，而且這些年慣於騎馬打仗，正所謂『單刀看手，雙刀看走』，彭二哥腳步虛浮，身形遲滯，恐怕威力更是大減。不如這樣子吧，在下本領低微，不過旁觀者清，自信能在三招內打敗彭二哥，倘若果真僥倖取勝，便請彭二哥歸順燕王，日後我倆可時常切磋武藝，俾使彭老師傅的絕學得以發……」「放屁！燕王威名滿天下，我道他手下有何了不得的能耐，原來除了會偷襲之外，便是善於胡吹大氣，就憑你也能打敗我，還妄想在三招之內！即使你不知我刀掌之下曾有多少亡魂，也不數數看我此刻腳邊躺著多少人。」彭二愈聽愈氣，忍不住打斷三保言語。

三保道：「在下究竟是胡吹大氣，還是真有本事，那便手下見真章吧！」再次擺出湯瓶拳的起手式，道：「太斯米。唔，彭二哥，請了。」彭二看他赤手空拳要與自己相鬥，更覺惱怒，咬牙切齒道：「你自己找死，須怪我不得。」猱身而前，左手掄刀便砍，勢若奔雷，刃如閃電。三保知道他右掌才是殺著，堪堪側身避開刀鋒，果然彭二的右掌已然劈到，即豎起左掌，待其右手腕自行湊上。彭二不等招式用老，手掌一翻，掌尖直刺三保肚腹。這是彭二自創的化掌為劍絕招，已殺敵無數，為他掙得指揮高位，滿心以為這回會再度得手，不意對手肚腹突然內縮數寸，這一刺便落了空，而畢竟刀長手短，左手之刀在攻擊圈外，迴刀不及，右手之掌則如強弩之末，自己的身子深陷對方的攻擊範圍內，急向後退，腳下一絆，險些往後摔倒，右手腕遭對方緊緊扣住，手臂又痠又麻，雙腳勉強站定，一股巨力如排山倒海般湧至面前，頓時喘不過氣來，以為將畢命於斯，垂下雙眼，想起父兄，心裡閃過一絲悔意，恨不聽從他們的訓飭，忽覺那股巨力煙消雲散，抬眼一看，見到對手笑吟吟地望著自己，他的一隻手掌離自己胸膛不及半寸，顯然是手下留情。

三保誦唸「接嘟哇」後道：「彭二哥效法令先君自創招式，雖富新意，對付一般人也的確能夠收到奇襲之效，但若碰上真正高手，反而容易自陷困境。唔，敢問彭二哥服是不服？」彭二死裡逃生，滴不盡滿身冷汗，卻也捨不得功名富貴，適才的悔意一閃即逝，了無痕跡，兀自傲然道：「我武功不及你，要殺要剮，悉聽尊便，但你老兄可千萬別再說甚麼風涼話，教我生不如死。」三保道：「誠如方才的約定，在下於三招之內取勝，彭二哥應即歸順燕王。」彭二道：「那是你一廂情願的想法，我可未曾答應。」三保提起手掌，道：「我只消輕輕一掌，便能將你打成肉泥。」彭二一臉倔然，道：「即便要將我打成肉渣，我也不降。我彭家但有死將軍，從無降將軍[8]。」三保讚道：「好一個『但有死將軍，從無降將軍』。在下不為難你，彭二哥放下

8 此引三國典故。張飛破江州，擒嚴顏，責問嚴顏何以不降而敢拒戰。顏曰：「卿等無狀，侵奪我州。我州但有斷頭將軍，無降將軍也。」飛怒，令左右牽去斫頭，顏容止不變，曰：「斫頭便斫頭，何為怒邪！」飛壯而釋之，引為賓客。

刀，請自去吧！」彭二道：「你既不是張飛，我更非嚴顏，可別以為你如此做，便能收買我的心，我忠君報國之志至死不渝。」三保道：「人各有志，勉強不來，更無法收買，倘若彭二哥這樣子便屈服，在下反而要看輕你了。」彭二不再言語，橫了三保一眼，並不看朱能與眾燕兵，拋下刀，轉身往東行去，未受攔阻。

朱能道：「多謝馬兄力退強敵，齊化門那邊情況如何？」三保擇要說了，朱能大喜，揩去刀上血漬，還刀於鞘，道：「崇仁門這邊正如馬兄所料，未有防備，我軍偷襲順利，守軍一戰即潰，僅指揮彭二的爪子忒硬，一時收拾不下，幸得馬兄相助。」剛說完，適巧李彬遣人來報：已攻占安定門，卻在德勝門遭遇頑抗，請求儘速前往支援。崇仁門一仗，燕軍傷亡約二百人，朱能另撥八百員留守，以看管降兵及照料傷患，自與三保領兵逕向西北疾馳，來到德勝門前，見到燕軍與官兵激戰未休，二話不說，拔出刀來，雙腳一夾，催馬衝入戰陣中，三保緊隨其後。李彬這一路原與對手鬥得旗鼓相當，殺得難分難解，乍得生力軍支援，不禁精神一振，勇力大增。守軍見對方來了支援，還個個如狼似虎，頓感氣餒，若非趕緊棄甲投降，便倉皇逃命去也。

李彬這一路的傷亡較為慘重，再扣除留守的軍士，勉強湊出一千五百員，其中不少還帶著傷；朱能這一路折損得不多，尚有二千五百名生龍活虎的健卒可供運用。四千兵馬合為北路軍，稍事休息重整後，往和義門進發。途中斥堠來報，說是守門官軍已有防備，和義門兩側直至西北角樓，數十門重砲的砲口都轉向城內，城垛間也已布滿火銃、弓弩。朱能領頭抵達一看，果是如此，與李彬商量後，決定先將兵馬屯於火器與弓箭的射程外，等張玉率南路軍來後再做打算，但左等右等，一直不見南路軍前來會合。眾人素知朱能與張玉互有心結，不敢提議分兵前去支援，並非擔心得罪朱能，而是懼怕惹惱張玉。

直至天濛濛亮，張玉與徐忠才領軍來到，而南路軍的堪用兵力只約莫兩千，加上朱能與李彬所部，以六千殘兵剩卒要強攻防備森嚴、砲火犀利的和義門，可遠遠力有未逮，縱使拚死命奪下，傷亡必定慘重。張玉是沙場老將，資歷最深，且奉朱棣之命號令全軍，卻左右無計，慨然道：「燕王視咱們如手足，平時對咱們解衣推食，推心置腹，今日咱們即以死戰報答燕王恩德。」李彬與徐忠出聲附和，但似乎有點兒言不由衷，幾個副將或意興闌珊，或面色凝重。朱能冷冷說道：「張將軍此議可謂悲壯，只不過咱們要是全都戰死了，誰來防衛北平城？又是誰來幫助燕王完成大業？」

張玉道：「那麼敢問朱將軍有何奪門良策？喔，我倒忘了，朱將軍一向貪功冒進，倘若真有良策，肯定不會坐等我與徐將軍來分享功勞。」朱能道：「末將的確沒有良策，僅是點出單憑血氣之勇拚戰而死的後果。」張玉道：「既然如此，難道咱們就乾坐在這兒，用數千雙眼睛盯死對方嗎？要知道朝廷十多萬大軍劍指北平，尤其都督宋忠領著四萬精兵，駐守百多里外的居庸關，撒泡尿也就到了，與和義門守軍裡應外合，咱們個個的腦袋都得掛上城頭。」朱能當然明白情勢極其險峻，望向三保，道：「洪武二十三年的北伐，以及昨晚奪取齊化門，全仗馬兄出力，我軍才得以不戰而屈人之兵，既降服敵軍，亦保存己力，此為上上之策。」「哼哼哼哼……」張玉連連嗤之以鼻，道：「那麼恭請馬公公再次大顯神威，使敵軍不戰而屈，自願獻上城門。」

趺坐於旁、閉目聆聽的三保受張玉嘲諷，也不生氣，緩緩張開眼睛，微微一哂，道：「須讓張將軍看笑話了。」他明白朱能等的其實並非張玉，而是天亮，好方便自己在眾目睽睽之下出手懾服眾人，此時天色已明，於是站起身來，整整衣衫，往和義門慢慢走去，不理會城上守軍的連聲喝止。守軍不知他是何路數，且是單身一人，無意冒然傷他。三保直走至城門前站定，仰頭朗聲道：「眾官兵聽著：皇上既仁愛慈惠，不忍百姓遭受戰火塗炭，亦孝親尊賢，有賴燕王屏障半壁江山，故傳下密旨，恩准燕王自制一方，如今其餘八門皆降，爾等因何猶抗旨不從，為困獸之鬥？」

和義門中目前最大的官是左布政使郭資，他是洪武十八年的進士，跟黃子澄同榜，也差不多一個調調，十分看不起非科甲出身的張昺，而跟燕王暗中交好，但在這節骨眼上，不能隨隨便便降燕，那可是抄家滅族的大罪，扯著嗓門喊道：「你口說無憑，有何證據？」三保一直將允炆所贈腰牌帶在身上，這時從懷中取出，往上拋擲，恰恰落在郭資的手裡。這城門的臺座加上城樓高逾八丈，郭資所站位置離地面七丈有餘，三保露了這一手，讓城牆上下眾軍士嘆為觀止，齊聲喝采。郭資低頭審視手中物事，見是皇家極金貴信物，而且鐫有火焰飛騰之紋，隱含「炆」的篆體字，正是建文帝的名諱，但他老於官場，自然不至於給這面腰牌唬住，心念一動，問道：「下官敢問上使，張大人與謝大人現今如何了？」

三保道：「張、謝二人抗旨，欲加害燕王，都已死在我的手下了。」城上眾人素知張昺、謝貴武功高強，聞得此言，俱驚駭不已，紛紛交頭接耳。郭資暗自寬心，倘若張昺率先降燕，他還不知如何是好哩，現在眼中釘已死，也就下了決定，兀自假意高聲道：「此物看來不假，待下官與同僚商議商議，再作定奪。」退下去與幾名要員討論。按察司副使墨麟以及兩位都指揮同知李濬、陳恭，皆早已受燕王收買，千肯萬願歸順，唯實際掌握兵權的指揮余瑱執意不降，郭資跟三保說了這個情況。三保道：「敢問余大人，你的武藝比起張昺、謝貴如何？」余瑱道：「在張大人手下走不出百招，跟謝大人勉可力拚至兩百招。」

三保道：「在下獨力戰他二人，先用兩招打敗謝貴，再交手不及百招，擊斃張昺，你若自知不敵，又不願降燕，大可自行離去，在下絕不阻攔，其他人亦是。」余瑱不肯輕易就範，道：「閣下生具神力，在下已見識過了，但若說能在……」三保不待他把話說完，發掌拍往地上，激盪起一把鋼刀，抄在手裡，手腕一抖，將刀刃震為碎片，反手一掌，碎裂的刀片齊齊飛上城樓，從余瑱周圍劃過，嵌在其身後的城樓壁上，圈成一個半身人形，其中兩片在他的左右臉頰上，各劃出一道淺淺血痕，鮮血緩緩凝聚成珠，一時間並不滴下。三保這一手技驚全場，眾人看得舌擠不下，居然連喝采都忘了。余瑱心如死灰，也不揩拭臉上血痕，垂頭默默走下城門，逕往外走，一些官兵隨他離去，人數遠遠不及留下來的多。朱能為自己的識人之明得意揚揚，斜乜了下張玉，看他臉色鐵青，益覺快意。

燕軍一夜之間連奪北平九門，獲降甚夥，自損無多，幾個將領意氣風發，飛蹄揚塵，張玉領頭，朱能讓他半個馬身居次，與三保並駕齊驅，再次為徐忠、李彬，要返回燕王府覆命。臨得近了，乍見燕王府周邊景象，不禁驚駭莫名，在十餘丈外勒住馬頸，五騎並轡，徐徐前行，但見死屍遍地，還有不少具趴伏在牆上，鮮血不停沿著牆壁滑落，與地上許多灘積血匯聚成一條暗紅小溪，直漫到三保與諸將的馬蹄前。看這樣子，一場惡戰剛剛落幕，恐怕比奪取九門還來得激烈。眾人面色凝重，策馬踏血，來到燕王府西側的遵義門前，年方十七的燕王三子朱高燧仗劍吆喝，指揮衛士與宦侍們清運屍體，照護傷患。

燕王正妃徐氏是大明朝開國頭號大將徐達的長女，武藝盡得乃父真傳，說不定還強過她幾個兄弟哩！洪武九年，十五歲的她嫁給十七歲的朱棣，少年夫妻都嗜武好勇，在洞房花燭夜時賭誓約定，朱棣比武勝過徐妃，才可與別的妃嬪燕好，朱棣一比即敗，其後再怎麼發憤苦練，也不是徐妃對手，只得專寵於她，一如狼王對於狼后之專情並非出於自願。徐妃的肚皮也甚爭氣，接連生下三子四女，讓朱棣毫無臨幸他女的藉口，唯暗自惱恨，他對於長女朱玉英的過度寵愛，與此不無關係。洪武十九年間，朱棣忍不住跟宮女私通生女，徐妃恚怒至極，後來趁朱棣病重，獲取祕藥，摻在御醫戴原禮開立的方劑中，使朱棣無法人道，還喪失內力。她如此做雖暫洩一時心頭之恨，反而害得自己從此夜夜獨看長河漸落，曉星西沉，不禁悔下祕藥，委實有苦難言，由是性格大變，一門心思都扎在親生幼子朱高燧身上。朱棣不明就裡，誤以為是自己身世成謎，朱元璋因此密令戴原禮搞鬼，自覺虧欠徐妃，此外，他為了掩飾無法人道之奇恥大辱，暗地裡讓一名妃嬪與死囚合歡致孕產子，隨即毒死那個妃嬪和幼嬰，這把柄握在徐妃手中，他因此對她處處忍讓，朱高燧也就時常仗著徐妃之勢胡作非為，比二哥朱高煦尚有過之而絕無不及。

這時三保、朱能等五人翻身下馬，向朱高燧行禮，張玉動問發生何事。朱高燧還算乖覺，明白大亂方起，有賴眼前這些人為自家父子賣命，收斂起平時的驕橫傲慢，答稱：「昨夜崇仁門指揮彭二，在兵敗棄門逃脫後，召集數千散兵游勇，前來攻打燕王府，我父王與三個嫡子分守四門，幸賴調度得宜，而且王府衛士與燕雲鐵衛拚死奮戰，才保住王府未失，不過最激烈的戰鬥發生在東邊的體仁門。」張玉聞得此言，不憂反喜，滿臉橫肉中綻放出燦爛笑意，斜著眼瞪視三保。三保心懸燕雲鐵衛營的弟兄們，哪會在意張玉的心思，趕緊向朱高燧與諸將告退，閃進遵義門裡，橫穿過燕王府，從體仁門奔出。負責把守體仁門的是燕王長子朱高熾，他雅好儒術，知書達禮，也清楚父王甚倚重三保，在三保向自己行禮時，謙和回禮，不因自己是燕王世子而稍露驕態。

三保掃視燕雲鐵衛們的屍身，心痛如絞，瞥見彭二倒伏於地，丁勝就躺臥在他的身旁，一大步縱躍過去，跪坐自己腿上，一手抱起丁勝，另一隻手探了探他的鼻息，發現他已氣絕，心下大慟，欲哭無淚，雖然面無表情，其實萬分懊悔放走彭二。三保過去備受戴天仇逼迫操弄，屢屢殃及自己敬愛之人，痛苦難當，如今戴天仇已死，他一心一意要做義所當為之事，反致好兄弟慘死，不禁大感茫然，彷彿再次聽見丁勝唸誦著湯瓶拳的拳譜：「頭是撕捶無敵家，二是烏龍斬眼甚可誇，三是遍地梅花金錢路，四是持眉染黃沙……」

朱高熾身型肥胖，腿有殘疾，行動不便，以長劍為杖，蹣跚踱到三保身旁，道：「這個彭二武藝高強，人又悍勇，先襲端禮門不遂，分兵來攻體仁門，身中數箭不退，幾乎破門而入，丁勝義勇出府應戰，雖然力斃彭二，卻也不幸殉難，當真可惜可嘆。」三保輕輕放下丁勝的屍體，直起上身長跪著，抱拳道：「丁勝家貧，因而入府為侍，其他宦侍亦然，還望世子多多照料死傷者的親屬。」朱高熾道：「請馬公公放心，我必定懇求父王從優撫恤。」

三保謝過朱高熾，這才起身前去書房見朱棣，張玉等四將與道衍皆在，朱棣身旁空著一張椅子。朱棣殺伐整夜，十分疲倦，還受了點皮肉傷，尤其是造反已成定局，心裡頗有些疙瘩，正苦於無地方發洩，一見到三保，不等他行禮，便道：「甭見禮了，小王哪裡敢當？」三保愕然，還是按照常規行禮。朱棣哼了聲，道：「我說馬大公公，你回到府裡，也不先來探視本王如何了，難道在你心中，本王的死活，還不及你燕雲鐵衛營的哥兒們要緊？」三保低頭不答，顯然默認了，朱棣的臉色更加難看。

朱能打圓場道：「啟稟殿下，攻奪九門，馬兄居功厥偉，因而不費一兵一卒，即取下齊化門與防備森嚴的和義門，而崇仁門也……」「甚麼居功厥偉？臣倒以為，馬公公其實是包藏禍心。據悉，昨夜帶頭攻打燕王府的指揮彭二，即是馬公公縱放走的，他還擅自放走和義門的指揮余瑱、齊化門的指揮馬宣，以及眾多賊兵。」張玉插進話頭。朱能辯解道：「放走余瑱、馬宣、彭二及眾官兵，實乃權宜之計，若非馬兄如此做，我軍將有一番血戰，不但傷亡勢必極為慘重，鹿死誰手猶未可知哩，此時此刻，我們幾個哪能安坐此處說長道短呢？懇請殿下諒察。」

張玉還待說話，朱棣揚手止住了他，肅然道：「這事本王已知道個梗概，不必再說。馬三寶昨夜所為，功大而過亦大，功過相抵，扯了個平，況且事情才剛起頭，還不到論功評過的時候。」朱棣臉色轉霽，對三保溫言道：「三寶，不管如何，咱們已是有進無退了，你就別再首鼠兩端，既想幫助本王，又時時叨念著允炆對你的好。此外，所謂『覆巢之下無完卵』，本王是大家的巢，大家是本王罩著的卵，本王要是有個三長兩短，大家全都要完蛋大吉，包含燕雲鐵衛營在內，個個都得慘遭抄家滅族，這應該不是你所樂見的，是吧？因此從這一刻起，你便一心一意傾盡全力協助本王吧！」

三保舊話重提，道：「屬下願勉力保護殿下周全，但著實無意涉入軍務政事。」朱棣臉色再度一沉，道：「事已至此，恐怕由不得你了。你放走之人，為了減除本身失門之責，表明非戰之罪，必將大肆渲染你的事跡，允炆遲早會耳聞，你與當今大明天子已勢不兩立，除了本王身側，天下別無你容身之處，況且你可別忘了，這兒還有個甚麼寒姑娘、熱姑娘的。」朱棣早已摸清楚三保的性子，見他默然不語，明白不宜在眾人面前過於勉強他，轉而下令道：「張玉，你與徐忠即點三千軍馬，限一日之內掃蕩完北平城內賊兵。朱能，你與李彬處理納降整編、安民撫卹之事，也限一日之內完成。三寶，你先留著，本王跟你還有件事未了，其餘全都退下。」

朱棣待其餘人都退了出去，問道：「你可聽說過、見識過夏人劍？」三保答稱：「如雷貫耳，無緣親見。」朱棣道：「西夏人鑄劍之術天下無雙，真可謂前無古人，大宋的王公將相皆以佩帶夏人劍為榮，連皇帝也是，當時一把上好的夏人劍，足以換得宰相府邸一座，由此即能窺知其何等名貴。西夏遭蒙古人滅族後，造劍技藝失傳，也可說是後無來者，夏人劍的身價更是水漲船高，價值連城。」他雙手捧起几案上的一把長劍，續道：「這把劍是西夏最頂尖的良工能匠，以埋於黃沙之下千百萬年的天外飛鐵，經十餘載的晨昏寒暑，採冷鍛捶打而成，打造時，淬過上千人的鮮血，鑄成後，劍下亡魂不計其數，為西夏開國雄主李元昊的配劍，名為蛟龍，乃劍中至尊。本王知道你這次立下大功，卻不貪愛錢財名位，更無意跟張玉等人計較，所謂『紅粉送佳人，寶劍贈英雄』，這把蛟龍劍便贈予你，聊表本王心意，希望今後你能夠善用之。」

三保叩謝王恩，單膝跪著，躬身舉手，接下長劍，入手十分沉重，站起來一看，劍鞘竟是以巨犀之角製成，裹覆著鯊魚皮，鑲綴有各色寶石，端的貴不可言。他緩緩抽出劍刃，頓覺寒氣逼人，室內燭火幾乎盡熄，更顯得寶劍璀璨奪目，光可鑑人，照耀得滿室生輝。一般隕鐵劍的劍刃通體烏黑，長不盈三尺，這把的表面鎏鍍了非金非銀之物，如霜如雪，似星似月，劍身出奇地闊長厚實，雖還比不上先前用過的好大一把劍，但重量尚有過之，且劍身後闊前細，脊厚刃薄，均勻平整，既鋒利堅硬，又頗富韌性，一面鐫有兩條白蛟拱挾著三隻蒼龍，另一面則有菱狀紋飾，靠握柄處，陰刻著八個看似漢字卻一字莫能辨識的銘文，應是西夏文字。這把蛟龍劍的作工極精細美觀，與樸拙無華的好大一把劍迥不相類，三保倒還欣賞插於瞿塘峽巨石中的那把多些。

朱棣並未說明這把蛟龍劍乃是取自韓林兒的藏寶庫，委實過於沉重，他內力早失，方才捧著說了一會兒話，已覺得有點兒吃力，料想在戰陣中根本揮舞不開，又聽說此劍若由正氣不足的人持有，劍下亡魂不時會於中夜悲鳴，如此一來，夏人劍豈不成了「嚇人劍」，那麼持有者在夜裡還能安睡嗎？朱棣頗有自知之明，借花獻佛，轉贈給人高體壯、武藝超群、正氣凜然的三保，以表彰其功，可謂惠而不費，況且耗的是三保的力氣，保的是自己的性命，何樂而不為呢？其實西夏開國雄主李元昊縱具神力，畢竟不是甚麼武學絕頂高手，不至於拿著如此沉重之劍削刺斬劈，主要是用來發號施令，若有必要，尤其是在指揮人與馬皆披重甲的鐵鷂子軍團時，架於馬上進行衝刺，當真是無堅不摧，所向披靡。朱棣對於此節一無所悉，不然的話，是否要將此劍贈予三保，他可得大費躊躇了。

三保退出後，即去探看燕雲鐵衛的傷亡情形。王景弘報稱，一日夜下來，核計總共死亡二百三十四員，除了狗兒外，沒有不受傷的，而重傷達三百二十一員，這也就是說，八百鐵衛死傷大半，聊堪安慰的是，十一個把弟皆無折損，其中六個傷勢較重，性命倒是無礙，也未成殘。三保予以慰勉一番，探視傷員，心亂如麻，回房將蛟龍劍往床上隨意一擱，便去慶壽寺找韓待雪。

「雪兒，咱們遠走高飛吧，別再搭理燕王與允炆的皇位之爭了，那跟我倆一點兒干係也無。」三保在慶壽寺外的松林深處急切說道。韓待雪道：「你這些日子罕來找我，一來找我，竟是要帶我遠走高飛，豈不唐突！再說你這麼一走了之，你那些燕雲鐵衛營的哥兒們呢？你當真放得下心，而燕王不會找他們的麻煩嗎？」她後來探知，三保身懷玉珮的主人，是燕王已出閣的女兒朱玉英，當下不再拿朱玉英來非難三保。

三保答道：「我倆一走，燕王肯定會勃然大怒，但他精於算計，擅長收買人心，自知眼前尚賴燕雲鐵衛效命，不至於太過為難他們。昨日一戰，他們的傷亡極為慘重，我不忍再次目睹，只盼從此眼不見為淨。」他忖度憑自己的本事，要殺害千兒八百條性命，真可謂易如反掌，但要救助任何一位自己關愛之人，卻是千難萬難，自覺擔待不起，打算帶著韓待雪去雲南昆明尋著長兄一家，其後再作打算，或許前去吐蕃，或許遠走天方。韓待雪道：「來北平之前，我自是千肯萬願隨你到天涯海角，如今情勢已大不相同了。誠如月使所言，燕王之成敗，攸關明教之存續，哪裡會是跟我毫無干係呢？」

三保道：「背叛妳父親的，乃明教之徒；離棄妳而去的，乃明教之眾。妳已為明教顛沛流離了半輩子，吃足苦頭，難道還要奉獻餘生嗎？」韓待雪背轉過身子去，悠悠嘆了口氣，道：「這是我命中注定的，委實無可奈何，只得生受。」三保雙手搭上她的香肩，將她的嬌軀扳轉過來，熟視其明豔絕倫的臉蛋，堅定道：「沒有甚麼是命中注定的，只要咱們願意，咱們就能……」

「就能如何？」韓待雪苦笑道：「待在寺中這些時日，我不斷在想，我倆年少即失怙失恃，別人造成的；我身不由己充任龍鳳姑婆，你無可奈何練成絕世武功，別人操弄的；我慫望興復明教，你希冀前往默加，別人灌輸的；咱們躲在深山過，也藏匿於海島過，如今流落此處，不也都是別人造就的嗎？唉，那別人究竟是誰，我早已不去思索了，就全歸為天吧！咱們不管到哪裡，無論做甚麼，最終都逃不過天意，那麼不如隨遇而安吧！」

三保嘆道：「雪兒，才一段時日不見，妳何以消沉若此？」韓待雪道：「我並非消沉，而是累了，倦了，終於覓得一個安歇之所，雖然仍是風雨飄搖，有了今朝，不見得會有明日，但也只能守著眼前一時的寧靜。更要緊的是，幾十年來明教終於興復有望，縱使希望依舊極為渺茫，我也必須緊緊掌握住。倘若燕王兵敗，連這麼一個安歇之所、如此一絲興復之望也都失去，我打算不再逃了，即刻投火自焚。我是明教聖姑，身子雖然清白，心思卻……唉，如此死法，也不算冤枉，況且燕王還可能是我的……我的……」她止住不說下去。三保明白她要說些甚麼，心照不宣，問道：「要是萬一燕王成功了，那又將如何呢？」韓待雪道：「或許我倆可從此回復竹篁庵那樣的生活，只是不再有冰、清、玉、潔這四個好姊妹相伴，也或許將墮入另一番劫數，生死沉淪，無有出期，誰知道呢？唉，『今年花落顏色改，明年花開復誰在？』別想那麼多，人生就容易過些。這些日子，我只努力過著今日，不去設想明天，因為明天可能永不到來。」

三保心想，雪兒待在慶壽寺裡不過數月，居然滿懷斷滅無常之念，無論自己如何勸說，總是不願離去，更因認定燕王是她的同父異母兄長，還打算與北平城共存亡，自己也只好走一步算一步了。他忽然驚覺，燕王離奇的身世，遮莫是道衍編造出來，以誘騙雪兒前來北平，並迫使自己為燕王賣命？罷了，罷了，這段無頭公案要怎麼釐清呢？何況只要雪兒深信不移，自己便無可奈何。他又覺得無論燕王真正的身世為何，其實都算得上處境堪憐：即便貴為藩王，一入胎便深陷爾虞我詐的權謀算計之中，打從出生迄今，可謂步步危機，朝不慮夕，始終在生死邊緣掙扎求存；年幼時即親見生母慘遭酷刑而死，如今三個嫡子也各都懷鬼胎，竟連一時半刻的親情也從未享受過；一心只有得失，毫無是非，只知奪取，不懂給予，滿懷暴虐，不存仁慈，亟欲謀取天下，卻早已失去一切。自己雖於年少時遭逢不幸，但幼時那段歲月，時時刻刻都沐浴在真真切切的父母之愛、手足之情裡，那可是帝王之家所夢寐難求的。他想到此節，也就放寬了心，不再試圖說服韓待雪跟自己遠走高飛。

第二十九回 靖難

次日一早，朱棣親率眾將士在燕王府前誓師。前日才經過連番激戰，昨兒眾人忙了整整一晝夜，未曾稍歇，此時人困馬疲，不少人身上還裹著傷，而旗幟殘破，場面零落，地上的血跡沒來得及沖刷乾淨，幾株樹上猶掛著斷體殘肢，腥味瀰漫，鑼鼓軍樂也不怎麼響亮，絲竹管絃嘔啞嘲哳。朱棣縱使滿心不悅，尚能體諒，也有賴眾將士出死力，不便當場發作，強按捺下怒氣，高聲朗誦道衍早已擬好、自己早就背熟的檄文，宣稱舉兵情非得已，乃是秉承太祖高皇帝授予藩王之遺命，以殺奸臣、清君側、靖國難為己任。他所謂的「奸臣」，自然是黃子澄、齊泰等主張削藩的大臣。允炆不願背負殺叔之惡名，卻將朱棣削籍，並打算派兵討伐；朱棣不想承擔叛君之罪責，但不奉建文正朔，仍稱當年為洪武三十二年。如此一來，叔姪二人形成了一種極其古怪的對抗，夾在其間的三保不免備感窘迫，這也是他屢思逃離的原因之一。

誓師中途，忽然颳起陣陣狂風，吹得眾人立足不穩，飛沙走石打在皮肉上好生疼痛，傾盆大雨隨即潑灑而下，人人都給澆淋得渾身濕透，連朱棣也未能倖免。誓師儀式草草結束，朱棣領著幾個親信倉皇入內，剛走進存心殿，被三保與張昺內力震得鬆動的屋瓦正好墜落，砸在地上，碎片噴濺，雨水沿著破洞浠瀝瀝傾洩而入，搞得大夥兒狼狽不堪。原已緊繃著一張紫膛臉的朱棣，臉色益發難看，不發一語，扯弄著頷下濕漉漉的長鬚，直擰出水來，望了望殿頂破洞，看了看地上碎瓦，瞧了瞧張昺屍身清除後牆上遺留下的人形凹陷，若有所思。

道衍突現驚喜狀，道：「恭喜殿下，賀喜殿下，這些都是天現祥瑞之兆。」道衍不說話還好，這麼一說，朱棣再也忍耐不住，怒罵道：「你這隻老禿驢，最會信口雌黃，疾風暴雨，墜瓦漏水，殿有缺損，怎會是祥瑞之兆呢？你愛胡說八道，也得看看時機場合。」道衍道：「飛龍在天，是以興風布雨；屋瓦交墜，意謂將改換為琉璃黃瓦；殿有缺損，殿下將成為陛下。」朱棣先是一怔，隨即展顏笑道：「先生就是能言善道，死的都能說成活的，壞的總可講成好的，哪會真如你所說的呢？」道衍道：「出家人不打誑語，殿下若不信臣言，降人之中有個叫金忠的，最擅長卜卦論斷吉凶，不妨找他來卜看看。」邊說邊向燕王使眼色。朱棣會意，道：「那麼快快有請金忠！」狗兒飛快去把金忠找來。

這個金忠別的本事沒有，卻頗具卜出上上大吉卦的高明手段，以安眾人之心並堅其志，數月前他也幫張昺卜出個上上卦，而張昺正是在存心殿內，被三保打成嵌在牆壁上的一灘肉泥。朱棣哪會在意金忠曾幫張昺卜卦及張昺下場，此刻大喜，賜給金忠一個正八品、職司講授的紀善官職，同時把張玉與朱能從指揮拔擢為都指揮僉事，雖然官階還是正三品，但職權範圍從衛擴展至都司，也勉強算是升官了。其後道衍命清虛四處散播「莫逐燕，逐燕得高飛，高飛上帝畿」的讖謠。清虛輕功絕佳，日行千里對於他來說，並非甚麼難事，他平常話甚少，歌喉卻出奇地好，不消多時，該讖謠便已傳唱大江南北，弄得天下人心浮動。

再說當日北平城裡誓師、卜卦、加官進爵，鬧騰了好一陣子，之後張玉奏道：「城中巷戰已罷，賊兵清除殆盡，我軍應儘速發兵，以攻敵之不備。」朱能亦奏道：「撫卹完成，納降結束，計收降兵七千員，皆願為殿下盡忠效命，即請出征。」他們兩個難得有志一同。朱棣道：「二卿所奏，正合我意。張玉即點八千軍馬，東攻通州，進薊州，襲遵化。朱能也率八千軍馬，往西北取居庸關。這居庸關是兵家必爭之地，宋忠那老小子，帶著部分原本屬於本王的人馬在那裡守著，得給他一些顏色瞧瞧，順便解我後顧之憂。三寶，你從燕雲鐵衛中挑選一些營丁，跟著朱能辦事吧！道衍先生，你幫本王寫篇奏章給允炆，咱們跟朝廷玩玩邊打邊談的把戲。」眾人得令，分頭辦事。張玉年過半百，曾任北元高官，跟過藍玉，而朱能是年輕一代將領，一直追隨朱棣，二將扞格不入，頗有瑜亮情結，朱棣遵採道衍之議，故意讓他們明爭暗鬥，相互競爭，因運用得宜，常收宏效。

張玉號為燕王麾下第一大將，確非浪得虛名，通州指揮房勝還在等待上級指示，張玉軍來得好生迅速，已兵臨城下。房勝素知張玉凶暴非常，不敢攖其鋒，立刻降了。張玉沒為難房勝與通州軍民，馬不停蹄，揮師薊州。薊州守將也想投降，從北平逃到這兒的指揮馬宣殺而代之，領兵出戰，但主帥易人，士無鬥志，馬宣兵敗遭擒，不屈而死。張玉親手砍下馬宣的腦袋，懸於鞍側，帶兵入城大殺一陣，緊接著兼程趕道，夜襲遵化，守將蔣雲、鄭亨心膽俱寒，開門迎接，舉城以獻。分別控兵於山海關與臨清的都督耿瓛、徐凱皆毫無作為，坐令燕軍張狂。

駐守居庸關的都督宋忠，假使能在朱棣舉事當天，即傾兵攻打北平，或能一舉撲滅星星之火，他卻按兵不動，一聽說燕王誓師，動作倒是奇快，火速退至懷來，居庸關則交付給帶著殘兵來奔的余瑱把守。余瑱見燕軍掩至，一邊整飭防務，一邊派人去向宋忠求援，宋忠唯恐自保不足，哪肯分兵去救。余瑱等不到援軍，在焦急之餘，赫然看到朱能身旁的三保，先自氣餒，也棄關奔去懷來。朱能不費吹灰之力便取得居庸關，飛書回報朱棣，朱棣命他續攻懷來。

宋忠畏燕甚於畏虎，但畢竟麾下有四萬精兵，且探知朱棣並未親至，朱能只帶八千軍馬來攻。《孫子兵法》云：「故用兵之法，十則圍之，五則攻之，倍則分之。」宋忠據城而守，軍力還是對方的五倍，加上對方主將是聲名不著的後生晚輩，實在不好意思再度逃之夭夭，又不敢直接與戰，心生一計，讓原屬朱棣管轄的一萬精兵擔任前鋒，告訴他們留在北平的同袍親友悉遭燕王毒手。這一萬虎狼之師咸感憤慨，爭先恐後殺向朱能軍，兩軍甫一接觸，卻不廝殺，只聽得這邊高喚趙大叔、錢二哥，那邊驚呼孫賢姪、李賢弟，雙方人馬喜極相擁而泣，同罵宋忠是個大騙子。三保見此奇景，向朱能遞了個眼色，朱能會意，振臂高呼，號召眾人去幫大騙子宋忠送終，這一萬精兵立刻陣前倒戈，領頭回殺向懷來。

即便有一萬軍士倒戈相向，懷來守軍仍多過進攻方，況且還有高牆深溝屏障，贏面依舊高出許多，宋忠卻嚇得魂飛魄散，自覺老是逃跑也不是辦法，趕緊尋覓藏身之處。一向看不起宋忠的都指揮孫泰，逮著大好出頭良機，登上城門指揮禦敵，倚仗自身頗具膂力，箭術甚精，挽著三百多斤的硬弓，居高臨下，連珠箭發，箭箭都射穿三、四百步外奔馬上的敵人，大大挫折了朱能軍的攻勢。懷來守軍氣勢如虹，紛紛發箭射住陣腳，朱能軍難以迫近城牆，遑論攻城。朱能臉色凝重，道：「馬兄，可否助我一臂之力，射殺城門上帶頭射箭的敵將？」

三保曾向馬幫鍋頭霍桑以及蒙古第一神箭手賽哲別討教過射箭之法，箭術亦精，並不答話，默默從身旁一個軍士肩上取下一把鵲畫弓，再從其背負的飛魚袋裡拈了兩枝雕翎箭，一枝含在嘴裡，一枝拿在手上，翻身下馬，在距離城牆約莫五百步之遙站定。弓只尋常之弓，箭乃一般之箭，好個三保，估估風向，扯扯弓弦，搭上羽箭，覷了個親切，左手如托泰山，右手似抱嬰兒，倏地將弓弦拉了個十二分飽滿，放開右手指的同時，左手腕往左一翻，透過弓弦，巧施內勁於箭桿上，羽箭離弓而出，挾著刺耳的破空之聲，筆直朝城門上飛去。

孫泰射完兩袋箭，力無虛發，洞穿數十名敵軍，在守軍如雷的喝彩下大為得意，自忖縱使養由基再世，即便岳武穆重生，也不過如此而已。小兵捧來滿滿一袋箭，他從容不迫，拈弓搭箭，正要放開扯緊弓弦的手指，雙眼一花，握弓的手指一陣劇痛，被拉得彎曲的強弓從中斷折，下半部啪地猛烈拍打在城牆上，上半部噹地狠敲他背上鎧甲一記，但他兀自挺立不動，維持著射箭的姿勢，喉頭汩汩冒出鮮血。三保所射之箭先射斷孫泰握弓之指與弓身，餘勢不衰，又穿透他的咽喉，落入城中，這等神技讓城頭上的守軍全看傻了眼，一見三保取下口中之箭、拉滿弓弦指向自己，嚇得急忙彎腰縮頭，連滾帶爬地逃到城下，城頭上頓時空了一片。

朱能大喜過望，揮舞長刀，發了聲喊，精兵猛將踴躍爭先，唯恐落於人後。懷來城群龍無首，士氣潰散，不消多時便被攻破了，守軍或逃或降。余瑱雖有心抗敵，怎奈獨木難支大廈將傾，微力難挽狂瀾既倒，率領著千餘士兵且戰且走，正要奪門而出，燕軍中一個百戶王真繞到他的身後，飛身將他撲倒，縛押來見朱能。不久後宋忠也臉有愧色來到，不過他身無綁縛，卻是汙穢不堪，臭氣熏天，押解他的士兵全都離他遠遠的，原來他是從糞坑裡被拖出來的。宋忠庸懦無能，倒也緊守氣節，不肯降燕，余瑱亦然。朱能也不跟他們囉嗦，賜他們快死，草草挖坑葬了，軍禮卻是相當肅穆，畢竟當時人人皆敬仰忠臣孝子。

張玉、朱能兵分二路出擊，皆順利達成使命，占領要地，並各納降約一萬兵馬，可謂旗鼓相當。燕軍這幾日頗多傷亡，不過拜朝廷用人不當或無將可用之賜，兵力反而加多至四萬，比舉事前驟增一倍有餘。永平（今隸屬於河北秦皇島市）指揮使郭亮旋即降燕，朱元璋第十九皇子谷王朱橞棄其封地宣府（在今河北張家口），舉家遁入京師，燕王聲勢更為壯盛。

張玉、朱能兩路人馬約莫同時回抵北平，幾個首要親信齊聚朱棣書房議事，張玉把馬宣的腦袋擲到三保腳前。三保眼見自己放走的彭二、余瑱、馬宣皆先後殞命，不免唏噓，亦感茫然，不知義所當為所為何來，又有何用呢，只不過多添傷亡罷了！張玉目睹三保的黯然神色，竟覺比斬將搴旗還來得快意歡暢，不住發出獰笑。朱棣已無必要為了攏絡三保而再給張玉難看，著意慰勉張、朱等人，朱能不忘表彰三保射殺孫泰之功。朱棣只對三保頷首微笑，沒說甚麼，接著大大犒勞軍士，北平城裡家家戶戶張燈結綵，一片歡欣鼓舞，比過年過節還要熱鬧。

宋忠兵敗身亡的消息很快傳至京師，他是黃子澄保薦的，朝廷非但不追究他怯懦失職之責，反倒因其忠烈不降而給予旌表，厚賜其妻兒子女，引發物議，都給黃子澄壓了下來，未入允炆耳中。大明開國以來能征慣戰的元勳宿將，早已被朱元璋和蔣瓛聯手屠戮殆盡，滿朝公卿憂心忡忡，允炆一派淡定，語氣平和地垂詢征燕主將人選。齊泰出班舉薦碩果僅存的長興侯耿炳文，允炆望向黃子澄，黃子澄似有深意地笑笑，未表示意見。允炆准奏，欽點耿炳文為征虜大將軍，賜御馬踏雲騅，並在黃子澄的推薦下，以駙馬都尉李堅、都督寧忠為左、右副將，率徐凱、顧成、劉燧、潘忠、楊松、陳暉、平安、盛庸等武將，統領三十萬大軍討燕，此外，江陰侯吳高與都督耿瓛、楊文，伺機從遼東出兵合擊北平。

朱棣得悉，在書房裡召開軍事會議，按照慣例，先讓眾人暢所欲言，自個兒坐在藍皮玉牙紫檀椅上，一手捋著美髯，雙目炯炯盯視眾人，尤其喜愛逐一觀察眾人的表情與細微舉動。朱能道：「這個老耿年高六十六了，早該告老還鄉，回家含飴弄孫，竟還擔任大軍統帥，看來朝中當真無人。」張玉原也這樣子認為，但因本身年歲不輕，而且朱能搶先說出了口，故意跟他唱反調道：「俗話說得好，薑是老的辣！早在太祖高皇帝克據應天、稱吳國公之前，長興侯即已追隨麾下，擔當元帥，征戰四方，立功無數，如今他寶刀未老，前年還統兵蕩平魔教之亂哩！」

朱能道：「魔教乃烏合之眾，根本不能與我訓練有素的精銳之師相提並論。」道衍道：「朱將軍萬萬不可輕視明教，我太祖高皇帝與諸多將領皆出身該教，該教組織嚴密，能人輩出，深得民心，實不易相與。」道衍這話雖是對朱能而發，目光卻是投向三保。三保面無表情，避開道衍的目光，愣愣望著空處，若有旁思。朱棣看在眼裡，覺得這其中挺有意思的，一時間對於即將到來的戰事，反而不那麼在意。朱能道：「先生這話若講在十多年前，末將萬萬不敢爭辯，然而魔教的首腦人物早已給錦衣衛誅殺殆盡，剩下的全不成氣候，老耿前年奉命剿滅魔教，其實是撿到一個便宜差使。」道衍道：「正所謂『百足之蟲，死而不僵』，明教仍有百萬教眾，不可小覷。」朱能道：「這條百足之蟲已經無頭，再多隻腳也不足為患。」張玉道：「怪了，咱們的對手是長興侯，盡說魔教幹啥？」朱能道：「先提到魔教的正是張將軍，張將軍卻不准別人說，這才是怪。」張玉道：「我只是在說長興侯寶刀未老。」朱能道：「我也只是要表明，光憑蕩平魔教之亂，並無法證實老耿寶刀……」

「好了，你們是吃飽撐著，還是怎麼了?本王找你們來，可不是讓你們閒磨牙來著，要是這麼想磨牙，不如啃樹皮去吧！」朱棣制止了爭辯，掃視眾人，續道：「耿炳文善守而不善攻，料想這正是我父皇留他老命的主因。倘若他發揮所長，把北平圍成鐵桶一般，始終不接戰，光在營寨裡數他的白鬍子有幾根，日子一久，大夥兒士氣一餒，咱們這齣戲也就唱不下去，那時候當真要啃樹皮了。」道衍道：「耿炳文畢竟年事已高，千里遠來，師老兵疲，我軍可趁其立足未穩之際，速與之戰，先取勝幾場，待他開始堅守，咱們便放出一些風聲，黃子澄必心生動搖，催促耿炳文出戰，此時我軍適可以己之長，擊彼之短，要擊潰耿炳文，便有如探囊取物。」朱棣笑道：「妙呀！所謂『朝中無人莫做官』，咱們則是『朝中無人莫造反』，這個帝師黃子澄，正是咱們在朝廷中的最佳內應。哈哈哈……」朱能道：「我大明太祖高皇帝底定天下後，論功分封行賞，以毫無汗馬勛勞的韓國公李善長為第一功臣，滿朝文武皆口服而心不服。殿下一旦登基，若推黃子澄為第一功臣，我朱能肯定心悅誠服，絕無異議。」在場幾位都覺莞爾，連張玉滿臉緊繃的橫肉也鬆了開來，沒跟朱能就此事爭辯。

計議已定，朱棣遣退眾人。朱能出至殿外，把三保拉到一旁，道：「道衍先生所言，大致不謬，我另以為，對付這個老耿，除了速戰之外，可加用奇兵，敢問馬兄意下如何？」洪武二十三年的北伐，耿炳文也有參與，三保當時跟他略有接觸，稍知其為人，想了想，道：「耿炳文守成有餘，開創不足，缺臨機之謀，乏應變之才，朱兄之計，確是針對其要害。他尚有一失，即是心虛膽怯，朱兄可威虓之，俾收以寡擊眾之效。」朱能喜道：「中啊，正該如此！與馬兄談兵片刻，遠勝跟張玉論謀終日。」三保道：「張將軍勇武剽悍，經驗老到，頗有值得學習效法之處。」朱能道：「這個我當然曉得，我其實不那麼在意他愛跟我唱反調，就是看不慣他老是尋你的晦氣。」

三保聽他這麼說，不禁憶起對自己成見頗深的蘇俊，聯想到霸王島上足利勝的倭刀陣，心念一動，道：「燕王命愚弟挑選數十名燕雲鐵衛追隨朱兄，愚弟以為，或許可以讓他們與朱兄共同操練一個刀馬陣，應當更具威力。」朱能興奮道：「好極！好極！我這幾個月跟著燕雲鐵衛營操練，自覺武藝精進不少，又蒙馬兄指點刀法，更有如脫胎換骨一般，眼界也大大打了開來，然而個人之力畢竟有限，倘若再配合馬兄所布置的刀馬陣，可真要萬夫莫敵了，到時候看我把老耿的白鬍子割下來裝飾馬鞍，至於他那身皺巴巴的老皮，那就算了。」三保道：「多謝朱兄抬愛，且容愚弟思索這刀馬陣如何布置，明日一早開始操練。」朱能道：「那便有勞馬兄費心了。」

三保參酌了足利勝的倭刀陣，考慮沙場上騎兵特性與諸多可能變化，構思出一套刀馬陣法，次日一早，召集傷癒的燕雲鐵衛們進行試驗，經過數次修改，直至月上東山，陣法趨於完善，這才休息。從此他與朱能一得到空閒，無論日夜晴雨，反覆演練不輟。燕雲鐵衛們深明，平時多一分操練，戰時少一分傷亡，也感受到這套陣法的強大威力，是以雖然辛苦異常，皆毫無怨言，還躍躍欲試。三保從燕雲鐵衛裡挑出三十員，以跟隨朱能出征，因知兵凶戰危，存了點私心，十一個把弟全未入選。王景弘等幾個老成持重者倒還罷了，羅智年輕氣盛，亟欲表現，為此對三保心生不滿，態度冷淡不少。三保不想解釋自己的良苦用心，只企盼他們個個安好，至於羅智能否諒解，他並不在乎。

八月間，朝廷所遣大軍迫至，戰雲密布。朱棣得報，耿炳文統三十萬大軍屯於真定，潘忠領兩萬馬步混合隊據鄚州，楊松率九千精騎進雄縣，徐凱另引十萬雄兵駐紮於滄州左近的河間。真定距北平四百餘里，古稱常山，正是三國猛將趙子龍出身地，與北平、保定合稱「北方三雄鎮」，其地勢之險要，不言可喻。雄縣在北平之南不及二百里，其西百里即是保定。朱棣分派張玉在中秋夜襲取雄縣，朱能繞道埋伏於鄚州之北、雄縣之南，以狙擊來援的潘忠軍。

燕軍出征前的深夜，一條人影輕悄悄閃進三保的臥房，三保立時察覺，不動聲色，假裝沉睡。那人在床頭佇立一會兒，幽幽嘆了口長氣，聽聲音是個女子。三保以為是韓待雪，張開眼睛，坐了起來，藉著溶溶月光，看清楚那人居然是朱玉英，著實吃驚不小，自己雖是閹人，卻擔心她再次撲進懷裡來，給人撞見可大大不妙，於是把被褥拉至胸前，聊為男女之防。朱玉英啐道：「你這是幹啥？難道怕我吃了你嗎？我是來懇求你一件事的。」三保覺得自作多情，有些尷尬，放下被褥，翻身下床，這種場合不適合跟她見禮，回道：「郡主有甚麼事，吩咐下來便是了，懇求云云，在下萬萬不敢當。」

朱玉英咬咬嘴脣，問道：「你識得我家那個不中用的嗎？」三保反問：「哪一個？」朱玉英嗔道：「一家出了個不中用的，便已夠吃不消了，還能有幾個？我當然是指我另外一口子。」三保蒙人指點過朱玉英的夫婿袁容，道：「尚無緣識荊，但曾聽人提及。」朱玉英道：「我另外一口子雖然舉止不像個樣，畢竟是我孩子的爹，大戰在即，他將隨我父王出征，你武功高強，懇求你關照下他，別讓他受到損傷。」三保遲疑道：「這個……好吧，在下勉力做到便是了。」他連燕雲鐵衛營的弟兄都未必保得了，還要護著袁容，當真難為。朱玉英道：「我先謝過了。你……你自己也要多多保重啊！」掩面奔出，留下悵惘無限的三保，獨自望著將圓還缺的明月。

先鋒楊松率精騎兼程趕道，日夜奔馳，進駐雄縣，人疲馬乏，料想己方號稱四十萬有餘，燕軍充其量四萬不足，應已聞風喪膽，堅守北平城不出，縱使前來偷營，有潘忠在鄭州支援，怕它做啥？所謂「每逢佳節倍思親」，今夜適值中秋，天清月圓，北地之月比南方的大了不少，頗有可觀，聊舉杯向月，稍慰思鄉之愁，明日或醉臥沙場，也足風流，畢竟古來征戰，幾人得回，若再得美人膝可枕，更妙不可言。朝廷這些年屠戮武將，重用文臣，令一干武人附庸風雅起來，即便無法詩云子曰，出口成章，最起碼「今朝有酒今朝醉，明日愁來明日愁」，一整副胸無大志模樣，既免招惹朝廷忌諱，還落得爽快愜意，何樂不為呢？

楊松憑欄獨飲，黃湯一杯接一杯下肚，不時吟哦著胡亂拼湊而成的詩句，益發愁悶，乍然體會到詩仙李白的心境，大著舌頭含糊唸道：「花間一壺酒，獨酌無相親，舉杯邀明月，對影成……成一、二、三、四、五、六、七、八、九……我的媽呀，怎這麼多人？」他忽見牆頭上黑影幢幢，愈數愈多，數之不盡，以為是醉眼昏花，揉了揉眼睛，望了望月亮，還只是一個，再看那許多黑影已藉長繩縋下地來，砍翻守門士兵，頓時嚇得酒醒了一大半，手一鬆，酒杯掉落樓下，發出脆響。幾個入侵的黑衣人望向這邊，楊松趕緊伏下身去，暗自慶幸閃躲得快，未被發現，匍匐後退，摸著焰火信號彈，點燃了發射出去，再一溜煙下樓準備應戰，不意手下有樣學樣，多半喝得酩酊大醉，其中不少連踹都踹不醒，勉強湊出三千員。須臾，城門洞開，燕軍如潮水般湧入，似烈火般噬人，守軍毫無招架餘地，枉自送命。楊松見狀，自知無幸，整肅衣冠，朝南稽首一拜，轉身面向敵人，拔出佩刀的同時，淌下兩行淚水，只求力拚一時三刻，撐至潘忠來援，婆娑淚眼中，一個年約半百、滿臉橫肉的燕將擎著大刀，獰笑著衝來……

先別提楊松生死如何，卻說朱能這一路悄悄繞過雄縣，來到一座橋前，橋頭刻著「月漾橋」三字。此時清風徐來，一輪圓月的倒影，在橋下的水面上蕩漾不已，清輝瀲灩，流光閃爍，煞是好看，正應了此橋之名。朱能並非風雅客，而是索命人，見到如此美景，心念忽動，道：「馬兄，前些時候咱們曾經商議，欲破老耿，除了速戰之外，最好也能夠出奇致勝，我看此處適可設下一支奇兵。」三保問道：「敢問朱兄有何妙計？」朱能道：「前數戰皆賴馬兄出了大力，才得以順利克敵致勝，這回且看我的手段，不妨先讓我賣個關子。」他召來千戶譚淵，附在他耳邊交代如此這般，留下譚淵及其千員手下，自率其餘軍士折返五里，在一座樹林內布陣以待，不久即見到雄縣發出求援的焰火信號，朱能手下軍士個個屏息以待。

一個多時辰後，潘忠軍方才帶著濃濃酒意，姍姍來到月漾橋前，而波心依舊蕩漾，冷月仍然無聲。有些官兵酒喝多了，一時尿急，索性扯開褲襠，站在橋上小解，澆濁了橋下一流清淺，弄黃了水中明月倒影。他們搖搖晃晃過橋又行，忽聽得砰一聲響，緊接著火銃與弓弩齊發，全往自身這邊招呼。潘忠的眼皮子只不過眨了兩下，便折損千餘人馬，這下子酒意全消。他見前頭黑壓壓地不知有多少伏兵，急令後軍作前軍，火速往後退卻，直退到月漾橋前，水中突然冒出許多條影子，不知是人是鬼，不禁嚇得魂飛魄散，要往前上橋不是，要退後應敵也不是，而後頭的人馬不斷湧來，把前頭的軍士推擠下河去，一入水，立遭砍殺。不消多時，月漾橋下屍堆成山，水面上的月亮浸染在鮮血裡，散發出猩紅的光暈。水中伏兵踩著屍堆殺上橋來，朱能所率主力也已迫近，不斷放箭與發射火銃。潘忠瞻了瞻前，顧了顧後，長嘆口氣，拋下武器，束手就擒，譚淵與幾個手下一湧而上，將他捆了個嚴實，抬去朱能面前，拋在地上。

朱能笑吟吟道：「老譚，你跟兄弟們辛苦了，伏在水中這麼久的時間。」譚淵水性甚佳，還練過龜息功，能在水中閉氣多時，以此絕技授予手下軍士，習練日久，終於建功。他身上兀自淌著水，躬身道：「哪裡的話，行了一天軍，全身又是汗，又是土，正好痛痛快快洗個澡，只是這些龜兒子的尿騷味當真難聞。」他邊說邊踢了下潘忠的下身，潘忠吃疼，慘叫一聲。朱能看著三保，志得意滿道：「馬兄，我這支奇兵還堪用吧？」三保讚道：「朱兄善用地形，出奇致勝，確是高招，愚弟嘆服。」朱能押著潘忠，賺開鄚州，降服守軍。次日朱棣引兵來會。

張玉將楊松軍砍殺一盡，未留任何活口，擄獲九千匹戰馬，朱能生擒潘忠及近萬名官兵，這一仗又可算是平分秋色。二人再度有志一同，都說要直搗真定。朱棣道：「本王親來，正要如此。」留下新獲戰馬，派兩千人把降兵押至北平，然後返回鄭州覆命，同時厲兵秣馬，計議攻略。降將中有個叫張保的，告知朱棣，耿炳文所率大軍號稱三十萬，其實僅有十三萬，分別在滹沱河的南北兩岸紮營。朱棣攏攏長髯，按照出征前道衍所授機宜，道：「本王相信你是誠心歸降，但要放你回去。你跟耿炳文說是趁守衛疏怠，偷了馬匹逃脫，再一五一十告知他楊松與潘忠兵敗之事，以及本王將親征真定。」張保雖覺詫異，不過如此做，可謂兩面討好，樂得答應照辦。

朱能待張保走後，奇道：「我軍本要趁耿軍立足未穩之際偷襲真定，殿下何以要張保通知老耿我軍即將進攻？」朱棣答道：「正所謂『此一時也，彼一時也。』本王原本以為耿炳文當真帶足三十萬大軍屯駐真定，我軍來攻的才區區三萬，雖然對方諸將除耿炳文外，皆是有勇無謀的莽夫，但畢竟眾寡懸殊，我軍僅能偷襲。如今既已知曉對方虛實，而我軍勇猛剽悍，擅長奇謀，可與耿軍正面交鋒，然而耿軍分據滹沱河南北兩岸，我軍攻破北營後，還要渡河去打南營，對方以逸待勞，不利我軍，不如讓耿炳文將南營併入北營，我軍聚而殲之，畢其功於一役。」朱能問道：「老耿心虛膽怯，用兵謹慎，從來不幹背水一戰之舉，倘若他將北營併入南營，以襲擊我軍於中渡，那將如何是好？」朱棣神祕一笑，道：「在這節骨眼兒上，得勞請黃子澄鼎力相助，咱們先不忙著出戰。」

過了十餘日，燕軍開拔至真定附近，沿途敲鑼打鼓，動靜鬧得很大，頗有唯恐天下不知的態勢。朱棣料定耿炳文不敢來偷營，自與三保、朱能、張玉扮成獵戶模樣，前去城東探勘，遭遇一小股巡邏官兵。帶頭的小旗一手叉腰，另一手舉刀向前，喝道：「兀那漢子，站住別動！大戰將起，尋常百姓早就躲得遠遠的，你們是甚麼人？在此鬼鬼祟祟，幹啥勾當？可是燕軍細作？最好從實招來，免得討皮肉疼。」朱棣打恭作揖，陪著笑臉道：「回這位軍爺的話，咱四個親兄弟都是當地安分守己的獵戶，今日只因年高八十的老母嘴饞，想吃些野味，是以冒險前來打獵，好奉養老母，實非燕軍細作。」

那小旗道：「胡說！你四人相貌大異，俊醜懸殊，怎會是親兄弟呢？」朱棣辯道：「一手之指，有長有短，一母之子，有愚有賢，更何況我們四兄弟雖是一母所生，但生父個個不同，相貌互異，自然不足為奇。」那小旗道：「你們要是同父異母，我勉強可以相信，若說是同乳兄弟，那可就離奇了。」他問三保：「你多大年紀了？你們的八十老母幾歲生你的？笑話，難不成老蚌當真能夠生珠！」他轉對張玉道：「你臉上這些是刀箭之傷，不是禽獸爪牙留下的。」再向朱棣道：「另外，哪有獵人像你一樣，蓄留這麼一口狼伉大鬍子的？」

朱棣還要胡謅，忽然眼睛一花，定睛一瞧，這隊明兵全定住不動，個個呆若木雞，知道是三保擅自出手，點了他們的穴道，為了挽回些許顏面，趕緊低喊：「動手，留個活口問話。」自與張玉、朱能各殺死三兵，只留下帶隊的小旗，將刀架在他的脖子上，厲聲逼問耿軍布署。三保解開那小旗的啞穴，那小旗哭喊道：「大爺饒命啊，小的家裡也有個八十老母等待奉養，小的還是個獨子，要是死了，老母便沒吃沒喝的了。」朱棣道：「老子管你老母幾歲，是要吃屎，還是喝屁，快說，老子可考慮免你一死。」刀子輕輕一拉，在那小旗脖子上劃出一道血痕。那小旗哀叫一聲，道：「好好好，小的說便是了。皇上採納太常寺卿黃子澄之議，命耿大將軍把南營全數併入北營，好跟燕軍決一死戰。雖說『將在外，君命有所不受』，但耿大將軍害怕落得跟其他將領同樣下場，不敢不從，卻在滹沱河南岸留下許多營帳，以虛張聲勢，好嚇唬燕……」

朱棣不等他說完，刀子一推，送他歸天，見三保有不忿之色，沉聲道：「怎麼，殺不得嗎？本王只說可考慮免他一死，沒說肯定會饒他。」不等三保回答，隨即回返燕軍大營分撥調度，派兵遣將。三保既受朱玉英關照她夫婿袁容之請託，向朱棣進言道：「大戰在即，屬下有一事懇求。」朱棣斜了他一眼，道：「我軍勢單力薄，兵少將寡，連本王也得親冒矢石，全軍無人可以例外，你若要為燕雲鐵衛營請命，就快快死了這條心吧！」三保道：「非也，屬下是要懇請殿下，讓永安郡主駙馬留守大營。」朱棣展顏笑道：「你還真是有情有義，不枉我女兒對你如此傾心。唔，也罷，准奏。」他樂得收回「全軍無人可以例外」的成命。

袁容失去在戰場上一展高強武藝的良機，不敢向丈人申辯，趁三保獨自至深林中解手，來找他的麻煩，罵道：「你這閹貨，連自己的那話兒也顧不了，居然管到老子的頭上來了。」三保道：「在下是一番好意。」袁容道：「甚麼好意，應該是居心叵測吧！人人都說你武功出神入化，你這沒廉恥的閹貨，能有甚麼通天本事，我看是勾搭人家老婆的本領一等一。來來來，咱們就來比劃個三百回合。」朱玉英與三保久別重逢後，回家先痛毆老公一頓，再扒了他的褲子，推倒在床，撲到他的身上，閉起眼睛，喃喃唸著三保的名字，袁容這才弄明白，自己平白無故挨了幾年好揍，全因三保而起。三保不解袁府閨中祕事，見他如此無禮，難免有氣，道：「在下看在永安郡主面子上，對閣下一再忍讓，閣下可別欺人太甚。」

袁容本就憋滿一肚子陳年沼氣，一聽此言，瞬間炸了開來，虎吼一聲，連環打出數拳，都是拚命的招式，當真苦大仇深。他的武學根基乃是祖傳的猴拳，卻嫌姿勢猥瑣難看，不符合自身的儀表與身分，因此不惜耗費鉅資，延聘一位所謂世外高人加以改造變化，還更換名稱。三保起初不識，連連退讓，觀察一陣子後，看出所以然來，邊閃邊道：「祖宗成法若有不足或謬誤處，確實不該抱殘守缺，但修改要是只重表象，不務實質，那麼便是『改退』而非『改進』了，閣下這套猴拳就改得不倫不類。」袁容怒道：「胡說！我使的分明是『公孫軒轅拳』，不是甚麼猴拳，你連一招也招架不了，還大言刺刺。」三保哂道：「公孫軒轅，公孫軒轅，唔，又是『公猻』，又是『仙猿』，看來你還不敢全然忘本，孺子尚可教也！」泉州草庵洞壁上繪述有猴拳的要旨與招式，三保瞭然於胸，剛說完，縮頸聳肩，墜臀屈膝，腳尖一蹬，斜身向前，左手上抬至眼前，右手反置於腰後，呈左顧右盼之姿，搔頭撓尾之態，正是猴拳的起手式「靈猿出洞」。

袁容是猴拳行家，不會不識，仍是雙拳輪打。他這招脫胎自猴拳的「仙猴採果」，原該刁鑽靈動，出其不意，忽上忽下，忽左忽右，卻改成大開大闔，中宮直進，名為「大破蚩尤」，威勢雖然增加不少，但也破綻百出。三保哈哈一笑，使出「偷摘蟠桃」，左手抓向袁容門面，止住他的進招，右手一探，捏住他胯下二卵，稍加使勁，袁容痛得哇哇大叫。三保鬆手退後，問道：「閣下還要打嗎？」袁容恨道：「我打死你這閹貨！」使出「大會諸侯」，兩臂一分，握拳合擊三保兩側，雙拳落空也就罷了，不知怎的，二卵再度落入三保的掌握中，這回給捏得更加疼痛，恨不能割了去才好，一張俊臉漲紅得跟發情母猴的屁股一般。三保五指一捏，隨即縱放，退後問道：「閣下服是不服？」

袁容罵道：「我服你娘的。」高躍而起，身子扭擺，雙足亂踢，使出大絕招「乘龍升天」。三保一以貫之，仍使「偷摘蟠桃」，把袁容從半空中拽了下來，手指還沒發勁，袁容已哭喪著臉哀求道：「別捏了，俺服了老兄便是。」三保哂道：「如此甚好，我還以為今日得效法諸葛武侯七擒孟獲哩，不過得改為『七擒陽貨』較為貼切。」袁容道：「俺的『陽貨』可嬌嫩得很，沒蠻人孟獲那麼粗壯，禁不起如此折騰。」三保開過玩笑，正色道：「拳術本無高低，端賴習拳之人的悟性高低與學習勤惰。」袁容道：「俺省得，俺省得，老兄先高抬貴手再說。」三保原想勸誡他一番，再把猴拳精義傳授予他，轉念覺得何苦來哉，況且此人行止荒誕，武功更高，恐怕為惡更大，也就作罷，鬆手離去。袁容一跛一跛地返回大營，這副模樣全然不適合騎馬衝殺，倒是幫朱棣解決一個小小難題——讓女婿留守，不算循私護短，人家其實是受了傷嘛！至於袁容何以蛋疼如此，可無暇細究。

次晨，朱棣命三保緊隨自己身側，親領一萬兵馬，大張旗鼓地攻打真定東門。守軍一見到燕王，分外眼紅，左副將軍李堅、右副將軍寧忠、都督顧成、都指揮劉燧等人貪功，且因皆由帝師黃子澄舉薦、皇上朱允炆親自派任，全都不大搭理主帥耿炳文的號令，各率一萬兵馬出戰，廝殺未久，燕軍急退，李、寧、顧、劉四將率兵緊追不捨。耿炳文在城門上觀戰，估量燕軍有詐，而李堅是朱元璋第七女大名公主的夫婿，不能有所損傷，命陳暉、平安、盛庸諸將緊守城池，自率四萬兵馬出城隨後接應。李堅等人驅馬狂奔，眼看就要追上燕王，忽見兩側的天空都著了火，再一細瞧，不禁嚇得魂飛魄散，原來並非天空著火，而是有密密麻麻的火箭，如同兩床大火毯似地，從半空中覆蓋下來。

朱棣久與蒙古人接戰，深知蒙古大軍當年橫掃天下，靠的固然是弓馬嫻熟，更重要的是火器犀利。早在北宋時期，宋遼交戰已用火藥發射箭矢，稱為火箭，後來將數枝火箭放在同一個筒子裡，以隔板分開，引信串聯一起，點燃後，數箭齊發，殺傷力甚大。蒙古軍加以改良，用來征戰天下，因發射筒上繪有龍形圖案，歐洲人稱之為火龍箭，明朝則稱這類武器為五虎出穴箭（五枝箭一筒）、一窩蜂箭（三十二枝箭一筒）、群豹橫奔箭（四十枝箭一筒）、群鷹逐兔箭（六十枝箭一筒）、百虎齊奔箭（一百枝箭一筒）、神火萬全鐵圍營（三百二十枝箭一筒）等等，種類繁多，不能盡載。

朱棣命張玉領兵一萬，以王真為副，攜帶兩千筒一窩蜂箭埋伏在退路兩側，待官軍追來時發射，箭頭上浸油點火，火箭墜落處事先堆聚大量乾草枯葉，灑上油脂，遇火即燃，一霎時便成為燎原巨焰。四萬官軍大半慘遭活活燒死，或逕被火箭射斃，領頭的萬餘兵馬退無可退，也實在禁受不住灼人的烈焰，只得硬著頭皮向前。朱棣領軍回轉過來，與張玉軍合圍，幾輪猛烈衝殺，砍倒無算。混亂中，燕軍一個小旗持槊刺中李堅座騎的臀部，這位心高氣傲的駙馬爺墜下馬來，摔得著實不輕，伏在地上，一動也不動。寧忠、顧成、劉燧三將原本還在做困獸之鬥，獲悉駙馬李堅遭刺落馬，明白燕軍絕不會對自己手軟，先後下馬棄械投降。

耿炳文看到前頭火勢猛惡，聽見慘呼連連，聞著濃烈嗆鼻的焦臭味，情知救援不及，傳令速退。豈知這聲號令引來無數彈丸羽箭，耿軍許多軍士瞬間落馬，一員猛將率領千軍萬馬，從北方直往耿軍的側翼狂飆而來，所幸此處離真定城門不遠，燕軍不敢在守軍眼皮子底下堆放易燃物，才使耿軍免遭火焚之厄，然而其處境似乎也好不到哪去，須趕緊退回城內為宜。那員猛將正是朱能，他領著一萬兵馬，邊放銃射箭，邊往耿軍側翼衝去，打算將之截斷，好擒下對方主帥耿炳文，無奈兩軍人數委實過於懸殊，未能如願，只一陣瘋狂砍殺。頃刻間，耿軍數千人橫屍當場，另外三千軍士氣為之奪，連忙脫盔卸甲投降。

朱能心急，不顧危險，高高站立在馬背上，來回馳騁眺望，瞥見耿炳文，召喚三十名燕雲鐵衛隨他追殺過去。他們習練精熟的刀馬陣端的厲害非常，彷彿一把利刃般，將數萬耿軍劃開一條細長口子，嚇得前頭的耿軍沒命價逃竄，自相踩踏而死者不計其數。耿炳文見來人銳不可當，不敢直接開門進城，免得引狼入室，仗著胯下踏雲騅的腳程快極，從東門直奔南門，拉開一些距離後，這才倉皇逃入城中，顧不得落在後頭的部屬，趕快緊閉城門，保住一條老命。朱能見逃了耿炳文，惱怒至極，回見城外殘存的耿軍正在集結布陣，把怒氣宣洩在他們頭上，發了聲喊，帶著三十名勇士，如龍捲風般衝殺過去，神威凜凜，當者披靡，有些耿軍嚇得傻了，竟忘記逃跑，任憑宰割。朱能軍主力在丘福的率領下合圍過來，殺得耿軍兵敗如山倒，潰兵若非丟盔棄甲地逃回城裡去，便是遭戮身亡，還有些被驅趕入滹沱河，溺斃其中。朱能帶著刀馬陣回到真定城門前耀武揚威，見朱棣領兵前來，這才離去與他會合。

這一役官軍折損軍士六萬名，另有五千多員投降，四位高階將領遭俘，慘敗得一塌糊塗，然而尚餘半數兵力，比燕軍多出整整一倍。經此一役，去掉幾個桀驁不馴的將領，眾人也已領教到燕軍的厲害，耿炳文從此發揮已長，高掛免戰牌，固守城池，靜待援軍。燕軍連攻三日，不僅往城內射了數十萬枝一窩蜂箭，連火龍出水[9]也發射上千枚，並拋擲數百顆能散發毒藥煙的毒藥煙球[10]與爆炸聲勢驚人的鐵火砲[11]，真定城依舊牢不可破。

---

9 火龍出水乃中國古代用於戰爭的原始火箭，是用長約五尺的上好毛竹製成龍腹，前後各飾以木雕的龍首與龍尾。龍首與龍尾的兩側各綁上約半斤重的推進火箭，待這四枝推進火箭的火藥燃燒殆盡時，會引燃龍腹內所藏的多枝火箭的引信，使箭從龍口射出，以射殺敵人或焚毀敵軍設施。

10 宋朝的《武經總要》記載了這類武器，應可算作原始的化學武器。

11 南宋寧宗嘉定十四年（西元一二二一年），金軍以拋石機投擲鐵火炮攻打蘄州，有些蘄州軍民被炸掉半邊頭臉，這張玉道：「素聞馬公公神功蓋世，何不飛入真定城中取耿炳文首級，讓大夥兒開開眼界。」三保默然不答，朱能道：「張將軍切莫強人所難，欺人太甚！」張玉待要回嘴，朱棣道：「三寶正如同張、朱二將，乃本王股肱，耿炳文老朽昏庸，不值得讓三寶涉險。要除掉耿炳文，本王自有安排。」他的安排居然是大搖大擺地拔營回返北平。耿炳文目送燕軍北歸，深怕其中有詐，不敢出城追擊。朱棣利用此事，大肆宣揚耿炳文年邁畏戰，還私自與燕王議和。不久後，允炆不顧齊泰等大臣反對，接受黃子澄之議，撤換耿炳文，啟用曹國公李景隆為帥，並將北伐兵力增至五十萬之多。

消息傳到北平，朱棣又在書房裡召開會議。他問道：「三寶，數年前的洮州番變，你跟李九江（李景隆小名九江）打過交道，你看這人如何？」三保將當時情形大略說了，但隱去自己搭救霍桑、刺殺秦王、栽贓聶緯等事。眾人聽到李景隆受三保挾持時嚇得屎尿俱下，直笑得前仰後合，連道衍也是，朱能若非礙著有燕王在場，恐怕要在地上打滾。朱棣太過興奮，竟把座椅扶手上藍玉的皮給硬生生搓掉一塊，這才止住狂笑，惋惜不已，嘆道：「唉，想當年李九江他老子李文忠何等英雄氣概，居然生養出如此膿包的兒子！本王出世那日，正好陳友諒率領大軍攻打應天

是爆炸性武器首次出現在戰爭中。中國雖然早在唐憲宗元和三年（西元八〇八年）即有原始火藥的配製記載，其後積極用於戰事，但在火藥的研發上進展緩慢，硝石、硫磺、碳的比例一直未臻完善，爆炸聲勢雖然驚人，殺傷力卻相當有限，歐洲人在蒙古西征後很快後來居上。

城，幸得眾將士死守，才擊退強敵，而李文忠出力最巨，要不是有他，這花花江山恐怕別姓。」道衍道：「李景隆不只膿包透頂，心地忒也歹毒，拚著遭受責罰，對秦王竟敢見死不救，這倒是奇聞一樁，可以想見其為人。李景隆只會紙上談兵，路人皆知，黃子澄竟然大力保薦他，其中可能大有文章。」朱棣道：「嘿！李景隆跟黃子澄同一個調調，都自負滿腹才學，成天高談闊論，實際上迂闊酸腐，狗屁不通，二人臭味相投，黃子澄才會對李景隆青眼有加。」

三保道：「屬下倒有不同見解。」朱棣道：「你有甚麼見解，儘管說吧，還跟本王客氣甚麼！」三保道：「屬下侍候過當今的皇上、那時的皇孫，也跟黃子澄打過不少次交道，多少知道二人的心性想法。皇上貌似溫良恭儉讓，其實頗有自己的見地，黃子澄之所以甘受眾譏，力薦李景隆，恐怕是揣摩上意……」他忽然想到允炆因為自己而選擇馬氏為元配，且要追隨自己浪跡天涯，自己卻刺殺其父，又幫助他的政敵，頗感歉疚，於是止住下面的言語。

朱棣正試圖把搓下來的藍玉皮給貼回座椅扶手上，聽到這兒，停下動作，身子前傾，雙目緊盯三保，道：「本王在聽，快說下去。」三保道：「皇上明知耿炳文善守而不善攻，仍以他為統帥，號稱給他三十萬大軍，卻只實撥十三萬，又指派給他不甘接受他號令的幾名副將，以及楊松、潘忠等庸才。此外，燕軍所使用的犀利火器，堂堂大明朝廷難道會欠缺嗎？兵仗局與軍器局每年製造出數以萬計的火銃，搞得天下缺銅來鑄造錢幣，只得發行寶鈔，何以這許多火銃全未撥發給耿炳文使用呢？由此推斷，皇上此番啟用耿炳文，分明是存心冀望他敗北。……」

「一派胡言！」張玉橫眉豎目道：「馬公公此言，全然抹殺燕王運籌帷幄、勞神苦思之奇謀，以及我軍將士用命、奮勇血戰之功績。」其實運籌帷幄、決勝千里的是道衍，朱棣無意說明，只道：「張將軍先別急著發火，等三寶講完再說。」示意三保繼續。三保道：「屬下可能言過其實，若說皇上對於耿炳文的討燕，懷著『勝固欣然敗亦喜』的心態，也許較為適切。怎麼說呢？這次出征的將領，皆屬皇上的父執輩，甚至是爺爺輩，最讓皇上寢食難安的，正是這些老一輩將領，當然也包括眾藩王在內，因此他想藉此機會予以鏟除，最起碼證明老成該要凋謝，皇上這一輩應當從此冒出頭來，而李景隆正是皇上同輩中最富盛名者。黃子澄揣摩到皇上的心意，才會力薦李景隆，一方面取得皇上的信賴，另方面讓人以為皇上對他言聽計從，他便可呼風喚雨，但他到底是個從未親上戰場的書生，不明白兵隨將轉的道理，誤以為兵多將廣、熟讀兵書即可克敵致勝，才將傾國之兵撥予李景隆。」

朱棣一拍大腿，道：「倘若真如三寶所說，那麼黃子澄並非愚蠢迂腐，而是陰險狡詐，壞到他奶奶家，簡直是秦檜再世，本王指稱他是奸臣，可絲毫沒冤枉他，只是把齊泰也一併拖下水，那就有些對不住老齊了。」三保道：「屬下以為，朝廷將孤注一擲，實撥五十萬大軍給李景隆，並授予生殺大權，以統一號令，其裝備亦將十分齊整，殿下須得及早因應才是。」朱棣問道：「道衍先生怎麼看？」道衍道：「臣以為寶公公說得極有見地。」朱棣沉吟道：「以漢高祖劉邦之能，也僅可將十萬之兵，李九江不過是個空口說白話的膏粱豎子，憑啥率領五十萬大軍？

嘿嘿，薑是老的辣，本王必讓李九江重蹈趙括紙上談兵之覆轍。」

這時正良醫來報，駙馬都尉李堅傷重不治。朱棣聞訊先是啞然無語，繼而揮退了正良醫，虎目淌下淚來，抽抽噎噎訴說他與大名公主是如何兄妹情深，自己居然弄死了她的夫婿，不知日後要如何面對她與其子李莊。朱棣哭了一陣，美髯上沾了不少涕泗，背過身去，用座椅上藍玉的皮毛揾去英雄淚，回轉過來，傳令左右帶進把李堅刺下馬的那個小旗。三保以為那個小旗恐將遭殃，不禁為他感到惴慄難安，躊躇著是否要幫他求情，朱能、張玉也有一樣心思，只道衍微笑不語。

須臾，一個二十郎當的精壯青年快步走進，跪伏在朱棣身前地上，恭謹道：「小的薛六，叩見王爺千歲千歲千千歲。」朱棣劈頭就問：「那日在真定城外，把駙馬李堅刺下馬的可是你？」薛六道：「正是小的。」朱棣又問：「你可知李駙馬是本王的甚麼人？」薛六回道：「是王爺的妹婿。」朱棣續問：「你刺他之前，可知他就是李駙馬？」薛六道：「當時小的跟幾個同袍包圍住他，從他的服色只知他是敵軍大將，而他大喊自己是李駙馬，想要策馬脫逃，同袍們不敢造次，任由他離去，小的不願縱虎歸山，大起膽子，持槊刺中李駙馬的座騎，李駙馬摔下馬來，似乎頸子折斷了，小的便在一旁照看他。」朱棣道：「剛剛正良醫來報，李駙馬傷重不治，已然謝世，本王的妹妹得要守寡，甥兒李莊小小年紀，從此沒了父親。」薛六伏首道：「小的盡忠為主，王爺若要責罰小的，小的絕無怨言。」

朱棣道：「死罪可免，活罪難逃，本王罰你把名字改了，薛六這個名字配不上指揮僉事這個職位，唔，不如改成薛祿吧！」薛六一聽，腦袋轟地如有萬顆震天雷同時炸開，居然忘了謝恩，扳起手指數數兒。朱棣笑道：「你原本是個從七品的小旗，現在連升七級，指揮僉事可是正四品的官喲！。」薛六回過神來，跪伏在地，猛磕其頭，顫聲道：「小的薛六……不，薛祿，叩謝王爺千歲千歲千千歲，王爺的大恩大德，小的沒齒難忘。」朱棣道：「正四品已不算小官了，以後別再自稱『小的』，否則不成體統。對本王應自稱『末將』、『小將』或『臣』，對你的上司應自稱『卑職』或『下官』。」薛祿道：「是，末將明白。」朱棣道：「以後凡是跟本王為敵的，無論他奶奶的是誰，你一旦遇上了，都要奮力給他來這麼一槊，方不負本王對你的破格提攜。」薛祿道：「末將誓死為王爺掃平所有敵人，清除一切障礙。」朱棣道：「好，很好。大夥兒都退下吧！」

三保出燕王府，要前往慶壽寺找韓待雪，免得日後見面時受她責難，畢竟才經歷一場血戰，得去露個臉報平安，穿過松林時，忽從一棵樹上滾落一人，其腰間的碩大葫蘆吸引住三保目光。那人拄著枴杖翻身坐起，目光呆滯，在身上撓了撓，抓著一隻蝨子，舉至眼前，道：「你吸我的血，我啃你的肉，也算公平。」張開闊嘴，便要往裡送，到了脣邊，突然止住，道：「冤冤相報何時了，你自去吧！」撮口一呼，將那隻蝨子吹得老遠，站起身來，果真就是周顛，一別逾十年，他的模樣居然絲毫沒變。三保又驚又喜，趨前恭謹一揖，道：「周前輩別來無恙。」周顛道：「燕王靖難，天下難靖，我身無恙，心豈能定！」三保垂首默然。

周顛續道：「馬和小友，你可知燕王這一起兵，究竟有多少人要死於非命，又有多少人要流離失所？建文帝雖稱不上甚麼聖主明君，卻比燕王仁慈許多，如今四海堪稱太平，百姓尚能安居樂業，生活還算過得去，你何以要助紂為虐、橫生波瀾呢？」三保道：「晚輩連自己一家一身都護不了，哪裡顧得上天下蒼生！」周顛道：「既然如此，你何不隨我隱逸山林，再不理會凡塵俗務？」三保道：「前輩責怪晚輩助紂為虐，那麼前輩當年為何要幫助殘暴不仁的朱元璋奪取天下呢？」周顛道：「天下是天下蒼生之天下，非屬一人一姓，當年亂局已成，我助朱元璋乃情非得已，實在是為致天下太平，百姓好安生過日子啊！」

三保追問：「前輩為何不幫助小明王呢？若是如此，天下不是能夠早幾年獲致太平，百姓少受幾年苦楚嗎？」周顛道：「韓山童也就罷了，小明王韓林兒目光如豆，格局忒也小了，稱帝後一意聚斂，且受權臣包圍，容不得他人進言。再說明教一旦得勢，佛、道二教在中土豈有立足之地，各門各派也將遭受報復，那恐怕才是腥風血雨的真正開端哩！」三保心想：「這周顛雖是世外高人，仍免不了門戶之見。」但不好直言，嘆道：「唉，神仙雖好，情義難拋，晚輩實在有說不出的苦衷，須再次辜負前輩的美意。」周顛掐指一算，道：「距九江樹林一會，迄今已整整十一個年頭，你還是執著於所謂的情義，須知世間情義其實充滿利害算計，你猶勘之不破，著實可嘆，免不了多吃苦頭。」三保道：「前輩時時以蒼生為念，何嘗不是一種執著與算計呢？」周顛道：「以蒼生為念，是大仁大義，個人情愛，乃小恩小惠，何況你與韓姑娘之間，不是已經恩寡情薄了嗎？還奢言甚麼情義！」

三保長眉一挑，掌上滿蓄真力，怒道：「你究竟是如何得知我的私事的？如何預見我會投入燕王府？又如何早在十一年前，即知燕王將起兵反抗朝廷？」周顛仰天大笑道：「我號為顛仙，豈是浪得虛名！」三保知他不願吐實，委實無意傷他，不禁洩了氣，道：「前輩本事通玄，何不逕去說服燕王罷兵？」周顛道：「正所謂『井蛙不可語海，夏蟲不可語冰』，燕王權慾薰心，早無良知可言，我何必枉費脣舌呢？」三保道：「晚輩聽說過，即便是佛，尚有三不能：一不能即滅定業；二不能化導無緣；三不能盡眾生界。晚輩的良知或許尚殘存些許，燕王的早已泯滅殆盡，其實各人皆有定業，晚輩業障極深，今生與前輩註定無緣。」

周顛道：「有緣無緣，豈是你說了算！」高舉葫蘆，仰脖子一飲而盡，喝得偌大肚子高高鼓起，放下葫蘆，面對三保，張開闊口，從牙縫中迸射出十數道酒箭，封住三保上下左右去處，並分打他上、中、下三路要穴，因事先全無徵兆，來得又迅捷無倫，且非固體，讓三保退無可退，避無可避，擋無可擋，接無可接。三保時常在狂風驟雨中揮劍刺葉，功力、眼力、反應俱是非同凡俗，此刻瞧得分明，朝右後方斜退一步，左掌拍往右，右掌擊向左，側過身子，於間不容髮之際躲開酒箭，身子堪堪轉正，見周顛張嘴，又迸出十數道銀光閃閃的酒箭，卻非筆直射來，而是在半途中彼此碰撞，化作成千上萬滴水珠，天羅地網般罩將過來。

三保靈機一動，疾退數步，使出「滅度一切」，將水珠聚為一團，以口代劍，拚盡十成功力，吹轉回去。周顛見狀，哈哈大笑，提起葫蘆，把葫蘆嘴平舉向前，全都接下，涓滴未漏，豎直葫蘆搖了搖，喝了一口，竟覺芳美甘醇，更勝先前。周顛塞住葫蘆嘴，道：「你的武功精進若斯，在大戰中但求自保，也不甚難，我可稍稍放心。唔，罷了！罷了！孩子，你去吧，我不再為難你，你今後須好自為之，善待自己，我更盼望你心存良善，莫妄作惡業。」三保大為感動，含淚跪地，向周顛三叩首，深自愧悔未能遵守曾經應允可慈法師不殺無辜之人的訓誡，心裡打定一個主意，起身拜別周顛，不往慶壽寺，卻是投向燕王府。周顛凝望著三保隱沒的背影，搖頭嘆道：「唉，劫數！劫數！」

「多年不見，周師叔依然清健如昔，師姪甚感欣慰。」林間轉出一人，向周顛打恭作揖，那人身著黑色僧服，一雙三角眼湛然生光，赫然是道衍。周顛道：「差幸還沒給你氣死。我問你，數年前你為何假冒我的名義，送丹藥給朱元璋治病？」他不知道衍另還假託他的名義，進獻美豔道姑張玄妙給朱元璋，否則恐怕早已氣炸心肺。道衍道：「其時朱元璋因太子朱標與養子沐英驟逝而傷心，又為立儲之事而耗神，加上倭患不止而憂憤，且為重掌國政而積勞，竟爾罹患隱疾，眾御醫束手無策，給朱元璋殺了一個又一個，而他本欲殺盡御醫，屠戮後宮，師姪著實不忍心，於是斗膽假冒周師叔之名奉上丹藥，一方面是要活萬人性命，再者是想讓朱元璋感恩圖報，迎請周師叔入宮，好讓您晚年享享清福，這是師姪的一片仁心與孝心啊！」

周顛道：「朱元璋又不是不認得我老顛，哪需你多事！哼，你之所以救治老朱，說穿了，其實是因當時秦、晉二王未除，皇位還得靠老朱暫時幫燕王保管著，以免讓允炆坐穩了，或者給秦王、晉王捷足先登，至於要我入宮，則是擔心我這個老不死在外頭壞了你的好事。我實在不明白，你為何一直處心積慮，要幫助燕王篡奪皇位呢？」道衍不答，轉移話題道：「周師叔在九江密會馬和之事，鄭莫睬告訴戴天仇，戴天仇轉告予我，後來您請出掌門師伯到雲南勸說馬和，還傳授給他神交雙修法。您老隱居廬山多年，何必要為馬和耗費這麼大的心力，而耽誤本身的清修呢？」周顛道：「我二師兄子陽子傳授給你不少本事，卻沒教導你做人要秉持良知，你的所作所為，清虛都跟我說了，你為何就不能放過馬和這個可憐的孩子？」

道衍冷冷說道：「元末明教結合彌勒宗，糾聚人民，紅巾軍興，勢力如日中天，不可一世，佛、道二教數百年來依附朝廷，打壓明教不遺餘力，元朝時更對百姓作威作福，唯恐遭到報復。嵩山少林寺與武當山隱仙派分別為當時的佛、道首腦，張師伯表面上一派清高，暗地裡卻和少林方丈合謀，扶持野心勃勃的朱元璋，這哪裡是為了蒼生百姓，說穿了，不過是佛、道二教的自保之策。張師伯更進一步，在朱元璋身旁安插不少道教徒，透過他們唆使朱元璋反叛明教，如此先滅明教，再壓佛教，道教即可獨尊天下。此外，如同馬和一般，你們也說師姪是百年不遇的奇才，雖沒要我自宮，卻先誘使我出家，以安佛教徒之心，再讓我進入道觀，然後安排我投入明教，圖謀顛覆。後來因為朱元璋殺戮太慘，您跟張師伯有愧於心，轉而憐憫馬和，但怎不也憐憫自己的師姪呢？難道只因我是本門後輩，你們便覺得理所當然嗎？」周顛哈哈大笑道：「你都一大把年紀了，怎還在意這些陳年往事呢？」道衍恚道：「馬和早已不是小孩子了，況且他兼通明教、道家與密宗最上乘武學，武功之高，幾可震古鑠今，若要拂袖而去，有誰攔得住他？」

周顛道：「馬和怎能跟你比呀！要修練上乘武功，親近朱元璋，門路多得很，豈有非自宮不可的道理？你大可親自傳授他呀，卻反而害得他自殘肢體，斷子絕孫，更可嘆的是，他居然還深深為情所苦哩！」道衍道：「師姪修練的武功委實太過厲害，是以曾對師父發下重誓，絕不輕易使用，除非……」他的身子忽然微微一震，周顛倒退一大步，依舊站得直挺挺地，一雙修長細目圓睜，瞪視道衍，如戟亂鬚中的闊嘴大張著，似乎想說話，又像要大口喘氣，但都不能夠，目光漸趨散漫，眼皮子慢慢闔上，竟是讓道衍發出的罡氣給震斷心脈。世間武功再高之人，要發功制敵，總須先集氣運勁，再舉手投足，藉招式發出，如此難免會有破綻，既有破綻，不免為人所乘，道衍居然能夠殺人於無形，無招無式，無蹤無跡，絕難防範。不過此一功法極耗真元，一經施展，一時三刻難以復原，倘若一擊不中，便無力抵擋對方的反擊，是以道衍過去從未使用，他更隱匿了身懷絕世武功之情事，連朱棣也一無所知。

道衍續道：「除非是像今日這樣的情況。」他趨前將嘴附在周顛的耳邊，輕聲道：「在周師叔死前，師姪再奉告一個驚天絕祕……」他頓了頓，聲音壓得更低，道：「那便是師姪曾與碽妃私通，給小明王發現，小明王不願意成全我們，反而將碽妃賞賜給朱元璋，因此燕王朱棣或有可能是我的親生骨肉，我若不竭盡心力幫助自己的兒子登上皇位，那才真是沒良心哩！即便朱棣非我骨血，碽妃卻是我今生唯一摯愛，小明王奪我摯愛在先，朱元璋虐殺她於後，我不報此仇，誓不為人！馬和、戴天仇、蔣瓛等人，都只不過是我報仇雪恨的棋子。戴天仇誤以為我要興復明教，甘願受我驅策，卻沒料到我才是處心積慮要滅掉明教之人。馬和是個回教徒，當年年幼無知也就罷了，長大後竟還繼續蹚這渾水，當真愚昧至極。朱元璋在道教徒的反覆勸說下，萌生反叛明教之念，但一直舉棋不定，待我透過碽妃解除他的顧慮後，他才放心大膽謀害小明王，而蔣瓛的身世也是我經由碽妃透露給朱元璋的，堂堂大明開國皇帝，居然一直受我擺布操弄。哈哈哈，哈哈哈……」

他的笑聲蒼涼悽愴，倒像是哀號，因為他明白，疑心病極重的朱元璋害死韓林兒、挑撥蔣瓛後，逼問碽妃情報來源未果，痛下虐殺她的決心。更可嘆的是，明教數百年來依附佛、道，以求苟延殘存，卻在勢力達於最鼎盛之際，遭佛、道合謀反撲，以至於幾近覆滅。道衍止住苦笑，一探周顛鼻息，確認他已氣絕身亡，輕嘆口氣，道：「這個局我已布了整整四十年，怎容得你橫加阻撓，連朱棣不能人道與喪失內力，也是我暗中給予徐妃祕藥，以混在戴原禮開立的峻下逐水藥中，免得朱棣如朱棟戀妻而不慕皇位，似朱棡好武而不喜權謀。再說咱們隱仙派的武功出神入化，舉世無有其匹，周師叔不好好潛心修習，只學得半調子，卻偏偏一心一意鑽研幻術，跟朱元璋合演，齣齣的神仙鬧劇，藉以欺矇世人，只賺得朱元璋為你親撰〈周顛仙傳〉，及御筆親題

〈赤腳仙詩〉，這些終究不過是虛名罷了。」

他將周顛的屍體拋在松林間絕無人跡之處，任憑野獸蟲蟻啃食，離去時吟誦著朱元璋所作的〈赤腳仙詩〉：

跣足慇懃事有秋，苦空顛際孰為儔。愆消累世冤魂斷，幻脫當時業海愁。

方廣昔聞仙委跡，天池今見佛來由。神憐黔首增吾壽，丹餌來臨久疾瘳。

話說三保折返燕王府求見朱棣，朱棣坐在書房裡，狗兒站在他身旁，左手端著一隻小碗，右手捏著根小瓷湯匙，身前擺了個爐銚，爐銚上頭一個鍋子冒出絲絲蒸氣，似乎正在烹煮甚麼東西。朱棣興味盎然地緊盯鍋裡，聽見腳步聲，眼皮子稍抬了下，道：「三寶，你來得正好，湊過來仔細瞧瞧狗兒的手段。」三保上前，看那鍋子的上蓋當中開了個小孔，狗兒不時以小瓷湯匙從碗中舀了汁液傾倒進小孔裡，那汁液聞起來應是醬料，只不知鍋裡烹煮何物，以及狗兒為何如此做。朱棣看三保一臉茫然，笑道：「這鍋裡正煮著一隻鮮肥活甲魚，當牠受熱不住時，會將嘴湊到蓋上的小孔透氣，狗兒趁機將醬料倒進牠的嘴裡，牠便沉了下去，待忍耐不住又浮上來透氣，得再吞一口醬料，幾回下來，醬料即深入牠的臟腑之中，那才叫真正入味哩！虧得狗兒心思靈巧，才想得出這種把戲。你應當嚐嚐他的炙鵝掌，那也算是別出心裁，每回看到那些大肥鵝在燒紅的鐵板上又叫又跑又跳的蠢模樣，我便忍俊不住，食指大動。」大戰在即，朱棣居然還有如此閒情逸致，也當真稀奇。

狗兒膩聲道：「惟求王爺歡心，狗兒就算想破奇笨無比的腦袋瓜子，也是心甘情願。」他這些手法其實學自窮極無聊的酒肉和尚，卻謊稱是自己想出來的。朱棣道：「三寶，你雖然功夫極為了得，但說到服侍人，還得跟狗兒多學著點兒。」狗兒嘴角上揚，甚是得意。三保大不以為然，躬身拱手道：「屬下以為，萬物失去性命，成為人的盤中飧、腹中食，已誠屬不幸，人應心存感念，不宜為了口腹之慾而肆行虐殺。」朱棣討了個天大沒趣，怫然不悅，沉聲道：「你去而復返來找本王，究竟有甚麼指教，不會只是來教訓本王吧！」三保跪伏在地，道：「屬下豈敢，屬下只是自覺殺人甚多，罪孽深重，良心難安，伏乞殿下恩准屬下從今以後可以不用再殺人。」

朱棣臉上一陣青，一陣白，慍道：「我說馬大公公，你明知即將有五十萬大軍向北平開拔而來，竟然在這節骨眼兒上演出這樣一齣戲碼，不是存心要給本王難堪嗎？唔，你是不是因為我破格任用薛祿，而你甚麼好處都沒沾上，才來跟本王鬧彆扭的？若是如此，你要甚麼官，指揮同知還是指揮？本王就乾脆些，授予你都指揮僉事，跟張玉、朱能平起平坐，這樣總可以了吧！」三保道：「屬下甚麼官職都不要，但求問心無愧，心安理得。」朱棣道：「你搞這個名堂，難道對本王就不會問心有愧、心不安理不得嗎？本王不准你的請求。」三保默然不語，依舊跪伏在地上。朱棣見他如此模樣，氣炸心肺，按捺不住，大喝道：「滾！」起腳踢翻爐銚，弄得火星迸濺，熱水傾灑，半熟甲魚飛出鍋外，在地上滾了好幾翻，動也不動地四腳朝天仰躺著，身軀散發出撲鼻香氣。狗兒急忙脫下外衣撲熄爐火，語音加倍甜膩道：「王爺息怒，千萬別為了這種不識好歹的狗奴才，氣壞了金貴龍體。」朱棣暴哼一聲，待三保離去後，仍怒不可遏，霍地站起身來，將舉世絕無僅有的藍皮玉牙紫檀椅高高舉起，猛力往地上一摜，摔得支離破碎。

第三十回　破竹

朱棣接連一個多月沒召見三保，只差遣狗兒送給他一道甲魚燉羊羔子，以及一大盤混炒雞、鴨、鵝、鵪鶉蛋，意在辱罵他是個王八羔子兼大混蛋。三保明白朱棣還在氣頭上，不打算理會如此幼稚可笑的行徑，將「王八羔子」和「大混蛋」都倒給狗吃。近日燕雲鐵衛營補充了好些人力，多是從幾個王府投奔而來的中官，與自宮獲罪、發配邊疆的淨軍，也有些是北平周遭仰慕燕雲鐵衛而新近閹割的小伙子。三保日夜帶領新舊成員加緊操練，既沒拜謁朱棣，也未再去慶壽寺探視韓待雪，更加不在乎狗兒的嫉恨，也顧不了羅智心裡的疙瘩，他目下念茲在茲的，就僅是兄弟們的安危，不過他心裡明白，無論自己再怎麼努力，不過是聊盡人事罷了，但求兄弟們現今多相處片刻，將來可稍減些許遺憾。

金風九月，李景隆率軍出征，臨行前，允炆設宴為他餞行，賞給他一條通天犀帶，並賜予金製斧鉞，親口諭令若有膽敢不從其命者，便直接砍了，用不著上奏，而這正符合三保的預測。李景隆先在山東德州結結實實徵集了五十萬大軍，號稱百萬，再進駐滄州左近、距北平約四百里的河間。江陰侯吳高與都督耿瓛、楊文，上回探知耿炳文的北伐軍僅是虛張聲勢，兵員遠遠不足，因而在燕軍南下迎戰時，並未夾擊燕軍後路，這回倚仗李景隆五十萬大軍的浩盛兵威，親領遼東軍進圍永平，燕軍馳援，李軍一直在河間按兵不動，作壁上觀。吳高等人一邊大罵李景隆怯懦無恥，一邊倉皇收兵，遁回山海關外，之後上給朝廷請求彈劾李景隆的幾道奏章，黃子澄輕描淡寫地全遮掩過去，反倒斥責吳高等人貪功躁進。

十月間，狗兒來演武場找三保，這次沒帶甚麼稀奇古怪的菜餚，因不耐燕雲鐵衛們的汗臭味，皺起眉頭，捏著鼻子，不正眼瞧三保，鼻孔發出怪腔怪調道：「王爺宣馬三寶至書房議事，你愛去不去。」隨即掉頭就走。「愛去不去」自然純屬廢話，三保交代王景弘繼續督導演練，這才前往，一步入書房內，見別無旁人，頗覺詫異，俯身向朱棣行禮。朱棣連連揮手，道：「免了，免了，我的馬大公公，你可來了，本王算是服了你。」三保明白朱棣為人，沒把他這句話當話，還是執意行完禮。朱棣道：「個把月來，道衍先生老跟本王說些『善戰者服上刑』、『不嗜殺人者而能一之』的大道理，本王沒聽得很明白，反正意思是你不願再殺人是很有道理的，並非存心跟本王過不去。這樣子吧，你要是當真不想再殺人，本王也不勉強你，不過你得先幫本王借人，借人總可以了吧？」三保不解，問道：「借人？借甚麼人？跟誰借？怎麼借？」

朱棣道：「你趕緊收拾下，隨本王出發，本王啥將士都不帶，就只帶三百名燕雲鐵衛上路，快則十出頭天，慢則大半個月後回來，路上跟你解釋。」三保道：「李景隆率五十萬大軍駐紮於河間，輕騎一日內可至北平，殿下打算離開這麼些時日，李景隆若是知道，必定傾兵來攻。」朱棣笑道：「李九江不過是個色厲內荏的酒囊飯袋，這些時日一直龜縮在河間，連屁也只敢在被窩裡偷放給自個兒聞。前些時候吳高那幾個兔崽子圍困永平，我軍分兵前去救援，李九江甚至不敢趁機夾擊，實在沒意思，本王離開北平，正是要引他來攻。北平城牆既高且厚，急切間難以攻下，如今已經入冬，北平冷得早，南方人不耐霜雪嚴寒，而且大軍遠來，攜糧必定不多，糧草運送不便，田裡穀物早已收割一盡，他們腹光光，心慌慌，本王去借支精兵從其背後夾攻，必定嚇得李九江，再當一回屁滾尿流郎。哈哈哈……」

三保看朱棣成竹在胸，不再多言，退了出去，挑選三百名燕雲鐵衛護送他上路，而這回十一個把弟都入選了，以讓他們遠離戰火，留者的督練之務則委託洪保。朱棣行前，將守城的重責大任，交付給世子朱高熾，命道衍、張玉、朱能竭心盡力輔佐。當彭二領兵夜襲燕王府時，朱高熾雖然行動不便，卻充分展現出指揮調度的長才，而他平常待人處事還像個樣，不似兩個胞弟那般魯莽胡為，文臣武將皆心甘情願聽命於他。朱棣聽從道衍之議，鄭重叮囑諸將，在自己領兵回來前務須堅守，萬萬不可出城應戰，否則即使打勝仗，也必定嚴治不遵軍令之罪，那即是砍頭。

朱棣一行人前往大寧（今內蒙古自治區寧城縣），那是朱元璋第十七子寧王朱權的轄地。一般以為「燕王善戰，寧王善謀」，不過似乎說反了。朱權年方二十二，不像年已四十的朱棣那般老奸巨猾，而朱權「帶甲八萬，革車六千，所屬朵顏三衛騎兵皆驍勇善戰」，戍守北疆，兵威極盛，朱棣此行正是衝著朵顏三衛而去。朵顏三衛別稱兀良哈三衛，為泰寧衛、福餘衛、朵顏衛的統稱，皆由投降大明的蒙古精騎組成，剽悍無比，戰力強大，明兵若不使詐用謀，正面交鋒根本不是他們對手，畢竟他們幼時還不會走路，就已經在騎馬了。

不久前允炆擔心寧王與燕王勾結，聽從黃子澄的建議，詔命寧王入京，寧王不從，允炆下詔削奪其朵顏三衛的統領權，但天高皇帝遠，寧王再次抗命，仍擁兵自重，朝廷除了乾跳腳外，倒也拿寧王無可奈何。道衍知曉此事後，認為有機可乘，力諫朱棣前往大寧，不過把守大寧的都指揮房寬，拒絕讓朱棣一行人入城。朱棣吃了一大碗閉門羹，也不發怒，對三保道：「這個房寬是河南人，一整個蠻子脾氣，比蒙古人還倔，一套少林砲拳使得虎虎生風，頗為自豪，移駐大寧前，擔任北平都指揮同知，一向與本王親厚，如今不買本王的帳，也算得上盡忠職守，不過北平存亡與靖難成敗，皆繫於此人身上，你今晚去請他來，可別太為難他。」三保受命，略想了想，心中已有了盤算。

房寬見朱棣只帶三百名宦侍前來，根本不把他們放在眼裡，自恃武藝精熟，未加強防備，夜裡睡得可香甜，忽覺身子寒冷，伸手要拉被褥，卻摸了個空，睜開雙眼，赫然見到朱棣正笑吟吟地望著自己，以為是在做夢，揉了揉雙目，再仔細一瞧，果真是燕王，那一口大鬍子甚是扎眼，而他身旁站著一個高大俊朗的宦侍，不由得慌忙坐起，身子往後移了移，跟他二人拉開些許距離。朱棣不懷好意笑道：「房大人醒了？本王看你睡得沉，沒敢驚動你。嘿嘿，你的睡姿可真撩人，不下於本王的妃嬪們，幸好你沒睡在本王的衣袖上，本王無須斷袖。」房寬一聽這風言風語，可醒得透了，察覺自己衣衫完整，身體也毫無異樣，略略寬心，環顧四周，發現自己身處一頂營帳內，驚問：「我怎麼會在這兒呢？」

朱棣道：「房大人跟本王算是舊識，日間雖未盡地主之誼，但本王寬大為懷，又思念房大人得緊，於是差遣這位馬公公去請房大人前來敘敘舊。」房寬怒氣勃生，不敢發在朱棣頭上，一躍而起，指著三保罵道：「你這個閹貨，不知使了甚麼下三濫手段來算計本大爺，才讓本大爺著了你的道，你若真有本事，便跟本大爺好好打上一架。」三保道：「在下趁房大人熟睡之際，點了房大人的昏睡穴，多所得罪，還望海涵。日前在下與一少林弟子過招，對方使出少林砲拳，拳勢十分威猛，在下甚為心儀，可惜一時失手，將那少林弟子打成一灘肉泥，再也無法向對方討教，悵惘無限，適才蒙燕王見告房大人精擅砲拳，在下憑記憶所及，試演幾招，班門弄斧，貽笑方家，請房大人不吝點撥一二。」

這話說得客氣，卻句句讓房寬驚心動魄：自己習武多年，又長年帶兵，雖在熟睡中，五尺之內若有蚊蠅飛過，仍有所警覺，眼前這青年宦侍竟可摸進房裡點了自己穴道，自己卻渾然未覺，他要是有意加害，自己已到閻王殿裡當了名糊塗鬼；他失手將一個少林弟子打成肉泥，倘非虛言，那是何等的巨力，自己可萬萬辦不到；他與人只動手一次，便能記住對方的招式，還是自己最為拿手的少林砲拳，若非誇張，便是個不世出的練武奇才。此刻是隆冬深夜，此地是大寧城外樹林，嚴寒徹骨，房寬額頭上居然冒出點點汗珠，他不知泉州草庵洞壁上所繪述的少林砲拳，比張昺與自己所學的還要精妙完整，饒是如此，三保當年一過目即通曉，迄今依然熟記，可算是極為難能。

三保鑽出帳外，掀起營帳門幕，方便朱棣與房寬走出。帳外燃燒著幾團篝火，將樹林中的營地照耀得如同白晝一般，幾個守夜的宦侍一見到朱棣，齊聲請安問好，聲音渾如一人所發，絕無快慢錯雜，其餘歇息中的宦侍聞聲，紛紛出帳，在王景弘的號令下，一眨眼間便集結完畢，其迅捷精實，威武雄壯，遠勝一般軍士。房寬一見，心想燕王真有兩下子，連宦侍都已如此，軍隊那還得了，卻不知這群宦侍隸屬燕王倚為親軍的燕雲鐵衛營，該營人數擴增，不過是這一兩年間的事，而且殊為隱密，才讓張昺、謝貴失了提防，以致陰溝裡翻船，房寬雖曾任北平都指揮同知，因非朱棣親信，加上調任已久，又跟常人一樣極鄙視內官，是以對燕雲鐵衛所知甚少，縱有耳聞，也必定嗤之以鼻。

三保站定，哂道：「在下使的砲拳倘若有不到位之處，懇望房大人莫要笑話。」說完，雙膝彎曲，紮了個馬步，軟綿綿打出一記迎面砲。房寬一看，頓時寬心，認定對方只是胡吹大氣，冷哼一聲，輕蔑道：「這哪裡是砲……」，「拳」字尚未出口，只見三保忽如遊龍般舞動，雙手交互飛快打出一輪連環砲，幾團篝火在其拳風激蕩下，竄生出數十條火龍，而火龍似為活物，竟能在空中騰挪翻滾，飛撲至挺立於兩旁的宦侍面前數尺戛然止住，再縮回火團中，給予他們一霎時的溫暖，而無任一人的眼睛稍瞬或身子略移，他們也無任一根毛髮被火龍吞噬。也不見三保的身子下蹲，他忽然直直拔起逾三丈，落下時袍袖往地面輕輕一拂，偉岸身軀翩然著地，悄無聲息，向房寬抱拳道：「獻醜了，請房大人不吝指點。」話剛說完，火光閃爍，幾截白樺樹枝不偏不倚掉落在篝火中，散發出撲鼻異香，顯然是被三保上衝時用沖天砲拳打斷，還高飛數十丈，落點控制得恰到好處。房寬心如死灰，黯然道：「我自詡為砲拳高手，手下敗將不知凡幾，然而即使再日以繼夜苦練十年，連你現今的一半功力也達不到，能夠指點你甚麼？」

朱棣道：「大家以武會友，切磋交流，不傷和氣。」房寬道：「殿下有何吩附，便請示下，但若要末將出賣寧王，末將寧死不為。」朱棣道：「寧王是本王極疼愛的弟弟，本王怎會不利於他呢？房大人應該聽說過，本王近來與皇上之間有些誤會，已鬧到兵戎相向，還搞死一位駙馬，損折十多萬將士，如今場面愈鬧愈大，難以收拾，因此本王有意請寧王出面調解調解。」房寬道：「原來如此，這是利國利民的好事，就包在末將身上。」他隨即告退，去叫開城門，看守城門的軍士想不透房寬是怎麼出城的，不敢多問，開門迎了他進去。

房寬是急性子，又頗得寧王敬重，未免有些恃寵而驕，不管此刻天還沒亮，而且自己穿著睡衣，逕去寧王府求見寧王朱權。朱權與朱棣年歲相差雖大，但這些年一同戍守北疆，互通聲息，更無瑜亮之爭，情分自非其他兄弟可比，更何況朱棣一向待弟如友，從未擺出兄長派頭，朱權樂得與他親近。然而自靖難變起，朱權處嫌疑之地，故要房寬無論如何不能放朱棣進大寧，以免坐實二王勾結的疑懼，不過一聽完房寬的稟報後，心喜事情或有轉圜餘地，即命房寬去迎請朱棣，仍怕其中有詐，只准朱棣隻身入府，自己則趁這當兒，親擬了一道上呈給建文帝的奏章。

朱棣一見到朱權，苦著一張臉，喊道：「權弟務必救哥哥，否則哥哥恐怕要落得與柏弟舉家自焚一樣的下場。」朱權道：「四哥勿憂，弟已草擬一道奏章，請四哥過目，看看寫得是否妥當。」朱棣一拍自己的後腦勺，擠出尷尬笑容，道：「哥哥生長於兵荒馬亂的年代，性子又野，看到一堆字就眼花頭疼，學問遠遠不及諸位弟弟，這道奏章就甭看了，哥哥信得過你。」朱權道：「那麼弟即刻用印，遣人火速送往京師上呈皇上。此去京師約莫二千五百里，縱使以特急傳送，也需三、四日方至。弟方才收到飛鴿傳來的緊急軍情，得悉曹國公已傾盡大軍進發北平，北平兵凶戰危，請四哥暫且在大寧避避風頭。」朱棣嘆道：「唉，無奈何只得叨擾權弟數日了。」朱棣在寧王府住下，與朱權日日出遊狩獵，夜夜飲酒歡宴，過得十分逍遙，似乎把北平的安危全然拋諸腦後。

卻說房寬再不敢輕視隨朱棣而來的宦侍，好生安頓了他們，並按照朱棣暗地裡的吩咐，安排朵顏三衛的首領與三保會面。會面前，房寬把三保吹捧上了天，三個蒙古將領不服，表示自己才會過真正的大英雄，四人爭得面紅耳赤，幾乎就要打起架來，待一見著三保，三蒙將哈哈大笑，與三保相擁，狀甚親熱，原來他們正是隨北元太尉乃兒不花降於朱棣的款臺、賽哲別、巴圖。數年前這三將與其手下被劃歸給寧王朱權統帶，朱棣心有未甘，憤恨難平，道衍勸慰他道：

「兵暫時給寧王養著，人到時為殿下所用。」朱棣當時痛斥道衍胡說八道，後來不得不佩服道衍的深謀遠慮，但此事要成，還有賴三保出面，道衍因此利用韓待雪把三保誘回北平，好讓朱棣人財兩得——財為小明王寶藏，人則是三保與朵顏三衛。

過了數日，朱棣次子朱高煦奔來大寧，報告朱棣北平的戰況。朱棣離開北平不久，李景隆即收到細作以飛鴿傳告，次日拂曉，五十萬大軍悉數發向北平，前鋒部隊跋涉一晝夜後抵達，稍事休息，開始構築營壘工事，燕軍謹奉嚴令，未曾出城偷襲。第三日午時，大軍畢至，李景隆極忌憚朱棣，擔心他突然領軍殺回，於是布署十四萬精銳之師翬衛李景隆自身一人，另外的三十六萬兵力分為九軍，從次日起，日夜不斷攻打北平九門。北平守軍總共才五萬，其中不少原就帶著傷，飽受幾晝夜的持續猛攻後，民困兵疲，支撐不住。

眼看正南的麗正門就要失守，忽有一白衣絕美麗人登城，往城下投擲瓦礫、石塊。那麗人嬌豔無雙，手勁卻大得異乎尋常，迥非人力所能及，見著她的李軍軍士，以為是觀音菩薩下凡助燕軍守城，說甚麼也不敢再進攻，還朝城上膜拜一番，退兵十里。這事傳開後，其餘攻城部隊紛紛罷戰，讓北平守軍得以喘息休養。李景隆雖有御賜斧鉞可擅殺抗命者，但他素以儒雅瀟灑自命，豈能如瘋漢一般胡劈亂砍，何況數十萬軍士也砍殺不盡，也就放任他們退兵。李軍中有個叫瞿能的將領，蔭襲其父瞿通的都督僉事官職，積功晉陞為從一品的副總兵，此番帶著次子瞿陶隨李景隆前來北平，因是穆斯林，不怎麼相信觀音菩薩協防北平的傳言，卻也不敢直攻麗正門，父子倆領著數千回族軍士，趁守軍鬆懈，燒毀西南順承門的外城門，進入甕城內發起猛烈攻勢，北平守軍調度不及，無力防衛，破城之厄僅在俄頃。

就在這緊要關頭，李景隆唯恐瞿能占盡功勞，非但不派兵支援，還急命他速退，說是掛慮其安危，瞿能無奈，只得悵然收兵。白衣麗人再度現身，北平數十萬百姓受到她的感召而自動自發，部分救死扶傷，犒勞軍士，部分趕緊修補順承門，另有一些提著水桶登城，往外牆淋水，因天寒地凍，不消多時，牆上便積滿厚冰。次日，李景隆親自率領大軍前來攻打北平，然而城牆滑不溜丟，難以攀爬，且有許多平民協助守城，而在北伐前，允炆諄諄告誡出征諸將，不得傷及無辜百姓，李軍原本連火器也不敢多用，以免燒毀民宅，殃及百姓，此時更難下手。李景隆正在大傷腦筋之際，暫緩攻城的詔書恰好送達，他順風使帆，下令退兵至北平城東約二十里的鄭村壩。原來允炆收到朱權言辭懇切的奏章，以為朱棣當真有意降順，遂馳詔休戰。朱高煦待李軍退去，騎著偷自徐輝祖家的良駒，急奔來大寧，他不明白其中諸多細節，擇要說了個大概。

眾人的心情隨著朱高煦的敘述七上八下，朱棣一直緊扯鬍子，最後舒了口長氣，對朱權道：「權弟所上奏章已起宏效，哥哥得返回北平善後，多謝權弟大力相助。」朱權道：「自家兄弟無須言謝，咱們應當齊心協力保疆衛土才是，不能自相殘殺，予夷狄倭寇有侵我江山、擾我黎民之隙，弟所上奏章，表明的正是這個道理。」朱棣道：「權弟所言甚是，兄弟同心，其利斷金，哥哥也是這般想法。」朱權隨即設宴，為朱棣父子餞行。席上的醍醐、乳獐、駝蹄、鹿脣、天鵝炙等等，皆屬塞外珍饈，另有道椒鹽糟黃鼠，口感近似烤乳豬，軟嫩酥脆卻更勝一籌，再搭配六蒸六釀的馬奶酒，風味別具，讓朱棣讚不絕口。宴罷，朱權領著幾位文武要員，親送朱棣父子至大寧城外，三保與三百燕雲鐵衛已在候駕。

朱權欣喜調解有成，此刻離情依依，道：「待四哥事罷，咱兄弟再次會獵塞外，風吹草低，胡笳羌笛，蒼穹為幕，四野為席，聊作玉漿黃鼠之宴。」朱棣道：「如此曠野風情，哥哥也歡愛得很，只不知今生是否能夠舊夢重溫。」朱權道：「皇上既已欽命曹國公退兵，看來事有轉機，四哥且敞開胸懷，毋庸過慮。」朱棣道：「最好一切能如權弟所言。」朱權收拾起離情，向朱棣道別，正要折返，朱棣忽然喊道：「動手！」三保閃至朱權身後，左手扣壓他左肩的肩井穴，右手按住他右臂的曲池穴，帶著他躍進燕雲鐵衛陣中。這下變生肘腋，朱權驚呼：「救我！」房寬與朵顏三衛諸將皆紋風不動，低下頭去，一名指揮朱鑑拔刀要上前搭救，給早被朱棣收買的都指揮陳亨從背後刺殺，其餘文武要員見狀，知道他們已歸順燕王，自忖招惹不起，也就不敢擅動。

朱棣嘻嘻笑道：「權弟好人做到底，送佛上西天，陪哥哥回北平去吧！」朱權道：「這不成啊，當中若有任何變化，曹國公所率五十萬大軍，隨時可將北平夷為平地，弟誠心誠意款待四哥，還出面調解，四哥怎忍心讓弟隨你涉險呢？」朱棣故作沉吟貌，道：「權弟顧慮得極是，唔，那麼哥哥再商借朵顏三衛，以解北平之危，反正朵顏三衛名義上已不歸你管轄，你一點兒也沒吃虧，待哥哥完成大業，天下分你一半，如此一來，你可說是本極小而利極大，這買賣可否做得？」

三保指上略略用勁，朱權禁受不住，悶哼了聲，無奈道：「房寬、陳亨與三衛諸將已然反叛，我又落在你的手裡，還能說不嗎？」朱棣哈哈笑道：「你當然能說不，但我大可置之不理。」朱權心裡暗罵：「你這混帳，當真無賴之至，說不定真如傳聞所說，是個野種。」朱棣續道：「咱兄弟情深，難離難分，便結個伴，同率兵馬先行。哥哥這次帶來大寧的隨從都是中官，留半數下來，稍後護送權弟的家眷至北平，權弟大可放心。」朱權自身難保，顧不了家眷，只得聽任朱棣安排，點了三萬精兵交給朱棣指揮，然後交代一干文武須得好生把守大寧，這才在三保及燕雲鐵衛的看管下，與朱棣父子、房寬、陳亨、朵顏三衛將士上路。三保命十一個把弟都留下，羅智少了上陣殺敵的機會，難免心生怨懟。

朵顏三衛諸將這些年力助大明攻打蒙古，雖立功無數，但殺的畢竟是自己的同胞，心裡一直很不是滋味，此刻想到今後將要幫燕王對抗大明朝廷，且是與心目中的大英雄馬三寶並肩作戰，頓覺心花怒放，一路上對三保很是奉承，反倒對朱棣僅是表面上恭敬而已。朱權看在眼裡，暗暗稱奇，不知這個宦官究竟有何天大本事，居然能讓桀驁不馴的蒙古猛將們傾心相與，連房寬也是這般。朱權年紀輕輕，因自年少起便習練射箭過勤，近來左肩與右臂僵硬痠疼，一碰上陰雨天，更是痛得徹夜難眠，藥石罔效，良醫束手，方才讓該宦侍一抓，居然紓解不少，期盼再給他捏捏才好，對他的態度便和緩許多。

一行人兼程趕道，於兩日後的向晚時分來到孤山，前有白河擋道，大夥兒一看，不禁叫苦不迭，因臨近岸邊的河水已經凍結，河中仍是流水潺潺，間有浮冰，別說放眼不見任何舟楫，即便有船，無論如何也渡河不得。朱棣看了看地形，思索片刻，面對白河，突然雙膝咕咚著地，兩手合十，仰首向天，高聲道：「皇天在上，朱棣誠心祝禱，若我大事確實可成，今夜此河便會結成堅冰，使大軍得以安然通過，否則靖難即盡付白河水流，絕無虛言。」眾人一聽，皆認為燕王此舉未免過於孟浪，怎可將如此大事繫於幽冥之力，內心竊竊私議，無人膽敢明言。三保毫不在意靖難成敗，唯掛念留在北平的韓待雪與燕雲鐵衛們的安危，雖有化水成冰的好本事，但這麼寬的一條河，這麼大量的河水，自己實在莫可奈何，看著從不敬天畏神的朱棣，這當下居然煞有介事地向天祝禱，知道他是在故弄玄虛，也就冷眼旁觀，靜待好戲上場。

翌晨天未亮，朱棣號令全軍起來埋鍋造飯，收拾整裝，然後所有將士摸著黑，忍著刺骨寒風，來到白河岸邊，朱權及其舊部屬們個個心裡犯嘀咕。朱棣翻身下馬，道：「三寶，你牽馬隨本王來。」說完，大踏步往河中走去，三保依言牽著兩匹馬緊隨其後。朱權大驚，喊道：「山不轉路轉，此路不通，咱們再尋別路，四哥何必親自涉險？」他其實不那麼關心朱棣的安危，而是朱棣若有不測，房寬與陳亨等叛將恐會不利於自己，再推說是燕王所為，反正死無對證，建文帝樂得一舉解決掉兩個心腹大患。朱棣停步回身，慨然道：「哥哥若不率先步行到河面上，怎顯得出昨夕祝禱的真誠呢？假使哥哥不幸跌落冰河之中而命喪黃泉，也是天不祐我，非戰之罪，權弟今後好自為之吧！」掉轉身去，毅然走進河裡。此刻東南方天際透出微明，晨星漸漸隱沒，河面上朱棣與三保的背影也是。

眾人在岸邊等得心急火燎，忽然一抹晨曦射進河畔數萬雙眼睛裡，一條人影負陽而來，走得愈近，愈顯得身形高大頎長。大夥兒手掌搭帳棚，橫於眉目間，遮住耀眼陽光，看清楚來人正是三保。三保不上岸，挺立於河上，朗聲道：「白河河面已結成堅冰，燕王下令，眾將士立即牽馬過河，動作應快，腳步須輕，於天大亮前悉數上至對岸，任何人不得有絲毫耽擱。」他語氣雖平和，但以內力傳送，三萬名將士個個聽得分明，不甚通曉華語者，自有旁人譯為蒙古話。大夥兒按照指示，接續走進河中，初時提心吊膽，走得戰戰兢兢，待走出十幾步後，發現冰層甚厚，也就放心而行，冰面滑溜，一不小心，便摔得四腳朝天，所幸人人皮粗肉硬，且身著鎧甲厚衣，跌倒了並無大礙，只是模樣狼狽，面子上不好看。

這段河道因地形關係，日落後氣溫驟降，河水便會結冰，天大亮後氣溫升高，河冰即逐漸消融。朱棣久處北國，又曾得道衍指點須善用天時、地利、人和，也就估摸出這個道理來，昨夕的祝禱與先前找金忠卜卦如出一轍，都是要讓世人以為自己上承天命，而他要三保隨行，是慮及萬一有任何閃失，武功卓絕的三保可出手相救。三保看破朱棣的伎倆，也不揭穿，只充當配角，幫襯了這齣神劇。朵顏三衛眾將士天性質樸，果然全都堅信燕王得到長生天恩助，從此對他死心塌地。

三萬人馬接續走入河中，朱棣與三保帶頭緩緩前行，離對岸已經不遠，他倆身後的前鋒軍士剛至白河河心，對岸忽然煙塵高揚，蹄聲大作，李景隆軍中一位右都督陳暉，領著一萬騎兵呼嘯來到。朱棣不禁暗叫聲苦，因為對方根本無須動手，只消堵在岸邊，待天色大亮後氣溫升高，河冰勢必承受不住三萬人馬的重量而迅速崩解，自己當真要落了個全軍覆沒、沉屍河底的下場，難道真武大帝或長生天真會顯靈來護祐自己嗎？朱棣心念電轉，計上心來，要三保喚來房寬，在房寬耳邊囑咐如此這般，然後帶著三保前去面會陳暉，在離岸丈許處止住站定，內心裡焦急非常，表面上一派輕鬆，濃密長髯垂掛著一根根小冰柱，口中冒出一陣陣白煙，朗聲道：「陳都督別來無恙，你今兒起得可真早啊！」允炆已廢黜朱棣的王位，兩軍又在交戰當中，陳暉不下馬行禮，稍稍欠身，回道：「託您的福，我方能欣賞到寒冬日出的美景，以及數萬人馬在河上行走的奇觀，可惜無畫師隨行，不然可繪幅清晨上河圖。」

朱棣哈哈笑道：「久聞陳都督威名，卻不知還是個風雅逗趣人，本王歡喜得緊，不如這樣子吧，眼前一件天大功勞就白白奉送給你。」陳暉奇道：「敢問是甚麼天大功勞？」朱棣道：「本王日前聽聞李九江率五十萬大軍攻打北平，自度兵寡力薄，且接連與張昺、宋忠、耿炳文爭戰過數場，雖皆僥倖獲勝，已然元氣大傷，不敢再以螳臂擋車，是以急奔大寧，懇請舍弟寧王代為向皇上求情，本王又想待罪立功，勸說寧王率朵顏三衛同來歸順。李九江畢竟是後生晚輩，為大明不曾稍盡汗馬之勞，更未掙得尺寸之功，本王若投降於他，真他奶奶的心有未甘，不如這件美事就歸陳都督，屆時還請陳都督在皇上面前為本王多多美言幾句。」

陳暉早知朱棣前去大寧請朱權上書建文帝之事，此時聽朱棣的這番說詞言之成理，還看到寧王朱權與蒙古將士佇立河心，已信了幾分，暗忖自己官居一品，平白得了這麼一件天大功勞，那肯定是要封侯的了，不禁怦然心動，況且這段時日受盡李景隆的頤指氣使，日前只不過對他退至鄭村壩之舉表示些許異議，居然被他派來把守苦寒荒涼的白河，甚覺不忿，頗想討回一個公道，再說本軍雖占盡形勢地利，但要跟悍勇非常的朵顏三衛對戰，殊無制勝把握，即使大獲全勝，燕、寧二王若有任何損傷，朱家人護短是出了名的，自己恐怕還要承擔罪責，算盤一撥，有了計較，便道：「若蒙大王成全，末將感恩不盡。」他的態度頓時變得恭謹起來，語音因興奮而略略發顫。

朱棣情知魚兒上勾了，道：「那麼請陳都督即命手下退到兩旁，讓寧王與朵顏三衛人馬上岸，然後押解著我們，避開李九江那個膏粱豎子，一路至京師去覲見皇上，皇上一高興，或許就免了本王的罪，還肯定升了陳都督的官，除了李九江之外，真可謂皆大歡喜。哈哈哈……」陳暉遲疑道：「這個，這個……」朱棣止住笑，道：「陳都督若還有甚麼不放心的，本王與這個內官可先上岸權充人質，陳都督派二百名好漢嚴加看管，以提防生變。」陳暉求之不得，喜形於色，道：「末將豈敢以大王為質，只是在河上多待片刻，便多擔一分凶險，即請大王上岸歇息，末將這就叫軍士們讓開，讓王師登岸。」

陳暉手下一個裨將低聲道：「都督，朵顏三衛人數既多，又強悍非常，這樣子恐怕不大妥當吧！」陳暉道：「苟得燕王一人，遠勝俘虜十萬雄師。你精選二百名勇士，一旦發生任何變故，立即擒下燕王，快馬飛奔回營。」那名裨將只得照辦，牽走朱棣與三保的座騎，選了二百名驍騎，半押半請他倆，往李軍大營方向走了一小段路程。其間寧王、朱高煦與諸將率先登岸，陳暉下馬，先向寧王行禮，緊接著喝令房寬、款臺等人拋下兵器。款臺拔出刀來，在空中虛畫了個圓，怒目圓睜，朝陳暉用生硬華語惡狠狠道：「你要俺怎樣？」陳暉幾曾遇過如此凶神惡煞，陪著笑臉道：「沒，沒怎樣。」隨即灰溜溜地低著頭、牽著馬，往朱棣那方向移了移，兀自覺得不放心，又多移幾步，沒敢再要求對方繳械。

朱棣臉含笑意看著這一切，一待全軍上岸，要三保大喊「燕子高飛了」，這是動手的暗號，方才透過房寬一傳十、十傳百，全軍皆已知曉。朵顏三衛眾將士憋了好些年的怨氣，一股腦兒宣洩在陳暉手下身上，殺得酣暢痛快。李景隆把麾下最精銳雄健的兵馬全用來保護主帥，陳暉統領的這一萬騎兵比起朵顏三衛，氣力遠遜，武藝不及，裝備沒人家精良，連馬也跑得沒人家快，其中勉強還像個樣的二百騎正看管著朱棣，其餘一眨眼間便遭砍殺逾半，剩餘的都逃往河上，沒命地往對岸疾馳，朵顏三衛並不追趕，箭也沒射一枝。此時天色已然大亮，加上先前有三萬壯士健馬渡河，堅冰本已逐漸消融裂解，哪裡承受得住數千人馬同時疾馳的巨力，突然人的驚呼聲、馬的悲鳴聲、冰的崩裂聲、嘩啦啦的落水聲此起彼落，數千人馬全都摔進冰冷的河裡，連單人匹馬也沒能到達白河彼岸，孤山從此有眾多冤魂相伴，再也不孤單了。陳暉驚覺自己上了朱棣的大當，心有未甘，急命那二百驍騎抓住朱棣，再快馬逃離，好帶他去請功，如此則功遠大於過，封侯依舊有望。

三保無意殺人，且甚鄙視朱棣，瞥了瞥他的大鬍子，童心忽萌，伸出一掌到他的胸膛與長髯之間，運勁從裡往外連撥，其髯上冰柱彷如暗器般射往周遭騎兵，都打在非致命的穴位上，勁力貫穿鎧甲，二十多個騎兵頓時落馬，性命倒是無礙。其餘騎兵都聽說過「燕王一旦鬚長至臍，即承天命為帝」的傳言，以為燕王的鬍鬚有啥玄機，只驅馬在他倆身旁兜圈子，即使陳暉屢屢厲聲催逼，也不敢冒然靠近。房寬等將領正要帶兵過來為朱棣解圍，朱權喝道：「別過去，燕王自有天助。」諸將一時沒了主意，愣在當地，朱高煦沒敢隻身救父，只能乾著急。

百多名燕雲鐵衛結成刀馬陣奔來，三保高喊：「手下留情，休害性命。」陳暉厲聲道：「閹宦賤若螻蟻，要多少便有多少，殺不足惜。」三保道：「我是要我的弟兄們饒了你手下的性命。」陳暉又喊：「閹宦沒雞巴，更無燕王厲害至極的大鬍子，大夥兒快快宰了他們，再想辦法對付燕王。」朱棣原本對三保的無禮舉動甚覺惱怒，聽陳暉如此說，轉怒為喜，大為得意，朝周遭騎兵連連撥動長髯，長髯指處，便有人落馬，或者該說一旦有人即將落馬，他便趕緊把鬍鬚往那方向撩撥，頗自得其樂。頃刻間，二百騎皆成空鞍，馬上之人全躺伏在地，身體除擦傷外，別無血痕，後來落馬的一百七十多個，都是給燕雲鐵衛用刀背打下馬的。

陳暉眼見封侯夢碎，催馬要逃，但無論如何鞭打座騎，胯下之馬只是鼻子狂噴白煙，頭頸仰伏不定，拚命邁步，卻連一步也沒能前行，回頭望去，竟見那燕王貼身宦侍一手扯住馬尾，另一手抬起一隻馬腳，料想他先用單手制止馬兒前進，馬兒起腳後踢，反倒被他牢牢掌握住，因而動彈不得，這等神力，當真匪夷所思，不敢再抗拒，悶不吭聲地離鞍下馬，垂首呆立，兀自回味著封侯的榮寵威風，感嘆好夢易醒，繁華易逝。

三保鬆開雙手，陳暉的座騎仰天長嘶一聲，放開四蹄，疾奔而去。朱棣即將偷襲李軍大營，擔心陳暉的座騎要是回返營寨，會讓李景隆有所警覺，急道：「別讓馬跑了。」三保會意，足尖點地，身子快逾飛箭，才幾步便已趕上，竄起跨坐於馬背上，先安撫住座騎，再慢慢回轉，下馬佇立。正所謂「賢臣擇主而事，良禽擇木而棲」，這匹馬甚具靈性，知道三保才是真正的英雄好漢，也有意來個「駿馬擇主而馱」，溫馴地靠在他身邊，用馬臉輕輕碰觸他，再不奔逃，對原本的主人陳暉全然不理不睬。

朱棣狠狠瞪了朱權一眼。朱權忐忑不安，臉現驚惶神色，閃躲朱棣的瞪視，低下頭去，直盯著自己的腳尖看。這位威震朔漠、讓蒙古鐵騎聞風喪膽的大明寧王，此時全然一副犯了過錯、等待師長責罰的男童模樣。朱棣哼了聲，不再理會這個已無利用價值的弟弟，招呼朱高煦過來，在他耳邊授以機宜。朱高煦領命，帶著燕雲鐵衛，上馬絕塵而去。朱棣表面上指派燕雲鐵衛護送兒子返回北平，其實是要讓他們避開緊接而來的血戰，以安三保的心，接著走到陳暉面前，嘻嘻笑道：「多謝陳都督盛情，一大早便來迎接我們渡河，可惜令手下都要留在此處了。本王恩怨分明，這次饒你不死，你自行走回京城去吧！」他並非大發慈悲，而是覺得幫朝廷除掉如此蠢材，實在太對不起自己，況且還要藉陳暉來折損朝廷顏面。陳暉忽蒙大赦，說了些場面話，好為自己遮掩，轉身才剛起步，朱棣揚手一鞭，抽在他的臀部上。陳暉吃疼，忍不住跳了起來，雙手捂著屁股，邊走邊回頭，慢慢遠離，燕軍在他身後鬨笑不已，他手下二百驍騎俱感羞慚。

朱棣搖頭嘆道：「就這副德性，他奶奶的還官居一品哩！」轉對三保道：「本王知道你不願意殺人，但大戰在即，容不得些許差池，這二百名騎兵你要如何處置？」三保略略沉吟，出手如電，解了他們的穴道，朗聲對這二百名騎兵道：「各位都是馬背上的好漢，在下馬三寶，方才多所得罪，幸勿見怪。由於燕軍即將與朝廷開戰，須徵用各位的馬匹，得勞煩各位徒步而行。各位當中若有人願意歸附燕王，便沿此路走去北平，向燕王世子投誠。」他先指著朝右首的一條路，頓了頓，續道：「不情願歸附者，沿著此路應可走至山東。」他再指向往左首的一條路。那二百名騎兵相互看了看，交頭接耳一陣子，有個領頭的大聲喊道：「我們皆願追隨燕王與馬公公。」三保道：「承蒙各位看得起在下，從此刻起，咱們都是好兄弟、好夥伴。」二百名騎兵齊聲歡呼，朵顏三衛眾將士也加入，高喊著「馬三寶」、「馬三寶」、「馬三寶」……，聲勢震天。被冷落在一旁的朱棣，似笑非笑地看著他們與三保。

一待那二百名騎兵上路，朱棣整頓隊伍，帶著擄獲的數千匹戰馬，呼嘯著殺向鄭村壩去。

在這當兒，朱高煦馳回北平，布達朱棣的號令，說是要成立五軍，以張玉為都指揮，將中軍，朱能、李彬、徐忠、新歸附的房寬各將左、右、前、後軍，進行偷襲，後軍是為朵顏三衛，已先發動，其餘四軍即刻出兵，夾擊李景隆大軍。北平軍士得到數日歇息，元氣稍復，得令後，在張玉等諸將的率領下，分別從崇仁、齊化、文明、麗正四門出北平城，分進合擊鄭村壩。

李景隆退至鄭村壩後，重新把大軍分為九營，主帥營居中，另八營分八個方位，按八卦陣法拱護著主帥營。他在營帳內一派瀟灑，雖然天寒地凍，仍輕搖羽扇，吟哦著《孫子兵法》：「昔之善戰者，先為不可勝，以待敵之可勝。……不可勝者，守也；可勝者，攻也。守則不足，攻則有餘。善守者，藏於九地之下；善攻者，動於九天之上，故能自保而全勝也。」他忖道：「我如此善守，先立於不敗之地，以待敵之可勝，而後攻之，真可謂善戰者也，縱孫武子再世，料不過如此。」就在他自鳴得意之際，朱棣領著三萬雄兵從東北角衝入。

朱棣不識八卦陣，卻歪打正著，攻入的方位恰巧是「生休傷死杜景驚開」中可以破陣的「生門」。不過話說回來，李軍將士多為南方人，本就耐不住酷寒，這兩日糧食不濟，飢寒交迫，皆瑟縮於營帳內，聽到聲響，慌忙出帳，頃刻間被斬殺不少，其餘紛紛潰逃，因此朱棣即使從別的方位進攻，要不破陣也難。燕軍一舉突破東北營，長驅直入，殺向主帥營，東營與北營的將領急匆匆引兵來敵，也僅讓殺紅了眼的朵顏三衛略緩一緩。

李景隆嚇得魂飛魄散，趕緊號令其他幾營都速來搶救。大軍方動，徐忠正好領軍自西面殺到，李景隆又急命大軍回防，搞得數十萬兵馬圍繞著他老兄一人團團轉，當真是「兵隨將轉」。須臾，朱能、李彬分別率兵自西北與西南趕來，人數各只有數千，故意把戰鼓擂得隆咚咚大震，畫角吹得嗚嘟嘟巨響，再命墊後的數十騎拖拉著點燃的濕木頭，弄得煙塵滾滾，眾軍士齊齊竭力吶喊，北地英豪的嗓門奇大，殺聲震天，懾人心魄。李景隆不知燕軍到底有多少，直如驚弓之鳥，大感草木皆兵，全然無心指揮作戰，只想逃之夭夭，於是調動主帥營南移，不意遭逢惡虎攔路，張玉領著一彪虎賁正等在那裡，李景隆戰也不戰，帶著主帥營四處倉皇逃竄。

李景隆飽讀兵書，嫻熟兵法，曾多次奉旨練兵，卻從未親上戰場，原以為打仗無外乎「談笑間強虜灰飛煙滅」，而這一仗從午初直打到申末，猶未停歇，數十萬人仍持續以性命相搏。此刻在血色殘陽的映照下，滿目盡是頸斷頭飛、肚破腸流的景象；於凜冽寒風的吹颳中，充耳皆為嘶喊吼叫、呻吟哀號的聲響。此情此景，竟是難以言喻的血腥恐怖，李景隆實在禁受不住，將心一橫，拋下羽扇，扯了綸巾，雙腿一夾，趁著暮色漸垂，獨自縱馬往東南方馳去，留下麾下數十萬將士，任憑一群虎豹豺狼肆意屠戮。他根本不屬於這個戰場，這個戰場也完全不屬於他，他要儘快遠離，離得愈遠愈好。

他狂抽猛鞭座騎，一晝夜下來，奔馳八百里路，來到山東德州，城門堪堪在望，座騎忽發哀鳴，前膝跪倒在地，李景隆滾落馬前，鞭子掉進草叢裡。他直起身子，摸摸全身上下，慶幸並未捽傷，回轉過去，見那馬兒滿口白沫，拚命掙扎著要站起，但只悲嘶一聲，側臥在地，奄奄一息。李景隆抽出馬鞍上的御賜黃金斧鉞，喝令馬兒快快站起，那可憐的馬兒如何能夠，兀自躺著，虛弱地喘氣，連眨下眼皮子都覺得費力至極。李景隆大怒，揮動斧鉞，砍下馬頭，滿腔的驚懼屈辱，稍稍宣洩了些。

「上天有好生之德，此馬對你有承載之恩，你為何狠心殺牠呢？」李景隆聞聲回頭，看到一條年約半百、頭戴笠帽的大漢，發話的應是此君。此時正值隆冬，那大漢身上居然僅著麻布單衣，還滿是補丁，手持一根粗黃竹杖，腳下芒鞋破爛不堪，腿上裹著厚厚一層泥土，看樣子已接連趕了不少路程，其身形高大魁偉，說話卻細聲細氣，顯得十分突兀。李景隆是個養尊處優的公子哥兒，瞧對方一副骯髒窮酸模樣，頓生嫌惡，回道：「這畜牲不中用了，還險些捽傷我，我自殺牠，與你何干？你再囉嗦，當心也吃我一斧！」那大漢道：「打打殺殺，怎是個道理？我勸足下即時放下屠刀，誠心向善，慈悲為懷，至於佛門，不見得非皈依不可。我這兩年想通了，紅塵俗世好修行，佛門僧侶也是人，其中不少只是混口飯吃罷了，更不乏招搖撞騙之徒，欺世盜名之輩，他們哪裡當真心向佛法！離開也好，離開路更寬。」

李景隆剛遭慘敗，正有氣沒地方發，聽那大漢絮絮聒聒，不知所云，「嘿嘿」兩聲，道：「是你自己找死，休怪本帥沒警告過你。」掄起斧鉞往對方身上砸去。那大漢輕巧巧閃了開去，驚道：「你怎說動手就動手呢？」李景隆道：「我若說動手而不動手，豈非言而無信？子曰：

『人而無信，不知其可也！』孫武子亦云：『將者，智信仁勇嚴也！』可見守信之重要。」邊說邊揮動斧鉞，這回由直砸改為橫劈。那大漢聽他曲解「信」的含義，哭笑不得，斜退一步，閃過斧刃，道：「這種信不守也罷！」李景隆再度失手，心想自己若連一個愚痴迂腐的流浪漢都解決不了，怎配統帥數十萬大軍，於是劈、砍、剁、抹、砸、摟、截，甚麼招式都用上了，卻招招落空，力皆虛發。他畢竟才逃離一場血腥大戰，驚魂未定，又縱馬狂奔一晝夜，此時飢渴交加，疲憊不堪，氣力不繼，停了下來，大口喘著氣道：「沒錯，上天有好生之德，本帥已嚇唬你夠，不再難為你，你自去吧！」

那大漢雖然迂腐，倒也不傻，道：「我與你素昧平生，不過勸說你幾句，你方才每招每式分明都要置我於死地，哪裡只是嚇唬我而已？幸虧我粗通武藝，才沒讓你砍殺了。」李景隆瞥了瞥那大漢，忽然冒出個想法，道：「方才本帥是考校你的武功來著，必須認真些，多出點力氣，方能試出你的真本事。你叫甚麼名字呀？」那大漢道：「此身本是臭皮囊，名字更為身外物，我這些年無名無姓，雲遊四方，餐風宿露，席地幕天，也算自在。」李景隆道：「這可不行，我得幫你想個響亮的名號。」那大漢奇道：「這是為何？」李景隆道：「本帥要把你納入麾下，擔任親隨。」那大漢連連搖手，道：「我可不想。」

李景隆拍拍自己腰間的通天犀帶，揚揚手中的黃金斧鉞，道：「你可知我是誰？」那大漢哂道：「你問我呢！我倒要請教，你是否自知本來面目，原先自性？」李景隆討了個沒趣，道：

「別管甚麼自性他性，你從此跟我，我可供你錦衣玉食。」那大漢道：「我只愛粗茶淡飯。」李景隆道：「我可賜你功名富貴。」那大漢道：「我只慕閒雲野鶴。」李景隆道：「我可賞你嬌妻美眷。」那大漢臉上抽搐了下，沉聲道：「我只願孑然一身。」李景隆福至心靈，道：「我乃掌握天下兵馬的大元帥，曹國公李景隆是也，所謂『一將功成萬骨枯』，你若跟了我，或許可以拯救千萬生靈，免淪為戰場枯骨。」他這「攻心為上」的兵法，從未善用於戰事，但拿來縱橫官場和攏絡人，可說是無往不利，臻於化境。

那大漢一聽，果然心頭火熱，想到觀音菩薩為了拯救芸芸眾生，曾化身為絕美女子，下嫁給凶惡醜陋的大黑天，自己假使跟了眼前這位蠻橫至極的天下兵馬大元帥，適機勸說進言，或能使千萬生靈免於戰火塗炭，那可是功德無量的菩薩道，也就點頭應允，道：「好吧，我姓楊，名行祥。」李景隆道：「這姓名太過一般，氣勢不足。唔，天下如鼎將傾，得要仰仗你來扶持，《說文解字》云：『鉉，所以舉鼎也』，你從此改姓鐵，更名為鉉吧！」那大漢忖道：「少林世系譜中的最後兩句為『雪庭為導師，引汝皈鉉路』，我浪跡天涯數年，如今大雪方停，這人居然替我取名為『鉉』，其中似有殊勝緣法。」他感慨萬千，勉為其難地接受了。

鄭村壩之戰後，李軍潰逃將士一波波湧到德州城，他們起初先在此處集結，再進駐河間，也就循原路敗退回來。李景隆點了點卯，總數還不到四十萬，其中許多還負了重傷，拖命逃回，亦即前番以絕對優勢兵力攻打北平，結果損失了十餘萬人，可謂慘敗。李景隆熟知官場習性，不敢隱瞞，免得被言官見縫插針，大加參劾，卻做足文過飾非的功課，把敗戰歸咎於天時不利、糧草不繼與寧王助燕，先彙報給黃子澄，再上呈允炆，靜候處置，以為會因大大失利而遭受小小責罰。任誰也想不到，允炆居然對李景隆慰勉有加，厚賜金幣、美酒、貂裘，還晉陞他為太子太師，命他來年開春大舉伐燕。這讓李景隆麾下眾將士咸感錯愕，李景隆原本有些不好意思，旋即以「勝敗乃兵家常事」來自我慰勉，又認為當此之時，捨我其誰，恢復高談闊論。他手下諸將沒把他所言太當回事，只皮裡陽秋地奉承著，李景隆感覺了出來，怨怪「夏蟲不可語冰，豎子不足與謀」，對鐵鉉傾囊相授滿腹兵法，卻全然聽不進鐵鉉的苦苦勸諫。

朱棣自料一舉擊垮了李景隆，不意朝廷賞罰竟如此倒錯，召集幾名心腹至書房議事，嘆道：「唉，黃子澄欺上瞞下，本王那可憐的傻姪子，恐怕全然不知李九江拋棄手下獨自逃命一事。」在場眾人紛紛附和。三保道：「皇上或許並非受到黃子澄欺瞞，而是這時候換將，本身面子掛不住。倘若誠如屬下先前所揣測的，啟用李景隆為帥是皇上的本意，黃子澄無非揣摩上意罷了，如此一來，李景隆兵敗，黃子澄必須盡力掩飾，不只為了自保官位而已，更是為了保全皇上的顏面。」

朱棣道：「你這樣子說，也不無道理，只不過黃子澄未免太會奉承主子了，其他臣子也全都沒骨氣揭露其中之弊。允炆身旁不是還有個名滿天下的方孝孺嗎？允炆甚麼軍國大事都會諮詢他的意見，不但命他擔任《明太祖實錄》的纂修總裁，連伐燕的詔書檄文也是出自他的手筆，還讓他代為批覆奏章，怎麼連他也噤口不語了呢？嘿嘿，讀聖賢書，所學何事？逢迎拍馬，夤緣富貴而已！」道衍道：「方孝孺是大儒宋濂的得意門生，而宋濂是懿文太子的老師，師徒倆望重士林，動見觀瞻。方孝孺個性剛烈，尤其重視節義，屆時肯定不願降燕，殿下萬萬不可殺他，以免滅了天下讀書種子，寒了寰宇士子之心。」朱棣呵呵笑道：「對於能夠吃的柿子，本王還在乎些，至於百無一用、只會讀死書的士子，滅就滅吧，寒就寒唄。」他突然想到那位「寒姑娘」，不禁看了三保一眼。

道衍道：「讀書人雖成事不足，敗事卻綽綽有餘，須善加攏絡，免得他們搗亂生事，這正是科舉取士的本意。」朱棣敷衍地點點頭，道：「這個本王自然明瞭。對了，這次鄭村壩大捷，雖說是將士用命的成果，本王以為首功應歸三寶。」三保謙道：「屬下未盡纖毫之力，萬萬不敢居功。」朱棣道：「借得朵顏三衛已屬不易，能令他們心悅誠服，更是難上加難，若非有你，此事絕計無法達成，這是其一；白河之戰，助全軍安然渡河並保護本王周全，這是其二；本王原本只知李九江光會紙上談兵，聽了你的敘述後，才曉得他無情無義，還極其膿包膽小，因此定下『虛張聲勢、直搗黃龍』的進攻策略，果然一舉奏效，這是其三；協助守城的白衣麗人，是三寶的老相好，若非有她，北平城早已失守，哪裡會有鄭村壩之捷呢？這功勞還得歸於三寶。」

朱能奇道：「馬兄竟有紅顏知己，怎麼從未提起過？」張玉本想說：「閹宦穢亂後宮，也不是甚麼稀罕事兒。」但這話分明是在指責朱棣管理失當，而且現成有個侍寢的狗兒，他也就隱忍不發，只一味冷笑。朱棣道：「三寶離開多年，一回到燕王府，就臉紅脖子粗地向本王討要一位韓姑娘，因此這也不是甚麼祕密，本王今日說出來，三寶應該不會怨怪本王多嘴吧？」三保道：「屬下豈敢！屬下那日當真失禮之至，實在是這韓姑娘於屬下有大恩，屬下誤以為她遭人擄來燕王府，是以心急如焚，顧不得禮節。」朱棣笑道：「聽高熾形容，這位韓姑娘不但美若天仙，豔絕當代，還智勇雙全，武功高強，難怪三寶把她當成心頭肉，不惜跟本王來硬的。」三保道：「讓殿下笑話了。」心想雪兒的確修習過內功，卻是哪時候成為武林高手了？

朱棣道：「你那位韓姑娘寄居慶壽寺多時，要知道『和尚是色中餓鬼』，姑娘家在那裡待著，總有許多不便，不如讓她住進燕王府，既有人侍候，你也方便跟她親近，省得往來奔波，如此一來，本王更加容易找得著你，乃三全其美。」道衍不待三保回話，搶先道：「殿下如此安排是最好不過的了。自韓姑娘住進慶壽寺後，寺中和尚唸起經來往往有口無心，諸佛菩薩中最愛禮敬觀音，因把韓姑娘當成觀音菩薩的化身，禮佛的身段不是僧人應有，倒似油頭粉面的小生，裝腔作勢的模樣當真令人作嘔。」他沒敢提，韓待雪裸身獨練神交法時，察覺有僧人偷窺，她非但不以為意，反而更加放浪形骸，搞得舉寺騷動，日前一個和尚忍不住衝進她房裡求歡，給她一掌打成肉泥。

三保道：「移居燕王府之事，得問過韓姑娘本人，屬下無權為她做主。」道衍道：「老衲已事先問過她了，她可是千肯萬願，只說必須詢問你。」三保雖隱隱覺得不妥，但聽道衍如此說，遂道：「那便按照韓姑娘本人的意思吧，請國師轉告她。」朱棣道：「三寶，你跟韓姑娘是否在鬧彆扭，怎麼一些事還得靠道衍先生居中傳話？」三保默然不語。朱棣道：「倘若真是如此，更應該讓她住進燕王府來，讓王妃開導開導她。本王正妃是本朝開國大將中山王徐達的長女，性子原本極執拗暴躁，一不順她的意，便跟本王劍拔弩張，她是將門虎女，使的可是真刀真槍，一點兒也不含糊，本王內力雖失，身手依然矯健如昔，頗受惠於她，後來費了好大的勁兒，才讓她甘於舉案齊眉。本王每回遭遇甚麼天大難事，只要想到這口子，便覺得都可迎刃而解。哈哈哈……」

朱棣因自己的上番言語，直笑得前仰後合，連連使勁拍打所坐虎皮紫檀椅的扶手，道衍等人湊趣地咧嘴笑著。朱棣瞥見三保面無表情，不免掃興，止住笑，正色道：「韓姑娘的事就這麼辦，你自個兒去知會她，用不著道衍先生居中傳話，有啥誤會，順便解釋清楚，她要是纏夾不清，乾脆把她掀翻……」他不在意三保是個閹人，但一想到自己徒具其物，便幽愁陡起，暗恨橫生，硬生生止住底下的無聊猥褻言語，改口道：「此番你在鄭村壩立下大功，本王明白你不貪愛功名富貴，便賜你姓鄭，以永紀此事。再者本王約略知曉你的身世，害你家破人亡的人姓傅，你就改姓鄭來出一口鳥氣，本王並且期盼你改換姓氏後，過去的一切悲痛，盡化為過眼雲煙，從今日起，再世為人，重新來過，往後唯有喜樂，絕無悲愁。」他嘴上說得誠懇動人，但實際上，那日在白河畔、孤山旁，眾將士心目中顯然只有馬而無朱，讓他很是吃味，卻又倚賴三保甚深，這時索性讓三保改姓，等於除掉了馬三寶，而又有同一個人可堪利用。

三保既不理解、更不在乎朱棣的小心思，憶起曾對明教趙虎宣稱，自己姓馬名和，這輩子不會改變，此刻卻硬是被改了姓，還須當成莫大榮寵，心裡難免五味雜陳，而前塵往事依舊刻骨銘心，哪裡會因改姓而成為過眼雲煙，以正（鄭）壓負（傅）之說更屬無聊，然而自己曾因鄭莫睬之故冒稱姓鄭，這時居然弄假成真，不禁感覺到似乎凡事於冥冥中自有定數，也不知把兄鄭莫睬現況如何。這些念頭在三保心中一閃即逝，他跪倒伏首，抱拳道：「謝殿下賜姓之恩與體恤之情。」朱棣道：「你莫忘本王對你的良苦用心，日後得好好……」道衍忽然輕咳一聲，朱棣是個乖覺人，原本要接著說「報效本王」，立時改為「善待自己」。果然此言一出，滿座除了道衍與三保外，盡皆動容，連朱棣本人也深受感動，眼眶泛濕。眾人又議論了一陣子，依著李景隆的底細，設下一條「不戰而累人之兵」的奇計，這才散去。其後，三保來到慶壽寺前，躊躇好一陣子，終究硬著頭皮，進去寺裡找韓待雪。寺內僧人都已明白三保的身分，三保不用再拘束於男女之防，逕去韓待雪居住的廂房。

「你怎這麼久都沒來找人家？也不管人家如何了！」韓待雪發著嬌嗔。這些日子，她的容貌從原本的清麗脫俗，逐漸蛻變成嫵媚冶豔，眉目間滿是萬種風情。三保猜到她必會有此一問，預先在寺外想好如何回答，此刻不假思索，即道：「燕王獲報朝廷將派大軍前來討燕，下令全軍日夜操練，任何人不得擅自離營，大半個月前，他臨時召我隨他去大寧借兵，緊接著大戰一場，雖然擊退官軍，但大敵未除，僅暫時解圍，回返北平後，仍須緊鑼密鼓地操練，且要議訂今後的……」

女孩子家心思細密，韓待雪不等他說完，柳眉一挑，道：「你這段話說得如此順溜，想必是反覆練習過的吧？」三保心裡一驚，表面不動聲色，反問道：「我說的皆為實情，何須反覆練習？」「馬大英雄既然如此忙碌，那麼今日為何有空來找小女子呢？」韓待雪一雙妙目緊盯著三保。三保道：「燕王要妳搬離慶壽寺，住進燕王府，命我前來通知妳。」韓待雪問道：「他命你來你才來，不然你就永遠不來見我了嗎？」三保其實十分掛念她，但是覺得與她應對，比跟任何高手過招都還來得費神，無論多麼小心謹慎，依然會給她輕易找到破綻，甚至扭曲原意，這才是他不願意來找她的真正原因，不敢挑明了講，此刻聽她語氣不善，一再責問，不免有氣，也就默然不答。

「你可知我為何甘冒奇險，要挺身而出，協助防禦北平城？」韓待雪又問。三保道：「妳有甚麼話便直說，何必一再咄咄逼人地質問我！」「我咄咄逼人？我質問你？唉……」韓待雪幽幽嘆了口氣，續道：「我知道你是為了我，才勉強留在燕王身旁，而幫他練兵，隨他出征，更是身不由己，我感激不盡，因此在你涉險的時候，想要當你的後盾，讓你對於我與燕雲鐵衛營的弟兄，皆無後顧之憂，能夠全心全意照顧好自己。」「妳我情深義重，誓願同生共死，此不待多言，然而……然而……」三保低下頭去，欲言又止。「然而如何？」韓待雪貼近他，仰起螓首，妙目灼灼，熟視其臉。三保避無可避，咬咬牙，道：「然而要廝守一起，朝朝暮暮，卻是千難萬難。唉，『兩情若是久長時，又豈在朝朝暮暮』，我倒覺得，『兩情若待久長時，又豈可朝朝暮暮』！」「我實在弄不明白，你到底要甚麼？我全心全意待你，難道還不足夠嗎？」「我也不知道。」三保頹然回道，二人俱感茫然。

他倆一個是閹人，一個是聖姑，起初維持著一種「對食」的關係，彼此慰藉，相互扶持，加上朝不保夕，聚少離多，只感受到濃情密意，等安定下來後，即便是恩愛夫妻，總有煩膩之時，更何況他們之間既無名，更無實，相處起來也就難上加難了。對於男女間事，韓待雪是不得為也，非不能也，亦非不為也，如今明教幾已喪滅，她就算破了貞潔戒，料想無人會尋上門來燒死她，但礙於最終的一點矜持，再怎麼放任情思恣奔，也不敢當真做了，卻覺百無聊賴，痛苦難當。三保則純屬不能也，有著天仙一般的女子相伴，反倒讓他自慚形穢，而這樣的事不能跟她明言，益發無奈。他與同屬閹人的燕雲鐵衛們相處，才覺得坦然自在，所得到的自尊，才是真正的自尊，那種肝膽相照非比尋常，更勝一般，因此韓待雪住進燕王府後，他倆相處的時間仍屬寥寥。

剛過完年，風雪交加，奇寒澈骨，朱棣開始執行他所謂「不戰而累人之兵」的奇計，派遣數千騎兵佯攻山西大同。李景隆聽說朱棣這次並未親征，於是親率十萬兵馬，大張旗鼓，從山東德州馳援山西大同，抵達時聽說燕軍已退，唯恐對方趁虛襲擊德州，又冒著紛飛大雪趕回山東，十萬兵馬倒有兩萬多凍斃或累死於途，遺留下的鎧甲兵器全讓朱棣派人收了去。李景隆平白損折將士，還資助燕軍，卻向朝廷告捷，說是適時馳援，擊退燕軍。允炆再次給了他不少賞賜，還大加褒揚，伐燕之事也因此暫緩下來，這件事自然又為燕軍新添了下酒的笑料。

第三十一回　逆轉

建文二年四月初夏，大明朝廷勉堪運用的將領，齊聚山東德州城。允炆命武定侯郭英、安陸侯吳傑、越嶲侯俞淵，與李景隆合兵，統歸李景隆調度，另遣魏國公徐輝祖率三萬京軍為李軍助陣。此番討燕的統合兵力更逾先前，居然多達六十萬之眾，再度號稱百萬，聲勢雖然浩大，燕軍將士依舊沒把他們放在眼裡。

前回鄭村壩之戰，朱棣把首功歸於三保，張玉憤恨難平，一聽說李軍大舉進駐真定，便請纓前往雄縣之北的白溝河設防。朱棣允他領軍先行，隨覺不妥，兩日後自行引兵要去與張玉會合，出發之際疾風揚塵，霎時天昏地暗，飛沙走石，旌斷旗折，朱棣以為是凶兆，走也不是，不走也不是，繃起一張紫膛臉，先移正被狂風吹得欹斜的鍍金龍紋鳳翅雁翎盔，再把迎風招展的長髯塞進雲龍團花戰袍裡，吐了口混著塵沙的唾沫，繫上面巾。北平多風沙，明代即有「天無時不風，地無處不塵」的諺語，而猛烈的沙塵暴在當時不算罕見，居民常備面巾遮掩口鼻。

送行的道衍喜道：「恭喜殿下，賀喜殿下，天現吉兆，此行縱遇凶險，也必能逢凶化吉。」

他那雙三角眼似乎不畏風沙，依舊湛然生光。朱棣道：「這回你又有甚麼說法？」語氣冰冷異常，面巾下的表情可想而知。道衍道：「建文帝雖坐擁廣土眾民，殿下卻得天助，人是萬萬爭不過天的，殿下用兵如神，屆時即能瞭解臣意。」朱棣嘟囔道：「老禿驢信口開河，故弄玄虛，戲耍本王來著，本王大軍未發，先吃了一嘴的沙，這算哪門子天助？到時候要是驢嘴說得不準，本王必定砍下老光頭祭旗。」一鞭子抽在馬屁股上，冒著滾滾沙塵，領頭進發。道衍字字句句聽得分明，也不著惱，喚住三保，囑咐一番。

張玉見朱棣親領大軍到來，認為主子不很放心自己，頗感不忿，不敢對朱棣發作，臭臉全擺給他身旁的三保看，還打算找個機會大顯本事。次日一早，有斥堠來報，說是李軍前鋒右軍都督僉事平安，領一萬騎兵逼近，張玉請求迎戰。朱棣道：「平保兒[12]這渾小子，本是我父皇的養子，而我父皇眾多養子中，可畏者唯朱文正、李文忠、沐英耳，這三人已死，餘皆不足為患。……」三保猛然驚覺，自己早在八年前受戴天仇逼迫刺殺沐英，明的是要傷朱元璋的心，其實是道衍預為靖難鋪路。

朱棣續道：「這平保兒曾跟隨本王出征過幾次，雖然知曉本王的戰術，倒也沒甚麼通天本事，就是力氣大些，敢衝敢拚罷了，上回他隨耿炳文前來，吃了癟回去，此番不自量力，膽敢充

12 平安小名保兒，其父平定還在世時，平安即被朱元璋收為養子而改姓朱，馬皇后待他如己出，平定攻打大元都城戰死後，朱元璋讓平安恢復原姓。

當先鋒，且看本王再次教訓他。」朱棣孩提時跟平安打過幾場架，每回都力弱不敵，被打得灰頭土臉，後來勤練武藝，不無要跟平安較量之意，只不過再次碰面時內力已失，難免悵恨，此刻兩軍對壘，故意讓主將們留守大營，只帶幾名裨將，親率一萬精騎往敵，表示輕視平安。

三保跟著朱棣來到蘇家橋前，因事先得到道衍的囑咐，此刻見朱棣被先前的大獲全勝沖昏了頭，顯得驕矜托大，於是出言提醒朱棣道：「朱能將軍曾派千戶譚淵設伏兵於月漾橋下，因而生擒潘忠，這座蘇家橋之下也頗適合埋伏，燕軍必須加緊防範，以免平安仿效。」朱棣笑道：「平保兒深知本王善謀，必然不敢班門弄斧，而且他自恃武勇，當會力拚。」才說完，前方一員猛將帶頭策馬衝來，朱棣看看來人，得意道：「說曹操曹操便到，那不正是平保兒嗎？」

這個平安果然勇猛非常，揮舞大砍刀，頃刻間砍翻了十數名燕兵，有些個甚至連人帶甲被他橫劈為兩半，下半身還端坐在馬背上，沒頭蒼蠅般四處亂竄，傷口湧出的鮮血濺得周遭燕兵頭臉皆是，腸子掉出身外，垂於馬下，隨著馬匹奔走而愈拖愈長，似乎沒完沒了。其餘燕兵大駭，一見平安提刀逼近，哪敢接戰，沒命地四處逃散，防衛圈頓時裂開一道口子，平安引領身後精騎順勢切入，來勢洶洶，燕軍陣勢起了不小騷動。朱棣故作鎮定，觀看一陣子後，才好整以暇喊道：「誰為本王去取平保兒的項上人頭？」陣中搶出一將，厲聲道：「且容末將為大王效命。」正是頃獲朱棣破格任用的薛祿，而他的確沒讓朱棣失望，與平安鬥得你來我往，難解難分，讓對方如虹氣勢稍受頓挫。

朱棣下令全軍往前衝殺，剛過蘇家橋，聽得一聲砲響，心知不妙，回頭見到橋下撲上來水淋淋的一群軍士，帶頭的乃是瞿能、瞿陶父子。瞿陶也就罷了，瞿能貴為從一品的副總兵，居然甘願屈居正二品的平安之下，擔任伏兵，幹這種苦差事，在僚氣甚深、尊卑極嚴的官場上，當真匪夷所思。朱棣畢竟久經戰陣，臨危不亂，只因要擺明小覷平安，並無大將隨行，遂命千戶華聚帶領部下回防，又派狗兒率燕雲鐵衛鞏固蘇家橋，且戰且退，過了橋去，回返大營，總算未受大損。燕雲鐵衛絕多心向三保，連原本應該監視、制約他的洪保也是，這讓朱棣寢食難安，刻意拉拔狗兒來抗衡三保，看來狗兒除了在出征時可侍寢解悶外，還真有統兵禦敵之能，不枉自己對他寵愛有加。

這個前哨戰，燕軍以小敗收場，卻是自靖難以來的首度受挫，朱棣為提振士氣，笑道：「平保兒與瞿能東施效顰，偷學咱們的朱能與譚淵在橋下設伏，雖然得逞，竟然還讓本王全身而退，我軍僅受微損，可見對方當真本事不濟，實不足為患，明日本王再次親戰平保兒。」他正在興頭上，眾將不敢諫止，連亟欲表現的張玉亦然。三保受道衍囑託，進言道：「將在謀而不在勇，殿下為燕軍主帥，不宜輕舉妄動，何況官職高的瞿能願意如此幫襯官職低的平安，大違官場習氣，其中恐有蹊蹺，殿下不可不慎。」朱棣讓三保澆了一頭冷水，怫然不悅道：「你先前不是口口聲聲說不想涉入軍務政事嗎，這回為何屢屢多言？」三保噤聲不語。

次日，朱棣再領一萬精騎出擊，在蘇家橋前列陣，一見到平安，新仇舊恨一股腦兒湧上心頭，卻不怒反笑，平安莫名所以，任憑他笑。朱棣大笑一陣子後，厲聲道：「平保兒你這渾小子，儘管放馬過來，本王不信你今日會重施故技，伏兵水中。」平安道：「燕王威名滿天下，還一再誑稱得到天助，實則不過爾爾。勝你無須靠伏兵，不如咱倆再跟兒時般較量較量，以前我讓你吃土，這回則要割了你欺世盜名的雜毛鬍子，拿來續馬尾。」朱棣沒來得及回嘴，這廂的薛祿搶出，罵道：「你這狗娘養的，怎配燕王親自動手！」薛祿護主心切，一時間沒想到敵將平安與主子朱棣，同是朱元璋元配馬氏養大的，幸好朱棣正在用人之際，沒打算跟薛祿計較，況且馬氏並非朱棣生母。

那廂的瞿陶叫道：「平將軍，這廝的狗命讓給小將來取。」拍馬上前要戰薛祿，卻給這廂的狗兒接了去。那廂的瞿能掛慮兒子安危，出馬來助瞿陶，這廂的華聚不想給對方占便宜，加入戰局，於是薛祿還是跟平安鬥在一起，狗兒、華聚則力拚瞿能父子，各自鬥了數十回合，勝負未分。朱棣啐了一口，道：「平安、瞿能都是成名已久的大將，徒逞匹夫之勇，武藝也不過跟我陣中小將、後宮中官旗鼓相當罷了。」他畢竟擔心水中藏有伏兵，故意讓六將鏖戰一陣子，趁機觀察水下，並未發現異樣，這才放心大膽下令全軍進擊。

燕軍攻勢銳不可當，平安與瞿能父子戰不多時便節節敗退，到了後來，簡直潰不成軍，沒命似地往南逃竄，連兵器也丟了一地。朱棣一馬當先，領軍緊追在後，三保趕到他身旁，道：「平安昨日悍勇非常，今日一戰即潰，恐怕有詐。」朱棣道：「平保兒昨日靠埋伏取得小勝，便驕狂起來，今日這才顯現出他的真正本事。」不理三保勸誡，直追出數十里，深入一座密林中，眼看就要追上平安，忽然間爆炸聲此起彼落，夾雜著慘叫聲、驚呼聲、馬嘶聲，聲聲皆驚魂懾魄。原來詭計多端的徐輝祖早已來到，利用朱棣對平安的宿怨並自認甚瞭解平安，昨日在水中設伏，故意輕縱燕軍，今日則在林中埋下地雷，做好標記，以讓平安及其軍士知所趨避，再詐敗引燕軍深入陷阱，朱棣這條大魚果然上勾。

朱棣知道中計，下令依循來時的馬蹄印退回，這說起來容易，做起來極難，加上爆炸聲不斷，林內伏兵不斷對燕軍施放火銃，丟擲震天雷，馬兒受驚，難以駕馭，四處奔散，有些燕兵攀爬到樹上，全遭伏兵當成活靶一一射殺。華聚、薛祿與狗兒各帶手下過來，大喊：「大王休驚，我等為大王開道。」華聚領兵先行，次為薛祿及其部下，狗兒則率百名燕雲鐵衛拱護朱棣。因來路兩側設有伏兵，燕軍被逼入地雷陣內，索性縱馬疾馳，將性命交給天意。只見前頭的軍士接連被炸落，雖然當時的火藥威力有限，踩著地雷不見得立遭炸死，然而只要摔下馬背，就只有遭亂蹄踩死或追兵擒殺的分兒。

才一頓飯光景，華聚一馬當先，其前方與兩旁已無燕兵，這時轟然一響，火煙迸散，他與座騎齊齊往前傾倒，在地上滾了幾滾，給後方薛祿等騎的亂蹄踩為肉泥。華聚的一雙眼珠子迸出，恰好飛到奔至的朱棣面前向他睨視，幾乎嵌進他的眼眶裡。朱棣嚇了好大一跳，胯下駿馬斜奔脫隊，觸著地雷。在爆炸聲中，他離鞍向前飛出，眼看就要摔落地面，卻突然騰空而起，赫然驚覺鬍鬚纏繞在馬轡上，半張臉恐怕會遭扯爛不說，身子還會重重墜地，乍見烏絲飄揚，鬍鬚與轡繩瞬間解開糾纏，他落在前頭一匹馬的背上，跨坐於一名燕雲鐵衛身後。

這自然是三保於電光石火間，施展高妙輕功拉拋朱棣，同時抽出蛟龍劍，斬斷朱棣引以為傲的美髯。那名燕雲鐵衛回見燕王不知怎的竟然坐到身後，唯恐單騎雙載速度會慢下來，毅然跳下馬背。朱棣此生接戰無數次，從未如此驚心動魄過，面如土色，說不出話來，一心盤算著若能生返北平，必定要砍下賊禿道衍的老光頭，一來道衍一再表示自己得天助，自己卻壓根兒不覺得有從老天爺那兒撈到啥好處，再者正是道衍引薦的相士袁珙慫恿自己蓄留長髯，說是如此才具帝王氣派，今日自己卻險些因鬚喪命，幸得三保解救，看來頭上無毛的比不上胯下沒那話兒的牢靠。

夜暮低垂，四顧蒼茫，朱棣身旁僅餘三保、薛祿與狗兒三騎。走著走著，朱棣忽然停馬下鞍，俯身將一隻耳朵緊貼地面，聆聽一會兒後直起身子，坐回馬上，道：「後方已無追兵，前頭有條河流，應該就是白溝河，順流而行，可返回我軍大營。」三保耳力極佳，早知四人已脫離險境，又通曉觀星辨位之法，朱棣此舉純屬多餘，只是不好明說，而且心傷折損百名燕雲鐵衛營弟兄，也不想多言，任由朱棣帶頭瞎闖。那條流水實非白溝河，四人兜來轉去，到了日出時分，終於覓著燕軍大營。燕軍不見了主帥，眾軍士原本憂心忡忡，感到前途茫茫，乍見灰頭土臉的朱棣現身，團團簇擁在他身旁歡呼雀躍，比打了場大勝仗還來得欣喜，赫然發現朱棣頷下長髯短了一尺有餘，不免詫異萬分，但沒人膽敢詢問。朱棣淨了手，抹把臉，吃飽喝足，沒打算休息，隨即召集諸將議事。

這一邊燕軍的兵力原就不多，一下子損失了一萬精騎，當真非同小可，從此刻起務須精打細算，步步為營。另一邊朝廷派發的六十萬大軍畢至，結營百餘里，旌旗蔽天，糧草堆山。李景隆一聽說平安連二日取勝，昨兒更殺得朱棣前鋒全軍覆沒，還讓他割斷鬍子，不禁精神為之一振，趕緊上表奏捷，覺得燕軍其實沒那麼難對付，不過還是沒膽親自上陣，為求慎重起見，仍以平安與瞿能父子擔任先鋒，如此安排正不出三保所料。三保原本不願深涉戰事，但親見燕雲鐵衛損失慘重，不得不違背初衷，幫朱棣出謀劃策。朱棣剛遭慘敗，不敢再托大，聽從其言，以房寬為先鋒，將前軍，張玉將中軍，朱能將左軍，陳亨將右軍，丘福將後軍，五軍齊發，要跟李軍決戰，朱高煦另率兩千精銳，皆騎快馬，以做為接應。

房寬自歸降以來，時常虛心向三保請益武學，茅塞頓開，武功大進，此時獨鬥平安與瞿能父子，顯得遊刃有餘。平、瞿三將連著第三日鏖戰，氣力有些不濟，拚搏得拖泥帶水。眼看房寬就要取勝，朱棣正要下令衝殺，李景隆身後忽然竄出一條灰衣大漢，踩在眾軍士肩頭上躍進戰陣中。房寬見有天神般的人物飛臨，心下一驚，知道來人是個武學高手，不敢怠慢，一桿長槍宛如靈蛇出洞，刺向來人咽喉，中途變招，斜戳其胸膛。那大漢未被花招迷惑，甚至不閃不避，在槍尖刺中胸膛前，出手如電，抓住槍桿，將房寬連人帶馬拖離數丈，再將他拉下馬來，點了他的穴道。平、瞿三將自重身分，並未追擊。李軍中有個千戶想撿現成便宜，縱馬過來要砍殺房寬，灰衣大漢袍袖一揮，那千戶兵刃脫手，往後飛去，插在十數丈外的地上，那千戶愣在原地，不敢再上前。燕軍中幾名軍士戰戰兢兢地過來將房寬帶回，灰衣大漢未出手阻攔。

平、瞿三將一方面愛惜自身名聲，另方面蔑視李景隆，不理會他連番催促，靜待房寬回陣後，這才率領手下衝殺，燕軍挺槍拍馬應戰。灰衣大漢使出輕功與擒拿手，連連奪下相鬥中的雙方軍士兵器，遠遠拋開，並將他們一一拉下馬，似乎想憑一己之力來阻止這場戰鬥，但他縱使阻得了百兒八十於一時，卻根本擋不住千軍萬馬於永遠，無數人馬繞過他，捨生忘死地投入激戰。那大漢頹然跪倒在地，仰頭問天：「為甚麼？為甚麼？為甚麼？這究竟是為了甚麼？」蒼天無語，他低頭以手掩面，不願再觀看眼前慘絕人寰的殺戮景象。三保遙見那灰衣大漢的身形似曾相識，一時想不起來是誰，尋思之際，失去鬥志又寡不敵眾的房寬軍已然潰敗，朱棣急命張玉出戰。

屢屢力求表現的猛將張玉，這時居然興起莫名恐懼，遲疑不前。灰衣大漢的高強身手固然驚世駭俗，而他竭力阻戰、仰頭問天的舉止，觸動張玉內心極深處——自己大半生不斷砍砍殺殺，但究竟為何而戰，為誰而戰，如何是個了局？自己大概會死於沙場，那個時候可能隨時降臨，死不足畏，卻怕死得不明不白，毫無價值，燕王麾下第一大將的名頭，突然間顯得十分空虛。朱棣喊道：「勝敗乃兵家常事，房寬之敗不算甚麼，張玉，你別杵在那兒，快隨本王出戰！」朱棣有絕對敗不得的理由，而且深明兵敗如山倒的道理，自領數千軍馬殺向平安軍，要力挽頹勢，朱能、陳亨、丘福見主帥出動，也立即率兵踴躍向前。朱高煦見張玉兀自愣愣出神，叫喚他幾聲都不理不睬，情急之下，一鞭子抽在他的座騎臀上，馬兒吃疼，放開四蹄往前疾奔，張玉這才回過神來，將思緒暫撇一旁，領著中軍衝殺，不過燕軍陣勢已經大亂。

李景隆麾下兵多將廣，與敵方眾寡懸殊，不用讀過任何兵書，也知道這場仗該如何打——只須將手下源源不斷送上戰場，包圍對方主帥並阻絕其後援，便可穩操勝券。果然，朱棣背負的一筒箭已經射完，手持的寶劍砍出無數缺口，身旁的燕兵一個個倒下，如潮水般不斷湧來的全是敵人，張玉、朱能、陳亨、丘福及其手下連個影子也沒瞧見。「留得青山在，不怕沒柴燒」，朱棣心中閃過這念頭，撥轉馬頭，領了三保和幾十個燕雲鐵衛遁逃，留下其他燕兵斷後。允炆不願背負殺叔的逆倫惡名，平安是朱元璋的養子，亦即朱棣的兄弟，可完全沒這樣的顧慮，他暗忖：「要是當真生擒不了燕王，乾脆殺了他，或許皇上諭令李景隆這個膿包指派我擔任前鋒，用意正是如此。」

平安一念至此，把心一橫，再也不顧兄弟情面，下令放箭射殺朱棣，頓時萬箭齊發，箭如雨下。三保回見漫天箭雨潑灑下來，鏘地拔出蛟龍劍，接連使出「如露如電」、「大光普照」、「雨曼陀羅」、「滅度一切」等招，或劈落或擋開飛箭，但他再如何神功蓋世，即便使出渾身解數，也只能護得朱棣與自己的身子不受箭傷，全然顧不了燕雲鐵衛們，連朱棣的座騎也被射成一隻大刺蝟，臨近別無旁馬，朱棣的親隨也都死絕，只剩三保一人。三保躍下馬背，讓朱棣換乘自己的座騎，徒步牽馬奔到一座土堤前。這匹馬得自陳暉，雖也堪稱神駿，但身中數箭，土堤又高，怎麼也爬不上去。三保一手按在馬臀上，奮起神力，將馬連人推上土堤，回見平安一馬當先，領軍迫近，喊道：「殿下快走，屬下來抵擋一陣子。」打算擒下平安，迫他退兵。

朱棣卻不離去，立馬於土堤邊，高舉形同鋸子的寶劍，由後往前招了招，厲聲嘶喊：「大夥兒上！」平安大吃一驚，以為中了埋伏，引兵急退。三保躍上土堤，見朱棣身旁並無他人，頗感詫異。朱棣撫掌笑道：「我若是平保兒，必定不會這麼輕易便夾著卵蛋遁去。」三保隨即明白是怎麼回事，不再理會朱棣與平安軍，自去探看座騎的傷勢，馬兒悲嘶一聲，似乎在討三保的憐惜。平安奔出一段路後，回見朱棣身邊就只有一個宦侍，心知中計，調轉馬頭，堪堪來到土堤前，朱棣喊道：「平保兒，你以為方才中了本王的空堤計，但你怎不用擱在脖子上的豬腦袋想想，本王為何不趁機離開呢？大夥兒上！」平安又吃一驚，趕緊退兵，不過他這次學乖，邊騎邊回頭，沒看到燕兵殺出，於是第三度帶著手下來到土堤前，眼睛似乎要噴出火來，怒道：「你竟敢三番兩次戲耍本將軍！本將軍昨日讓你自割鬍鬚，今日則要親手砍掉你的腦袋瓜。」

朱棣嘻嘻笑道：「可惜你已失去良機了。大夥兒上！」平安咬牙切齒道：「莫非你真當我是三歲小兒？」拍馬向前，正要衝上土堤，不意響起一陣悶雷，頭上烏雲罩頂，仔細一瞧，那黑壓壓的並非甚麼烏雲，而是許多馬肚子與腳丫子。這回果真有一飆燕軍自土堤上躍下，馬腳還沒著地，馬背上之人便已刀槍齊施，平安軍猝不及防，被殺得落荒而逃。原來朱棣上到土堤後招手是實，不過那時朱高煦所率兩千騎兵還離得大老遠，朱棣於是留在土堤上一再戲弄平安，以等待兒子帶兵來到，反正有三保在身旁保護，性命一時無虞。這支伏兵的人數比平安軍少得多，而且旨在保護朱棣，尾隨追殺一陣子後便即返回。

朱棣更換座騎與長劍，望見遠處有個沙塵暴正往這方向襲來，驀然想起此番出征前道衍所稱的吉兆，福至心靈，吩咐朱高煦如此這般，朱高煦銜命率軍離去。在這當兒，三保居高眺望，看見燕軍被李軍切割成幾股圍殺，雖然仍在做困獸之鬥，時間一久，勢必全軍覆沒，朱棣卻一副成竹在胸模樣。三保掛慮同袍，無法像朱棣那般置他人生死於度外，急道：「殿下，請恩准屬下暫離片刻，以解救弟兄們脫險。」朱棣道：「賊兵這麼多，你又不願意殺人，去了只是枉送性命，沉住氣，別慌，待在本王身旁看齣好戲，本王包管他們沒事。」三保雖然憂心如焚，但也只得留下。

風沙漸大，朱棣取出面巾罩臉，並蒙住馬眼。朱高煦率兵回返，同樣臉罩面巾，馬眼也被遮住，他的手上、背上與馬背上盡是一窩蜂箭，軍士們每人手提一筒，馬載兩筒，箭頭全浸滿油脂。朱棣一聲令下，朱高煦率領兩千騎兵大發呼嘯，疾衝向李軍營寨到處放火。朱高煦一見火起，興奮莫名，左衝右突，狂笑不已，頗有萬夫不當之勇，自攜的十幾筒一窩蜂箭很快射完，還沒過足癮，乾脆搶奪部屬的來射，李軍將士哪曾在戰場上遇過如此瘋漢，氣為之奪，紛紛辟易。

風助火勢，向南蔓燒，一發不可收拾，有些火箭射中李軍堆積火藥的營帳，炸了開來，瞬間山搖地動，響勝驚雷，烈焰直衝重霄，再給強風一捲，仿如火龍般昂然遊走，龍身掃過之處，俱成焦炭，無一物倖免。朱高煦與手下的座騎因都蒙著眼，任憑背上騎士擺布，其他戰馬則全給熊熊大火及爆炸巨響嚇得四處亂竄。

這時李軍主帥大纛遭勁風吹折，朱高煦瞧見，擎起大纛點火，要部屬齊聲高喊：「李景隆兵敗逃跑了，李景隆兵敗逃跑了。」李軍將士在猛烈的沙塵暴與濃密的煙霧中睜不開眼，呼吸困難，一聽聞主帥遁逃，鬥志盡喪，頓時成了柔弱無助的待宰羔羊。燕軍紛紛蒙上面巾，他們對於屠宰一事，非但絲毫不會手軟，還十分沉溺其中，樂此不疲。李景隆目睹即將到手的大勝，頃刻間逆轉成為慘敗，連主帥大纛也已傾折焚毀，再度受到重大震懾。這場沙塵暴雖然無情地奪走他的勝利榮光，但也提供他絕佳的掩護。他再次拋下數十萬大軍，只帶著名為鐵鉉的灰衣大漢倉皇逃往德州，讓朱高煦方才散播的謠言化為真實，可想而知，道衍的項上光頭，也因這場沙塵暴而將繼續閃閃發亮，照耀北平。

風沙漸隱，龐大的火龍群逐漸萎縮消逝，殘存的幾條火龍兀自貪婪地啃噬著獵物，血腥味與焦臭味交織瀰漫，燕軍殺興益發高昂。這時一支井然有序的軍隊快速逼近，那是徐輝祖率領的三萬京軍。徐軍並不投入戰鬥，僅做斷後，為潰散竄逃的李軍提供屏護，救死扶傷難計其數。徐輝祖騎一匹烏溜溜的長鬃駿馬，掣一桿沉甸甸的金纏鐵槍，指揮有度，號令簡明。朱棣瞧見，不禁讚道：「同為名將之後，本王這個大舅子可比李九江成材許多。」也就鳴金收兵。

這一仗，李軍的越巂侯俞淵與瞿能父子戰死，燕軍的徐忠斷指，李彬、陳亨陣亡。對於朱棣來說，這未始不是件好事，他原就不信任本領不高卻極易變節的陳亨，而且陳亨一死，大寧將士從此更會與燕軍同仇敵愾，再者徐忠、李彬不滿丘福、薛祿等人後來居上，迭發怨言，這一役正好處理掉徐、李二位宿將。朱棣志得意滿，到戰場上查看，撿拾起一面被射得千瘡百孔的王旗，交給朱高煦，道：「我兒須好生保存這面旗幟，以時時提醒自己今日戰況之慘烈。」朱高煦接過，貼身收好。朱棣看著高大挺拔的次子，拍拍他的肩膀，語重心長道：「三個嫡子中，世子體弱多病，身有殘疾，高燧年少輕狂，恃寵胡為，父王的皇圖霸業，能倚仗的唯有你，你好好打拚，父王登基後絕不會虧待你。」朱高煦大喜，以為老子許諾自己太子之位。

道衍接獲戰報，乘勝追擊，發動另一種戰爭，指示清虛四處散布傳言，說朱棣如同他老子朱元璋一般，得真武大帝護祐，是以屢屢逢凶化吉，這場戰役便是最佳明證。朱棣得寸進尺，刻意讓人家以為，他就是真武大帝下凡，張玉、朱能乃龜、蛇二神獸變現的，三保則是真武大帝法器玄天劍的化身，反正編造得愈發離奇，村夫愚婦愈愛傳誦，還不忘加油添醋、繪聲繪影哩！朝廷對於此事的立場好生尷尬，若直斥燕王朱棣胡說八道，等於間接承認太祖高皇帝朱元璋裝神弄鬼。

燕軍休整數日，往山東德州進發，李景隆驚魂未定，聞風領著逃回的殘兵敗卒溜之大吉，留下百餘萬石的糧草犒勞燕軍。燕軍食髓知味，一路尾隨至濟南，途經臨邑時，忽有一人穿越前軍直撲朱棣而來，闖虎狼之師，如入無人之境，身手極是矯捷。朱棣駭然，一扯轠繩，止住座騎，親軍侍衛紛紛抽出兵器，跨步往前，護衛朱棣。三保停在朱棣左後方一步，注目凝視，見那人頭戴方巾，身著青布直裰，一副儒生打扮，手無寸鐵，顯無惡意，也就沒打算出手。那人身形靈動飄忽，左閃右避，前趨後退，前軍攔阻不住，也不敢射箭，以免誤傷自己人而幫了倒忙。眾親隨待那人奔得近了，齊聲大喊：「站住！」那人在數丈外跪伏在地，朝朱棣叩首，朗聲道：「草民紀綱，企盼王師到此久矣，今日得瞻王範，終償宿願。」他說話帶著濃濃的山東口音。

朱棣問道：「你是本地人？」紀綱回道：「正是，草民祖上世居臨邑已有數代之久。」朱棣再問：「你何以阻擋大軍前行而侵擾本王？」紀綱答道：「草民甘冒萬死，斗膽恭迎王師，惟願投入大王麾下，充當馬前卒。」朱棣又問：「朝廷重文輕武，視武夫如草芥，你一介儒生，何以不在功名上求取前程，反倒前來投效燕軍？」紀綱應道：「朝廷現今腐儒當道，奸臣亂政，草民著實看不過眼，若還在功名上汲汲營營，恐怕將來會落得與這幫賊臣沆瀣一氣，同流合汙，因而極為不齒，且喜本身尚有幾斤力氣，稍通些許武藝，故有意投筆從戎，方為報國正途，而大王上承天命，下凡濟世，天下稍具血性良知者，皆應爭相歸附，草民還自覺來得晚了哩！」其實紀綱生具不羈文才，復因極為殊勝難得的機緣，練就一身高強武功，竟爾驕矜自負了起來，平素以武欺文，以文譏武，行止不端，頻頻惹事生非，已被革除秀才功名，斷了科舉仕途，只是平常還做儒生打扮，不甘就此埋沒，趁靖難變起，原本有意投入李景隆帳下未果，又見李軍敗績，於是見風轉舵，打算報效朱棣。

朱棣聽得紀綱此番言論，大感心有戚戚焉，心花怒放，溫言道：「你站起來回話吧。」紀綱稱謝，又恭恭敬敬磕了個頭後才站起身來，他三十來歲年紀，長身玉立，面貌俊朗，渾身散發出勃勃英氣。三保覺得這人的眼神、姿態及語調，無一不肖似蔣瓛，不禁一凜。朱棣讚道：「你的模樣可真俊，武藝也著實來得，跟我的貼身侍衛鄭三寶，可說是一時瑜亮。」邊說邊轉頭望向三保。

紀綱順著朱棣的目光，瞧見身著宦侍服色的三保，因聽說燕王出征時有中官侍寢，誤以為三保就是，頓時對他心生鄙夷，道：「鄭公公得任燕王貼身侍衛，必定身負驚人藝業，在下只會一些粗淺功夫，豈敢與鄭公公相提並論。」他故意強調「貼身」二字。三保聽出他話中有話，心裡不悅，唯面無表情。朱棣卻毫不在乎，道：「你不用過謙，待靖難成功後，本王尋個機會，讓你們兩個比劃比劃。你初來乍到，尚無功績，暫且充當親兵隨侍本王吧！」紀綱大喜過望，覺得比當啥大官都更有前途，只恨沒能立即也跟燕王「貼身」一番，喜孜孜拜受謝恩，大軍隨即往濟南開拔而去。

李景隆手上兵馬仍多過燕軍數倍，離北平愈遠，膽氣愈壯，而且總不能一路逃回應天吧，不得已硬著頭皮在濟南城外接戰，有意故技重施，讓鐵鉉先把燕軍前鋒大將拉下馬，大軍隨後衝殺。不過今日燕軍前鋒大將是朱能，他騎的是萬中挑一的駿馬，而且騎術精湛，並有刀馬陣護駕，鐵鉉未能一擊得手，還險些困在陣中，趕緊退了開去，尋思如何破陣，忽然聽到一聲驚呼：「可慈法師，怎會是你？」呼喚的正是三保。

鐵鉉心頭劇震，掩面疾遁而走，三保緊追在後，二人腳程快極，須臾來到城南的千佛山上。鐵鉉不識道路，隨意亂竄，見到前頭一間傾圮破敗的寺院，不禁百感交集，緩下腳步，又聽得身後之人連連叫喚「可慈法師」、「可慈法師」，這回換成鐵鉉悲憤莫名，回身大喊：「這世上只有鐵鉉，再無可慈！」呼地一掌，拍向三保。三保渾沒料到可慈居然會出重手，不及閃避，硬接這一掌，雙掌相交，發出砰一聲巨響。二人功力悉敵，各退三步，俱感體內氣血翻騰，周遭枝葉紛紛墜落，連數丈外書有「興國禪寺」四個大字的牌匾，居然也被震得攲斜搖晃，彷彿剛有一陣猛惡至極的旋風掃過。

三保奇道：「你怎麼也會使《斷絕祕笈》上的功夫？」鐵鉉方才一時心神激盪，才會出手，並無意傷人，更何況是對三保，發洩過後，未語先嘆，他是武學大高手，這口氣嘆得出奇悠長，三保暗暗欽服，也不免覺得有點兒好笑。鐵鉉堪堪嘆罷，道：「那年我為了渡化你，揮刀自宮，自以為是捨己救人的梵行義舉，豈知先是同門師兄弟避我唯恐不及，再就是眾香客視我為妖怪，適巧地方官府以東禪寺涉嫌勾結明教餘孽為由，上門興師問罪，圓覺方丈從洪濟口中得知敝徒鄭莫睬是明教徒，而且你與明教瓜葛甚深，卻不願將我交付官府，只驅逐我出寺，還勒令我從此不得自稱為東禪寺僧，也不能再使南少林武學，以免洩漏師承。我攜走《斷絕祕笈》，打算歸還予你，因受朝廷鷹犬追殺，既然不得再使本門武功，又已自宮，也就開始習練祕笈上的功法。唉，假使當年慧可大師並非斷臂求法，而是自宮去勢，達摩祖師不見得願意收他為徒，他恐怕成為不了禪宗二祖。」

三保默然，鐵鉉突然發笑道：「正所謂『雞不可失』，而咱們兩個閹人在此聊作『無雞之談』。哈哈哈……」三保根本笑不出來，但覺沉痛莫名，垂首黯然道：「你竟然為我蒙受如此屈辱，且遭驅逐出寺，不得不浪跡天涯，飽受雨雪風霜之苦，我當真無言以對。」鐵鉉緩緩搖了搖頭，道：「這事怪你不得，是我自找的。」三保道：「世人以為咱們淨了身，沒了色慾，也就變成冷冰冰的無情怪物，殊不知咱們不受色慾驅策，情感反而更加濃厚純粹。」這些年他逐漸明白，為何數百年來，明教諸多長老寧可自家子弟頭斷腸流，也不願意讓他們淨身練功，一般人對於閹人還是深懷偏見，更加諷刺的是，這套神功原本無人習練，也從未稍盡護教之力，如今明教幾近滅亡，卻到處有人會使，還全都不是明教徒。

鐵鉉道：「這倒說得是，我以前是個和尚，更是條鐵錚錚的硬漢，自宮以後竟然多愁善感了起來。呵呵。」三保道：「歷代宦官為禍甚烈，誤國殃民，這恐怕也是世人鄙視閹人的原因之一。」鐵鉉又搖起頭，道：「此言差矣！國事蜩螗，如鼎如沸，帝王之家應負首責，公侯將相、文武百官皆難辭其咎，卻總是把責任推給女人或地位低下者。宦官出身卑微，之所以能夠權勢薰天，翻雲覆雨，還不都是因為昏庸無能的皇帝老兒授之以權柄，卑鄙無恥的公侯將相、文武百官爭相巴結。話說回來，咱們雖已去勢，但誰說閹人就得服侍皇帝老兒一家呢？他們搜羅天下美女充斥後宮，又將僕役閹割，實在自私殘忍至極，其心當真可誅。另外，俗話說：『不孝有三，無後為大。』我倒認為：『仁民愛物，無後為大。』咱們正因無後，方能無私，才可真正為國為民，一心一意只為天下蒼生計。」

昔日東禪寺裡那位慈悲為懷的可慈，居然搖身一變，成為眼前這個憤世嫉俗的鐵鉉，三保大感錯愕，道：「這話不無道理，在下領受了。唔，關於智障老和尚……」鐵鉉道：「洪濟跟我說了，我相信你是出於一番善意，更何況智障老和尚一向自來自去，從不與旁人打交道，東禪寺上上下下除了我之外，根本沒人在乎他的死活，恐怕還會以為他如此死法，反倒幫寺裡節省一張薄蓆與一把柴火哩！」智障老和尚功力之深，舉世或許唯有張三手真人差堪比擬，妙解佛理，直追宗喀巴尊者，而至情至性，連三保也得自嘆弗如，三保聞得鐵鉉此言，不免悽然，靜默半晌，方才問道：「對了，你為何會幫李景隆辦事？」

鐵鉉道：「我自幼生長於東禪寺，平日誦經習武，少年時幹些雜役，及長奉命看守藏經閣，並傳授幾個俗家弟子武藝，日子其實還算清閒。離寺之後，才知事事艱困，步步難行，仗著身強體壯，氣力過人，打些零活兒賺些吃食，過一天算一天。近來聽聞靖難變起，朝廷屢屢討燕受挫，無數生靈遭受戰火荼毒，卻再發動數十萬大軍北伐。我雖已對佛教中人灰心喪志，總還悲憫蒼生百姓，因此徒步北來，要勸說雙方主帥罷戰，一夜在德州城外巧遇李景隆，勸說他不成，反倒被他用花言巧語收納於其麾下，供他驅策，我當真無用之至！唉……」三保道：「我為燕王效命，也非心甘情願，而是身不由己。」他簡略敘述自己的狀況。鐵鉉先前已知曉部分，此刻依然聽得唏噓不已，感慨道：「『三界無安，猶如火宅，眾苦充滿，甚可怖畏。』你我武功雖高，身處三界火宅之中，仍有許多言說不盡的無可奈何，武學到底有其力有未逮之處啊！」

三保道：「我幾番想要遠走高飛，卻覺天下雖大，竟無我安身立命之處，他們總能尋得著我，再利用長兄一家人與韓姑娘來逼迫我就範。你孤身一人，任憑風吹雨打，了無牽掛，大可不必蹚這渾水。」鐵鉉道：「我如今處境，既是出於願力，也是迫於業障，數日前親歷白溝河之戰後，更加堅定要投入此事。所謂『止戈為武』，或許以武止戰，用《斷絕祕笈》這邪門功夫來做些好事，便是我今生的道業，如此便不枉引刀自宮了。」三保道：「燕王處心積慮，籌畫已久，不達目的，絕不罷休，而朝廷削藩乃大勢所趨，黃子澄只不過因勢利導，雙方恰如水火不容，止戰談何容易！李景隆自負自私，易悅難事，你須好自為之。」鐵鉉道：「我見識過燕王的手段，也看透了李景隆的品行，自會多加小心。只是你我各為其主，下回再見，我不會對你手下留情的。」三保道：「這個在下省得，你我便在戰場上一見高下。」

李景隆失去鐵鉉之助，徬徨失措，不堪一擊，大敗虧輸，再度發揮逃之夭夭的高超本領，參軍高巍收聚潰敗軍士，打算死守濟南。鐵鉉辭別三保後，隨潰軍進入濟南城，前去求見高巍。

高巍原就曉得鐵鉉的武功高不可測，與談之後，才知他看似迂腐，倒也粗通兵法，且能不按章法，別出心裁，另提奇思異想，暗合奇正之變，渾不似李景隆全然食古不化又自以為是。高、鐵二人共議守城之計，加強防禦。燕軍追亡遠來，雖於野戰大獲全勝，因缺乏攻城器具，一時攻不破濟南城，僅做圍困。朱棣再玩兩手策略，一方面上奏朝廷，同時派人將勸降書射進濟南城中，鐵鉉撕破擲回。

李景隆三番數次潰敗獨逃之醜行劣跡傳入京師，激起洶洶謗議，黃子澄承擔起罪責，大表後悔力薦他擔當主帥。允炆下旨召還李景隆，文武百官紛紛奏請誅殺此一庸懦無恥敗將，允炆卻赦免了他，不予追究，引發滿朝錯愕，舉世譁然。未久，朱棣要求懲治黃子澄、齊泰等奸臣的奏章呈到允炆手上，允炆採納方孝孺之議，表面上罷黜黃、齊二人官職，實際上仍將他倆留在身邊用為諮詢，並派遣尚寶司司丞李得成至濟南與朱棣議和，爭取以和養戰、重整旗鼓的喘息餘地。尚寶司司丞不過是個正六品的小官，平常也沒甚麼了不得的要務，朝廷居然派出這樣的官員去跟燕王議和，連三歲小兒也清楚是怎麼一回事，更何況老奸巨滑的朱棣，他對欽差李得成一味虛與委蛇，暗中從北平調來攻城器具。

紀綱來過濟南多次，熟悉當地山川形勢，為求表現，獻上破城毒計。朱棣欣然接受，一待安排就緒，對李得成道：「李大人屈駕濟南多日，無以為歡，本王有失禮數，今日適值中秋佳節，本王安排了一場絕妙好戲給李大人觀賞。」李得成道：「食君之祿，理應擔君之憂，忠君之事，分君之勞，下官奉旨來此多日，罷戰議和毫無進展，不敢稍懈貪歡。」朱棣道：「此一絕妙好戲非但難得一見，且與議和一事息息相關，還請李大人幸勿推卻。」李得成聽他這麼說，不好再推辭，跟在他身後，登上一座臨時搭建的高臺。朱棣鄭重道：「好戲即將開場，請李大人務必睜大眼睛仔細觀瞧，倘若沒看清楚，要再看到，恐怕得等下輩子了。」李得成笑得尷尬，道：「下官何其有幸，今日得以大開眼界。」

朱棣「嘿嘿」兩聲，舉起一面旗幟揮了幾揮，突然一連串爆炸聲大作，大地震動，高臺劇烈搖晃，且無扶欄可供抓扶，李得成嚇得雙膝發軟，幾乎癱倒，又聽得轟隆悶響，自遠而近，聲勢愈來愈驚人，幾至震耳欲聾，李得成仔細一瞧，赫然是滔滔洪水。那浩大洪流自高處撲向濟南城，幸好城牆堅厚，沒給沖垮，然而水之為物，何其厲害，只被稍阻片刻，隨即覓得空隙，湧入城中，而且易進難洩，城內水位驟高，不少軍民牲畜慘遭溺斃，許多糧食火藥也泡了水。朱棣嘻嘻笑道：「這齣水漫濟南城的戲碼，李大人可瞧著順眼？」李得成心膽俱裂，既因濟南軍民，更為了自身安危，手指著朱棣，嘴裡喃喃唸道：「你你你你……」後面的話無論如何說不出口。朱棣惡狠狠道：「你你你你你，你他奶奶去死吧，竟然妄想跟本王議和！」一把將嚇傻的李得成推落高臺，李得成身在半空中，仍然不斷唸著：「你你你你……」直至摔成一攤肉泥。

朱棣原以摔死欽差為號，燕軍隨即噴油入城，再射進火箭，好讓濟南軍民嚐嚐水深火熱的滋味，就在臨動手前收到降書，約定三日後濟南大開城門迎請燕王入主。朱棣志得意滿，道：

「這些賤貨當真是『不見黃河心不死』，偏要黃河水淹濟南城了才願意投降。也罷！」他回書表示接受。不久，城內數百名耆老聯袂前來大營求見朱棣，說是濟南百姓見兵臨城下，驚恐萬分，懼怕遭到屠城，故懇請燕軍退兵十里，由燕王率領親隨入城受降。朱棣料想百姓不敢使詐，而且有三保保護，應當萬無一失才對，也就一口應允，因紀綱獻計有功，授予他忠義衛千戶一職。許多文人在宦海中浮沉終身，至死也沒能掙到正五品的官職，紀綱僅憑三言兩語即垂手而得，自是得意非凡，加倍奉承朱棣，只差沒能效法狗兒侍寢。

三日後，燕軍退兵十里，濟南果然城門大敞，吊橋放下，一群百姓魚貫走出，躬身立於橋上兩側，簞食瓢漿以迎燕王。朱棣命百名燕雲鐵衛攜帶群豹橫奔箭，在離城四百步[13]處伺機接應，只領著三保驅馬過橋，到了城門口給許多百姓堵住，無法再前進，橋上群眾簇擁過來，前後兩側皆擠得水洩不通，眾人齊齊拜倒，山呼：「恭迎燕王千歲千歲千千歲。」朱棣大悅，仰頭縱情歡笑，眼睛眯起，以手捋鬚，卻摸了個空，驚覺及臍長鬍數日前已被三保以蛟龍劍斬斷，這時聽得三保大喊：「殿下小心！」

朱棣趕緊睜大眼睛，赫然見到好大一塊鋒利鐵板往自己頭頂砸落，而周遭人群前胸緊貼後背，連隻蒼蠅也鑽不過去，何況是一人一騎，心想：「吾命休矣！」歷歷往事在眼前一閃而過，

13 歷代的一步之遙並無定數，周以八尺為一步，秦為六尺，後世通常是五尺。群豹橫奔箭的射程可達四百步，以明代量地尺來計算，約合六百五十四公尺。

但見生母上身赤裸，下身包覆著燒得通紅的鐵裙，不斷冒出絲絲黑煙，卻是滿面慈祥，舉起皓腕，朝觀看行刑的兒子招了招手。朱棣忍不住喊道：「娘，兒子來找您了！」忽然身子騰空而起，往後倒飛，座騎就在眼前被鐵板斬成兩截，馬嘴發出悲嘶，尾巴甩了幾甩，兀自挺立不倒，鮮血沿著鐵板淌落。他又聽到「炸橋」的厲聲叫喊，緊接著一連串爆炸聲在耳邊響起，幾團熱氣夾著碎屑猛撲到身上來，自己彷彿騰雲駕霧般飛落在吊橋盡頭外的地上。

原來鐵鉉自忖無法感化朱棣這個點燃無邊烽火的大魔頭，萬不得已，只好為他首開殺戒，設下殺朱巧連環：在城門上裝設一塊千斤重的鋒利大鐵板，又派敢死隊偽裝成平民百姓圍堵住他，讓他進退維谷，要把他一切為二；萬一讓他躲過鐵板，軍士們立即掏出暗藏的兵器，將他砍剁成肉醬；若再失敗，則炸斷吊橋來淹死他；要是連這樣子也還不成，城頭上布置了一整排的弓弩手，總該能夠射死他吧！

然而鐵鉉棋差一著，低估了三保的輕身功夫、應變能力與救護朱棣的決心。三保一瞥見鐵板墜落，迅即飛身離鞍上了朱棣馬背，提著朱棣衣領後躍，閃過腳下無數死命招呼過來的刀劍勾叉，聽得鐵鉉高喊炸橋之際，憶起年少時被戴天仇拋過金沙江的情景，先奮力將朱棣甩到吊橋的另一邊，自己則在爆炸瞬間，踩著幾顆腦袋瓜兒縱躍過橋，背後衣衫讓烈火灼破一大片。高巍在城樓上見到朱棣落在護城河對岸，急忙下令放箭射殺朱棣。三保人比箭快，自後追來，把數十枝羽箭抓在手裡，在落地的一瞬間往後甩出，他不願殺人，只是射斷長弓。他這一手委實過於驚人，濟南守軍不敢置信，皆面面相覷，眼睜睜看著他攙扶燕王離去，另有一些軍士趕緊打撈起摔落於護城河裡的同袍。

這時，一枝箭從城頭上破空而下，直射朱棣後心。三保聽出箭上蓄蘊極強內勁，知是鐵鉉親自出手，於是再次提起朱棣往前縱躍，身子還在半空中，另外兩枝箭已同時迫近，分射自己與朱棣的後心，而鐵鉉估算得奇準，簡直是三保帶著朱棣自行撞上箭頭去的。好個三保，一手抵住朱棣腰側，運柔勁將他往斜前方推送出，並於電光石火間側身避開來箭，伸出另一手握住箭桿，藉其勢前行，趕上尚未落地的朱棣，抓住他的衣領，繼續往前滑行丈許，就在力竭勢衰之際，恰又有兩枝箭追至。三保本身要避開，自然是輕而易舉，千難萬難的是要迴護朱棣周全，不及細想，把手中之箭往後拋去，擊落來箭之一，再將朱棣拉到自己胸前，畢集內勁於後心，生受另外一箭，頓覺一股巨力從背心的一點鑽入身子裡，抱著朱棣往前竄出數丈，卸去部分勁力，但委實禁受不住，口中噴出一道血箭，射在迎面而來的燕雲鐵衛身上，自此暈厥。

燕雲鐵衛以群豹橫奔箭回擊，並結成人肉盾牌陣，將三保與朱棣搶救回營。朱棣毫髮無傷，而射在三保背上的那枝箭的箭頭已事先拔除，只餘箭桿，顯見鐵鉉欲殺不殺的矛盾心態。饒是如此，因箭上蘊含的內力渾厚異常，三保所受內傷著實不輕。朱棣死裡逃生，氣得七竅生煙，咬牙切齒罵道：「不知死活的跳梁小丑，他奶奶的，居然跟本王來陰的，本王就跟你們來狠的。」下令將全部的拋石機與火器悉數用上，把濟南城往死裡打。燕軍雖然只有區區數萬人，不過砲石、火器的威力當真不小，一晝夜下來，原就慘遭人為洪水肆虐的濟南，更是死傷枕藉。

深夜裡鐵鉉摸出城要刺殺朱棣，順便一探三保傷勢，被朱能所率刀馬陣與紀綱阻住，一時破解不了，燕軍群起戒備，只得悵然回返，在返程路上想出一條奇計，一入城便急急去尋高巍，道：「在下想到一個守城利器，可讓燕軍不敢攻城，然而須準備木板，愈大片愈好，而且多多益善，並請高參軍幫我弄幾枝大毛筆，再磨出幾大桶墨汁。」高巍已打探到鐵鉉原本是個和尚，以為這個和尚跟道士一樣，都擅長畫符唸咒，雖然不很相信這一套，卻也別無良方，只得死馬當活馬醫，交代幾個手下分頭張羅，自己疲憊已極，先回去休息。

高巍這一睡，直至日上三竿，醒來時側耳傾聽，外頭一片闃靜，以為濟南城已然失陷，燕軍停止攻城，連忙翻身下床，奔出門外，未見任何異狀，更無燕軍影子，快步登上城樓，看到城牆上架滿木板，不禁好奇心大盛，拆下一片觀瞧，這一瞧，差點兒失聲狂笑，硬生生忍了下來，因為木板上寫著「太祖高皇帝之靈」七個斗大的字，書法不如何了得，卻使燕軍不敢再攻城。朝廷命官沒人膽敢拿朱元璋的靈牌做文章，鐵鉉本就不把皇帝當回事，才想得出這樣的計策。高巍一邊嘆服不已，一邊交代下屬切勿張揚此事，以免眼前雖止住燕軍進攻，但事後恐遭言官參劾而禍及全家，畢竟在一干君臣的心目中，稍損天家顏面，可比丟掉一座城池嚴重千百萬倍。

當夜鐵鉉再度摸出城外，料定朱棣必會加強防範刺客，這回不去尋他晦氣，而是覓著燕軍糧草，放幾把火燒了。朱棣雖然恨得滿口牙癢癢地，卻也無可奈何，聽說左都督盛庸領軍來解濟南之圍，只得悻悻然班師北返，因軍力有限，旋即棄守德州。盛庸撿到現成便宜，老實不客氣接收了去，向朝廷告捷。允炆收到捷報，明白其中是怎麼回事，但為了安定民心，鼓舞士氣，還真當回事，況且實在無大將可用，遂採方孝孺之議，封盛庸為歷城侯，繼而任命他為平燕將軍，陳暉、平安任副將，並派遣這位新封的歷城侯屯兵德州，平安駐軍定州，徐凱揮師滄州，伺機合圍北平。

第三十二回　拉鋸

且不提朝廷調兵遣將，厲兵秣馬，卻說三保療傷期間，韓待雪不似以往那般衣不解帶地照料他，只偶爾前來探視，每回世子朱高熾皆陪同，而她語多空泛，言不由衷，來去匆匆。三保滿心不是滋味，不好說些甚麼，老拿「寧人負我，我莫負人」來自我安慰，強忍著身心傷痛，加緊督導新舊燕雲鐵衛演練陣法、勤習武藝。

轉眼入冬，三保傷癒，朱棣突然下令親征遼東，眾將士以為他當真得了失心瘋，大敵當前不思防禦，反而要在隆冬之際遠征苦寒之地。張玉、朱能難得見解一致，先後求見朱棣，力陳此時發兵遼東之弊，不過無法勸得朱棣回心轉意，道衍始終對朱棣此令不置可否，只淡然表示燕王自有天祐。燕軍揮師東北，行至半途，朱棣突然下令急轉向南，眾軍士犯疑。朱棣道：「昨夜本王見有兩道白氣自東北升起，指向西南，紀善金忠卜了一卦，說是『利南』，本王入定時也感應到此為天意，不得有違。」眾軍士一聽這又是天意，信心倍增，勇力十足，往南疾行，一時間沒想到，燕王究竟啥時候入過定了。

朱棣事先派遣薛祿率領數百勇士狙殺朝廷偵騎、斥堠，是以燕軍行蹤未曾洩漏，奔至滄州時，徐凱及其手下毫無防備，還在運土築城，在一片錯愕中，朱能領軍攻入了滄州。徐凱總算有些義氣，不像李景隆那般獨自遁走，而是帶著眾軍士落荒而逃，卻撞進張玉所設的埋伏圈裡。徐凱及一干將領悉遭生擒，萬餘軍士慘被屠戮，其餘棄械投降。張玉得到朱棣密令，當夜坑殺了所有降兵，只留下徐凱等將性命。燕軍此役大獲全勝，凱旋回北平，朱棣這才得意揚揚解釋道：「德州城高牆堅，並有大軍駐守；定州防禦工事修築已完，且平保兒那廝定然有備；滄州是個傾圮已久的土城，這時節天寒地凍，雨雪霏霏，修繕不易。本王先假意攻打遼東，讓徐凱這傻子鬆懈下來，再突然轉進滄州，攻他奶奶個措手不及，取滄州便有如探囊取物。」眾軍士對朱棣的神機妙算都佩服得五體投地，他居之不疑，沒打算說明這其實是道衍所獻「明進遼東，暗襲滄州」之計。

十二月間，朱棣親自領軍大舉進攻德州，行前天現二日異象，見者皆驚詫不已。朱棣對道衍嘻嘻笑道：「不消說，這又是天現吉兆，是吧？」道衍笑而不答，只再度對三保叮囑一番。朱棣挾兩次大破李景隆之餘威，且剛剛成功襲取滄州，料想盛庸遠遠不如自己驍勇奸狡，此番出擊，必定也將摧枯拉朽，因此提劍四顧，躊躇滿志，不可一世，長鞭一揮，踏上征途，不日進入山東地界，迫近德州。盛庸自知官軍精銳幾已盡喪，野戰根本不是如狼似虎的燕軍對手，於是仿效耿炳文高掛免戰牌，堅壁不出，朝廷這回學得精乖，未再催促盛庸出戰。燕軍圍城多日，屢攻不下，軍心浮躁，朱棣無奈，只得捨了德州，轉而掃蕩河北、山東諸處，雄師所至，官軍望風而逃，留下無數輜重糧餉，燕軍樂得悉數笑納，經由水陸二路運回北平。

三保覺得這事態全然不合常理，提出疑慮。朱棣認為官兵懾於自己的神威與燕軍的軍威（前者的成分還遠高過後者），再這麼下去，朝廷勢必得大幅增加賦稅，終將引發民怨沸騰，自己的勝算又大了些，也就志不在殲敵，反倒致力於大肆擄掠，因得來十分容易，燕軍驕氣益甚，而財帛動人心，往昔生死與共、肝膽相照的同袍，如今居然自相爭搶打鬥起來。朱棣萬萬沒料到，這些輜重糧餉，居然是鐵鉉運用「慈悲喜捨」四無量心的「捨」法，所精心設置的誘餌。鐵鉉建議盛庸在德州之南、濟南之西的東昌（在今山東聊城）與燕軍決戰，藉著財物引誘對方前來。盛庸採納此議，與平安會師東昌，布下天羅地網，圖謀一舉滅燕

這一日燕軍來到東昌，見官軍在城外列陣，似乎有意一戰。朱棣遙望敵軍陣勢，冷哼連連，適有探子來報是盛庸親自督軍。朱棣笑道：「盛庸乃本王手下敗將，耿炳文龜縮的本事學得還像個樣，這會兒探出龜腦袋來打野戰，根本不是塊料，擺出這樣的陣勢，遇上以衝殺見長的燕軍，簡直是螳臂擋車，遮莫活得不耐煩了。……狗兒！」狗兒答道：「在！」朱棣囑咐道：「你溫壺好酒，本王去取盛庸的龜腦袋回來下酒，片刻即回。」自領一彪精騎，大呼小叫地殺將過去，視敵人如無物，直取中軍。

盛庸軍果然抵擋不住燕軍的猛烈衝擊，前軍往兩側潰散，中軍往後逃竄。朱棣瞧見盛庸就

在前頭不遠處沒命地奔逃，縱馬領兵追了過去。三保再次提醒朱棣道：「窮寇莫追，盛庸軍敗得蹊蹺，其中恐怕有詐。」朱棣回道：「本王已得悉，上回是徐輝祖出的鬼主意，才讓腦子沒長全的平保兒占到上風，這回本王的大舅子不曾到來，盛庸那一丁點兒的本事，本王可一清……」他話還沒說完，忽聽得一聲砲響，見盛庸軍原本潰散的左右兩翼各自聚攏，卻不夾擊過來，不明白他們葫蘆裡賣的是甚麼藥，又看到前方盛庸中軍分為兩股，往兩側退去，現出當中的一支伏兵，領軍的並非別人，正是朱棣剛剛提到的平安。

仇人見面，分外眼紅，朱棣「嘿嘿」兩聲，指揮騎兵加速往前衝殺，要報遇伏喪髯及敗戰失馬之仇，再聽得一聲砲響，平安軍中推出多部猛火油櫃[14]，噴射出黑黝黝的猛火油來，隨即有士兵投擲霹靂火球[15]，引燃猛火油，霎時烈焰衝天。燕軍前鋒戰馬畏懼火焰，乍然止步，後面的收勢不及，直撞得人仰馬翻，好些軍士筋斷骨折。就在這當下，第三聲砲響，盛庸軍射來漫天火箭，燕軍舉起盾牌掩蔽，他們訓練有素，遭火箭射中的不多，然而這些火箭除了直接射殺人馬外，落在地上，點燃了預先埋在淺土裡的毒水彈，此起彼落地炸了開來，遭毒水濺著的燕軍人馬，痛得在地上直打滾，頃刻間皮肉潰爛見骨，好些個連要自戕也辦不到，景況欺慘無比。三保瞧出毒水的厲害，急道：「殿下快快趴伏在地，身子儘量蜷起。」朱棣依言照辦。三保飛快撿拾

14 猛火油即石油，而猛火油櫃是中國古代的火焰噴射器，以火藥為引燃物，此裝置記載於宋朝的《武經總要》。

15 這是《武經總要》所記載的一種手榴彈原型，施放時響聲如霹靂，翻滾如火球，故得此名。

數十面盾牌，將他圍得活像一隻縮在硬殼裡的烏龜，使他免遭火箭、爆炸碎片與毒水所害，自己則施展不全劍法盪開火箭，同時鼓盪真氣，彈去噴濺而來的毒水與碎片，如此極耗內力，容他神功蓋世，也撐持不了多久。

盛庸、平安與鐵鉉合謀，精心布置此一連環陷阱：若沒燒死朱棣，便撞死他；沒撞死他，便射死他；沒射死他，便炸死他；炸他不死，就毒死他；假使這樣他還僥倖存活下來，最後則出動大軍砍殺他。不過平安、盛庸沉不住氣，下令噴射猛火油和投擲霹靂火球的時機早了那麼一些，而三保內力尚未全然耗竭，第四聲砲聲已響，盛庸軍停止放箭，與平安軍齊往朱棣所在處合圍過來，見有燕軍，無論死活，都狠砍數刀，敢情是不放過任何活口，想要裝死都不成。

三保奮力將層層盾牌震得迸散，拉起朱棣，負於身後，運起輕功，並不遠離，反倒疾奔向盛庸。盛庸軍士紛舉兵刃阻截，只見塵土高揚，一條人影從漫天塵土中竄了出來，飛快撲向盛庸。盛庸及其手下不由分說，刺劍的刺劍，揮刀的揮刀，挺槍的挺槍，舞槊的舞槊，人人都沒落空，樣樣砍得結實，那疾撲而來的人影掉落在地，眾人定睛一瞧，居然是個燕軍士卒的屍首，卻哪裡有燕王與其貼身宦侍的蹤影？原來三保以腳揚塵，將地上一具死屍踢向盛庸，趁機轉向別處，就這麼緩上一緩，朱能、張玉已分別領軍殺進重圍，前來救援。三保事先瞧見兩道滾滾煙塵切開了官軍，知是援兵將至，衝向盛庸是虛，其實是要與其中一道的援軍會合，一打照面，當先的果然是朱能與刀馬陣。朱能軍勇不可當，護著朱棣，突破重重包圍，反身殺回燕軍大營去，盛庸引兵追趕，遭朱高煦軍與薛祿軍從兩側攔截，敗退回去。

朱棣返回大營，驚魂未定，才跨下馬背，狗兒獻上溫好已涼、涼了又溫的醇酒，要讓他壓壓驚。朱棣舉杯欲飲，忽見盛庸軍中高高豎起一根旗竿，竿頂串著一顆人頭，遠遠瞧不清楚是誰，心頭一陣狂跳，眼皮子亂顫，一杯酒懸在脣邊，喝不下去。隨即有人來報，旗竿上的人頭乃是大將張玉的，他方才率兵去救燕王，失陷敵軍陣中，遭到擒殺。朱棣聞言，臉色倏變，雙手發抖，霍地將酒杯往地上狠摔，碎片飛濺，跨上馬背，又要出戰。諸將撲上去勸阻，挨了他幾鞭，兀自緊拉住馬韁，說甚麼也不肯放手，朱棣揚鞭再要抽打他們，鞭梢給三保扯住。朱棣用力回奪，紋絲未動，虎目圓睜，怒道：「你好大的膽子，還不放手！」三保睜著眼與他對視，毫不退讓。朱棣哪裡爭搶得過，「哇」地大叫一聲，倒撞下馬，眾人七手八腳趕忙扶住，將他送進營帳裡。

狗兒一直摩梭朱棣胸口，瞪視三保，厲聲罵道：「你瞧，你瞧，大王給你這狗奴才氣的。」三保不跟他計較，朱能大惱，咬牙切齒質問狗兒道：「你說，你說，究竟誰是狗奴才？」狗兒道：「朱將軍息怒，狗兒絕非說你。」朱能道：「這裡只有你是名叫狗兒的奴才，你可別胡亂咬人。」狗兒低頭道：「朱將軍教訓得是，狗兒知道了。」暗恨在心，忖道：「君子報仇，三年不晚，且看你這頭野豬能囂張到何時？」

朱棣回過神來，黯然道：「殺降不祥，張玉張玉，你為何擅作主張，殺盡滄州降兵呢？如今你遭受天譴，本王如斷一臂，悲痛過甚，無心戀戰，咱們回去吧！」坑殺滄州降兵本是朱棣派狗兒傳令給張玉的，此刻朱棣當著狗兒的面扯謊，狗兒護主，自然不會拆穿。三保道：「且容屬下去奪回張將軍的頭顱。」朱棣道：「本王失去張玉，為舉事以來最大損失，不能再讓你或任何心腹有甚麼差池。」止了三保念頭，下令退兵。平安引驍騎追擊，燕軍且戰且走，費了好大的勁兒，才擺脫平安軍的糾纏，不意沿途屢屢遭遇鐵鉉預先設下的伏兵襲擊，浴血苦戰數場，損折不少兵馬，世子朱高熾得報，趕緊派兵接應，朱棣才灰頭土臉地回抵北平。

朱棣一進燕王府，即召道衍至寢宮議事。道衍來到，見朱棣戰袍未卸，翹著二郎腿，半坐半臥在羅漢床上，一派輕鬆，但臣子之禮仍舊不敢有缺，上前請安。朱棣放下腿，起身坐正，劈頭問道：「此番出征之際，天現二日異象，你說是吉兆，本王卻損折了三萬餘精銳軍士，並痛失大將張玉，你待怎麼解釋？」道衍道：「臣從未說那是吉兆，是殿下自己以為的。」朱棣回想當日情景，果真是如此，嘴上不服輸，罵道：「你這個老賊禿，無論如何總有話說，錯永遠不在你。」

道衍道：「天現二日，二日即『昌』字，應在東昌之役……」朱棣道：「『東』字含一日一木，那麼怎非天現三日、外加一根木頭呢？」道衍知他在強辯，不接這無聊話語，道：「所謂『禍福相倚』，殿下過了東昌之劫，從此一切順遂，畢竟天無二日，民無二主，二日僅為一時異象，殿下終能一統江山。」朱棣道：「是嗎？你說得十分輕易，本王可戰得辛苦非常，渾沒料到靖難竟然如此艱難！本王不管，是你極力慫恿本王造反的，你得幫本王想法子善了。」他忽然站起，眉頭一揚，道：「不如本王拋開一切，隨你出家，咱們帶著三寶跟他的韓姑娘，一同躲到天涯海角，讓允炆找不著，如此可好？」道衍聞言，一雙三角眼精光暴射，顧不得禮節，抓著朱棣雙肩劇烈搖晃，厲聲道：「事已至此，你要嘛當皇帝，要嘛滿門抄斬，絕無第二條路可走。」朱棣從未見過道衍發狠，而且對方手勁大得出奇，不禁害怕起這個老和尚來，陪著笑臉道：「先生別著惱，本王怎會不清楚這個態勢呢，方才只是說笑來著。」

道衍放開他，臉色轉霽道：「一條人命值不了幾個錢，殿下擁有小明王寶藏，況且新近擄獲不少輜重糧餉，適可用以召募新血，善加訓練，待來春再戰。至於張玉戰死，固然可惜，殿下卻可善加利用，好收攬人心，提振士氣，正所謂『失之東隅，收之桑榆』。」朱棣提起自己聽見張玉死訊時的做派，道衍哂道：「燕王殆天授也。」此言脫胎自張良對劉邦的推崇，馬屁拍得恰到好處。朱棣大為暢快，眯起眼睛，怡然自得地攏攏蓄了數月的美髯，道：「鬚斷可再蓄，兵折可再募，唯有自絕人，天無絕人路。」道衍輕頷其首，道：「正是如此。」朱棣經此一事，也就重新燃起鬥志，藉著小明王寶藏與大明朝銀兩，大舉招兵買馬，整軍經武，其間自然有人精心布置了真武大帝廟神龜石像流淚的奇蹟，並四處傳誦。

允炆得悉東昌大捷，且是結結實實的大獲全勝，並無虛報浮誇情事，高興得直打跌，煞有介事地祭告太廟，隨即讓黃子澄、齊泰官復原職，對盛庸、平安等將領的賞賜，那更是少不了的，甚至召見鐵鉉，要破格授予高官，賞以厚祿，鐵鉉一概不受。滿朝在歡欣鼓舞之餘，請求誅殺李景隆的奏章不斷上呈，允炆以鐵鉉是李景隆提攜的為由，皆擱置不議，朝中氣氛顯得十分詭譎，居然沒人奏請趁燕軍青黃不接之際乘勝北伐，一來冬季北伐是件苦差事，這已有李景隆的前車之鑑，再者這麼早就平定靖難，將平白失去升官發財的大好機會，反正死傷的是底下的兵卒，耗損的是百姓的錢糧。此外，允炆和滿朝文武正在興頭上，自然不會採納鐵鉉所提罷戰議和、予民休養生息之請求。

建文三年春，燕軍再度主動出擊。臨行前，道衍替朱棣捉刀，寫了篇款款懇懇的祭文，以哭奠張玉等陣亡將士。朱棣將這篇祭文背得滾瓜爛熟，當場唸得一把眼淚，一把鼻涕，一時興起，脫下身上的雲龍團花戰袍扔進火裡，說是要代替自己相隨英魂於地下，偷眼見到眾將士全被這舉措感動得涕泗縱橫、奮躍惕勵，不禁心下竊喜，強忍住笑，灑淚揮師南進。他早知盛庸統兵二十萬駐紮德州，平安屯兵真定，按照事先與道衍定下的各個擊破策略，領軍在德州與真定之間遊走，要吸引其中之一來戰，為了避免腹背受敵，宜速戰速決。三月間，盛庸傾巢而出，兵進夾河（在今河北武邑），燕軍兼程往敵，兩軍列陣，南北對峙。

朱棣與三保、朱能、朱高煦四人皆騎駿馬，前去偵察敵陣，朱棣觀看了一會兒，掃視三人，若有所感，道：「道衍是本王的腦，徐妃是本王的心，張玉、朱能是本王的左右臂，三寶是本王的骨幹，高熾是本王的那話兒，高煦、高燧是本王的左右腿，以往本王親探敵情，張玉每每隨行，而今他已不在人世了，本王如失一臂。」語聲淒然，面容慘澹。朱高煦反覆玩味著他老子的這番話，三保無動於衷，朱能則勸慰道：「人死不能復生，張將軍求仁得仁，死得其所，殿下請放寬心，我等必將長隨殿下左右。」

朱棣畢竟並非當真難過，「嗯」了聲，頑心忽起，道：「咱們馬快甲堅，且有三寶保護，不如從盛庸陣前掠過，氣他一氣，如何？」這幾人除三保外皆是亡命之徒，對於朱棣此一大膽提議，朱能與朱高煦齊聲應和，三保不便反對。四騎偷偷摸摸來到盛庸軍西側的樹林邊，縱馬馳出，在二十萬大軍之前橫掠而過，朱姓三人高舉馬鞭飛舞，扯開喉嚨放肆喊叫。盛庸原本以為這四騎非瘋即傻，不值得認真看待，一待認出帶頭的正是燕王，急命一個千人隊前去攔截。這四騎改馳向燕軍大營，朱姓三人扭轉上身往後，邊逃邊射殺數十騎。追兵的座騎不如他們的神駿，加上起步較慢，射出之箭悉遭三保擊落，而且距離燕軍大營愈來愈近，唯恐前有埋伏，於是勒住馬兒，眼睜睜看著燕王等四騎揚長遠去，望塵扼腕不已。

朱棣一回營，豪氣復盛，自率一支萬人步騎混合隊先攻，為避免重蹈上次覆轍，這回不再直進中路。他方才掠陣而過，倒也不是純屬胡鬧，其實不無刺探之意，感覺到盛庸軍的左翼似有破綻，因此揮兵往此翼衝去。燕軍前鋒騎射精絕，皆能於快馬背上彎弓搭箭，箭出連珠。盛庸軍自知大大不如，著重於防守，前鋒步兵使用的盾牌厚重長大，下緣鋒利，提起來用力往地上一頓，可嵌入土中數寸，而且兩側有勾環可和鄰盾相扣，結成了密不透風的盾牌牆，既擋得住漫天箭雨，亦利於抵禦燕軍鐵騎的猛力衝擊。

朱棣冷哼一聲，不屑道：「雕蟲小技。」旗號一變，騎兵慢了下來，後方步卒快步上前，伸出長逾兩丈的勾鐮槍，用力拉扯盛庸軍的盾牌，只消一出現縫隙，燕軍騎兵立刻放箭射入，力無虛發，箭透鎧甲，中箭的盛庸軍兵卒仰臥在身後的盾牌上，阻擋了後方同袍補上缺口，不消多時，盾牌陣最外一層瓦解，其後數層也接連鬆動，盛庸軍似乎陣腳已亂，未能即時補強，裂開成一條甬道。朱棣見機不可失，正要領軍闖進，三保喊道：「殿下且慢！」朱棣回瞪三保一眼，催馬要行，就這麼緩了一緩，猛將譚淵已搶在頭裡，率一千驍騎衝入。潭淵如入無人之境，正感得意，沒想到身後及兩側的盾牌陣迅速合攏，盾牌朝向自己，而正前方的盾牌同時倒下，赫然現出數千枝火銃來。譚淵心裡一驚，知道中了請君入甕的陷阱，一咬牙，厲聲喊殺，雙腿夾緊，縱馬前馳。剎那間只見煙硝迷漫，又聽得砰砰砰連響，譚淵與其手下全給轟下馬來，縱使有人一時沒死，也隨即被盛庸軍以鋒利厚重的盾牌給活生生剁成數截。

朱棣這時已知盛庸是故意賣了個破綻，好引誘自己上勾，譚淵貪功冒進，代為送死，讓自己逃過一劫，不禁驚怒交加，但出師不利，這盾牌陣一時破解不了，而敵方的中、右二翼正合圍過來，急命鳴金退兵。盛庸下令全軍追殺，燕軍只要逃得稍微慢些，立即命喪當場，這回換成官兵殺紅了眼，士氣如虹，銳不可當。朱棣領軍在前方奔逃，盛庸軍緊追不捨，薛祿率兵從側翼前來阻截，值此緊要關頭，朱高煦兀自思索著方才朱棣所言，按兵不動，薛祿獨木難支，旋即潰敗遭擒，朱能軍適時趕來接應朱棣，刀馬陣神勇犀利，挫折了盛庸軍的銳氣。朱棣心念急轉，打算乘勢反敗為勝，示意朱能軍繼續往前，自個兒帶領部眾兜了個圈子，繞到盛庸軍背後偷襲，雖然得逞，殺傷不少，但盛庸軍畢竟兵多將廣，亂了一陣子後，隨即穩住後方。

雙方殺至天暮才收兵，朱棣一清點，發現損折了好些兵馬，且猛將譚淵身殞，薛祿失陷，頗覺氣沮，而敵方連盛庸、平安之流，居然都懂得使詐誘騙自己，難免心下惴惴，氣惱不已。這時，前方有匹快馬奔至，馬上跳下一人跪在朱棣身前，大喊：「大王，末將回來了。」朱棣定睛一瞧，正是薛祿，又驚又喜，上前拉起他問道：「好小子，你是怎麼逃回來的？」薛祿道：「看守末將的是末將的山東同鄉，對末將通融，看管不嚴，末將趁機掙脫綁縛，斬殺了他，搶了匹快馬逃回。」朱棣道：「正該如此，戰場上各為其主，還敘甚麼同鄉之誼！你先好生歇息一番，養足力氣，本王還待你立功。」

朱棣因薛祿失而復返，精神一振，自覺否極泰來，環顧四週地形，看看低垂暮色，俯身抓起一把沙測風向，心念忽動，找來諸將面授機宜一番，尤其細細叮囑王真，再命三保、朱高煦、朱能及三十名燕雲鐵衛隨行，回到盛庸軍大營左近的樹林中，打算今夜在此露宿。朱棣指示眾人警戒，自帶著朱高煦走入林中深處，見四下無人，停步道：「兒啊，白溝河之戰後，為父交給你收藏的那面王旗呢？」朱高煦拍拍自己胸口，道：「孩兒貼肉藏著呢！」朱棣點點頭，意示嘉許，頗具深意道：「很好！很好！將來父王若要把比王旗更為要緊之物交託給你，也大可放心了。」朱高煦怦然心動，忖道：「還有甚麼物事比王旗更為要緊呢？莫非是太子之位？這是老頭子第二次跟本少爺提起，他到底在打甚麼主意呢？」

朱棣續道：「要打下這花花江山，得靠咱們父子齊心協力，明白吧？」朱高煦道：「孩兒明白。」朱棣道：「父王並非莽漢，況且內力早已失去，卻仍然屢屢以身涉險，帶頭衝鋒陷陣，你可知這是為了甚麼？」朱高煦道：「咱們地小兵少，父王是為了激勵士氣，我軍方能以寡敵眾。」朱棣道：「說對了部分，再猜猜。」朱高煦道：「兩軍對戰，局勢變幻莫測，父王親自上陣，可臨機應變，制敵機先。此外，賊兵一見到父王，便不求戰勝，一心一意只想擒殺父王，極容易露出破綻，給予我軍可乘之機。」朱棣道：「嗯，很好，這些也是部分原因，還有，再猜猜。」朱高煦想了想，道：「父王狀似親涉險地，其實每回都有萬全準備。」朱棣道：「正是，然而父王之所以能夠屢屢化險為夷，憑恃的固然是三寶的絕世武功，與眾親隨的捨命相救，也得靠你與各將士的適時接應，否則縱使有十條命，也早就一條不剩了。今日父王遭盛庸軍追殺，差點兒命喪沙場，你當時竟然按兵不動，我幸得朱能與薛祿率兵解圍。」

朱高煦跪倒在地，不慌不忙道：「孩兒魯鈍，當時見到父王情況危急，著實憂心如焚，一時慌了手腳，營救得遲，讓父王受驚，懇請父王恕罪。」朱棣道：「所謂『打虎親兄弟，上陣父子兵』，父王若當真要怪罪你，就不會帶你來這樹林說體己話了。起來吧！」朱高煦道：「謝父王。」站起身來，其身材偉岸挺拔，雖稍遜於三保，但明顯勝過朱棣，更非長兄朱高熾所能比並。朱棣道：「你騎射精絕，膂力過人，而且心思敏捷，古靈精怪，三個嫡子中，以你最肖似我，可千萬別讓父王失望。」朱高煦道：「請父王放一百二十萬個心，孩兒必定克紹箕裘。」他故意用「克紹箕裘」這個成語來試探。朱棣自有別的盤算，沒太在意朱高煦的心思，也不甚瞭解該成語，只知是好話，漫應道：「如此最好。」

「父子同心，其利斷金，卻不用於保家衛國，反倒用來造反作亂，可惜啊可惜！」林中忽然冒出一個尖細的聲音。朱棣父子大驚，一個喊問：「甚麼人鬼鬼祟祟？」另一個喝道：「快滾出來！」時值暮春三月，枝葉還不甚茂密，星月之光可透進樹林中，依稀見到一條高大人影從樹幹後頭閃了出來。那人道：「在下鐵鉉，原屬曹國公麾下，如今則為盛將軍效力，說是如此，在下乃是為國為民，實非效忠朝廷……哎呀，這個你們不會懂的。盛軍大營離此不過一箭之遙，二位星夜來此處窺探，反而怪罪在下鬼鬼祟祟，究竟是何道理？」朱棣聽他居然在據理力爭，有些啼笑皆非，道：「你這人倒也有趣得緊，反正無意效忠朝廷，不如從此跟了本王，你現在是甚麼官職？本王升你三級。」

鐵鉉道：「在下一介布衣，閒雲野鶴，糞土功名，日前建文帝詔授在下兵部尚書一職，在下堅辭不受，然而好奇想知道，兵部尚書再升三級，那是甚麼官位？」朱棣輕綹鬚髯，哂道：「兵部尚書已是正二品的大員，倘若再升三級，那可得封侯了。只是本王也很好奇想知道，你一介布衣，究竟有啥豐功偉績，皇上要破格授你兵部尚書此一高位要職？」此刻天色昏暗，而當時戰場遼遠，他沒認出鐵鉉即是赤手空拳把房寬等大將拉下馬的灰衣大漢。鐵鉉道：「上天雖有好生之德，然則我不入地獄，誰入地獄，若能殺你一人，而使千萬百姓免遭戰火塗炭，在下甘犯殺戒。濟南詐降與東昌之捷皆出自在下出謀擘畫，昨日的請君入甕亦是，可惜功敗垂成，幾回都讓你逃脫，是以在下算不得有甚麼豐功偉績，兵部尚書一職受之有愧，也委實不願意當官。」

朱棣怒道：「本王才在納悶，盛庸、平安啥時候長腦子了，竟然也會使弄詭計，原來是你這廝在暗中做怪！」朱高煦趁二人對話，偷偷繞到鐵鉉身後，悄無聲息地拔出一把得自小明王寶藏的匕首，一聽到老子發怒，便用力刺往鐵鉉後心，匕首直沒至柄，不禁大感得意，沒想到鐵鉉連頭也沒回，慨然道：「在下只是想為國除害，為民鋤奸，而且光明磊落，坦坦蕩蕩，怎能說是暗中做怪呢？」朱高煦大驚失色，死命要拔出匕首，匕首卻牢牢嵌在鐵鉉身體裡，改而奮力往前推送，仍是紋絲未動，以為撞上妖怪，嚇得冷汗涔涔。鐵鉉轉過頭對朱高煦道：「在下跟隨大軍進發，多日未曾沐浴，胳肢窩實在癢得難受，感謝你幫我撓撓，要是不介意的話，勞請再多加幾分氣力，那才真叫過癮哩！」

他並非刀槍不傷的妖怪，匕首被他用腋窩夾住，朱高煦沒因此而放下心，反倒驚駭更甚，自知武功遠遜於對方，要放手不是，不放手也不是，乾笑道：「鐵兄當真好武藝，在下欽敬得緊，咱們不打不相識，不如交個朋友。這把鑲有寶玉的鎏金匕首，原是宋高宗趙構的貼身之物，他上朝時藏於膝褲中，用以防範權臣秦檜，鐵兄若不嫌棄，便收下當個見面禮吧！」朱高煦放開刀柄，退後兩步，抱拳說道，卻站得不丁不八，蓄勢於腿，打定主意，一旦苗頭不對，便隨即拋下老子，自個兒逃之夭夭。鐵鉉是武學大行家，豈會瞧不出端倪來，冷冷說道：「在下正打算成為你的殺父仇人，這份厚禮萬萬不敢收受，而且你為人不忠不孝，不仁不義，奸佞狠惡，浮滑乖張，在下耳聞已久，如今目見，果非虛傳，是以絲毫不屑結交，只是上天有好生之德，今日我只殺你父親一人，盼你日後痛改前非，多行善事，彌補前愆，若再一味恣行奸邪，自會得到報應。」

他堪堪說完，鬆開腋窩，匕首落地，刀刃沒入土中，隨即轉過頭來，不再言語，呼地一掌拍向朱棣。朱棣頓感如有千軍萬馬匯聚一處，直往自己撲來，連氣都透不過，幾欲窒息，哪還能閃避，只得閉目受死。朱高煦見鐵鉉對老子動手，唯恐他改變心意，接下來也會對己不利，於是趕緊溜之大吉。鐵鉉這排山倒海的一掌就要打在朱棣身上，突然硬生生收回，斜退一步，與另外一條大漢相互凝立對峙。那大漢自然是三保，他早已來到，屏住氣息，藏身於一株大樹之後，待鐵鉉出掌，竄了出來，以蛟龍劍尖直點其胸前膻中要穴，寶劍未出鞘，已足以致命。鐵鉉知道厲害，出於保命本能，撤掌移步，隨即大感後悔，自忖方才應捨棄己命以了結朱棣，但良機稍縱即逝，要再對朱棣下手，須先通過三保這關，且明白即使出聲示警，待盛庸派兵來到，朱棣早已騎著駿馬遠遁，而且燕軍或有埋伏，因此任由朱棣離去。

三保收回蛟龍劍，抱拳道：「濟南城下，多謝不殺之恩。」鐵鉉道：「是你功力深厚，才得以不死，換作他人，挨了那枝無頭箭仍會沒命。」他原以為三保受那一箭，少說也得休養大半年方能痊癒，其間要取朱棣性命便容易許多，不料三保居然恢復得如此神速，還力助朱棣逃過東昌之厄，看來朝廷布建在北平的細作，全給朱棣破獲並且收買了。

鐵、馬二人在濟南興國禪寺外對過一掌，都明白彼此功力悉敵，難分軒輊，更何況同是天涯自宮人，相逢還是曾相識，深懷相知相惜之情，心知肚明一旦當真對敵，必有一人非死即傷，是以相互凝視，遲不動手，這並非等待一擊必殺的良機，而是實在不願意傷害對方，也各自懷有存活下去的堅強理由，一個是為了個人情義，另一個則是為了天下蒼生。二人袍袖鼓盪，無風自動，全身皆滿蘊真氣，蓄勢待發。月腳從中天緩緩移至西山，薄情郎似地無論如何苦留不住，終於沉落下去，東邊曦光隱現，兩條大漢依然相互對峙，一動也不動，就跟烏魯雪山和哈巴雪山一般。

朱棣並未離開樹林，盱衡情勢後，嚴令禁止朱能率燕雲鐵衛去幫助三保，以免驚擾盛庸軍而功虧一簣，待天色微明，望見不遠處黑壓壓一片，果然有條巨大毒龍正朝此方位撲來，餵飽馬匹，估算時機差不多了，上馬帶頭衝出樹林，奔向盛庸軍，到了半途，放慢下來，高喊：「盛庸你這個廢材，要是追得上老子，老子心甘情願跪下來舔你的馬蹄子。」說完即調轉馬頭，往西馳去，先緩後疾，存心引誘盛庸軍追趕。盛庸見到朱棣本人叫陣，急忙親率大軍前去圍捕，滿心要活捉威名赫赫的燕王，好讓他兌現方才許下的諾言，遂禁止手下射箭放銃。鐵鉉在林間聽見盛庸軍大舉進發，料想朱棣甘冒奇險，必然有所圖謀，顧不得強敵在前，運使丹田之力，大喊：「別追燕王！」語音未完，三保雙掌已然推出……

萬馬奔騰的轟隆巨響，掩蓋不住鐵鉉的呼喊聲，盛庸字字聽得分明，卻哪裡願意捨棄這送到眼皮子前的天大禮物，領著大軍緊追朱棣不捨，忽覺有異，往右後方一瞧，赫然見到漫天風沙席捲過來，心裡十五隻吊桶霎時給狂風吹得七上八下，但忖度這場沙塵暴對兩軍的影響應無二致，況且「一將功成萬骨枯」，只須擒下朱棣，自己將功成名就，縱使麾下二十萬大軍悉遭風沙堙滅，也在所不惜，因此繼續窮追猛趕。這時一聲砲響，黑巨毒龍吐出長長火舌，捲向盛庸軍，臨近身旁時，軍士們這才看清楚，那條火舌是由無數枝的火箭匯聚而成。盛庸猛然想起風向，胸口如中一記大槌，險些落馬。因為追趕朱棣，兩軍從原本的南北對峙，轉變成為西南東北走向，而這場沙塵暴正是從東北方襲來，燕軍得強風之助，所發之箭可輕易射著盛庸軍，盛庸軍卻絕難射得到燕軍。

盛庸方才弄明白中了暗算，正要鳴金收兵，突然爆炸聲連響，緊接著火光衝天，火箭射中王真昨夜領兵預先埋下的火藥與堆放的柴草，頃刻間，飛沙走石中火舌亂竄，燒死盛庸麾下無數軍士。殘兵剩卒遭煙沙迷障眼睛，淚如泉湧，勉強摸索著南行，聽見潺潺水聲，心知來到滹沱河北岸，自以為逃過火劫，不免額手稱慶。這時風沙漸歇，盛庸敗軍剛要稍喘口氣，後方傳來轟隆悶響，自遠而近，大地不住震動，回頭一瞧，只見大隊燕騎狂潮般掩殺過來。盛庸軍沒命地往前逃竄至岸邊，後方軍士把前方同袍擠落河裡，怎麼也阻擋不住。燕軍覺得滿身鎧甲的人馬在水中掙扎的模樣十分有趣，邊笑邊將敵人逼落水中，溺死無算。

盛庸見大勢已去，帶了幾名親隨奔回德州，坐等殘部來歸。原本打算觀鷸蚌相爭、待坐收漁利的平安，其實已引兵到了左近，聞盛庸慘敗，立即退回真定。這一役，盛庸幾乎全軍覆沒，他比李景隆有風骨許多，或者該說深明為官之道，據實上奏敗績，並未推諉文飾，反正兵敗不致受到嚴懲，坦承還能博得令譽。燕軍兵力有限，旋即棄守占領地，班師北返。盛庸帶著殘兵剩卒尾隨其後，朝廷非但未責罰他敗戰喪師之罪，居然還旌表他收復失地之功，一干相關或不相關的官員俱獲賞賜，儼然是「勝固欣然敗亦喜」的最佳寫照。

話說鐵鉉不顧自身安危，對盛庸出聲示警，見三保發出萬鈞巨力，既閃避不及，又難以招架，索性不加抵禦，挺起胸膛，坦然受死。三保身子略側，掌力偏斜，擊在一株柳樹上，露出破綻，鐵鉉未趁隙出手，而三保這一掌似剛實柔，柳樹枝幹紋風未動，但樹葉盡脫，窸窣飄墜，卻不落地，倒像是受到強力磁石吸引的鐵片，全都射向三保。三保運起神功，雙手不住畫圓，將成千上萬片柳葉，在胸前摶聚成一個偌大圓球，暴喝一聲，雙掌推出，圓球勁飛向鐵鉉，柳葉星散，片片如刀，足以將鐵鉉碎屍萬段。鐵鉉暗笑：「殺我何必如此費事，你方才那掌打在我身上不就結了，敢情你以歌利王自居，把我當成忍辱仙人了，呵呵，承你青眼有加，只不過我何德何能？」他其實想岔了，成千上萬把柳葉之刀似乎都長了眼睛，挨著他的身子疾掠而過，勁風颳得他的皮膚隱隱生疼，卻只刮掉他鬢邊幾根毛髮而已，別無所損。他領會三保的心意，點了點頭，道：「後生誠然可畏，我自嘆弗如，今生絕計練不到你如此境界，不如廢去內力也罷！」

三保淒然一笑，道：「你我惺惺相惜，竟要傾盡全力相搏，而我鄙夷燕王，卻須為他效命，世間許多事，當真令人扼腕，此舉委實不得不然。」鐵鉉未曾親手殺害一人，但張玉及不少燕雲鐵衛營弟兄已因他而死。鐵鉉道：「這個我省得。」從懷裡掏出《斷絕祕笈》，道：「此物不祥，害你受苦一生，留存於世，恐怕遺禍武林，我自廢武功前，斗膽替你毀去吧！」不等三保答應，掌力一吐，紙片飛揚，彷彿白蝶紛飛，隨風飄散。三保百感交集，他親手筆錄的這本冊子畢竟是有形之物，毀去僅是舉手之勞，但他與明教之間的恩怨情仇，正如附骨之蛆，哪裡是這麼容易化解得了的！已經失去的，永不可復得；曾經擁有的，又如此虛無。

他愁思百結，望著漸飛漸遠的千百隻紙蝶愣愣出神，忽聽得一連串炒豆般的清脆爆響，一轉眼，見到鐵鉉趺坐在地，全身汗濕，面孔倏青倏紅，因極度痛苦而扭曲變形，忍不住失聲驚呼：「且慢！你只須散去《斷絕祕笈》上的功夫即可。」鐵鉉不予理會，繼續逆運內勁散功。這當兒十分凶險，三保不敢冒然出手制止，以免讓鐵鉉落了個終身癱瘓的下場，只能眼睜睜看著他掏精挖髓似地散盡所有內功。鐵鉉原本魁偉的身子就像逐漸洩氣的皮球，最終疲軟不堪，萎頓於地，連要抬根手指頭都欲振乏力。

三保道：「你這是何苦呢？」鐵鉉臉上全無血色，氣若游絲道：「唉，以武止戰到底只是個痴心妄想，更何況我早已被逐出南少林，留著一身武功，既有違師命，也讓我落入武學障，是禍非福，乾脆廢得一乾二淨。想當年哪吒割肉還母，剔骨還父，大概也是這般心境，不過我可心甘情願得很，絕無怨懟。」三保於心不忍，問道：「你一生習武，如今功力盡散，日後要如何過日子？」鐵鉉勉強一笑，道：「看來我還不算笨，也因自幼研讀佛經，識得不少字，不如從此棄武從文，發憤讀書，準備考狀元去。」三保見他如此豁達，心裡更慟，無言以對。

半晌後，鐵鉉精神稍復，突發奇想，坐起身來，道：「你秉性純良，委實不該助紂為虐，不如代替我刺殺燕王，為民除害。」三保一怔，忖道：「這或許是條路，但燕王或許是雪兒的同父異母哥哥，我若打死他，雪兒會怎麼以為？話說回來，她當真在乎燕王的死活嗎？況且燕王也可能是朱元璋的骨肉，不是嗎？唉，雪兒說過要與北平共存亡，燕王若死，北平命運將會如何，可想而知。再說燕王一死，明教也就興復無望，月使會善罷甘休嗎？他會對雪兒不利嗎？我已虧欠允炆甚多，難道還要再負於燕王與雪兒嗎？」鐵鉉看他臉色陰晴不定，知道他正進退維谷，左右為難，於是打蛇隨棍上，續勸道：「殺燕王一人，即能拯救百萬生靈，可謂功德無量。要知道救人一命，勝造七級浮屠，救百萬命，那就勝造七百萬級……」他當年強要以佛法渡化三保，卻不明白三保遭戴天仇強行壓抑的逆反情緒，已隨戴天仇之死而蠢蠢欲動，因此適得其反，弄到本身自宮且被逐出南少林，沒從中學到教訓，此時仍要對骨子裡十分執拗的三保說教。

「夠了，別再說了！」三保咬牙切齒道：「我壓根兒不在乎世人之命。我家人慘遭屠殺時，有誰在乎過？救我的人，才是害我最深者；最敬愛我的人，我又害他們極慘；我最敬重的人，不是被我殺死，便是因我而死；曾經與我最情深愛切的人，如今已說不上幾句話了；你要渡化我，卻反受其害，屢次勸我讀佛經，自己竟然連和尚也當不成。這世間究竟有甚麼道理可言？」

鐵鉉猶不死心，誦一偈曰：「欲知前世因，今生受者是；欲知來世果，今生做者是。」三保怒道：「胡說！難道我家人遇害，是他們前世作惡的果報，所以他們是罪有應得的囉？那麼飽受戰火蹂躪的千萬黎民，不正也在償還前世所造惡業，你又何必挖空心思想要救助他們呢？難道你比佛菩薩偉大？」鐵鉉道：「話也不是這麼講。」他畢竟剛剛散盡功力，身子極虛弱，思路也欠敏捷，一時無法辯駁。三保從懷裡摸出允炆所贈腰牌，拋在鐵鉉身上，道：「這是當今皇上還是皇孫時的腰牌，你把上頭的寶石挖了，金子融了，可換得不少銀兩，足夠你豐衣足食過完餘生。」也不等鐵鉉回應，大踏步回返燕軍大營。

允炆接獲盛庸慘敗的消息，急詔方孝孺、黃子澄、齊泰三人進宮，議定允炆假裝革除黃子澄、齊泰，將二人逐出京城，其實是讓他們出外募兵。允炆原本偏聽於黃子澄，如今黃子澄出走，軍情要務往往諮詢方孝孺一人。方孝孺感恩載德，圖謀殞身以報，奏請懷柔敗軍之將，並推恩他人，允炆無一不准。方孝孺又奏道：「燕逆久戰兵疲，此時正要入夏，北人不耐暑熱，陛下不妨先下詔赦免燕王之罪，復其王位，鬆懈其志，驕慢其心，再以遼東、真定、德州三處之兵合圍北平，必能一舉盡殲燕逆。」允炆讚道：「善哉！善哉！此計大妙。」隨即派遣大理寺少卿薛昷去見朱棣，囑咐他如此這般。薛昷領命而去，因將深入虎穴而惴慄難安，走得能有多慢，便有多慢。方孝孺沒意會到遼東軍更加怕熱，而且就在這當兒，平安因未接獲按兵不動、等待合圍的指示，又探知燕軍懈怠，率軍突襲北平，朱棣再度借助風勢反敗為勝，斬首六萬餘，平安狼狽退回真定，方孝孺的一番精打細算，也就化為夢幻泡影。薛昷聽說平安兵敗，依然硬著頭皮來到北平求見朱棣。

朱棣既不奉建文正朔，也就沒把皇諭放在眼裡，歪坐椅上，捧著詔書翻來覆去看了一會兒，問道：「這詔書是方孝孺擬的稿吧？」薛昷道：「據下官所見，應該是的。皇上已免了黃子澄、齊泰的官職，還將他們逐出京師，眼下最為倚重的，正是方文學博士。」朱棣道：「文學博士？這是啥玩意兒？朝廷啥時候冒出這麼一個奇怪的官職？」薛昷道：「方文學博士原是擔任翰林侍講及翰林學士，皇上覺得以他的道德文章與博學多才，現有的官職皆不足以彰顯，是以為他創設了文學博士一職。」朱棣道：「原來是這麼回事。這個方孝孺即便才高九斗半，有必要把詔書寫得這麼文謅謅，讓人看得莫名其妙嗎？」他見薛昷一臉尷尬，將詔書擱在桌上，翹起二郎腿，續道：「皇上都跟你說些甚麼，你直接稟報本王得了，省得本王瞎費疑猜。」

薛昷道：「是。皇上吩咐，殿下只消裁撤軍隊，朝廷即刻退兵。」朱棣紫膛臉一沉，正襟危坐起來，喊道：「來人哪！」左右出列，單膝跪地，抱拳洪聲道：「在！」薛昷以為朱棣是叫人把自己拖出去砍了，畢竟有欽差李得成被殺的前例在，因此嚇得魂不附體，兩腳一軟，癱倒在地。朱棣語帶不屑道：「薛大人到底是個欽差，別那麼膿包，站起來說話。本王只是要你看看，本王左右之人都是三歲小兒嗎？」薛嵓勉強站起，兀自心驚膽戰，躬著身，雙腿抖個不停，一時說不出話來，只搖了搖頭。朱棣又問：「那麼你覺得本王是三歲小兒嗎？」薛嵓又搖搖頭。朱棣用力一拍自己大腿，道：「這不就得了！本王與座下皆是堂堂偉丈夫，並非三歲小兒，那麼薛大人為何拿方才那般言語來欺哄我們呢？」

薛嵓見朱棣並無殺己之意，這才直起身來，道：「下官豈敢，那是皇上所言，下官僅是轉述而已。」朱棣道：「這就是薛大人的不是了。」薛嵓稀疏的雙眉一抬，擠出滿額頭的皺紋，道：「下官不解，還請殿下示下。」朱棣道：「皇上日理萬機，年歲又輕，生於安樂，養尊處優，總有見事不明之處，奸臣會始終順著皇上的意思，正如黃子澄、齊泰那般，忠臣則會諍言勸諫，恰似本王這樣。本王之所以甘冒天下之大不韙，起兵靖難，即是要殺奸臣，清君側，敢問薛大人是奸臣呢，還是忠臣呢？」薛嵓連聲道：「忠臣，忠臣，下官自然是忠得不能再忠的忠臣。」朱棣道：「既然如此，薛大人怎未提醒皇上別把本王當成三歲小兒看待？可見薛大人忠得還不夠澈底，將來本王揮師進京後，即便不砍掉薛大人整顆腦袋，好歹也得砍掉半顆。」薛嵓心想砍掉半顆腦袋恐怕比砍掉整顆還慘，忍不住汗出如漿，撲通跪倒在地，磕頭如搗蒜，顫聲道：「下官錯了，下官糊塗，下官無知，下官回京後，一定會努力提醒皇上。」

朱棣道：「如此最好不過。話說回來，薛大人是堂堂欽差，等同皇上親臨，怎好一直向本王磕頭呢？快快請起，本王帶你去巡視一番。」薛嵓不敢有違，立刻站起，摸了摸脖子，暗自慶幸可免受斧鉞之厄，再以衣袖揩去額頭上的涔涔汗珠。朱棣帶他去檢閱燕軍軍容，刻意耀武揚威一番，薛嵓是個舞文弄墨的朝臣，幾曾見過這種場面，頓時目眩神馳，氣為之奪。朱棣道：「皇上與本王是至親，本王的爹是皇上的爺爺，皇上的爹是本王的長兄，本王是大明藩王，富貴至極，還能奢望些甚麼呢？無非是江山永固，榮華富貴長傳於子子孫孫，而這些兵馬即是要保衛我大明江山與本王子孫的。敢問薛大人，這些兵馬該裁撤嗎？能裁撤嗎？裁撤後，朝廷的膿包軍隊抵擋得住蒙古鐵騎南下牧馬嗎？那個甚麼我心、明月、溝渠的，是怎麼說來著？」薛嵓道：「我本將心託明月，誰知明月照溝渠。」朱棣道：「中啊，正是這句。」

薛嵓道：「下官先前受奸臣蒙蔽，如今全然明白殿下的苦心孤詣，回去後肯定會向皇上奏明。」朱棣道：「倘若如此，那麼在本王心目中，薛大人肯定是個大大的忠臣。皇上誅除權奸日，亦即本王休兵罷戰時，而且本王必定力保薛大人擔當大學士，外加甚麼文學博士的。」他接著好生款待薛嵓，刻意攏絡，還塞給他幾個經狗兒精心調教過的北地胭脂，頗獲其傾心。朱棣自忖，起兵靖難已近兩年，大小戰數十場，燕軍勝多敗少，殲滅官兵幾十萬，擄獲輜重無數，然而勢力始終局限在北平周遭，真要取得天下，何其之難！如今允炆既已詔赦己罪，既往不咎，何不順水推舟，從此罷戰，但求稱霸北境便是了，道衍老賊禿那兒，就打馬虎眼混賴過去，畢竟在戰場上生死相搏的又不是他。

薛嵒回京後，果真幫朱棣說了不少好話，又極力誇稱燕軍兵強馬壯，個個有萬夫不當之勇，官軍根本難以匹敵。允炆其實也有意予民休息，當初原本是要翦除藩王以鞏固皇權的，居然弄得兵連禍結，將士傷亡枕藉，百姓流離失所，開銷快逾流水，滿朝惶懼不安，於是遣退薛嵒，對方孝孺道：「若真如薛少卿所言，那麼曲在朝廷，齊、黃二人著實誤朕太甚。」方孝孺道：「這薛嵒不知得了燕王甚麼好處，反倒成為他的說客，當真可惡之至！他的話荒誕浮誇，簡直把燕王奉為神明，將燕軍吹捧上了天，明白人即知萬不可信。此外，罷兵容易，再聚極難，草率罷兵之後，萬一燕軍趁機長驅南下，直犯京師，朝廷屆時恐怕無兵可堪抵禦。」

允炆道：「方卿所言固然有理，然而……」方孝孺心急，顧不得君臣禮節，打斷允炆的話頭，正氣凜然道：「漢賊不兩立，正邪難並存，除奸務必盡，斬草須除根。否則人人都會像燕王一般，天下將永無寧日，而內亂不敉，何以禦外侮？」唉，奸臣固然誤國誤民，有些忠臣何嘗不是！方孝孺這麼寥寥幾句，永絕了建文帝朱允炆與其叔父燕王朱棣罷戰言和之機。再者有些事似為天定，要是黃子澄此刻仍在允炆身邊，像他如此善於揣摩上意者，肯定會順著允炆的意思力主罷戰。

朱棣以為議和可成，不顧道衍反覆勸說，鬆懈防備，豈料到了五月仲夏間，盛庸突然出兵斷燕餉道。朱棣遣指揮武勝入京，上奏允炆，說是朝廷已允諾罷兵，盛庸卻違抗詔旨，請求嚴治其罪，俾使雙方復歸和好。滿朝文武起初皆附和此奏，唯方孝孺力排眾議，慷慨陳詞，允炆頻頻點頭。眾大臣察言觀色，見風轉舵，爭相痛斥朱棣之不是，薛嵒與徐輝祖之弟左都督徐增壽等寥寥數人默然不語，允炆遂對朱棣此奏擱置不理，反而命錦衣衛將武勝逮捕下獄。朱棣得訊，氣憤不已，又因道衍不斷搧風點火，於是吃了秤砣鐵了心，決意造反到底，從此再無回頭之路，即遣薛祿率六千軍士偽裝成官軍，覓著機會，將朝廷撥發給盛庸軍的糧草都燒得精光，甚至把上萬艘運糧船隻全化為灰燼，以報復其斷燕餉道。盛庸趕緊分兵來救，遭朱能領軍伏擊，損失慘重，京師震動，滿朝皆驚。

方孝孺為了緩和缺糧窘況，獻上一個離間計，允炆甫聽完，不禁連連讚嘆，嘖嘖稱奇，推為蓋世絕謀，縱孫臏復生，諸葛再世，也不過如此。方孝孺繼宋濂之後而為一代儒宗，學問文章本已冠絕當世，當此國難之際，又能出謀劃策，為君上分憂，難免自鳴得意，不願假手他人，親自揮毫，寫了一封給燕世子朱高熾的書信，勸朱高熾忠在孝先，反叛其父，投靠朝廷，有朝一日裡應外合，建文帝許諾他燕王之位。方孝孺把這封離間書信反覆讀了幾遍，每回都擊節讚賞不已，不能再更動一字，若非錦衣衛千戶張安上路在即，他恐怕要將此信放在枕邊伴眠，交給張安時，竟有幾分不捨。

張安一到北平，按照方孝孺的指示，故意把動靜弄得很大，頗有唯恐天下不知的況味，這才前來求見朱高熾，獻上方孝孺的親筆信。朱高熾甚乖覺，知道張安來者不善，收了信後並不啟封，只一味虛與委蛇，暗中傳令侍衛拿下他，連人帶信一併送交帶兵在外的朱棣。朱棣不在北平期間，朱高燧仗著母親徐妃的寵愛，日益胡作非為，屢遭長兄朱高熾規勸約束，不思改過，反而心懷怨懟。韓待雪年歲雖長，卻是美貌非凡，且還是處子之身，朱高燧對她垂涎不已，亟欲染指，三番五次都教朱高熾壞了好事，便有意除掉長兄。燕王府的中官黃儼，屢與朱高燧、永安郡主駙馬袁容合謀搜刮處女、駿馬與金珠寶貝，觸怒朱高熾，眼前雖有徐妃護著，但擔心朱高熾繼位後將不利於自己，且想輔佐與自己臭味相投的朱高燧更上層樓，風聞張安來意，計上心來，在朱高燧的授意下，買通燕雲鐵衛營的宋大前去密報朱棣，說是世子勾串朝廷，謀奪燕王之位。

朱棣在中軍帳內聽完宋大密報，眉頭深鎖，由於此事當真非同小可，道衍不在身旁，只得召來朱高煦詢問。朱高煦見天賜良機，喜不自勝，若不善加把握，著實對不起自己，按捺住喜色，正顏道：「孩兒信得過大哥對父王絕無異心，不過孩兒三人滯留京師時，允炆堂兄與大哥最為交好，常召大哥進宮徹夜長談，他願意放孩兒們回北平，也是因大哥之故。」他所言句句屬實，但在這節骨眼兒說這種話，等於落井下石。朱棣當機立斷，決定班師回返北平，軍令正要下達，三保道：「殿下的家務事，屬下不敢置喙，唯請殿下靜思一夜，明日再行決斷不遲。」

朱棣十分清楚大、小嫡子都迷戀三保的老相好韓待雪，聽三保這麼說，玩味起他究竟是何居心，一時沉吟未決，恰好張安被押解來到。朱棣將那封書信從頭至尾仔細讀了一遍，見信尾署名希直（方孝孺字希直，又字希古），忖道：「這信出自方孝孺手筆，表面是寫給熾兒，實際是要給本王觀瞧。難為方文學博士如此博學高才，竟要寫出這樣的大白話，引的經、據的典必須相當通俗直白，才能讓本王完全讀懂，卻因此露了餡兒。熾兒的學問比他老子強得多，允炆既然與熾兒交好，應當熟知才對。唉，讀聖賢書，所學何事？這個方孝孺，盡幹些卑鄙勾當，手段還極其粗劣，如此讀書種子，將來不留也罷！」審問張安一些看似無關緊要之事，證實自己的判斷無誤，不再退兵，喝令左右把張安囚禁起來。

張安突然發勁崩斷綁縛雙手的牛皮繩索，飛身而前，呼的一掌，猛然拍向朱棣。站在朱棣身後的三保，瞥見張安的掌色紅裡透黑，應是使出毒砂掌之類的歹毒功夫，蛟龍劍鏘地出鞘，刺向張安的手掌。這毒砂掌的練法大致同於朱砂掌，但所用鐵砂浸過特殊毒液，初練者必須服食解毒藥物，待時日一久，自身習慣於該毒質，而且手繭又厚又硬，加上掌力雄渾，自是刀槍不入，百毒不侵，也就無須再服解藥。張安自以為手掌練到如同鐵板一般，「嘿嘿」兩聲，以肉掌接劍，卻不知對方內力精純深厚，連用竹劍都能刺穿樹幹了，何況用的是削鐵如泥的蛟龍寶劍，眼睜睜看著長劍直透過手背來，先是大吃一驚，然後才感到掌心劇痛。三保一不做，二不休，抽回蛟龍劍，刺穿張安另一掌，廢了他的毒砂掌功夫。張安舉起湧出黑血的雙掌，血色逐漸轉為鮮紅，知道二十多年的苦練已毀於一旦，肉痛還遠遠不及心痛，大喊一聲，暈死過去。

朱棣原本要將張安千刀萬剮，受三保勸止，不得已先將張安囚禁起來。紀綱揣摩出朱棣的心意，暗中虐殺了張安，手段極其凶狠殘忍，絲毫不在蔣瓛當家時的錦衣衛之下，還重賞宋大，要他時不時傳遞過來北平的大小事兒。紀綱接著密報朱棣自己的處置，朱棣大為嘉許，含笑看著他，聯想起蔣瓛，心裡有了一番計較。

方孝孺獲悉自己引以為傲的離間、刺殺連環計一敗塗地，喟然長嘆，書空咄咄，聽得枝頭上杜鵑鳥不住哀啼，於是寫下一首〈聞鵑〉詩，詩云：

不如歸去，不如歸去。
一聲動我愁，二聲傷我慮；
三聲思逐白雲飛，四聲夢繞荊花樹；
五聲落月照疏櫺，想見當年弄機杼；
六聲泣血濺花枝，恐汙階前藍茁紫；
七八九聲不忍聞，起坐無言淚如雨。
憶昔在家未遠遊，每聽鵑聲無點愁。
今日身在金陵土，始信鵑聲能白頭。

雖然詩是這樣寫的，方孝孺並未當真引咎歸去，想那北宋趙普以半部論語治天下，而我方孝孺經史子集無一不精，天文地理無一不曉，對付不學無術的燕王朱棣，應是遊刃有餘才對，因此仍然一副成竹在胸模樣，倒是盛庸因缺糧而大感焦躁，出兵襲擊北平，遇伏遭敗。允炆覺得盛庸雖不似李景隆那般荒腔走板，但也不很牢靠，苦思替代的主帥人選不得，召來方孝孺商量。

方孝孺背負雙手，在御書房裡來回踱步，驀然想起一人，那便是梅思祖的姪兒、允炆的姑丈梅殷。梅思祖出身明教，先跟從劉福通，其後歸順張士誠，繼而投降朱元璋，為大明立下不少戰功，因是河南人，受封為汝南侯，也跟隨傅友德攻打雲南，並駐守當地，不久即在雲南任上過世。其姪梅殷文武全才，且具坦腹東床的瀟灑，很受梅思祖栽培，洪武十一年娶了寧國公主，成為朱元璋的乘龍快婿。朱元璋的元配馬皇后未曾生子，只親生二女，寧國公主居長，可以想見其地位之尊榮。梅殷夫以妻貴，滿朝文武爭相巴結，他便妄自尊大了起來，對藩王們不大放在眼裡。朱元璋共有十六個女婿，尤其厚愛梅殷，臨終託付的幾個顧命大臣，梅殷即屬其一，甚至單獨授予遺詔：「敢有違天者，汝為朕討之。」方孝孺認為梅殷既有太祖高皇帝此一遺詔，擔任討燕主帥，自然底氣十足，等於是有朱元璋撐腰，說不定燕軍要望風歸降哩！

梅殷奉詔入宮，允炆打算讓他總綰兵符，明白他的臭脾氣，先出言試探。梅殷覺得允炆偌大家業快要敗光了才找上自己，心裡不免有點兒發酸，但也不敢太端架子，免得失去一展長才的良機，發了些牢騷後，也就豪氣干雲地承擔下來，打著太祖高皇帝最寵愛女婿的招牌，在淮南募得一批民兵，號稱有四十萬之眾，卻始終按兵不動，只鎮守於京師北方三百餘里的淮安，說是要防阻燕軍南侵。梅殷抗燕的唯一積極作為，是回家恭請老婆大人寫信給朱棣哥哥，責以君臣大義，要朱棣罷兵並親至京師負荊請罪，此信想當然是石沉大海了。允炆眼見梅殷領受浩蕩皇恩，看似大張旗鼓，實際上發揮不了任何作用，徒然耗費糧餉，只空自著急，性情變得暴躁，舉止日漸乖張，再也不是往昔那位仁慈寬厚之君了。

第三十三回　直搗

北平連日飛雪，燕軍剛又經過一場惡戰，殺退來犯的十數萬遼東雄師。朱棣佇立在崇仁門的城頭上，眼望一片銀妝素裹的美麗景象，心裡油然生出好些感慨，爭奈才情有限，腦中空白一片，沒冒出任何貼切詩句，偏偏一大群烏黑老鴉很不湊趣地恰於此時飛來，在半空中盤旋了一陣子，嘎嘎亂鳴著，劃破血戰之後的靜謐，相繼落地，從城頭上居高下望，彷彿有個頑童拿著毛筆，在一張純白宣紙上甩出數百個醜陋突兀的黑點，這些黑點還不怎麼安分，從雪堆裡拖出一顆顆人頭，白紙上霎時多了許多深淺不一的紅漬。由於食物豐饒，這群老鴉的嘴變得刁極了，只啄食柔嫩鮮腴的眼珠子，對於冰凍人肉則棄如敝屣，根本不屑一顧，飽餐一頓後，悠悠哉哉振翅離去，遺留下雪泥鴉爪，以及許多顆血淋淋的無眼人頭。不消多時，人頭又被雪覆蓋住，遠遠望去，好似一粒粒的白饅頭，約略數了數，竟有數萬之多，料想週遭食腐禽獸也可因此安度這個寒冬，不至於挨餓。

「唉，十二年了，已經整整十二年了！」朱棣吟詩不成，長嘆口氣，幽幽說道。三保不解其意，問道：「敢問殿下的意思是……」朱棣深深望了他一眼，目光轉向雪地上那一粒粒的白饅頭，道：「我倆首次同登此城門上賞雪，已經是十二年前的事了。」三保心中默數，果是如此，當時自己年未及冠，如今已是而立之齡，其間經歷了無數事，卻益覺迷惘，心下不免淒然，想要說些甚麼，竟無言以對。朱棣根本不在乎他在想甚麼，說這些話純粹只是要讓他以為自己很在乎他，好讓他死心塌地為自己賣命。三保根本不在乎朱棣在不在乎自己，自己為他賣命，其實是情非得已。二人同登高城，共賞飛雪，卻有著兩種心思，異樣情懷。

朱棣道：「回去吧，你有個老朋友正在府裡等著咱倆。」三保奇道：「哦，那會是誰？」朱棣道：「見了面你自然會想起……唔，或許想不起，那也無所謂。」三保看他故弄玄虛，反正片刻後即知，也就不追問，護隨著他返回燕王府，逕入書房內，道衍、朱能、丘福已在裡頭等著。朱棣早已砸爛舉世絕無僅有的藍皮玉牙紫檀椅，他目前的座椅上覆蓋著多面被弓箭銃彈射得千瘡百孔的王旗，頭一面交給嫡次子朱高煦收藏，其後又收集了不少面，披覆在座椅上，以時時提醒自己戰事艱難危殆，也不無炫耀自己出生入死、福大命大之意。

朱棣坐定後，吩咐狗兒去帶進遠來之客。來客是個中官，年約二十六、七，面團團且身形矮胖，一走進書房，三保覺得他有些眼熟，一時想不起來是誰。三保天資極高，原本記性極佳，啥大小事情都記得一清二楚，其實過得挺虐心的，在東禪南少林寺養傷期間，就幾乎因此發狂，這些年逐漸學會遺忘，也對前塵往事愈來愈麻木。那矮胖中官目無旁人，登登登數大步，來到朱棣身前跪倒叩首，高聲道：「奴才四喜兒，叩見大王千歲千歲千千歲。」三保這才記起，這個四喜兒曾跟自己共同服侍允炆，那時還只是個瘦弱少年，如今面貌身材大不相同。四喜兒未因朱標遇刺而遭錦衣衛虐殺，頗出三保意表，殊不知當年蔣瓛因四喜兒聰明伶俐且心術不正，故意安排他逃脫回宮，以便在允炆身旁充當眼線。

朱棣道：「起來吧！遠來是客，看座。」四喜兒道：「謝大王隆恩，但這可折煞奴才這條賤命了，奴才跪著回話就好，如此心裡才踏實。」朱棣也不堅持，指著三保，道：「你抬起頭看看這一位舊識，可認得出他是誰？」四喜兒覷了覷三保，道：「奴才回大王的話，這位莫非就是名震後宮的馬三寶馬公公?幾年不見，馬公公更為高大英挺了，大王要是不指點奴才的話，奴才還以為他是個勇猛威武的大將軍哩！」朱棣笑道：「你沒認錯，不過他現在是鄭公公，而非馬公公，而且他名震的乃是天下，不僅僅是後宮。」四喜兒道：「是是是，奴才知錯，奴才的見識當真鄙陋至極，只知後宮之事，讓大王看笑話了。」他轉對三保道：「馬公……，哦，不，鄭公公，不瞞你說，奴才跟其他後宮的宦侍拜你之賜，快被皇上折騰死了。」

三保奇道：「此話怎講?」四喜兒道：「皇上還是皇孫時，最最最寵信鄭公公了，這是東宮人盡皆知的事兒。後來鄭公公離宮他去，皇上思念不已，竟日價長吁短嘆，每每暗自垂泣，宦侍跟宮女們見到，往往跟著鼻酸。皇上初登基時，念著與鄭公公的舊情，愛屋及烏，對宦侍們依舊十分厚待，不過後來得悉鄭公公投效燕王，跟朝廷作對，不由得大為自責，悔恨當年未聽從黃子澄之勸而鄙薄疏遠中官，是以對黃子澄那奸臣言聽計從。待鄭公公為燕王出了大力，立下大功，讓北伐軍屢受重挫，皇上更是怒不可遏，加上黃子澄那奸臣不斷加油添醋，肆意詆毀中官，皇上於是把滿腔怒火，全都發洩在服侍他的宦侍身上，近來尤其變本加厲。唉，總之這些日子皇上心神大亂，後宮的宦侍們個個遭殃，生不如死，奴才受大夥兒慫恿，冒死逃出皇宮，歷盡千辛萬苦才來到北平，懇望大王發發善心，趕緊發兵入京拯救這許許多多的宦侍們。」他說著說著，涕泗縱橫，對燕王大磕其頭，砰砰有聲。三保赫然驚覺，燕王與道衍非要把自己攪和進靖難中不可，除了看重自己的武藝外，更是要傷允炆的心，讓他方寸大亂，迭出昏著。

朱棣屈身扶住四喜兒，看他額頭磕得紅腫出血，道：「不是本王不入京解救你們，你可得幫本王設想設想，皇上奄有天下，兵多將廣，本王已殺卻無數，而盛庸、平安諸將仍握有數十萬重兵，聽說駙馬都尉梅殷近來募得四十萬民兵，本王要殺到幾時才殺得完呢？」四喜兒道：「大王請恕奴才說句不知輕重的話。相較四夷萬國，不知怎麼搞的，咱們華夏之民生養孩子就格外利索，或許是閒著沒別的事幹吧，反正大王再如何揮舞大刀卯起來殺，也敵不過他們拉下褲子拚命地生，再說，即便能夠將臣民殺得乾乾淨淨，屆時天下盡空，得之何益？如今朝廷因戰事屢屢失利，原本衛戍京師的四十八衛泰半皆已北調，用來圍堵燕軍，京城守備十分空虛，大王何不攻其無備、直搗黃龍呢？」

朱棣聞言，虎目圓睜，攏攏長髯，問道：「京城果真守備空虛嗎？」四喜兒道：「真真確確！京城守軍寥寥無幾，而且只要王師一到，宮中自有內應，宦侍們將大開城門恭迎。」朱棣又問：「這是殺頭的勾當，宦侍們如何肯做？」四喜兒道：「各位請看……」他脫去上衣，露出背上密密麻麻的鞭笞、火烙、針刺、齒嚙的傷痕，好些傷痕仍是血肉模糊、兀自滲血哩！他穿回衣服，續道：「別處還有些傷實在太教人難為情，不好意思給各位觀瞧，殺頭可比日日夜夜、無窮無盡的折磨來得痛快！」朱棣道：「原來如此。」遣退了四喜兒，默然不語。

道衍道：「四喜兒所指，的確是條明路。」朱棣哼了聲，道：「怎麼咱們以前都沒想到過呢？哦，本王記起來了，因為北平離京師二千餘里，當中有數十萬大軍擋道，另外還有數十萬大軍正對北平虎視眈眈，直搗黃龍可是條有去無回的不歸路啊！」道衍道：「過去兩年多來，除了徐輝祖所統領的京軍外，朝廷最精銳的軍隊已遭咱們消滅殆盡，剩餘的多不足為患，泰半是強徵的民伕，未受過嚴訓，假使再有中官充當內應，可抵得上十萬甲兵，京軍也不足慮。此外，朝中還有兩位重臣更勝中官，苟得其助，大事必定可成。」

朱棣道：「快說是誰，別跟本王打馬虎眼！」道衍本要賣關子，被朱棣搶先一步制止，只得老老實實答道：「李景隆與殿下的小舅子。」朱棣道：「本王的小舅子徐增壽跟他老哥徐輝祖大大不同，素與本王交好，倒還罷了，李九江這廝十足地成事不足，敗事有餘，咱們要靠他，恐怕是自尋死路。」道衍哂道：「殿下說得一點兒也沒錯，不過咱們正要靠李景隆來敗朝廷的事，這可是他的拿手絕活兒。」繼而解釋一番。朱棣笑道：「良木可成棟梁，廢材能當柴薪，這樣子用李九江，那才真叫適才適性哩！」遂命世子朱高熾留守北平，由道衍輔佐，房寬、徐忠、朱高燧、袁容等等協助守城，自己親領大軍出征，道衍密遣親信活動京官。

自靖難以來，燕軍守多攻少，數度主動出擊，占了些城池，因兵力過少，難以固守，不久便放棄了，迄今除了北平外，只控制保定、永平等寥寥數城。朝廷諸將從中瞧出一項便宜，那便是一旦燕軍來攻，稍事抵抗後拱手讓出城池，以保存戰力，過些時日即可輕易收復，再按照李景隆、盛庸大敗虧輸的前例，失城無過無罰，收復有功有賞，何樂不為呢？這回燕軍來襲，朝廷諸將起初依舊虛應故事，等到燕軍長驅南下時，才發覺大事不妙，南邊幾位守將得報，趕忙加緊防禦，然而燕軍只要攻城不順利，乾脆繞了過去，繼續南進，料準守軍自知與燕軍野戰乃是以卵擊石，多半不敢出城追擊。

燕軍一路兵進江淮，朱棣遣使去向梅殷借道，說是要南下進香。梅殷大逞口舌之能，義正辭嚴地痛罵燕使一番，還割去其耳鼻，挖出雙眼，只留下他的舌頭，好跟朱棣回話。朱棣早料到會有如此結果，借道是虛，僅費一名臣下的眼睛耳鼻，便牽制住梅殷手中數十萬民兵，使他們固守淮安而不敢擅動，自己則率兵攻打徐州。徐州守軍出戰受挫，損失數千兵馬，從此閉城不出，燕軍遂捨徐州，南進宿州。此時探子來報予朱棣，說是平安親領四萬精騎，多是新近招募的蒙古兵，正快馬加鞭追趕而來。朱棣審視周遭地形，道：「平保兒跟本王打了這幾仗下來，應已變得精乖。此處地勢起伏，林木茂密，雖頗適合設伏，但恐怕平保兒不輕易上當。淝河那邊地勢平坦，林木稀疏，設伏不易，本王偏偏就要在那兒給平保兒好看，方顯手段。」他命朱能統率大軍留在樹林裡紮營，自領一萬驍騎，攜三日糧草，至淝河北岸設下埋伏，靜待平安軍來到。

轉眼三日將過，朱棣這支伏兵餘糧無幾，眾軍士因枯等多時而焦躁不安，迭發怨言，數將共同呈請撤伏，繼續南進。朱棣感覺到軍心浮動，以前皆靠裝神弄鬼服眾，但自從號稱真武大帝座下靈龜神將變現的張玉被砍頭後，這一套好像不大管用了，此時有意藉大獲全勝立威，遂道：「平保兒率蒙古驍騎尾隨，銳氣正盛，且以為我軍無備，他怎會錯失偷襲我軍之良機呢？敵軍遠道而來，我軍以逸待勞，不正符合兵法要旨嗎？再說前有左都督何福率重兵擋道，若不先擊敗平保兒，我軍將腹背受敵，局勢殊為不利。」即遣款臺帶幾名哨兵前去打探消息，眾人不敢再多言，許多話硬生生吞進肚子裡。

日暮時分，款臺回返呈報說，平安軍已到四十里外，正安營紮寨，自己偷聽到其蒙古軍士交談，得悉他們將於明日拂曉出擊樹林中燕軍營寨。朱棣大喜，派人傳令朱能，又找來薛祿、王真交代一番。王真出身行伍，在靖難前拚死拚活好些年，不過才混到百戶罷了，自從在懷來立功後，頗受朱棣重用，往往是他擔當苦差事，帶兵設下陷阱，如今積功晉陞為都指揮，很感念朱棣提攜之恩，此刻銜命，與薛祿各帶一千人馬離去。

翌晨，東南方天上剛現出魚肚白，平安率一萬軍馬摸到樹林裡的燕軍營寨旁，發現燕軍防備森嚴，要偷襲恐怕討不了好，遂悄悄退去，正愁此番出師無功，忽見林間一條小徑上，約莫千名燕軍馬隊正在載運糧草，心想劫了糧草可挫折燕軍士氣，何況朝廷缺糧已久，經常補給不上，多些糧草也不無小補，因此尾隨其後。到了樹林邊緣，幾隻麻袋從燕軍運糧隊最末一兵的馬上滾落，該兵渾然未覺，仍舊驅馬前行。平安軍一個百戶輕手輕腳前去割開那幾隻麻袋，見到裡頭裝的果真是糧草，向平安打手勢示意。平安大喜，再看前頭地勢平坦，且無茂林，唯有短草，一覽無遺，不怕遇伏，於是下令快馬包抄燕軍運糧隊。

王真領著運糧隊前行，聽到後頭轟隆聲響，回見平安軍疾撲而來，趕緊下令馬隊拋棄所載之物，輕騎而走。平安軍不理會這區區千名燕軍，有半數下馬撿拾麻袋，放回自己的馬背上，不少軍士因搶糧起了爭執，自家人大打出手。平安正要喝止，聽見馬蹄聲自遠而近，抬眼見到前方數千燕騎奔馳過來，因相距尚遠，對方人數也不很多，故不著慌，命軍士們上馬，整好隊伍，才要進擊，忽聞一聲砲響，周遭草叢竟騰空而起，仔細一瞧，草下赫然是滿身泥土的燕軍。那些燕軍點燃火炬，使勁往平安軍投擲，平安軍才搶來的糧草遇火即燃，火勢凶猛異常。原來這些麻袋只有少部分裝了糧草，其餘都填充易燃物，平安軍這一萬騎兵，近半數馬匹的背上著火，馬兒發出嘶鳴，狂奔亂竄，其背上軍士趕忙跳下馬，在地上打滾，以撲滅身上的烈火，全軍頓時亂成一團。

王真一見火起，率軍士折返，會合薛祿手下一千伏兵，一同殺向平安軍。平安鎮定下來，指揮未受波及的騎兵中的半數抵禦燕兵，另一半協助滅火，火一滅即投入戰鬥。燕軍初時趁對方兵慌馬亂，殺傷許多，不消多時，隨著平安軍加入戰鬥的人數愈來愈多，情勢逐漸逆轉。王真奮勇砍殺數十人，身披多創，遭重重包圍，眼看後援遲遲未至，厲聲喊道：「我義不死敵手，今上報王恩。」橫刀自刎而死。薛祿也是行伍出身，同受朱棣破格拔擢，素與王真互有心結，見狀大喊：「王兄不要！」卻見王真頸中噴出血來，強忍虎淚，率殘部頑抗不退，片刻間，周遭同袍只剩二百餘人，打定主意要效法王真自戕，拋下長槊，拔出佩刀，架於頸項，正要抹去，朱能恰於此時帶領兩萬兵馬自後方趕到，前方衝來的燕騎面目已依稀可辨，帶頭的將領手持長叉，正是丘福。

平安見後有大批虎豹，前有成群豺狼，無論如何抵敵不過，瞥見朱棣與數十騎在不遠處指揮調度，遂捨薛祿等人，率部眾殺去，看看就要衝到，馬匹紛紛給絆馬索絆倒，摔得人仰馬翻，後方奔騎收勢不住，踩踏衝撞成一團，死傷慘重。平安麾下有個名叫火耳灰的蒙古將領甚是悍勇，滾落馬下，徒步持長柄巨鉞要砍殺朱棣。款臺識得他，用蒙古話喊道：「蠢材，別不自量力，還不趕緊棄械投降！」火耳灰哪裡肯聽，奔到朱棣身前，掄起巨鉞正要劈落，卻紋絲不動，覺得奇怪，回頭見到一條大漢用單手握住鉞柄尾端。火耳灰怒極，用力回奪，那大漢手腕一抖，長柄從中折斷，火耳灰手上忽然一輕，往後仰天摔倒在地。他坐了起來，看看手上斷桿，奮力擲到一旁，站起身，持短鉞衝向那大漢，不知怎的，短鉞脫手，自己再次仰天摔倒。火耳灰不屈不撓，從腰間抽出一把匕首，又撲了過去，這回沒再摔倒，心下竊喜，卻發現匕首給對方用兩根手指夾住，往前推不進，往後拉不回，鬧得滿頭大汗，氣得哇哇大叫。

款臺又喊：「火耳灰，你還不認輸嗎？跟你動手的便是馬英雄諱三寶是也，現在改姓鄭，是鄭英雄。」火耳灰聞言先是一怔，隨即放開匕首，向三保拜倒，雙手交互打了自己幾個響亮耳光，用生硬華語道：「在下有眼無珠，不知馬英雄……不，鄭英雄在此，火耳灰自取其辱，懇請饒恕無知之罪。」三保扶起他，將匕首交回他的手中，道：「哪裡的話，在下多所得罪，還請將軍切莫見怪。」火耳灰咧嘴一笑，這才向朱棣行禮，道：「既然鄭英雄在此，火耳灰肯定討不了好，願誠心誠意歸降，只不知大王肯收留不？」朱棣紫膛臉微微抽搐了下，隨即滿臉堆歡，不顧火耳灰手中仍握著匕首，上前握住他的雙臂，道：「當然，當然，求之不得，不如請將軍擔任本王的貼身侍衛長，只不知將軍肯屈就不？」火耳灰道：「當然，當然，如此便能時時見著鄭英雄，我樂意得很哩！」他個性直率，想到啥就說啥，沒注意到朱棣面容瞬間變得陰沉。

此時朱能來報，說已殲滅平安所領一萬騎兵，但不見平安本人，只找著他的衣服，想是變裝逃脫，此外，王真與將近二千名伏兵皆戰死。朱棣嘆道：「唉，折損猛將王真，還走了平保兒那廝，當真得不償失。眾將士若都奮勇如王真，何事不成？」他再藉王真之死來激勵軍心。燕軍將士用命，很快便攻陷宿州，火耳灰刻意立功，這一役獨力殺死官兵百餘名。

朱棣故技重施，派薛祿帶兵喬裝打扮，燒毀官軍糧草與運糧船，燕軍這才來到睢水北岸紮營，與南岸的平安軍隔河對峙。睢水是楚漢相爭的歷史名河，這一段較為窄淺，稱為小河。王真已死，朱棣命其副手陳文帶兵搭橋，平安並不阻攔，隔河笑道：「燕軍在忙著搭建自己要過的奈何橋哩！」朱棣取出日前平安變裝逃脫時遺留的將袍，道：「平保兒別逞口舌之能。你原本穿的將袍哪去了？呦，怎會墊在本王屁股下面呢？」平安不甘示弱，回道：「燕王昔日的美髯哪去了，怎會續在本將座騎尾後呢？」這話戳中朱棣的痛處，他氣得咬牙切齒，不顧藩王身分，汙言穢語傾洩而出，滔滔不絕，絕無重複，教一旁的火耳灰聽得目瞪口呆，立生高山仰止之心，頓覺三保武功雖高，充其量只可敵千人，而燕王的罵功才當真是萬夫莫敵。果然，平安被朱棣罵得灰溜溜回營去了，再不現身，畢竟朱棣可肆無忌憚辱罵平安祖宗八代，平安卻不能提及朱棣任一位尊親屬。

王真副手陳文是工匠出身，逢山開路、遇水搭橋正是看家本領，親領軍士連夜搭好渡橋。次日一早，朱棣命小批步卒先渡，自己則緊盯著平安軍，看對方並無動靜，再命其餘步卒加快渡河。這時，左都督何福率領大軍沿河來到，要奪取渡橋，平安也率三萬騎兵出擊。朱棣命陳文務必死守，怎奈寡眾懸殊，陳文及部眾悉數戰死，先渡河的數千步卒不堪何福軍與平安軍的夾擊，遭消滅殆盡。何福先以優勢步兵渡河，鞏固住小河北岸灘頭陣地，平安緊接著率騎兵過橋衝殺，燕軍不敵潰散。

朱棣疾遁時，馬失前蹄，他滾落馬前。平安見機不可失，持長槊縱馬趕過來，眼看槊尖再往前數寸，便刺入朱棣的身子，沒想到朱棣竟突然往前飛去，自己無論如何快馬加鞭，他的身子離自己架尖愈來愈遠。原來三保在前頭見朱棣墜馬，捨了馬縱輕功回轉，將朱棣挾在腋下往前飛竄。他雖帶著一個身披盔甲的朱棣，奔行起來仍快逾奔馬。平安再次失之交臂，兀自扼腕，接應朱棣的朱高煦帶兵殺到，朱能、丘福、款臺等將也重整旗鼓，反身來戰，合力將北岸的官軍驅逐過橋去。此戰燕軍先敗後勝，但損失不小，暫不作渡河計。平安與何福見燕軍雖敗不亂，悍勇非常，不再冒然渡河。兩軍隔河對峙，小河無戰事，其實雙方主帥各有盤算，戰況外弛內張。

數日後，小河南畔官兵輪流出營採摘野菜，烹煮而食。朱棣遙見，對左右道：「所謂『皇帝不差餓兵』，眾南軍軍士臉有菜色，還得放下武備，採摘野菜，必多怨言，軍心不免渙散，我軍可趁機出擊，若待南軍糧草運抵，良機即逝。」他跟允炆已完全撕破臉，為爭正統，改稱朝廷軍隊為南軍。當夜燕軍留下所有輜重營帳，由千餘軍士看管，其餘人銜枚、馬勒口，輕裝悄聲走到上游二十里處偷偷渡河，迂迴繞到官軍之南，看看天色將明，正要發動奇襲。三保眼尖，瞥見東南角的林間似有動靜，告知朱棣，朱棣派斥堠前去打探，好容易等到斥堠回報，說是魏國公徐輝祖率數萬京軍，守在樹林裡伺機而動。

朱棣這一驚非同小可，原來平安、何福與徐輝祖共同設下誘餌，自己差點兒上勾，顧不得小河北岸的千餘燕兵與無數輜重糧草，急忙引兵往西南遁去，來到齊眉山前。該山山勢略呈八字形，肖似人眉，故得此名。不久後，大隊官軍尾隨而來，燕軍上至齊眉山腰布陣以待。官軍卻不進攻，好整以暇地在山腳下安營紮寨，再去鄰近幾個村莊搜刮糧食牲畜，到了暮靄沉沉之際，在上風處烹羊宰豬起來。燕軍因要施展奇襲，未多攜糧草，此時聞到陣陣食物香氣，只能嚼著隨身乾巴巴、硬梆梆的乾糧果腹，直生悶氣。次日連乾糧也沒了，山上可供獵捕採集的禽獸果菜很有限，根本無法滿足食量如狼似虎的燕軍。

到了第三日夜裡，燕軍個個餓得眼冒金星，腹如火焚，薛祿忍耐不住，要殺戰馬充飢，反正這些馬奪自官軍，不吃白不吃。火耳灰撞見，因愛惜馬匹，喝道：「你想幹啥？」薛祿回道：「大爺自要吃馬，干你屁事！」火耳灰道：「你吃了馬，難道能長出四條腿嗎，否則要怎麼衝殺出去？」薛祿道：「不吃馬，餓都餓死了，還等得到衝殺出去嗎？你別亂吠，大爺待會兒分塊馬骨頭給你叼到一旁啃去。」薛祿執意要殺馬，火耳灰硬是不許，兩人扭打起來，一時難解難分，朱能來了也勸解不了，急命手下飛報給朱棣。朱棣帶著三保來到，三保一手扯住一條大漢，薛祿與火耳灰動彈不得，礙著朱棣面子，不好口出惡言，只怒目對視。

朱棣道：「你們既然還有力氣跟自己人打架，怎不用來殺敵突圍呢？」火耳灰道：「大王說得極是，與其活活餓死，還不如戰死來得痛快。」薛祿道：「縱是戰死，也先要生吞幾口賊兵的肉。」他肚子咕咕亂鳴，似在附和。朱棣道：「聽你們說得多豪氣啊，但只怕嘴巴還沒沾到人家的肉上，脖子就先吃著人家的刀子了。」薛祿與火耳灰想想也是，默然不語。朱能道：「末將願率燕雲鐵衛營打頭陣。」三保道：「官軍必有防備，倘若冒然下山，無異自投羅網。」朱棣自然明白此節，正在大傷腦筋，冷哼一聲，道：「鄭大公公別有甚麼神機妙算，不妨說來讓本王長長見識。」

三保道：「官軍以逸待勞，是為不敗；燕軍寡不敵眾，是為不勝……」朱棣插嘴道：「這不是廢話嗎？」三保不跟他一般見識，續道：「以不敗對不勝，必生驕慢心……」朱棣再次打斷他的言語，道：「這話倒有點意思，快說下去。」三保涵養再好，也忍不住翻了白眼，這才說出計策。朱棣道：「徐輝祖又不是傻子，怎會答應呢？」三保道：「大明開國諸將中，中山王徐達武功堪稱第一，以追魂槍、索魄刀、迷蹤馬合稱三絕。徐達長子輝祖得其槍馬真傳，號為鬼馬神槍，又甚好結交江湖豪傑，所率京軍中，不乏武林中人，若以言語擠對他，逼他按江湖規矩行事，他既已立於不敗之地，有恃無恐，不見得不會答應，即使不答應，咱們的處境也不至於更糟。」朱棣沉吟道：「看來也只好如此了，縱然不成，了不起拚死一戰。」

次晨未及五更，齊眉山下官兵還在埋鍋造飯，三保手不持刃，身未披甲，從山嵐中浮現而出，彷彿足不點地，猶如御劍滑翔，衣袂風飄，氣宇軒昂，與天神無二，須臾灰影幢幢，大隊燕軍徒手牽馬，跟在他後頭冒了出來，也是一派輕鬆。眾官兵看燕軍無意作戰，也沒打算投降，倒像是遠足踏青，不禁滿腹狐疑，紛紛起身，或彎弓搭箭，或填充火銃，或拔刀取槍，或上馬戒備。三保走得近了，立定朗聲道：「在下鄭和，奉燕王之命，有請魏國公說話。」徐輝祖束滿身爛銀鎧甲，跨一匹長鬃烏駒，掣一桿金纏鐵槍，帶幾個彪形侍衛，迎上坡來，停在三保面前，遮住黎明曙光。他的座騎四腿出奇修長，而且他身量甚高，端坐在馬鞍上，簡直像座巍峨山峰，氣勢迫人，略一欠身，道：「久聞鄭公公神功蓋世，為燕王屢建奇功，今日得見，幸也何如，不知有何見教？」

三保道：「在下蒙魏國公謬讚，實愧不敢當，冒昧求見，是想代燕王跟魏國公打個商量。」徐輝祖道：「燕王要是立即罷兵投降，甚麼話都好說，我願將太祖高皇帝欽賜先父的免死鐵券轉贈予他，保他一家老小安然無恙，不然，須跟我手中之槍商量。」他將槍尾戳往地上一塊大石頭，木製槍桿噗地沒入石中尺許，可以想見其手勁之強，而那把槍的刀刃雙面開鋒，飛騰似焰，屈曲如蛇，據說是三國猛將張飛所用的丈八蛇矛，只不過原本的矛桿早已朽爛，徐輝祖精選軟硬適中的上等棡木接上，桿身長度未達一丈，不利戰陣衝殺，卻便於比武纏鬥。三保不受威嚇，淡然道：「魏國公高義，在下著實感佩。魏國公應該十分明白，燕王為皇上叔父，燕將乃大明之將，燕兵亦大明之兵，兩軍對戰，不免多所傷亡，實非社稷之福。」徐輝祖呵呵笑道：「這時候才來套關係、敘舊情，為時已晚。老話重提，燕王歸降，我便視他為自家人，否則即屬寇讎，必定要拚個你死我活。」

三保道：「皇上受黃子澄蠱惑在先，逼死廢黜數名藩王，遭方孝孺欺瞞於後，斷送止戰議和之機，如今奸臣當道，浮雲蔽日，燕王若降，無異自絕生路，哪裡是魏國公保得住的！大明開國功臣中，獲賜免死鐵券的不在少數，到底有誰因此免於一死了呢？」徐輝祖知他所言確屬實情，所謂「免死鐵券」，不過是塊粗製濫造的破銅爛鐵，彰顯皇帝老兒甚喜藉無用之物來哄騙臣下賣命，以度過眼前難關，事過境遷後便翻臉不認人，但自己身為大明公爵，不能直認先帝朱元璋之非，轉移話題問道：「燕王不戰不降，帶兵下山，意欲何為？難道打算在我們的眼皮子底下，就這麼大搖大擺地走了不成？」

三保道：「魏國公鬼馬神槍，技壓當世，在下欽仰已久，有意趁此機緣討教討教。在下若敗於魏國公槍下，燕軍立降，要是僥倖獲勝，不敢奢望甚麼，但求魏國公今日網開一面，放燕軍下山覓食，另日再戰。」徐輝祖道：「刀槍拳腳可沒長眼，比武難免受傷，不如你我比比那話兒的長度，長者為勝，如何？」他身旁隨從都忍俊不禁，含蓄些的噗哧笑出，放肆些的則縱聲大笑。三保暗忖：「徐輝祖是一代名將的嫡生長子，當今大明的股肱重臣，長得一表非俗，練得武藝超群，兼又足智多謀，但下流無聊，直追燕王，難道滿朝皇親國戚、公侯將相，全都是這個調調嗎？」他為了顧全大局，強忍個人一時「胯下之辱」，道：「戰場上廝殺，靠的是手上功夫，絕非胯下尺寸。魏國公家學淵源，武藝精湛，必不懼鬥，萬一你怕的話，在下願以空手徒步挑戰你的鬼馬神槍。」徐輝祖道：「我不受你激，只消再圍上數日，燕軍餓也餓死了，我何必多此一舉？」

三保道：「官軍其實也缺糧得緊，加上兵多將廣，食口浩繁，能從臨近村莊搜刮到的極其有限，況且強徵民糧一事若傳到京裡，給腐儒言官參上一本，魏國公縱使眼前不致有事，日後難保不會落了個兔死狗烹的下場。靖難一日不止，朝廷便倚仗魏國公一日，魏國公是明白人，其餘的話，在下便不多贅言了。」徐輝祖心裡一驚，強作鎮定，道：「徐家兩代蒙受浩蕩皇恩，你可別挑撥離間。」三保道：「『勇略震主者身危，功蓋天下者不賞』，古有明鑑，今有成例，令尊是大明開國頭號武將，領有免死鐵券，卻是怎麼死的，魏國公心裡應該有數才對。」

洪武十八年間，徐達生了背疽，民間相傳背上生疽者吃蒸鵝立死，朱元璋賞賜給他一隻大肥蒸鵝，徐達當著欽差的面，一邊流淚，一邊吃鵝，吃得乾乾淨淨，果然一命嗚呼。蒸鵝本身無毒，不至於吃出人命，徐達身高體壯，食量甚宏，也非撐破肚皮而亡，但君要臣死的意思昭然若揭，朱元璋還不願親下毒手，其卑劣陰狠，可見一斑，徐達當夜背著家人服毒自盡，徐家人對外宣稱徐達死於背疽發作。當時徐輝祖年方十八，半大不小，其後一方面很受朱元璋照顧栽培，襲封魏國公，位極人臣，另方面逐漸推敲出父親的真正死因，卻還要為逼死父親的仇人戮力盡忠，這事也就成為他最大的隱痛。

徐、朱兩家的恩怨情仇，不下於三保與明教、蔣瓛和戴天仇之間，徐輝祖此刻被三保直戳痛處，怒道：「休得胡言！我要是不依你比武之議，你待如何？」三保冷冷說道：「在下先取你項上人頭，再護燕王突圍，然後逐一刺殺朝廷大將，燕軍則作困獸之鬥，即便全軍覆沒，也要殺傷過半。大明東有日本窺伺，北有蒙古為患，西有明教頑抗，南有倭寇作亂，經今日血戰，將無可用之將，乏可戰之兵，江山危在旦夕，魏國公雖勝實敗。」

徐輝祖生於洪武元年，比三保年長沒幾歲，不過這輩子一直在官場中打滾，常伴虎狼之君，是以老於權謀，怒氣勃發後隨即寧定下來，自忖：「這個鄭和的武功，要是真如傳聞所說那般高，未必殺得了我，但他要趁兵荒馬亂帶著燕王逃脫，確非登天難事，張昺、謝貴、宋忠、耿炳文、李景隆、平安、盛庸都吃過大虧了，連那個不知打哪兒冒出來的鐵鉉也是，這倒不可不防。我不如將計就計，先讓鄭和與燕王分開，其後是否要擒殺燕王，便操之在我了。」他心裡這麼想，嘴巴卻道：「倘若你真能輕易取我項上人頭，竟然還要我跟你比武，莫非當我是傻子；假使這僅是恫嚇之言，那麼簡直視我為無知小兒。」

三保聽他語氣鬆動，便道：「在下豈敢！不如這樣子吧，燕軍在此約莫有兩萬人，貴軍選派十位高手與在下比武，在下每取勝一場，便保兩千人馬安然離去，若敗，即有相同數目的軍士歸降。」徐輝祖道：「我軍十數倍於燕軍，不妨吃點兒虧，鄭公公每打贏我方十人，我便同意放燕軍一人離去，絕不攔阻。」一方漫天要價，另一方就地還錢。三保道：「如此比法，在下即使不累死，恐怕必須比到牛年馬月，貴我雙方皆糧草不濟，撐持不了那麼久。不如我方選十個人，擺十個擂臺，各比試一項武藝，槍對槍，刀對刀，拳對拳，掌對掌，當中絕不更換擂臺主，每場比試的彩金是二百名燕軍，貴方可車輪戰，但以一場一人、一人一場為限。一旦十個擂臺全給破了，剩餘燕軍任憑魏國公處置，絕不反悔。」

這才是三保打的真正算盤。徐輝祖認為如此一來，能把燕軍武功最強的十人牽制住，更加划算，但還想討些便宜，道：「燕軍當中誰能離去，誰要歸降，我說了算。」三保道：「絕無是理，須經雙方同意才公平，不然貴方選派最強者來挑戰我方最弱的擂臺主，打贏了即指定燕王投降，接下來雙方就甭比了。」徐輝祖緩緩點頭，道：「也罷，便按照你的提議，不過要比試甚麼項目，須得到我的認可，否則燕王能於百萬軍中，罵得對方主帥狗血淋頭，他要是擺出吵架擂臺，我軍可無人能敵。」三保要的是比武，對此自無異議。徐輝祖回營告知何福、平安，他們覺得兵不血刃而能分出勝負，似乎是個還不錯的解決之道，然而平安頗有顧慮，道：「燕王狡獪非常，魏國公須提防他暗中使詐。」徐輝祖笑而不答，命手下構築十座擂臺，其中一座遠高於其餘，是給三保用的。

燕軍十個擂臺主就位，分別是三保劍、紀綱雙勾、朱能刀、薛祿槊、丘福叉、火耳灰鉞、賽哲別箭、款臺摔角、巴圖推掌，朱高煦也是使刀。徐輝祖看了直搖頭，道：「槍為百兵之王，怎可無槍而有兩個使刀呢？此外，推掌乃是小兒遊戲，怎好也擺擂臺！」巴圖聽見，怒道：「你竟敢瞧不起本大爺，就先跟本大爺比劃比劃。」虎躍下臺，撲往徐輝祖，將群眾撞得往兩旁飛滾。徐輝祖會家不忙，待他迫近，握槍之手略抬，槍尾敲了他胯下一記。巴圖吃痛不過，抱著下體倒伏在地，全身蜷曲起來，左翻右滾，不住呻吟。旁觀之人見到巴圖的痛苦模樣，都感同身受，不由自主地站得離徐輝祖遠些，雙腳夾緊，不免羨慕起三保來。

徐輝祖呵呵笑道：「推手擂臺破了，燕軍須有一百人棄械歸降。」三保道：「不然！這個擂臺比的是推掌，魏國公卻用槍，算是違規，輸的應該是你。」兩人討價還價一番，決定這場不算，燕軍另行推舉使槍好手，朱能也撤下，由三保一人身兼兩個擂臺主，除了劍之外，也比拳掌功夫。朱能提醒三保道：「魏國公恐怕沒安甚麼好心眼，看來他想先累垮你，再對你不利，以除掉心頭大患。」三保道：「愚弟知道，惟願多出份力氣，多擔些責任，多救些兄弟，個人生死早已置之度外。」眾人聞言，皆感佩在心，朱棣另有計較，一直悶不吭聲。

三保威震天下，兩軍爭相圍觀他的擂臺賽，原本涇渭分明，不消多時，官兵與燕卒肩並肩、臀靠臀地擠在一塊兒，十分親熱，其中一些不分陣營賭了起來，賭的並非輸贏，而是三保首戰將用幾招獲勝，有些機靈的燕卒趁機向官兵討買吃食。款臺等蒙古將領因本身也是擂臺主，恐怕錯過三保的比武，大喊：「先跟俺比，先跟俺比。」勝固欣然，敗了則能趕去觀戰，亦足可喜，但無人前來搦戰，雙方將士都拚命爭睹三保獻技，擠不到前面的，光聽人家輾轉形容也聊過乾癮。官軍中不少好手躍躍欲試，卻懾於三保的威名，遲遲無人上場，二十多萬人不約而同鼓譟起來，兩軍軍官約束不住，其實自己也頗期待早些開打。

這時，一條巨靈大漢提著一把闊大長劍，氣喘吁吁地緩步登上高臺，把樓板壓得吱呀作響，等緩過氣後，衝三保拱手道：「在下段江山，來跟你討教劍招。我的力氣很大，劍很重，再厚重的石碑也能輕易斬成兩截，因此號為『一劍斷江山』，你得留神了。」三保劍負身後，兩手空空，抱拳道：「感謝段兄提醒。」段江山道：「你快拔劍呀！」三保道：「不忙，請段兄進招吧！」段江山道：「那麼休怪我把你劈成兩半。」雙手高高掄起六尺長、半尺闊、一寸厚的巨劍，大踏步上前，喝得霹靂爆響，奮力將巨劍往三保頭頂砸落，卻見三保始終氣定神閒，一動也不動，不禁大感詫異，忽覺手上輕飄飄，又聞得眾人驚呼連連，低頭一瞧，赫然發現手裡只握著劍柄，劍身居然不知去向，左顧右盼了一會兒，終於發現偌大劍身就插在自己身後，鬧不清楚是怎麼回事，傻愣愣站在當場，用手指猛搔頭皮，模樣十分滑稽。

三保以蛟龍劍斫斷段江山所持巨劍，寶劍固然鋒利非常，身手更是快得匪夷所思，臺下除了十來個武功絕高者，沒人瞧見他出劍、還劍，多以為段江山糊塗至極，提著斷劍上場，因此無人喝采，反倒賭客之間爭執四起，爭的是究竟三保是否獲勝，以及要算幾招獲勝，有的說零招，有的說一招，甚至有人說半招，各說各話，相持不下，只顧立場，不分陣營，大打出手，臺下戰況可比臺上熱烈許多。徐輝祖爆喝一聲，聲壓全場，眾人這才安靜下來。段江山武功不行，為人倒也磊落，認輸下臺，三保選了兩百名傷兵病卒，大出徐輝祖意表。徐輝祖派武功低微的段江山打頭陣，用以試探，而且另有圖謀，確認燕王未混在這二百燕兵當中，同意放行，道：「鄭公公俠義為懷，徐某大是欽敬，然而咱們各為其主，不便論交。徐某不才，下一場便由我來挑戰燕軍使槍高手。」他翻身下馬，也不卸甲，持槍一躍而上至旁邊的一座擂臺。

這位擂臺主名為趙雨，三十五六年歲，五品千戶官階，自稱是三國蜀將趙子龍的後人，也學趙子龍挺一桿涯角槍，意為「天涯海角無對」，同樣生得濃眉大眼，闊面重頤，昂藏偉岸，威風凜凜。他是否真是趙子龍後人，無從查考，但槍法謹嚴，潑水不入，乃燕軍槍術教頭，這倒屬千真萬確，三保要避徐輝祖鋒頭，起初未選他為擂臺主。此刻趙雨也不囉嗦，朝徐輝祖道：「有僭了。」耍了個花槍，纓紅點點，炫人眼目，挺槍直進，槍尖亂指，幻化不定，把對手周身都籠罩住，只不知要在哪幾個部位捅出窟窿來。徐輝祖冷笑一聲，長槍冷不防往前拋去，單手抓住槍尾，手腕一抖，椆木槍桿倏地下彎，鑌鐵槍尖刺入趙雨的腳掌，旋抽拔出來，跨一大步，持槍之手劃了個圈，槍桿橫掃，把趙雨掃下擂臺去。這一槍使得神出鬼沒，官軍采聲雷動，燕兵嘆為觀止，也忍不住大聲叫好。趙雨沒死，受了重傷，三保把他與另外一百九十九個傷患交給徐輝祖，徐輝祖也算仗義，命手下把二百傷員帶進營帳中照料。

平安慣使大刀，這時雙手提著一對板斧，上了火耳灰的擂臺，目光如炬，逼視著擂臺主。火耳灰臉有愧色，低下頭去。平安互斫雙斧，發出鏘的脆響，先聲奪人，道：「火耳灰，我平安一向待你不薄，你何以背叛我？」火耳灰抬起頭來，道：「那日咱們遇伏落馬，卑職誤以為將軍遭到不測，又迫於形格勢禁，不得不降燕，後來得悉將軍無恙，心裡雖然歡喜，但已無面目重回將軍麾下。」平安道：「咱們相識一場，終究為敵，今日不比高下，只拚生死，來吧！」火耳灰道：「卑職豈敢跟將軍動手？」平安道：「那好，你認輸投降，我便盡釋前嫌，既往不咎。」火耳灰望了望三保，看了看朱棣，低頭想了想，毅然決然拋下手中長鉞，雙膝屈倒，臺下一片譁然，議論紛紛。

徐輝祖笑道：「好極，好極，我方再勝一場，又破了一個擂臺。」三保道：「這不算數。」

徐輝祖慍道：「我方一旦獲勝，這也不算數，那也不算數，便宜可都讓燕方占盡了。」三保道：「方才魏國公靠真功夫取勝，在下心服口服，並未多言。平將軍說降火耳灰，與比武不合，因此不算數。」徐輝祖道：「非也，非也，不戰而屈人之兵，才是至高本領，燕王深明是理，多用此法在戰場上取勝，可從來沒人會高喊不算數。」三保道：「魏國公既然不許燕王擺吵架擂臺，豈能縱容手下靠嘴上功夫取勝。」兩人脣槍舌劍，交鋒數回合，徐輝祖這才道：「罷了，罷了，反正我方人才濟濟，不差這一勝，不過這擂臺須廢了，由你多擔任一個擂臺主。」三保接受此議，他的責任也就更加沉重了。

一名黑衣中年勁裝漢子背負弓箭，躍上賽哲別的擂臺，緊閉雙脣，默不吭聲。單就箭術而言，賽哲別可謂天下無雙，三保自然大為放心，以為這場勝券在握。賽哲別問道：「這擂臺比的是射箭，閣下打算如何比法？」那黑衣人仍不言語，從懷裡掏出一把銅錢，拋向天空，此刻日正當中，陽光刺眼，分辨不出究竟有多少枚。好個賽哲別，連珠箭發，只聞叮噹之聲不絕於耳，枝枝羽箭皆命中銅錢，而枚枚銅錢也都被羽箭射中，無一漏失，如此眼力與神技，惹得臺下不分敵我，一片歡呼叫好。賽哲別低頭垂目，探手入懷要摸銅錢，不意那黑衣人張大嘴，嘴裡咻地激射出一枝寸許短箭，正中賽哲別右肩。賽哲別原要破口大罵對方卑鄙無恥，卻說不出話來，搗著肩頭，仰天摔倒，想是嘴箭淬有劇毒，那黑衣人事先服過解藥。

徐輝祖不等三保開口，搶先道：「這場又不算數，是吧？弓箭是箭，袖箭是箭，難道嘴箭就不算箭嗎？你須弄明白，這位沙射影兄若非生具異相，能口含機括而不為人知，再加上後天苦練，可用如簧巧舌隨意發射，嘴箭豈是常人可以使得？話說回來，這嘴箭淬有獨門劇毒，你要是認輸這場，我便請沙兄奉上解藥，否則的話，嘿嘿，片刻之後，賽哲別就要會見哲別老祖去了。」那發嘴箭者姓沙，射影則是旁人為他取的別號，徐輝祖位極人臣，居然跟江湖人士稱兄道弟。三保驀然驚覺，徐輝祖打算利用比武來逐一鏟除燕軍中的能人猛將，此事因自己的提議而起，懊悔不已，望向朱棣，他卻是全然不動聲色，以他的狡詐狠戾，豈會無所防備，無動於衷，不如靜觀其變。三保一念至此，略放寬心，同意認輸這場，再選出二百降兵。沙射影幫賽哲別清創敷藥，其解藥頗具速效，賽哲別隨即醒轉，燕兵護送他步下擂臺，看來他行動無礙，但一時射不了箭。

另一名黑衣勁裝漢子提刀躍上朱高煦的擂臺，抱拳道：「請了。」朱高煦笑道：「你的好夥伴嘴中含箭，你該不會屁眼藏刀吧？」這黑衣人與沙射影志不同、道不合，甚不恥其鬼蜮伎倆，只不過一同效力於徐輝祖，而且自負武功高強，撇了撇嘴道：「明人不發暗箭，咱們只比刀法，看招。」猱身向前，舞起漫天一片銀光，攻勢凌厲非常，絕無破綻。三保看出這人功力深厚，刀法恢宏，應是名門高弟，朱高煦恐怕要吃虧，徐輝祖有意讓這名高手生擒自己的親外甥朱高煦，好威脅他老子朱棣，不過鄭、徐二人都想太多了。

朱高煦的刀法乃生母徐妃親授，而徐妃師承父親徐達的索魄刀法，招式威猛中不失精奇，徐達當年用以斬將搴旗，當者披靡，無往不利，端的厲害無比。徐妃的槍法、馬術不及弟弟徐輝祖，刀法卻有過之，年輕時每每殺得武功未失的老公朱棣毫無招架餘地。朱高煦力大無窮，又鬼靈精怪，刀法除了盡得母親真傳外，還自創好一些出人意表的下三濫招式，往往能夠收到奇效。這時他長刀斜斜下垂，故意露出胸膛好大一個空門，厲聲道：「我是皇親國戚，你敢傷我嗎？」那黑衣漢子一怔，止住進招，驚覺好大一口唾沫迎面而來，堪堪躲過，腦袋已離開脖子，帶著迷惑圓睜的雙眼，與錯愕敞開的嘴巴，滾落到擂臺下。

三保萬萬沒想到，原該是正大光明的擂臺比武，居然演變成為投機取巧的無賴對決，不免慨嘆武學式微，俠義蕩然，更令他髮指的是，朱能率領燕雲鐵衛們暴起發難，護著朱棣遁走，燕兵紛紛掏出暗藏的兵刃衝殺，幾個擂臺主躍下高臺，帶著部屬尾隨朱棣離去。看來朱棣早就心懷不軌，燕將皆已知曉，只三保一人被蒙在鼓裡。三保兀自興嘆，正要離去，忽聽得咻咻咻連響，十來條漢子竄上高臺，將他團團圍住，瞧他們的身手，個個不同凡響，唯徐輝祖在臺下指揮追敵，不在其中。

話說朱棣縱馬狂奔，一口氣奔出數十里，追著先行的二百名燕兵，一扯韁繩，緩下馬來，環顧四周，見道路迂曲，兩山逼仄，山腰盡是亂石雜樹，不看不打緊，這一看不禁仰頭大笑。諸將莫名其妙，問道：「大王何故發笑？」朱棣道：「本王不笑別人，單笑自己看走了眼，誤以為我那大舅子足智多謀，其實不然。」諸將又問：「此話怎講？」朱棣道：「若是本王用兵，必在此處預先伏下一軍，咱們即便突圍而下齊眉山，也得在這裡束手就擒。」三國故事在當時流傳甚廣，諸將皆甚熟稔，聽朱棣如此說，心裡直發毛。果不其然，一聲砲響，兩通鼓聲，山腰之間，亂石之後，雜樹之旁，冒出條條人影，怕不有三、四萬之眾，個個彎弓搭箭或手持火銃，皆指向燕軍，只待令下，立即發射。

帶頭的將官喊道：「陳暉奉魏國公之令，在此恭候燕王大駕多時矣。」早先時候，徐輝祖屢屢跟三保言辭交鋒，意在拖延，好方便陳暉領軍前來此處設伏。朱棣沒了三保護駕，心想倘若對方萬箭齊發，千銃同射，難保自己不會變成大刺蝟兼馬蜂窩，縱使僥倖逃出生天，燕軍傷亡必定慘重，靖難也就沒戲唱了，暗悔自己過於短視。他看著陳暉，憶起白河舊事，計上心來，再次哈哈大笑。陳暉給他笑得心煩意亂，道：「你笑個啥勁兒？」朱棣道：「本王不笑別人，單笑陳都督糊塗。」陳暉奇道：「我怎糊塗了？」他曾被朱棣騙得全軍覆沒，屁股挨他一鞭，還在冰天雪地裡徒步百餘里，甚至親手在自己身上開了幾個口子，謊稱力戰兵敗，以遮掩遭愚弄喪師的醜事，因此對朱棣極為忌憚，頗在乎他的一言一行，看他忘情大笑，早已把徐輝祖交代切莫跟燕王多言的叮嚀，給拋到九霄雲外。

朱棣問道：「陳都督可知魏國公是本王的甚麼人？」陳暉道：「這還用問嗎？只要是個人便知道，魏國公是你的大舅子呀。」朱棣續問：「那麼魏國公為何不派平安，不派何福，偏偏派你把守此處？」陳暉道：「魏國公神機妙算，如此安排，必然有他的道理，而且魏國公看得起我，難道不成嗎？」允炆囿於倫常，不願背負弒叔惡名，把殺朱棣這檔事推給臣下，徐輝祖也不想日後難以面對長姊徐妃，故意放走朱棣，絆住三保，因平安執意要挑戰火耳灰，何福為人一板一眼，而徐輝祖估摸陳暉應有殺死朱棣的十足理由，所以將這差使交付陳暉，並未下達格殺勿論的指示，日後好推託是陳暉自作主張。

朱棣聽陳暉這麼說，答道：「成，成，成，然而魏國公到底有何神機妙算，究竟有啥巧妙安排，聽起來陳都督不甚了了。唔，事出突然，而且隱密非常，關係重大，不得傳於二耳，否則倘若外洩，恐怕人頭要掉滿地，陳都督是魏國公的心腹，不如下山來，本王附在你耳邊說給你知曉。」陳暉道：「你可別再騙我，我不會再上……」他戛然止住不說，滿臉脹得通紅。朱棣以手拍擊大腿，唱道：「白河白，孤山孤，來了位，陳都督，噹噹郎底噹。陳都督，立踟躕，與燕王，話前途，噹噹郎……」陳暉唯恐欺君罔上之事洩底，那可是凌遲處死、滿門抄斬的重罪，比兵敗喪師還嚴重許多，急道：「你可別瞎唱！」陳暉的確有意殺朱棣滅口，但當日尚有兩百名目睹全程的手下降燕，不免投鼠忌器。三保那時候的不殺之仁，反過頭來在此刻保住朱棣的性命，徐輝祖千算萬算，單單沒算到這一點。

朱棣何等乖覺，立時琢磨出個大概，道：「你我在白河狹路相逢的那日，陳都督以寡擊眾，戰到只剩下孤身一人，連座騎也丟失了，猶奮戰不懈，本王敬重你是條鐵錚錚的硬漢子，也就放你走。當日情景是不是這樣子啊？唔，本王有些年紀了，近來顛三倒四，恐怕記憶有誤，還請陳都督指正。」陳暉道：「正是如此，正是如此，殿下記得可真清楚。」他改稱朱棣「殿下」，不再只是「你」。朱棣又問：「對了，本王的大舅子究竟交代陳都督甚麼事呀？」陳暉道：「魏國公只交代卑職在此等候，還有就是切莫跟燕王多言。」朱棣續問：「咱倆都說了好一會兒的話了，陳都督接下來打算如何呢？」陳暉道：「卑職恭送燕王。」他擺擺手，指示部屬放下武器。朱棣嘻皮笑臉道：「那麼咱們後會有期了。」

燕軍起步未久，後頭煙塵大作，蹄聲隆隆，徐輝祖領軍追來，大喊：「休走了燕逆！」羽箭一撥撥射向燕軍，居高臨下的陳暉軍士也配合著發射弓箭與火銃，殺傷無算，但已跑了朱棣及一干燕將。徐輝祖畢竟不願意讓姊夫朱棣死在自己的眼皮子底下，況且此刻西山殘陽已收拾起最後一抹餘暉，加上山徑狹窄，屍體擋道，追趕不易，他也就任由朱棣離去，質問陳暉道：「你怎縱放走燕王呢？」陳暉理直氣壯答道：「魏國公只囑咐末將來此處等候燕王，沒說別的，末將怎知道要拿他怎麼辦呢？」徐輝祖看著他，不好怪罪，只搖頭嘆息不止，正好麾下一個江湖高人騎著快馬來報。徐輝祖聞訊後，眉頭緊鎖，率領大軍，轉去獵殺三保一人。

第三十四回　決戰

朱棣藉暮色逃脫，奔竄終夜，翌晨收整殘部，點算軍士，發現折損過半，倖存者不足一萬，其中還有不少傷員。屋漏偏逢連夜雨，這時下起滂沱大雨，燕軍早先遺留營帳於小河北岸，當下只得任雨澆淋，頃刻間全身濕透，再讓暑熱一蒸，生長於北地的漢子們好生難受，幾欲發狂，紛紛卸甲脫衣，不少人把悶氣發洩在同袍身上，拳腳相向，連軍官也加入肉搏戰，爭奈肚子咕咕直鳴，四肢疲軟，兩眼發黑，要不了多久，都止住打鬥，仰臥在地，張大嘴巴承接雨水，稍慰肌腸。

朱棣懶得約束軍士，任由他們胡鬧，召集諸將議事，見諸將皆悶不吭聲，泰半臉露忿色，遂道：「你們有啥話儘管說，本王大人大量，還承擔得起。」一將搶先發難道：「當日在小河邊，應該跟南軍大殺一陣，卻丟棄輜重糧草，灰溜溜地夾著馬尾巴逃跑，結果才會他奶奶的落入如今這個田地，現在可好，光是餓，就快餓得全軍覆沒了。」朱能見朱棣臉罩寒霜，牙關緊咬，不發一語，出頭解釋道：「當日南軍採摘野菜的兵士都只是誘餌，徐輝祖親率京軍與江湖豪士埋伏林間，我軍倘若冒然出戰，恐怕全已屍橫小河南畔了，此時哪還能活著說嘴！」

另一將道：「那日渡河偷襲是個大失著，要是不那樣子胡搞，或許此刻仍與南軍隔河對峙，鹿死誰手，猶未可知哩！」朱能道：「這是後見之明。平安驍勇，何福治軍嚴謹，徐輝祖善謀，任一人皆不足為患，然而合此三者之長，我軍原就難與之匹敵。當時我等並不知徐輝祖已率京軍來到，故先破平安、何福聯軍，自不待言，對方兵馬既多，而且能戰敢戰，我軍除了偷襲外，別無破敵良策。」眾人聽朱能說得有理，雖有滿肚子牢騷，但一時之間不知道該再說些甚麼，只徒勞地抹去不斷滴淌在臉上的雨水。

「我本不想多言，也不該多言，只是覺得齊眉山與小河之敗，肇因於淝河之勝，而淝河之勝，肇因於蘇家橋之敗。」發話之人從一株樹上躍下，赫然是三保。朱能與幾個蒙古將領渾沒料到朱棣如此不講義氣，竟沒透漏逃命的盤算給三保知悉，不過他們自己逃脫重圍後，並無勇氣殺回齊眉山去尋他，事後十分掛慮他的安危，此刻見他突然現身，歡喜無限，也不無慚愧，簇擁著他，問起昨日他如何脫困。三保淡然答道：「在下憑藉微末本事僥倖逃離，如此而已。」

其實他昨日遭徐輝祖麾下十三名武林高手團團圍住，其中為首的花甲老者得了便宜還賣乖，道：「閣下擺擂臺叫陣，還擔當三個擂臺主，我們卻沒打算倚多為勝，便逐一向閣下討教。老朽鐵劍門公孫霸，闖蕩江湖三十餘載，沒甚麼了不起的成就，只不過承蒙道上兄弟看得起，混了個『鐵劍神難敵』的薄名，想來劍法還算過得去，然而所使鐵劍尋常之至，可萬萬比不上閣下削鐵如泥的寶劍。」三保明白他旨在拖延，而且十分忌憚蛟龍劍，於是伸出三根指頭，捏起段江山所遺斷劍，道：「在下絕非托大，更非瞧各位不起，只是有點兒趕時間，你們一齊上吧，在下就用此一劍刃來同時領教各位的高招。」

公孫霸一來得到徐輝祖必須絆住三保的指示，再者有意獨占打敗三保的無上榮耀，眼見對方兵器甚不趁手，正中下懷，連忙道：「不妨，不妨，莫若就由老朽先會會閣下，其後再行計較。」話沒說完，鐵劍已然刺出，一招「一劍動四方」，將三保周身都圈在爠爠劍光之中。三保曾聽戴天仇講述過，鐵劍門是風塵俠女公孫大娘創於唐玄宗開元年間，而明教護教神功創始者魚令徽，年少時曾跟公孫大娘學劍，因此明教與鐵劍門的淵源其來久遠；此外，鐵劍門的武功原本陰柔有餘，雄健不足，當今掌門人公孫霸曾獲奇遇，內功剛柔相濟，劍術遠邁前輩，實是武林中一個響噹噹的人物，只可惜勘不破名利場，甘為朝廷鷹犬。

三保看在公孫大娘的分上，有意相讓其傳人三招，偉岸身軀夾帶著長闊巨劍，在劍光中穿梭，身法妙到毫顛，景象險到極至。公孫霸以為三保只不過是輕功厲害，並無還手餘地，心底冷笑，足尖亂點，身影飄忽，同時手上催力，使出「羿射九日落」，接連刺出九劍，劍劍屬實，招招不老，縱公孫大娘再世，也難以使得如此雷霆震怒，又彷彿江海凝光。三保暗讚，知道不易閃躲，何況周遭尚有強敵環伺，於是拎著巨劍，身子倏地拔高三丈。公孫霸連一日也沒射著，運起輕功，高縱斜飛，鐵劍不斷畫弧前進，這招「群帝驂龍翔」，看似瀟灑曼妙，實則狠辣陰毒，每每把對手絞成碎片。

三保身子已然下墜，退無可退，避無可避，要再竄高，更是不能，一腳趁隙踢出，足尖在公孫霸護手的劍格上輕輕一點，阻住對方攻勢，並借力後躍，飄落擂臺上。公孫霸頭下腳上，右臂突然暴長，挺劍刺向三保下盤，左掌發勁往地板一拍，緩住下墜之勢，鐵劍轉削向三保頸項。這招「天地久低昂」端的神出鬼沒，公孫霸從未失手，滿心以為這次亦然，卻哪裡料想得到，三保居然將巨劍劍尖插入擂臺地板，整個人隱於劍後，不知何往。公孫霸這招用上十成力，收手不及，雙劍相交，右臂被震得痠麻，鐵劍險些脫手，才剛握穩了，驚見巨劍根部飛快彈向自己，嚇得趕緊往後一縮，雖然躲過，鐵劍已被三保用食、中二指捻去。公孫霸呆望銀刃映紅陽，三十餘年爭勝，成敗快似反掌，不免大感氣沮。

世上從來無人用無柄之劍對敵，三保乃是開天闢地以來頭一個，他臨機應變，創了個怪招，一擊得手，打敗強敵，暗自將此招命名為「實無有法」，招式有名，實無定式，無有常則，隨緣而生，因緣而滅，不矜於心，空空如也。他這念頭一閃即逝，忽然聽見腦後風響，頸一側，頭一偏，一枝寸許長的短箭，緊貼著他鬢邊疾掠而過，不消說，肯定是沙射影再次發射嘴箭。三保惱怒沙射影暗箭傷害賽哲別，打算給予薄懲，轉過身去，看仔細了他的面目，不禁一愣，厲聲問道：「錦衣衛沙無赦是你的甚麼人？」沙無赦正是當年在明教總壇祕道口外殺死雪豹的凶手。沙射影道：「他是我失散多年的攣生兄長，你見過他？他如何了？」

他口含機括，說話未免含糊不清，三保卻聽得字字分明，咬牙切齒道：「何止見過，十多年前，令兄沙無赦殺死我最好的朋友，然後自個兒摔落萬丈懸崖下，這筆血債，我得找你算。」朗朗星目暴射出駭人凶光。沙射影既覺悲慟，又受震懾，大喊：「這閹狗牙利，大夥兒一起上！」他嘴上說得慷慨激昂，腳底卻抹足了油，立即轉身躍下臺去。三保手一揚，射出公孫霸的鐵劍，鐵劍在半空中劃了個弧，不偏不倚，穿透沙射影的雙頰，破壞嘴裡機括，割斷他的巧舌，未傷其性命，但從此廢了他含箭射人的奇門功夫，沙射影痛暈過去。

臺上眾人見三保武功如此之高，不顧江湖道義，哪管比武規矩，刀、槍、劍、戟、斧、鏜、勾、叉、鞭、棍、棒、錘、鐗、筆，一時間齊往三保身上招呼，十一個人倒是使了十四般武器，只公孫霸空手立於一旁觀戰。這十一人各懷不凡藝業，平常誰也不服誰，相互明爭暗鬥，此刻遭逢強敵，不得不暫時同心協力，分成三圈，圍攻三保。內圈四人主攻，一個使劍，一個左叉右棒，一個左勾右筆，另一個左鐗右斧；中圈四人，分使槍、戟、鏜、棍，為內圈之人提供防衛，偶施偷襲；外圈三人，一個使軟鞭，一個使流星錘，這二人專打三保頭上數尺空處，以防他突然竄高，且能避免誤傷同伴，另一個不斷遊走，覷隙施放飛刀，三保拔出無柄巨劍應戰。

所謂「二人同心，其利斷金」，更何況是十一個武林一等一的高手，結成了契合無間的無陣之陣。三保兵刃極不趁手，不全劍法發揮不到三成威力，霎時深陷危境，遠比當年遭遇倭刀陣更為凶險，三番兩次要拔出負於背後的蛟龍劍來斬斷對手兵器，都被神出鬼沒的飛刀壞事，所幸他應變奇速，估算精準，扭動身軀，以蛟龍劍柄撥落飛刀，才未遭到暗算，不過想要克敵致勝，當真談何容易！

鏖鬥了大半個時辰，戰局膠著，三保內力再如何豐沛悠長，也不能這麼一直消耗下去，否則一待大軍合圍過來，便絕對無法不殺人而還能脫身，忽然瞥見使飛刀的老者俯身摭拾擂臺邊的短刀，知道他已用罄身上暗器，心念電轉，探左手於頸後，作勢要拔劍。那使鞭的一副御者打扮，手腕急翻，三保頭上數尺的鞭梢陡降，捲向他的左手腕。這鞭梢密布尖刺倒勾，三保不敢用空手去抓，右手巨劍盪開槍、戟、鏟、棍，身子扭擺，避掉劍、斧、勾、叉、棒、鐗、筆，頭一低，肩略側，讓鞭梢捲住蛟龍劍柄，隨即斜飛而起，左手抓住流星錘的鍊條，使錘頭急轉直下，砸落疾飛而來的短刀，把使鷹頭勾、判官筆的書生的長衫下襬，給牢牢釘在擂臺地板上，同時將使鞭御者拖得猛力撞上使月牙鏟的道人，那道人正往前進招，收勢不住，撞翻使叉、棒的獵戶，月牙鏟插進對面使鐗、斧的樵夫肩頭。三保得理不饒人，左手運勁回拉，使流星錘的大漢撲倒劍客，劍客刺傷使棍的和尚，和尚打跌使戟的武士，武士絆倒耍槍的戲子，戲子一頭撞在書生的腰眼上。

這時臺下也起了騷動。已然甦醒的沙射影突然喉間荷荷作響，撲往手執火把、不知何時溜下臺去的公孫霸，而公孫霸身前赫然有條引信，想是這座高臺下暗藏火藥，公孫霸見三保獲勝，即要點燃引信，將臺上眾人炸得灰飛煙滅。沙射影自幼沒了父母，又與相依為命的孿生兄弟沙無赦失散多年，雖於武學一途墮入旁門左道，為人卻極重情尚義，這些日子與使叉、棒的獵戶情愫暗生，只因龍陽之癖怕人恥笑，未敢表露，此刻乍見心上人恐怕要慘遭池魚之殃，不顧一切上前阻止公孫霸。公孫霸武功高出他甚多，斜退一步，抽出他臉頰上的鐵劍，迴劍割斷他的咽喉，他轉身面向那獵戶，淒然一笑，眼中柔情無限。那獵戶聽見沙射影的聲音，靠近臺邊，目睹公孫霸行凶，繼而接觸到沙射影的目光，按捺不住，狂呼一聲，躍下高臺去跟公孫霸拚命，但方才力拚多時，此刻心神大亂，才一回合，胸口中劍，倒臥在地，掙扎著爬向沙射影，兩人執手含笑瞑目而死。公孫霸命留守的數千軍士放箭，防阻臺上之人躍下，然後火把一低，點燃了引信。

三保要獨自逃命不難，但受沙射影感動，俠義心大盛，問道：「咱們還鬥不鬥？」那書生道：「大夥兒同臺一命，先解決眼前的危難再說。」眾人咸表贊成。三保道：「那好，有勞諸位配合。」蛟龍劍出鞘，施展巧勁，拔出釘住書生衣衫下襬的短刀，撥給使飛刀的老者，欺身至臺邊，揮劍擊落密密麻麻的羽箭，無一漏失。臺上諸人吃驚不小，才知三保劍術通神，果真名不虛傳。那老者不敢怠慢，接住短刀，射了出去，恰好在引爆火藥前切斷引信。他們武功本高，加上得到三保掩護，一個個躍下高臺去，即便中箭，僅傷及皮肉，然後一同步步進逼公孫霸。公孫霸趕緊將指揮權交還給指揮使，騎上快馬，潑喇喇前去追尋徐輝祖。

三保知道身旁這幾位都有以一當百之能，然而有些負傷在先，而且敵軍委實太多，他又不願多傷人命，道：「請各位幫在下掠陣，在下去擒來那個指揮使。」那書生道：「此計大妙，鄭兄得多加小心。」他跟另外九人分為二群，佯向兩翼前進，以吸引大多數的箭矢，三保趁機施展輕功，一舉擒下指揮使，逼迫他下令放人。他們緊接著驅走所有戰馬，僅留下十幾匹自騎，挾持著指揮使，與大軍所行方向背道而馳數十里，這才放走指揮使，諸人再向三保自報姓名。

那書生姓解名縉，六齡能詩，七歲會武，是個遠近馳名的神童，洪武二十一年他才二十郎當，即高中進士，只因心高氣傲，直言敢諫，得罪權貴，被朱元璋逐回故里。朱元璋一死，解縉費了好大的勁兒，才回京任官，沒多久復遭彈劾，貶為外省小吏，心有未甘，趁靖難變起，仗著允文允武，投身魏國公麾下，誰知平素頗受公孫霸欺壓，如今又遭徐輝祖出賣，但依然不想跟朝廷為敵，打算循別條路子，再在京師謀得一官半職。解縉與三保不打不相識，固然讚佩其身手了得，更明白他之於燕王的重要性，為防萬一，跟他稱兄道弟起來，道：「『此地一為別』，鄭兄自將『孤蓬萬里征』，但務請謹記，『海內存知己，天涯若比鄰』，愚弟交定你這個朋友了，會時時惦記著鄭兄。」

所謂「秀才人情紙半張」，解縉是個進士，這些年在官場上屢受挫折，人情看得比紙還薄，三保不知其出身，誤以為他是個飽讀詩書、好作儒生打扮的江湖豪士，對他的觀感可比對紀綱好得多，回道：「解兄雅範，在下心儀得緊，今日匆匆一聚，倒有大半時間為敵，枉費大好機緣。山高水長，他日若得再會，必將好好向解兄請益。」解縉哈哈笑道：「愚弟即便再苦練二十年，武功也難望鄭兄項背，須是愚弟向鄭兄請益才對。」三保道：「解兄富五車之學，懷八斗之才，見識高妙，吐屬風雅，在下遠遠不及。至於武學一道，你我各有所長，解兄判官筆中有文墨，鷹頭勾底含丹青，文武兼融並蓄，為武學別開一脈清流，令人光是看，便覺得心醉神馳了。」兩人又相互吹捧幾句，這才於歧路作別。解縉揮手，三保自去，別時依依，去時惴惴，須臾不見人影，唯聞蕭蕭馬鳴，僅見鬱鬱峰青。當夜，三保棄馬步行，避開大隊官兵，兜了好大一圈，天明時找著朱棣等人，聽見他們正在爭論，便隱身樹上，他輕功高極，加上雨聲遮掩，無人發覺馬和上樹。

朱能知道他昨日的遭遇必定驚心動魄，但他既然不說，也不好追根刨底，改問：「鄭兄方才之論怎講？」三保道：「燕軍自九門之役起，每每斬將搴旗，大獲全勝，卻屢屢敗於平安，燕王甚至數次險遭其毒手，是以表面上輕視平安，其實對他頗為忌憚，日前一聽說平安率軍尾隨，以為必先去除此後顧之憂，方可安心南進，卻坐失良機。」他頓了頓，續道：「當時平安軍離燕軍尚有二日行程，徐輝祖也還未率領京軍來到，燕軍大可先以主力渡河，出擊何福軍，何福治軍雖嚴，論勇論謀皆非燕軍敵手。燕軍再於北岸密林裡設伏，平安即便知曉，因燕軍已擊破何福軍，或將直取京師，他只得硬闖，傷亡必定慘重，剩下的徐輝祖便孤掌難鳴了，料想他不敢力拚，會立即回防京師。」這是各個擊破的戰術，再淺顯不過，出自宦侍之口，讓身經百戰、自以為神機妙算的燕軍統帥朱棣顏面掃地。

一將道：「鄭公公說得頭頭是道，正所謂『一著不慎，滿盤皆輸』，大錯已經鑄成，咱們落入眼前這個田地，往後該怎麼辦才好呢？」這話已在直斥朱棣的過錯了，朱棣緊抿雙脣，臉色鐵青，扯著濕漉漉的長髯，擰出了水，悶不吭聲。另一將道：「該怎麼辦才好？依俺看，咱們應該立刻回北平去，在這鬼地方，俺光是熱，都快熱熟了，還打啥個鳥仗哩！」此言一出，多人附和，說是要回去養精蓄銳，招兵買馬，待秋涼之後再度南征。

朱棣再也按捺不住，霍地站起，指著東南方，厲聲道：「咱們拚老命從北平一路血戰到這兒，京師就在那裡，離這兒不過區區五百里，你們看到沒有？仔細看哪！看到了沒？」他虎目圓睜，銳利目光環掃諸將，諸將皆低下頭去，其中之一嘟囔道：「他娘的，五百里呢，哪看得到！」朱棣斷喝道：「誰？是誰說的？」見無人承認，續道：「大軍既發，有進無退，只要一退，前功盡棄，燕軍還不冰消瓦解嗎？你們以為咱們能夠生還北平嗎？」一將道：「誠如朱能將軍方才所言，徐輝祖、平安、何福一合兵，咱們原本勝算就小，更何況現在糧草沒了，營帳沒了，連兵馬也僅剩這麼一丁點兒，其中不少還負著傷，敢問大王，這仗到底要怎麼打下去呢？」既然有人率先發難，旁人紛紛出聲幫腔，鼓譟著要北返。

朱棣臉色益發難看，一咬牙，道：「好，好，好，要北返的，站到本王的左首，願意繼續前進的，站到本王的右首。」大多數將領快步趨至左首，款臺等蒙古將領留在原地不動，站往右首的只有朱能、丘福、薛祿、紀綱四員。朱棣賭氣道：「要走的請自便，恕本王不送！」站在左首的將領們巴不得他這樣子說，正要邁步離去，朱能拔出刀來喝道：「且慢！統統留下來，一個也不許走！」諸將其實不怎麼怕他，卻頗忌憚與他交好的三保及燕雲鐵衛，也就止步不前，偷覷三保，擔心他出手殺雞儆猴，並唯恐自己是雞非猴。朱能道：「想當年楚漢爭霸，漢高祖劉邦十戰九敗，甚至彭城一戰，十數萬漢軍溺斃在睢水裡，以致河水斷流，劉邦的父母妻子也落入項羽之手，最終劉邦大破項羽，一統天下。咱們勝多敗少，而且勝多為大勝，敗皆屬小敗，近日之敗，比起劉邦當年，僅算是小小挫折，各位得重新振作，再接再勵，直搗黃龍，豈能如此輕易便打退堂鼓！」想要離去的諸將默然不語，自顧盤算著往後要如何，直搗黃龍完全不在他們的盤算之內。

說來也巧，這時大雨止歇，天現七彩霓虹，煞是美麗，更巧的是，留在小河北岸的千餘燕軍，居然帶著輜重糧草來到。原來徐輝祖、平安等人一心一意要擒殺朱棣，沒把這千餘燕軍及其輜重糧草放在心上，這千餘人探悉朱棣兵敗齊眉山後逃竄，於是馬不停蹄地到處尋找主帥與殘部，這會兒終於找著他們。眾將領見輜重糧草失而復得，少了一項撤軍藉口，又礙著三保與燕雲鐵衛營，只得勉強留下。這些傢伙多屬降將或招買而來，素乏忠貞不二之心，朱棣耽憂他們反叛，連夜裡睡覺也衣不解甲，劍不離身，並命三保寸步不離，出恭解手都須緊緊伴隨。

朱棣雖然惱怒三保當眾給自己難堪，畢竟要靠他保住老命，強自忍耐，其後反覆思索他所言，悟到禍福相倚、勝負相成的道理，忖度自己既遭大敗虧輸，總要從中撈回些好處才是，計上心來，打發傷員返回北平，要他們沿途散布燕軍譁變撤軍的消息。這些傷員形象狼狽，言行粗魯，也衷心認為應該退兵，不由得人不信，百姓以為大亂將弭，歡天喜地，爭相走告。朝廷得訊，方孝孺出班奏道：「燕逆遠道而來，數遭重挫，如今軍心渙散，士無鬥志，內鬨不斷，既已離析北竄，餘者不過困獸仍鬥罷了，實不足為患，反倒是京畿衛戍，不可久無良將鎮守。」他沒打算乘勝追擊，一舉殲滅燕軍，滿朝文武縱使大不以為然，料想只要意見與方孝孺相左，無論再如何據理力爭，也只是徒費唇舌，況且大亂不止，油水不絕，也就來個悶聲大發財。

允炆見眾臣別無異議，內心深處也實在不情願這樣子便剿滅朱棣，只要叛燕多存在一天，自己對三保的恨意便加深一分，而將滿腔怨恨發洩出來時的舒暢快意，當真妙不可言，令人沉溺，無法自拔，於是准了方孝孺所奏，召回徐輝祖，論功行賞，由徐輝祖、何福分占首功，出力最巨、吃盡苦頭的平安因淝河之敗，反倒居次。何福是個老實頭，吃了悶虧也只能硬吞，眼睜睜目送徐輝祖率領京軍離去，隨著馬蹄聲逐漸消隱，一顆心愈來愈虛，最後茫然無措，兩道眉愈靠愈近，終於糾結一起。平安卻是壓抑不住滿臉的笑意，覺得自己屢屢冒死衝鋒陷陣，前些時候沒日沒夜地苦苦追趕燕軍，才會遭受伏擊，連老命也差點沒了，功勞反而不及以逸待勞的徐輝祖與何福，如今燕軍已受重挫，戰力大減，徐輝祖既去，何福庸懦，自己應可獨攬殲滅叛燕的天大功勞，愈想愈得意。

朱棣趁機收編舊部，招兵買馬，重整旗鼓，再次召集諸將，道：「那日三寶所言甚是，何福治軍謹嚴卻無勇無謀，本王正要善用這一特點來擊潰他。」諸將不解，朱棣也不說明，帶著軍隊四處遊走，一到傍晚，直接紮營休息，從不建構防禦工事，連守衛也都省了。何福與平安緊追燕軍不捨，何福畏燕遠甚於畏虎，平安中過埋伏，二人皆熟知燕王奸狡，燕軍凶殘，看對方毫無防備，以為是誘敵之計，根本不敢偷營夜襲，反而每到一處，便嚴令軍士掘深溝、築高壘，弄到深更半夜也沒能休息，天未亮，燕軍拔營遁去，又得加緊追趕。一連多日，何福與平安所部個個兵困馬疲，礙於軍令如山，眾軍士敢怒不敢言，只得咬牙苦撐。

一日，京中密使來見朱棣，說是朝廷將運送大批糧草至靈璧。朱棣沉吟道：「有些事似乎冥冥中自有定數。那日朱能才說起漢高祖彭城之敗，今日便聽聞南軍將要就糧靈璧，靈璧離項羽受困的垓下不遠，莫非南軍會在靈璧栽個大跟頭，從此一蹶不振？」諸將這些時日老跟官兵大玩你追我跑的遊戲，久未殺人，雙手癢得難受，聽到此言，個個摩拳擦掌，人人躍躍欲試。朝廷為了一舉解決缺糧問題，這次所遣運糧隊有五萬人之眾，所運糧草達五十萬石之多，然而朝廷兵力不足，諭令何福、平安派兵護送，畢竟這些是給他們用的。平安麾下尚存精騎二萬，何福另撥四萬步卒給他統帶，命陳暉擔任他的副手，以嚴密保護得來不易的糧草，自己則繼續窮追燕軍主力。朱棣派薛祿率二千輕騎騷擾運糧隊，薛祿將手下分為兩隊，晝夜輪番襲擊，倏來倏去，飄忽不定，平安軍與運糧隊日夜不得安寧，困擾不已。

這一日到了午時，燕騎居然還沒來滋擾運糧隊，平安方覺詫異，忽感大地震動，仰頭見到前頭煙塵滾滾，於是止住隊伍，下令提高警覺，隨即有斥堠來報，說是燕王親率燕軍接近，何福都督領著大軍緊追在後。平安抖擻精神，打算今日好好跟朱棣大拚一場，不過知道朱棣有高人護駕，極難擒殺他，須作持久戰打算，糧草因此十分重要，留下兩萬步卒護糧，交由陳暉指揮，吩咐他無論如何不可擅離，再親率四萬騎、步兵前去迎擊燕軍。

燕軍固守陣勢，雖腹背受敵且寡眾懸殊，仍奮力抵擋住平安軍與何福軍的連番衝殺，戰了約莫一個時辰，漸漸不支。這時半空中炸開一枚燄火，平安回見濃煙竄起，以為中了調虎離山之計，趕緊率兵回去搶救糧草，到達時卻見糧草完好無損，濃煙是從附近樹林中冒出來的，便問陳暉：「樹林中那些煙是怎麼回事？」陳暉回道：「不知。」平安怪道：「你為何不派人前去查看？」陳暉道：「平將軍不是不准護糧隊擅離嗎？末將與部下謹遵號令，一個也不敢離開。」陳暉的職級高於平安，竟屈居其副手，甚感不忿，「末將」二字說得格外用力。

平安一怔，本來還要再說些甚麼，但覺多言無益，硬生生忍住，派人前去樹林偵察，回報說林中空無一人，卻有多處在焚燒濕木。平安暗叫聲糟，撇下陳暉，急忙率兵回戰，何福軍已遭殺敗。原來朱棣命薛祿領軍在運糧隊即將行經的樹林裡等待，再命朱高煦率領一支精騎作為伏兵，以燄火為號，薛祿軍開始焚燒濕木，製造濃煙，然後躲藏起來，高煦軍一待平安軍離開，便衝出夾擊何福軍。何福軍本就疲憊不堪，今日又已先追逐燕軍好一會兒，復力戰一個多時辰，平安軍撤離後，難以獨撐戰局，一遭朱高煦這支生力軍從背後夾擊，陣勢立即大亂，等平安軍重新投入戰鬥，局勢才回穩。官軍畢竟多過燕軍數倍，逐漸重占上風。

這時半空中又炸開一枚燄火，糧車方向隨即冒出多道濃煙，平安心中暗罵：「如此連番戲弄，難道真當我是三歲小兒？」依舊繼續力戰。不久後陳暉慌慌張張奔來，說是糧草遭襲。薛祿方才領軍以火箭衝射糧草，運糧隊伍迤邐甚長，陳暉所率兩萬步卒行動遲緩，首尾不能兼顧，只能眼睜睜看著數十萬石糧草陷入火海之中，運糧隊與護糧兵各自倉皇逃命。平安中計，既痛失糧草，也實在力乏氣沮，無心戀戰，與何福領軍退至靈璧。燕軍任由他們離去，先搶救下尚未燒毀的糧草以供己用，再好整以暇地包圍住靈璧城，由於兵力少得可憐，包圍圈難免出現缺口。平安在城頭看得仔細，與何福商議，此時有兵無糧，人困馬疲，軍心浮動，靈璧無論如何把守不住，不如當夜子時正，以三聲砲響為號，一同突圍而出，到淮上會合，向控兵數十萬的梅殷請求支援給養，其後徐謀對策。二人將消息傳遞下去，分頭準備。

當夜還未到子時，忽然傳出砰砰砰三聲砲響，甚是刺耳。平安忖道：「這個老何是怎麼搞的，急成這樣子，老子還沒準備好哩！」無奈何，只得匆忙帶兵出城，往防衛疏漏處衝去，何福也是一樣心思，相同作法。二人都沒料到，那三砲乃是發自燕軍。平安領軍奔出數里，聲勢不小，燕軍似乎渾然未覺，平安正感奇怪，忽聞一聲「火耳灰何在」，緊隨平安身後的火耳灰大喊：「在此！」他長鉞一揮，斬斷平安座騎後足，平安滾落在地，草叢中竄出燕雲鐵衛，七手八腳將平安綁成一顆大肉粽，朱能笑嘻嘻現身，方才呼喚火耳灰的正是此君。平安怒目瞪視火耳灰，火耳灰低頭囁嚅道：「燕王許諾不傷平將軍性命。」平安遭燕雲鐵衛縛住，他的手下急來搶救，丘福率埋伏的燕軍殺出，平安軍群龍失首，降的降，逃的逃，不降而逃得慢的則身首異處。何福軍的下場好不到哪去，同樣潰不成軍，何福僅以身免，多位副將遭擒，陳暉早懷異志，立即降了。這一夜，燕軍輕而易舉地俘虜了朝廷三十七位將領與官員。

朱能親自押解平安去見朱棣，燕軍眾將士衝著平安喊打喊殺。朱棣止住他們的喧囂，親為平安解縛，賊笑道：「保兒，本王日裡所使的連環調虎離山計可還管用？」平安傲然道：「那日在淝河畔，縱使你使出詭計，若非吾馬遭絆倒，你早已是階下囚了，哪還會有今日之事！」朱棣道：「是嗎？你三番兩次殺我不著，究竟是運氣不好，還是本事不濟？」平安嘆道：「想來燕王得天庇祐，平安非戰之罪！」他明知有高人從中作梗，故意如此說，好保留自己顏面。朱棣瞄了三保一眼，原本有意再次藉他之力來挫折平安傲氣，轉念一想，不如順水推舟，讓世人以為自己受命於天，豈不更妙，遂道：「你既然明白此理，奈何要與天爭，終究是自不量力！」隨即命人將平安、陳暉等押回北平。其後燕軍兵進泗州，守將周景初不戰而降，舉城以獻。朱家祖墳在泗州城北十餘里處，朱元璋底定江山後，在此處大興土木，建造祖陵，朱棣途經，前去哭祭一番，說的仍是「殺奸臣、清君側、靖國難」那一套。

允炆聽說何福慘敗，平安被俘，姑丈梅殷坐擁數十萬民兵，滿口忠孝節義，大言刺刺，卻僅圖固守淮安，根本沒打算出兵剿燕。在此情況下，允炆更加不敢派徐輝祖離京，既然別無良將，只好急調盛庸兼程南下。盛庸指揮十萬馬步軍，兵陳淮上，並有上千艘大小戰船巡弋淮河，燕軍來到，與盛庸軍隔河南北對峙。燕軍將士多半騎射精湛，但對於在大江大河上廝殺，殊乏實戰經驗，此時傻愣愣地看著接續綿延、似無盡頭的戰船，不知接下來這場仗要如何打。朱棣熟悉戲文遠甚於兵書，心裡驀然湧現「死諸葛嚇走活仲達」的戲碼，計上心來，不過自己還活得好端端的，因此這場戲得改成「假燕王嚇走呆盛庸」。

朱棣在軍士中找來三名身形樣貌肖似自己者，加以打扮一番，用馬尾巴充當鬍鬚，遠遠望去，倒也難辨真假，再命朱能、丘福、狗兒三人，各帶一名假燕王與一千騎兵，至淮河上游三十里處悄悄渡河，繞到盛庸軍之南，等待號令行事。燕軍主力盡伐北岸木頭、竹子，趕造數千艘小舟、竹筏，待天色將暮，全軍登上舟筏，往南岸進發。這些舟筏與盛庸軍的艨艟巨艦相比，仿如螻蟻，但盛庸軍十分忌憚燕軍，絲毫不敢小覷，人人緊握武器，屏息以待，不敢遠離岸邊至河心接戰。

燕軍揮舞旗幟，高聲鼓噪，舟筏多在盛庸軍的弓弩與火器射程外止住，薛祿領著約莫百艘繼續前行，逐漸逼近盛庸軍船陣，接連發射火龍出水。其中一些掉在水裡，發出滋滋脆響，冒出縷縷白煙，便自熄滅了；一些落在盛庸軍的船艦上，蔓燒起來，船艦上官兵手忙腳亂地撲滅火焰，起了陣陣騷動；另有十數枚高飛到半空中炸開，在星夜裡耀眼炫目。燕軍吶喊得益發起勁，盛庸下令以艦砲反擊，頓時煙硝迷漫，轟隆聲大作，憾人心魄，不過舟筏甚小，移動又快，彈丸絕多落在空處，高濺起水花，雖將薛祿及其手下淋得濕透，卻殺傷無幾。薛祿軍不斷逼近，盛庸軍將艦砲射得更加緊迫，恨不能一股腦兒都打將出去。

未幾，盛庸得報，朱棣親率驍騎自西南方攻來，其速如風，不知有多少兵馬。盛庸嚇了一跳，正要分兵前去阻擊，又有探子來報，說是朱棣親率精騎自正南方快速殺至。盛庸這時一頭霧水，還不知如何因應，另有斥堠來報，說是朱棣親率鐵騎自東南方襲到。盛庸猛然驚覺朱棣號稱得天助，而他屢藉突如其來的狂風逆轉戰局，且多次在箭雨彈幕中來去自如，恐怕他真有呼風喚雨、分身移位的法術。盛庸愈想愈怕，這時砰砰連響，他抬眼望見西南、正南、東南皆火光衝天，誤以為己方岸上陣營已遭攻破，嫌主帥座艦過於惹眼，急欲捨艦逃命，心慌意亂下摔了個狗吃屎，半晌爬不起身來。一個勇壯的衛士扶起他，看他雙腳發軟，行走不得，將他負在肩上，跳上一艘小船，出死力划走。眾將士見走了主帥，隨即星散竄逃，拋下上千艘船艦，朱棣老實不客氣地統統接收下來，藉以濟渡燕軍主力。

燕軍這一仗贏得輕易至極，急趨東南，揚州守將王禮、高郵指揮王傑先後投降，燕軍旋即攻克長江北岸的儀真，立大營於高資港。允炆聽聞燕軍迫近，連忙下詔天下勤王，並派遣大臣分道出京募兵，又傳旨要召回齊泰、黃子澄。京師周遭幾個知府、知縣各自帶兵入京衛戍，朝中一些大臣擔心受困，託言要保衛京師，反而將兵帶出城，造成京師守備空虛。想當初滿朝文武，濟濟一堂，如今死的死，逃的逃，降的降，遭俘的遭俘，剩不到一半，連黃子澄、齊泰也還滯留在外，遲遲未歸，偌大朝廷顯得空蕩蕩地，允炆高坐龍椅下望，未免覺得淒清落寞，頗生「大樹尚未倒，猢猻已散盡」的感慨。

方孝孺倒是忠心耿耿，長伴左右，奏請允炆下罪己詔，並道：「此刻情勢十萬火急，急則緩之，宜使緩兵之計。請陛下再次遣使與燕王議和，只須拖延數日，勤王之師群起雲集，先立於不敗之地，我方控有長江天險，燕軍不懂水戰，決戰於長江之上，我方穩操勝券。」允炆此刻已不那麼信服他了，道：「方卿此議雖善，然而前番議和，朕食言毀諾，這回燕王如何肯依？」方孝孺道：「動之以情，誘之以利，不由得燕王不依。」他學問既大，而且說得頭頭是道，連詔書都已擬好了，允炆只得勉為接納，先頒布罪己詔，然後找了慶成郡主前去高資港燕軍大營求見朱棣。

慶成郡主是朱元璋長兄之女，原本受封為慶陽公主，建文朝時因體制之故，遭降為郡主。她非朱元璋親出，而且年幼喪父，頗體恤處嫌疑之地、生母慘死的朱棣，甚照顧稚齡時的他，堂姊弟情分非比一般。朱棣一見到這位堂姊，一句話沒說，直哭得捶胸頓足，呼天搶地，比爹娘死時還悲慟萬分。慶成郡主看他如此，陪著掉了幾滴眼淚，想到父早逝，夫已歿，不禁悲從中來，正也要放聲大哭，朱棣忽然止住嚎啕，問道：「周、齊二王現今何在？」慶成郡主一愣，回道：「皇上已召還周王，尚未恢復他的爵位，齊王則還被監禁著，不過皇上……」朱棣不等她說完，又號泣起來，比方才益發悲切。慶成郡主無法像他那樣哭笑自如，悲情既過，再也哭不出來，勸慰朱棣幾句後，表明來意，還說允炆承諾割地予燕，但求燕軍立即北撤。朱棣拭淚道：「弟興師而來，正因奸臣欲削奪皇考分封之地，固有之地尚不能保，怎敢奢望皇上割地呢？此議只是奸臣想要誆哄弟的緩兵之計，弟雖愚痴魯鈍，然而去年已上過一次當，如今不至於重蹈覆轍。」

慶成郡主生長於兵荒馬亂之際，久處在爾虞我詐的宮廷中，是見過世面的，很瞭解世道人心，本知方孝孺之議純屬自欺欺人，只因允炆正當存亡危急之秋，還屈幸住處請託，卻之不恭，才願意枉走這麼一遭，此時不再多言，辭別朱棣，離行前懇求道：「惟願燕王得天下後，能手下留情，刀下留人。」朱棣道：「殺奸臣、謁孝陵、朝天子、復舊制，完此四事，弟即領軍北返，萬萬不敢妄想爭奪天下。」慶成郡主暗忖：「又一個自欺欺人的！方孝孺與燕王一文一武，說穿了，都是臉厚心黑之輩，其間差別僅在於，方孝孺的學問大多來自墨汁堆砌，而且還要博得忠君愛國的令譽，藉以留芳百世；燕王則是在刀口槍尖、明爭暗鬥下成長的，經驗率由鮮血構成，一切作為都是實實在在為了今生今世的自己。唉，其間高下，不言可喻，勝負之數，已然註定。」她進宮將朱棣的答覆呈報允炆。

允炆慰勉慶成郡主一番，送走她後，問方孝孺道：「議和既然無望，那要如何是好？」方孝孺道：「如今所能憑恃的，僅餘長江天險。臣已命人燒盡百里內江北所有船隻，且看燕軍要如何渡江？」允炆驚道：「如此一來，漁渡生計豈非無以為繼？」方孝孺道：「誠然，然而『覆巢之下焉有完卵』，這些漁民、船家應能體諒朝廷的苦心孤詣，皇上將來旌表其忠義，再免除他們幾年賦役便得了。」反正木已成舟，舟已成灰，灰已隨風，風過無蹤，事已至此，允炆無論如何挽回不了，況且自身難保，哪裡管得了百姓要如何過活，無意追究方孝孺專擅之罪，反倒予以嘉獎。

六月間，燕軍來到長江北岸，一時間找不著渡船，朱棣命都指揮吳庸將上回俘獲的千艘戰艦設法弄來。這個吳庸帶兵打仗不怎麼行，居然還能當上都指揮，其實也真有本事，沒幾日便千艦畢至，除此之外，他還搜刮了高郵、通州、泰州的千餘艘大小船隻，因此方孝孺自認為的高招妙計，又被燕軍輕易破解了，朝廷徒然大失民心。

狗兒上回立了微功，驕矜起來，屢向朱棣請纓，要擔任前鋒。朱棣不同意，駁了回去。狗兒道：「狗兒得以侍候大王，本已心滿意足，如今忝顏請纓作先鋒，全是為了大王著想。」朱棣奇道：「此話怎講？」狗兒脣附其耳，低聲道：「降將皆服鄭英雄，內官悉敬寶公公，劇變常生肘腋下，大禍每起蕭牆中，大王不可不提防啊！」朱棣心想不錯，憶起兵敗齊眉山後受諸將威逼的窘況，有意拔擢親信，便授狗兒為前鋒。狗兒又道：「狗兒現在已是堂堂前鋒大將了，若還叫此賤名，恐怕會讓人瞧不起。」他把朱能說他是「名叫狗兒的奴才」這件事搬出來說嘴，還大肆加油添醋一番，說著說著，嚶嚶啼哭了起來。朱棣握住他細嫩的手，哈哈笑道：「世上哪有這麼愛哭的前鋒大將？」狗兒道：「他們瞧不起狗兒，狗兒可以忍，但若瞧不起大王親授的官職，那可比殺了狗兒還教狗兒難受百倍。」朱棣道：「難得你有這般孝心。本王明白你十分厭惡一個回族同僚，便賜你名為厭回，不過可不能這麼露骨，不如把『厭』改為『彥』，就叫『彥回』吧，另外，你可跟著本王姓，你看如何？」邊說邊用手指在狗兒的掌中寫字，狗兒千恩萬謝，當下使出渾身解數來取悅朱棣。

狗兒指揮不當，亦不得軍心，在浦子口遭盛庸軍擊潰，從此失了朱棣歡心，追悔莫及。朱棣經此一敗，估量手邊兵力尚不足以強渡長江，遑論攻克京師，打算接受和議，暫先北歸，只是不久前才跟諸將為了北歸之事，鬧得臉紅脖子粗，甚至拔刀相向，此時怎好下令撤軍呢？朱棣正大感左右為難之際，朱高煦恰好率了一支軍隊來到。世子朱高熾過去這一年來並沒閒著，在道衍、房寬、徐忠等人的協助下，募集操練了一支精兵。這支兵先敗進攻保定的大同將領房昭，再退襲擊永平的遼東總兵楊文，戰果輝煌，然後奉朱高熾之命南下支援朱棣。朱高煦的心腹從北平傳來消息，朱高煦得悉後乘快馬北上，引領該支軍隊來到燕軍大營，巧妙地把長兄一年來的辛勤，瞬間轉變為自己的功勞。朱棣欣逢及時雨，根本不在乎雨水是打哪兒來的，拍拍朱高煦厚實的背膀，道：「世子體弱多病，你好好打拚，再加把勁吧！」

這是朱棣第三次如此表示了，朱高煦心念忽動，問道：「父王覺得孩兒胯下之馬如何？」朱棣正在興頭上，瞧那馬四肢修長，筋骨強壯，毛色烏亮，四蹄雪白，神情中頗有剽悍倨傲之色，讚道：「果是神駿非常，跟我兒相得益彰。」朱高煦又問：「孩兒將此馬命名為『白蹄烏』，父王覺得合適嗎？」唐太宗李世民南征北討、開拓大唐江山期間，先後騎過六匹名駒，老來緬懷這六駒，命閻立德、閻立本兄弟以浮雕刻畫其形象，立於自己的陵墓昭陵前，號為「昭陵六駿」，「白蹄烏」即六駿之一，朱高煦以之來命名本身的座騎，顯然是把自己與唐太宗李世民相提並論，謀篡之心已昭然若揭。朱棣一時沒會過意來，頷首道：「好名，好名，的確合適。」朱高煦大喜，領著這支生力軍奮勇爭先，擊退了盛庸軍。其後，原先率兵出應天、說是要保衛京師的朝廷諸大臣，紛紛遣使來向朱棣獻上渡江入京之策，允炆派來支援盛庸的都督僉事陳瑄，乾脆率領麾下連人帶船降燕，燕軍如虎添翼。允炆畢竟家大業大，擠一擠，湊一湊，還是徵集了數千艘船艦和十數萬兵馬，委由盛庸統領，在長江南岸布陣，要跟燕軍進行最後大決戰。

這一日天青氣朗，但見江花紅似火，江水綠如綢，然而江中、江岸滿是肅殺氣氛，無人有心玩賞美景。朱棣領著燕軍祭祀江神，誓師南渡，三千艘大小船艦一字排開，綿延近百里，較諸官軍的二百多里船陣顯有不如，不過燕軍的氣勢遠邁官軍。忽然間上游有個亮點緩緩順江而下，愈來愈大，且益發耀眼奪目，待靠近時，兩軍除三保外，皆看得目瞪口呆，因為那是艘生平僅見的龐然巨艦。該艦長逾二十丈，甲板上建有四層高的船樓，船身通體以鐵皮包覆，在烈日下燦然生輝。水師中的老人見過十五丈長的巨艦，那些都是繳獲自陳友諒，如今皆已腐朽壞損，眼前的這艘更為巨大，還運駛得甚為靈巧輕捷，迥非舊艦可比。

那艘巨艦駛往北岸，這才高高懸掛起燕王帥旗。朱棣道：「數日前，道衍先生捎來訊息，說是燕軍渡江時，他將奉上一份大禮，這份大禮果真及時趕至。三寶，快隨本王登艦，順便會會你的老朋友們。」指揮該艦的乃是蒯祥，而更令三保吃驚的是，部分水手居然是王景弘、楊慶、李興等燕雲鐵衛營的老班底，不知他們怎會離開北平而出現在這艘巨艦上。眾人先對三保或微笑或眨眼，緊接著面向朱棣跪下，齊聲山呼：「叩見王爺千歲千歲千千歲。」朱棣喜道：「呵呵，都起來吧！」眾人道：「謝王爺。」整齊劃一地站起身來，足見訓練有素，紀律森嚴。

朱棣笑得合不攏嘴，頻頻用手指梳攏長密美髯，掃視眾人，目光停留在蒯祥臉上，溫言問道：「你就是蒯祥吧？」蒯祥躬身道：「草民便是蒯祥。」朱棣道：「這艘船遠勝過堅甲利兵，大快吾意，從此刻起，你不再是『草民』了。」蒯祥奇道：「草民若非草民，還會是甚麼？」朱棣道：「本王破格拔擢你為指揮，那可是從未有過之事。」此言非虛，即便是砍翻駙馬爺的薛祿，也僅是從小旗晉陞為指揮僉事，那已算是天大的福報了，蒯祥尚未立下任何戰功，居然從一介白丁直任指揮。蒯祥跪下叩謝王恩，卻不顯得如何興奮，反倒有些神思不屬，偷眼瞥了瞥三保。朱棣略覺掃興，明白其中緣由，便道：「你們許久不見，哥兒們先敘敘舊吧，稍待進發。」他撇下眾人，自去船樓頂上指揮調度。

蒯祥如蒙大赦，站起身來，與王景弘等人圍繞在三保身旁，皆喜形於色。蒯祥道：「道衍和尚果真沒騙我，馬……嗯，鄭兄的確是為燕王效命。」三保笑容一僵，道：「此事說來話長，日後再向蒯兄說明。不知蒯兄何以會來此地，又怎會與我的好兄弟們在一道呢？」蒯祥道：「自霸王島海戰後，我與陳祖義拆了夥，自去鄱陽湖畔隱居，日子雖過得清苦，倒也逍遙自在。一年多前，有個自稱道衍的老和尚找上我，說是尋得陳友諒所遺巨艦一艘，要我修復。我原是不肯，道衍和尚又說，一旦修復好該艦，便可與你並肩作戰，而燕王得天下後，會讓咱們建造更為龐大的巨船來遠渡重洋。我聽得心神激盪，也就應承下來，道衍和尚隨即派遣數百人來幫我的忙，其中十來位便是身邊的這幾位爺。」王景弘道：「蒯大人如今貴為指揮，切莫再稱小的們『爺』了。小的們能幫忙修復這艘巨艦，可說是與有榮焉，其後承蒙蒯大人教導，學會操帆駛船，實在是莫大的福分，今日又在船上與大哥重逢，將一起衝鋒陷陣，更是喜出望外。」其他人紛紛附和，連曾對三保心懷芥蒂的羅智也是。蒯祥道：「各位快別這麼說。你們既然是鄭兄的好兄弟，便也是我的好兄弟，咱們日後兄弟相稱，不論官階。」

三保聽了他們所言，大致明白前因後果，瞥見眾人之中有個面生的弱冠青年，卻非宦侍，而作儒生打扮，問道：「這位年輕兄弟面生得很，敢問尊姓雅名？」那青年靦腆，還沒回話，王景弘已搶先道：「他與大哥一樣，也是姓馬的回族，單名一個歡字。」三保沉吟道：「馬歡，馬歡，我似乎在哪兒聽過這個名字。」他年少時記心絕佳，真有過目不忘、入耳成誦的好本事，並以此自豪，這些年所經非一，諸事縈懷，每每丟三落四，只不過該忘的，從不曾忘了，想記的，有時沒能上心。

馬歡道：「家父原是燕王府侍衛，初見公公時，曾託公公提攜小可，後來他老人家調任別處，未再見過公公。」往事如在目前，三保哂道：「是了，是了，當時令尊說你還年幼，如今初次見面，卻已是個英偉青年。所謂『歲月催人老』，催人老的究竟是歲月，還是你們這些後生晚輩呢？」他才三十出頭，言語中已滿含滄桑。

三保心中有事，不等馬歡回話，拉著王景弘到一旁去，問道：「她……她過得如何？」王景弘知道三保問的是誰，道：「做弟弟的有句沒輕重的話，說出來希望大哥切勿怪我多嘴。」三保道：「我倆情分非同於一般，賢弟但說無妨。」王景弘道：「大哥不在燕王府的這段時日，世子成天巴著韓姑娘，跟蜜蜂沾著鮮花一般。有道是『好漢架不住人多，烈女擋不了男纏』，而且看來這天下將盡歸他家，世子終究是要稱孤道寡的，還請大哥多加留心。」三保內心彷彿遭人猛戳了一刀，想到韓待雪可能是朱高熾的姑姑，但王公貴族多半視禮義廉恥為訓斥約制他人之物，本身無論甚麼寡廉鮮恥、喪德敗行的醜事都幹得出來，不禁嘆道：「唉，我只不過是個卑微宦侍，況且與她分隔兩地，還能留心些甚麼呢？」他原本家世顯赫，但那已是前朝的事了，在本朝非但無利，反有大弊。

王景弘待要再說，朱棣傳下號令，命眾人各就其位，準備開戰。三保要王景弘等人小心，自與蒯祥上到船樓，立於朱棣身後。朱棣側過臉來，道：「蒯指揮，本王對於水戰可說是一竅不通，何況是這麼艘龐然巨物，不如交給你來指揮吧！」蒯祥也不客氣，道：「承蒙大王看得起，草民……嗯，末將勉力為之。」

巨艦居中領頭南行，燕軍三千艘大小船艦跟在其後兩旁，估摸就要進入官軍火砲與弩箭的射程內了，蒯祥下令止住，燕雲鐵衛得令，旗號一打，眾船皆下了錨，定在江心。巨艦隨即打橫，以側舷面向官軍船陣，艦上八尊佛朗機砲都集中在這一面。蒯祥高喊：「艦砲預備！」並指示射擊角度，砲手據以調整佛朗機砲。眾將士屏氣凝神，覺得連洞房花燭夜要掀起新娘蓋頭時，都沒這麼緊張。蒯祥高喊：「發射！」八砲齊發，頓時砲聲隆隆，煙硝迷漫，眾人除了打雷外，沒聽過這麼巨大的響聲，何況船身劇震，不禁感到心驚膽戰。八顆鐵彈在半空中劃出漂亮弧線，各自精準地落在不同艘官軍船艦上，雖然當時的砲彈還不能爆炸，但木造船隻不甚堅固，八艘戰船船身上遭鐵彈衝撞出大洞，船上軍士多屬新近召募或強徵而來的，也不管究竟會不會沉船，紛紛拋棄武器，脫卸鎧甲，跳水逃命。

砰砰砰砰砰砰砰砰，又八聲轟然砲響，盛庸麾下另八艘戰船也遭了殃，這時靠巨艦較近的數百艘官船爭先恐後駛離，無論盛庸如何號令也壓制不住。蒯祥見此亂象，除了讓巨艦繼續發射佛朗機砲外，又命後頭的燕軍船隊起錨前衝，一進入射程內，便以火龍出水、神火萬全鐵圍營、百虎齊奔箭等火器射擊官船。不消多時，長江南岸烈焰衝天，江水因而沸騰，水下無數魚蝦水族受熱不住，躍出水面，跳入水中的官兵慘叫連連，先是皮肉紅腫冒水泡，繼而潰爛，最後人與水族都慘遭活活燙死，再不掙扎，屍體靜靜地漂浮在江面上，順流而下。

官軍綿延二百餘里的船陣居然有五十餘里著了火，其中只有小半是被燕軍的火器直接擊中，大半卻是受鄰船波及而致火勢蔓延。官軍其實也備有不少火器，但蒯祥所駕巨艦先聲奪人，其上的佛朗機砲射得既遠且準，官軍缺乏訓練，號令不嚴，加上原就人心惶惶，毫無鬥志，因而一戰即潰，根本沒想到要還擊，只顧著逃命，卻愈逃愈沒命。盛庸見大勢已去，這回也效法起李景隆，拋下下屬，上岸單騎遁走，十數萬官軍非死即降。

此役燕軍大獲全勝，眾將領建請乘勝逕攻京師，朱棣卻另有打算，道：「鎮江居咽喉之地，不拿下鎮江，將有許多不便，若拿下鎮江，京師處境則更為艱危。」京師位於上游，鎮江在下游，眾將領猜想不透朱棣的盤算，但不敢拂逆，只得順江而下，以投降的官船先行。鎮江守將童俊先看到江上難以計數的浮屍，再見著眾多官船改掛燕旗，二話不說，舉城降燕。

第三十五回　破城

朝廷連著接獲盛庸慘敗、鎮江降燕的噩耗，允炆憂心忡忡，步下龍椅，負著雙手，在金碧輝煌、耀眼奪目的奉天殿裡來回踱步。為數不多的朝臣們垂著頭，連大氣也不敢稍透一個，眼珠子緊隨著龍袍的下襬左右游移。允炆忽然止住，問道：「眾愛卿，此時朕該如何是好？」方孝孺從朝班中走出，一個箭步衝到李景隆身前，雙手抓住他的前襟，厲聲道：「無論如何，總要先殺了這個膿包廢物再說，正是這廝害陛下淪落到此一田地的。」

李景隆吃了一大驚，奮力想要掙脫，沒料到向來斯文儒雅的方孝孺居然有股蠻勁，一時掙脫不了，反而觸怒其他朝臣，御史魏公冕、大理寺丞鄒公瑾等十八個文臣一擁而上，拳腳如雨點般，紛往李景隆身上落下，出手狠辣異常，卻毫無章法，好似一群市井無賴在撒潑。允炆雖看過不少回朱元璋廷杖大臣，但大臣當廷動粗，則是生平僅見，不禁瞧得傻了，大張著嘴，任由一群文臣在奉天殿上痛毆昔日的天下兵馬大元帥。幾個武將目睹這群文臣的狠勁，沒人敢吭聲，尤其是曾經吃過燕軍敗仗的，此刻心裡頭七上八下，擔心自己將是下一個出氣包，只暗自嘀咕：「李景隆確實膿包之至，但也僅僅輸掉一小半賭資，如今輸到快要脫褲子了，不正是出於方文學博士的主持嗎？更何況幾次與燕軍議和，皇上可以認賠下莊了事，不全都是受到方文學博士大力阻撓、還不斷加碼的嗎？」

李景隆即便在戰場上大敗虧輸過幾回，喪盡數十萬大軍，本身倒是不曾損傷過一丁點兒皮肉，這會兒幾遭圍毆至死，蜷起身子，緊抱腦袋，趴伏在地，拚著一口氣，聲嘶力竭喊道：「皇上，救我……」起用李景隆為帥，畢竟是允炆自己的主意，他聽見李景隆的哀嚎，這才回過神來，長嘆口氣，高聲道：「眾愛卿請罷手吧，事到如今，縱使殺了曹國公，也已無濟於事了。」大明天子既已開金口為李景隆求情，況且朝臣們在大殿上毆死公爵，也實在太不成體統，有些人正要出拳發腳，皆凝住不動，有些人拳腳出到半途，硬生生定住在半空中，模樣十分滑稽。十八個動粗的文臣齊齊望向方孝孺，看他點頭，這才收了拳腳，整肅衣冠，退回朝班之中。幸虧他們打人沒用上朝笏，否則這玩意兒若非玉石所製，便是象牙做成，李景隆此時哪裡還有命在！

平素瀟灑自命的李景隆，鼻青臉腫地爬向允炆，方孝孺狠狠踹了一下他的屁股，這才道：「京師外城多是土牆崗阜，綿延百里，如今兵員不足，備多力分，防衛不易。內城城高牆厚，池深壕闊，不如棄守外城，只固守內城十三門，尤其是北側的神策、金川、鍾阜三門，其中又以金川門最為要緊，再採堅壁清野之策，盡驅京城外之民入內，燕軍無所憑恃，勢必無法持久。待勤王之師畢至，燕軍將望風遁逃，屆時京軍出城追擊，燕王自然手到擒來。」允炆聽方孝孺說得頭頭是道，似乎一切盡在其掌握之中，且他人別無異議，遂頷首稱善，下旨照辦。

這時，躺在地上的李景隆捏著鼻子以止住血流，氣若游絲、怪腔怪調道：「啟稟皇上，臣有意帶罪立功，願冒險前去勸說燕王退兵。」他明白自己若不這樣子做，恐怕待會兒退朝後，將被方孝孺等人活活打死，而且方才遭圍毆時，他已另有別的打算了。允炆沒看穿李景隆的心思，反而大受感動，眼眶濕潤，哽咽道：「曹國公願於此時親涉險地，忠義昭著，可見朕當初沒看錯人。准奏！」他命御醫幫李景隆療傷，順便讓他避避風頭浪尖，以免出馬未成身已死。

大敵當前，事不宜遲，眾人分頭辦事。方孝孺不過是個文學博士，卻仗著皇命雷厲風行，嚴令京城外居民即刻拆屋入城，片瓦枝木皆不准留存。時為六月，京城的暑熱本已令人難耐，此時居然還要拆屋毀舍，並悉數運入城中，百姓不堪勞苦，乾脆放火把房子燒了，因而衍生出數場大火，波及京城城牆。方孝孺又役使百姓加緊修繕，晝夜不得休息，累死、熱死者不計其數，致怨聲載道，建文帝愛民如子的令譽已蕩然無存。朱棣原在煩惱如何攻打京師外城，一得知官軍撤守，大喜過望，隨即老實不客氣地領軍入內，看到一片殘破景象，笑道：「這必定又是方文學博士出的餿主意。咱們從北平一路打到這裡，甚麼苦頭沒吃過，還會在乎有無遮風蔽雨之所嗎？況且此時天氣炎熱，露宿倒還涼快些。百姓走得一個不剩，我軍可專心攻城，不必分神處理民眾雞零狗碎之務，更無須顧慮百姓裡混雜著南軍。」

再說李景隆至燕軍大營求見朱棣。朱棣在朝廷中安插有眼線，早知李景隆慘挨文臣圍毆之事，不過一見到他的衰樣，依然忍不住噗哧而笑。李景隆尷尬萬分地垂下頭去，拚命搖著羽扇，意圖以羽扇遮臉，卻是欲蓋彌彰。朱棣明知故問：「有勞曹國公屈駕，不知有何見教？」李景隆說的仍是割地議和那一套，朱棣便把對慶成郡主所言又說了一遍。李景隆忽問：「倘若皇上如漢景帝殺晁錯[16]般殺了黃子澄等人，自誅奸臣，自清君側，殿下將奈何？」朱棣先是一怔，隨即回道：「那麼就有賴曹國公確保皇上不會這樣子做。」

李景隆道：「其實殿下大可放心，皇上早已召還黃子澄與齊泰，他二人大概知道京師難保，藉故拖延不回，黃子澄甚至在蘇州劉家河（今江蘇省太倉市瀏河鎮）組了支船隊，說是要出海募兵，皇上不放行，他便賴在當地，說甚麼也不回京，以便隨時可上船逃之夭夭。再說文人雖自古相輕，卻也沆瀣一氣，方孝孺定會力保他們周全，此因黃、齊乃是禍首，只要他二人性命無虞，方孝孺的腦袋便穩如泰山，畢竟殿下起兵時要殺的奸臣裡，老方可不在其中，只不過他後來居上，禍國殃民的程度，較黃子澄等人遠有過之而絕無不及。」朱棣意味深長道：「曹國公實乃稀世高才，可惜皇上用錯地方，本王將來不至於犯同樣錯誤。」李景隆心頭一熱，道：「我大明朝太祖高皇帝一世英明，老來卻立錯皇儲，臣願助殿下更正此誤。」朱棣板起面孔，道：「這種大逆不道的言論，曹國公切莫再說……得這麼露骨。」二人相視大笑，朱棣囑咐李景隆如此這般。

16 漢景帝採晁錯之策削藩，吳王等七王以「誅晁錯、清君側」為名起兵，景帝殺了晁錯及其家人後，七王仍不退兵，景帝後悔不已。建文帝不殺黃子澄等人，可能是以此段歷史為鑑。

李景隆回奏允炆，把朱棣的意思說了，但表示朱棣的語氣似乎有所鬆動，他想先見見王弟們，之後再做打算。方孝孺奏道：「如此甚好，可多一、二日喘息餘地，只是不宜諸藩王齊去，以免他們與燕王勾串，共同謀反，反倒不美。」允炆問道：「諸王當中應遣誰去？」方孝孺道：「谷王最宜。」谷王朱橞是朱元璋的第十九皇子，年紀比允炆還小兩歲，封地原本在宣府，朱棣一起兵，他擔心受到牽連，捨棄封地，舉家入京，四個多月前改封長沙，並增歲祿二千石，尚未就藩，近來奉命把守城北金川門。看來朱橞與朱棣年齡相差既大，且素有嫌隙，而朱橞聖眷正隆，的確是不二人選，允炆於是派他隨李景隆去見朱棣。

朱棣一見到朱橞，快步上前，抱著他失聲痛哭，緊接著從允炆不許諸王入京奔喪開始數落起，極言自己飽受委屈。有些事是朱橞聞所未聞的，加上朱棣加油添醋，歪曲事實，唱作俱佳，讓朱橞直聽得驚心動魄，義憤填膺。朱棣觀察到朱橞已經動搖，大加款待他與李景隆，還帶他二人檢閱部隊，刻意耀武揚威一番。李景隆在一旁大敲邊鼓，道：「燕軍精悍勇猛若此，縱使百萬天兵下凡，恐怕也不堪一擊，何況肉骨凡胎、為數無多的京軍呢？李某當年一敗塗地，確實心服口服。」他既吹捧朱棣，順便為自己的敗戰開脫，也幫襯著說服朱橞。

朱元璋的二十六個皇子，除了早殤的幾位外，各有所好，各有所長。朱橞酷好武藝，年紀輕輕，把一桿五虎斷魂槍使得虎虎生風，潑水難進，允炆見了，嘆服不已，命朱橞把守金川門，眾將領大加恭維，朱橞從未親上戰場，更沒闖蕩過江湖，把馬屁話當成肺腑之言，自命不凡。

朱棣消息靈通，對此節不會不知，看朱樉尚在猶豫，便重施故技，要三保與朱樉比武。朱樉很看李景隆不起，對於他方才所言，大不以為然，正巴不得在燕軍之前顯露武藝，好堵堵他的嘴，自然滿口應允，精挑細選了一把槍，賣弄幾招，其實比燕軍槍術教頭趙雨尚有不及，卻賺了個滿堂彩。

朱樉見下場來的居然是個中官，驀然想到，傳聞燕王出征在外時每有中官狗兒侍寢，眼前這位面龐英俊，或許正是狗兒，哈哈笑道：「還是我把槍尖以厚布包裹起來，免得傷了哥哥所愛。」三保名震天下，但允炆恨極了他，這幾年皇宮中沒人膽敢提及，朱樉又不甚關心天下事，是以不知。朱棣道：「比武各憑本事，各安天命，不用這般麻煩。」朱樉心裡一凜，再仔細看那中官生得昂藏偉岸，手中之劍也不拔出，只不丁不八站立著，很有些蹊蹺，但自認有萬夫不當之勇，連徐輝祖也沒看在眼裡，便不以為意，道：「客隨主便，恭敬不如從命，務請留神了。」挺槍刺出。三保看他這槍未盡全力，以劍柄輕描淡寫地撥開，道：「殿下不用顧忌，請全力施為。」

朱樉心裡暗道：「你既然這麼想死，休怪本王無情，但願你下輩子好好投胎，別再讓我這個無良哥哥糟蹋。」抖擻精神，暴喝一聲，宛似平地蟄雷乍響，一招「五虎下山」，槍尖化作點點寒星，有如五頭猛虎的口中利牙，槍頭紅纓靈動飄忽，彷彿疾奔之虎的斑斕毛皮。朱樉只道此絕招一出，可將對手挑在槍下，卻見銀光一閃，感覺手中有異，低頭一瞧，赫然發現長槍自槍尖至桿尾從中被直剖為兩半，而對方的長劍仍在鞘裡，到底是怎麼出手的，自己連瞧都沒瞧清楚，不禁大為驚駭，想起燕王得天神相助的傳聞，自己原本嗤之以鼻，此刻驚覺莫非傳聞屬實，而眼前這位中官即是天神化身，否則僅憑人力，怎麼可能辦到？

朱棣看朱橞傻愣愣站著，下場走到他身旁，接過兩片斷槍，拋在地上，揮手遣退三保，道：「比武自有勝敗，橞弟切莫在意，幸喜雙方皆毫髮無損，只折了區區一桿槍。」朱橞這才回過神來，道：「哥哥莫非當真有神人相助？」朱棣哂道：「呵呵，橞弟說有便有。」聲音壓低，柔聲道：「咱們三位兄長皆不幸早逝，帝位本該輪到阿兄來接，父皇因一時心傷大哥亡故，愛屋及烏，故立其子允炆為儲君，阿兄原也心甘情願接受。怎知允炆貌似忠厚，心懷詭詐，居然痛下毒手，要加害王叔們，一股腦兒將周、齊、湘、代、岷諸王廢為庶人，更致湘王慘死。阿兄起兵靖難，並非為了自己，而是為了皇考社稷，更是為了諸位弟弟。所謂『長兄如父，長姊如母』，尚在人世的藩王中，以阿兄的年歲最長，我不為諸弟出頭，還有誰會為諸弟出頭？若非阿兄這些年拚死跟朝廷對抗，恐怕諸王早已全遭廢黜了，哪裡還會有後來橞弟改封加祿之事呢？」

朱橞聽他言辭懇切，不禁滴下兩行珠淚，沒計較其言時序錯亂，允炆獲冊立為儲君，遠早於老二、老三之死，更不知三位兄長之所以皆死於非命，其實與老四脫不了干係。朱棣打蛇隨棍上，再加了把勁兒，道：「倘若橞弟助阿兄得天下，這天下阿兄將與橞弟平分。」顯然他已把自己對寧王朱權的許諾，給拋到九霄雲外了。動之以情、脅之以威、說之以理固屬必要，但最後的誘之以利，則往往最為關鍵。果然，朱櫘聞得此諾，一顆心撲通通亂跳，一揩眼淚，道：「弟新近奉命把守金川門，食君之祿，不敢明目張膽虧於職守，回返後將勸說皇上讓曹國公與弟一同守衛該門，只要燕軍入得門來，弟將命令部屬不許攔阻，其餘皆看阿兄本身造化。」朱棣大喜道：「如此足矣，有勞櫘弟了。」

朱櫘回報允炆，明說朱棣不肯善了，於今之計，唯有嚴飭防務，因曹國公李景隆曾與燕軍數度交手，知之甚詳，奏請讓他與自己共同守衛金川門。最後的議和希望落了空，君臣全未察覺出其中蹊蹺，允炆先是准了朱櫘所奏，繼而與眾文武相對而泣。雪上加霜的是，有人在這節骨眼兒奏報，幾位大臣出外募兵皆無著落，勤王之師遲遲不見蹤影，百姓也多叛離。允炆長嘆道：「事情是你們惹出來的，如今卻全都棄朕而去！」他指的「你們」，自然是黃子澄、齊泰等臣子。

御史魏公冕奏請皇御南幸浙江，大理寺丞鄒公瑾提議帝駕西幸湖湘。允炆還沒答話，方孝孺正氣凜然，出班奏道：「援兵遲早將至，陛下應堅城固守，京師萬一失陷，即以死殉社稷。提議棄京師他去者，皆亂臣賊子，請陛下立斬之。」就這麼漫天扣下一頂大帽子，從此斷送了允炆捲土重來的契機。方孝孺具有領袖一代文壇的崇高地位，又被允炆尊為帝師，竟讓一干朝臣噤口，連允炆也不敢駁斥。當夜，數十名文臣武將收拾細軟，攜家挈眷，以繩索縋下城外，逃之夭夭。才子解縉運途多舛，不久前才疏通門路，回京任職，此時也棄官而去，不過他直奔燕軍大營，靠著跟三保的關係見著朱棣，諛辭潮湧，三保聽得痛心疾首，自慚識人不明。朱棣卻是心花怒放，知道文臣武將皆離心離德，攻入皇宮已如探囊取物，對解縉道：「你跟紀綱都是文武全才，日後可多親近親近。」自去調兵遣將，安排布置。

此刻，城北金川門旁忽然有了動靜，一條黑影輕手躡足地靠近城牆邊，來回顧盼，見無旁人，從衣袖裡摸出一樣物事。說時遲，那時快，花叢裡竄出幾條人影，撒出一張網子，將那人及其手中物事都罩在網下。那人不住掙扎，而那物事也蹦跳不已，顯然是個活物。幾名守城軍士聽到動靜，前來查看，見到左都督徐增壽被網住，網中還有一隻振翅不得高飛的信鴿，他身旁則是御史魏公冕等約莫十位文臣，不知如何處置，趕緊去報告李景隆。李景隆才挨過文臣狠揍，這時哪敢強出頭，要軍士們當作沒這回事兒。

魏公冕從網中取出信鴿，抽出鴿腳套筒中的紙條，看了一眼，傳遞給其他人，怒斥徐增壽道：「令尊中山王天德公在世時何等忠勇英武，你竟然幹出如此喪心病狂、背君叛國的勾當！」徐增壽道：「大丈夫一人做事一人當，別扯到先父。」徐達所生四子中，以幼子增壽的天分最高，卻因在童稚時父親死得不明不白，從此滿心憤懣，自暴自棄，文既不成，武也不行，僅靠父蔭而倖居高位，跟朱棣臭味相投，「腥腥相惜」。眾人尊敬徐添壽的父親徐達，也要給其兄徐輝祖一些面子，沒當場饗以老拳，七手八腳將他拽到奉天殿裡，等待天亮。

允炆一上朝，看到這場景，問是怎麼一回事。魏公冕道：「方大人料想金川門恐有變故，昨夜與臣等輪流埋伏，本以為是曹國公靠不住，卻逮獲正欲通敵的徐左都督，人證、物證俱在。」他呈上徐增壽寫給朱棣的紙條。允炆接過看了，臉色驟變，眉頭緊蹙，問徐增壽道：「先前朝廷的軍事布署與糧餉運送路線，都是你透露給燕王的，是或不是？」徐增壽垂頭不答，顯然是默認了。允炆拔出佩劍，厲聲道：「朕與太祖高皇帝厚待徐家，你為何背叛朕呢？」徐增壽怒目圓睜，咬牙切齒，本想說些甚麼，卻忍住不言，撇過頭去，閉上雙眼。允炆大喊一聲，手中寶劍透穿徐增壽的胸膛，抽了出來，一劍接著一劍猛刺，弄得鮮血四濺。朝臣們嚇了一跳，渾沒料到一向柔弱的建文帝，居然也有發狠的時候。

這時方孝孺奔進殿來，大呼：「皇上，皇上，燕軍已攻進京城了，果然是李景隆那畜生開的門，谷王坐視不管，魏國公急率京軍抵擋，倉促之間節節敗退，燕軍早晚將殺進皇宮裡來。」允炆大驚失色，淚如泉湧，道：「朕待你們一向不薄，你們卻如此報答朕，難道朕以仁義慈愛治國錯了嗎？」他淚眼望向殿頂，又垂了下來，長嘆口氣，幽幽說道：「罷了！罷了！眼下只能如方卿所言，以死殉祖宗社稷。」說完，提著寶劍，失魂落魄地往後宮走去。眾大臣紛紛跪下，齊呼：「陛下，陛下，請務必為國珍重啊！」魏公冕起身要去拉住允炆，方孝孺斥道：「退下！」魏公冕懾於其威，裹足不前，痴望著允炆背影，緊接著掩面痛哭，群臣皆垂泣，唯方孝孺露出求仁得仁的神態，十分自得。

允炆悽悽惶惶走到後宮，命一宮女帶來太子文奎。文奎這時才七歲，生得玉雪可愛，尤其一雙黑白分明的骨碌碌大眼睛，十分討人歡心。他平常乖巧懂事，此刻見到一向和藹的父親居然變得面目猙獰，嚇得說不出話來，忘了請安。允炆臉色轉趨和緩，淚眼婆娑，俯下身去擁文奎入懷，道：「阿爹無能，護不了你。」突然一把推倒兒子，直起身來，高舉寶劍，畢竟狠不下心，這一劍斬在漢白玉闌干上，闌干傾倒，發出轟隆隆、嘩啦啦響聲，允炆的虎口震得出血。他牙關一咬，背過身子去，對那宮女道：「走，妳帶太子走，走得愈遠愈好，他從此改姓更名，只是個尋常人家子弟，與帝王家再無瓜葛，長大後也不許求取功名。」那宮女姓史，三十多歲年紀，湖南永州人，明白是怎麼一回事，領著文奎，含淚向允炆叩首拜別，然後把文奎帶回自己老家，交給年過四十仍膝下無子的長兄收養，為避免走漏風聲，也不跟長兄說明此童來歷，自去一座荒山的深處上吊而死。

卻說允炆送走文奎後，召集后妃至奉祀祖先的奉先殿內，這時諸多宦侍若非夾帶寶物逃離皇宮，便是在四喜兒的帶領下準備大開宮城門，以迎進燕軍。允炆命眾嬪妃關上奉先殿門，悉數到祖宗牌位前跪下。眾女不知道他要幹甚麼，瞧他臉色不善，而且手握寶劍，劍上似有血漬，料想不會是甚麼好事，但皇命難違，只得照辦。允炆頹然走到皇后馬氏身前，道：「燕兵已攻入京城，京軍抵擋不了，皇城與宮城料想守不住了，朕愧對列祖列宗，當一死以殉社稷祖宗。妳是母儀天下的皇后，權且先走一步，到陰間為朕帶路吧！」說完，將劍一橫，割斷馬皇后的咽喉，頓時鮮血泉湧。眾嬪妃見狀，驚叫連連，起身四處奔跑。允炆提劍追趕，才又斬殺三、四個，已上氣不接下氣，乾脆放起火來。幾個嬪妃趁他放火的當兒要開門而出，允炆衝過來一陣亂劈亂砍，全都死於非命，模樣淒慘，其餘見狀，皆撲通跪下，哭喊著高聲討饒。殿內火光熊熊，瀰漫著黑灰濃煙，允炆臉色忽明忽暗，他的意志從未如此堅定過，無論嬪妃們如何苦苦哀求，他都不為所動，握著寶劍杵在那兒，想著自己悲欣交集的這一生，惟願來世毋復生於帝王家。

允炆方回想到與三保相處情景，苦著張臉，嘴角卻泛起一抹微笑，忽然砰一聲巨響，門閂遭巨力震斷，殿門敞開，一條人影竄入，允炆不由得一呆，嬪妃們紛紛起身奪門而出。允炆大喊：「不准走，朕賜妳們死，妳們都得陪朕殉國。聽到了嗎？一個都不准走，這是皇命……」他揮舞著寶劍，遭竄進來的那人奪下。允炆怒道：「你好大的膽子，竟敢壞朕的事兒，你究竟是誰？咳咳咳……」他雙眼遭濃煙薰得淚水直流，還咳嗽不已。

那人跪下，沉著聲道：「是我。」簡簡單單兩個字，引得允炆心頭劇震，邊咳邊道：「你……咳咳，朕……咳咳……朕該叫你……咳咳……馬和，還是……咳咳……鄭和？」「我永遠都是馬和。」那人正是三保。允炆號泣道：「你為何……咳咳……為何要幫燕王反朕呢？咳咳……朕一向待你……咳咳……如兄如友啊！」他悲憤交加，邊說邊掄拳捶打三保。三保心如刀割，既不閃躲，也不運勁相抗，垂淚道：「三保罪孽深重，三保對不起您，三保萬死莫贖。」自戴天仇死後，他逐漸不再刻意隱藏情緒，此刻情感更是恣意奔放。允炆打得身困力乏，癱坐在地，火光中雙眸忽然一亮，上身直起，熱切道：「我此時已是……咳咳……眾叛親離，你隨我殉國，咳……好嗎？黃泉路上……咳咳……好作伴，此世雖為敵，來世當……咳咳……當兄弟。」他已不再自稱「朕」了。

三保道：「我不配，而且我是來救您的。」允炆道：「我孤身一人，咳咳……逃不了的……咳咳。」三保道：「請皇上脫下龍袍，我負您出城。」允炆素知三保武功卓絕，猶豫了下，年少時要與他仗劍行千里的豪情壯志乍然湧生，點點頭，深情望了望遭自己親手殺死的馬皇后，褪去龍袍，披覆在她的屍身上，摘下皇冠，吐了口唾沫在上頭，用力擲進火焰裡，接著伏在三保厚實的背上出了後宮，回頭看著被大火吞噬的宮殿，不禁百感交集。

三保負著允炆從祕道出皇城。允炆奇道：「怎會有此祕道？這祕道是誰建的？何時所建？你又怎知有此一祕道？」三保道：「此事一時之間說不明白，先脫了險境再說。」出了祕道，三保瞥了一眼埋藏明教神功祕笈之處，急切間沒瞧出任何異狀，也不掘出，接連翻越京城與外城城牆，兜了一大圈，避開散兵難民，奔往鍾山靈谷寺。允炆自三保離宮後，懷念與他同遊靈谷寺情狀，便假借監督孝陵興建的名義時常來此，與溥洽益發熟稔，即位後任命溥洽為主錄僧，而該寺的五百僧兵，也是允炆向朱元璋求來的，如今允炆走投無路，能想到的去處，就只有靈谷寺。

三保輕功極高，縱使背負著人，也只讓看守山門的知客僧感到眼睛一花，便已閃進山門了。他擔心寺裡人多口雜，將允炆藏在樹林間，自去覓著溥洽，說明來意。溥洽驚聞京師失陷，建文帝出奔來此，道：「孝陵就在左近，貧僧料想燕王一向假忠假孝，入宮前必先大模大樣來謁陵，是以此處實非久留之地，宜速速離去。馬施主可知要帶皇上去哪裡？」三保道：「日前耳聞太常寺卿黃子澄在劉家河組了支船隊，本要出海募兵，目前仍未啟航，不如讓寺內僧兵護送皇上到那兒，以便登船出海，暫避風頭，日後再謀打算。」溥洽沉吟道：「這或許是條路子，不過此去劉家河五百餘里，皇上處在護駕的僧團中，未免過於惹眼，容易啟人疑竇，最好偽裝成僧人，不知他肯或不肯？」

三保與溥洽同去詢問允炆，允炆別無選擇，且已萬念具灰，道：「朕……不，我可不想偽裝成僧人，……」溥洽面露難色，允炆續道：「不如當真從此捨離紅塵，皈依佛門，以了卻餘生吧！」溥洽道：「陛下可暫依佛門，日後還俗，徐謀復辟。」允炆搖搖頭，黯然道：「我太祖高皇帝本淮右一介布衣，竟能驅逐韃虜，創建大明，功業亙古未有，而今安在哉？孝陵雖宏偉非常，費民工十萬人之眾，耗時日二十載之久，然而所埋不過白骨一具，所占之地不盈六尺，如此所為何來？古來為爭帝位，骨肉反目，手足相殘，史不絕書，早知有今日之敗，我應遜位於叔父燕王，免致百萬生靈無辜喪命。」「善哉！善哉！」溥洽欣然道：「縱為帝王，迷者仍屬凡夫；雖淪賤民，悟者即入佛道。貧僧立請彗明方丈為您剃度。」

三保原本打算向允炆挑明朱棣多年來處心積慮謀奪皇位，並坦承自己受道衍愚弄及明教逼迫，刺殺了朱標、沐英與朱棙，但猛然記起道衍所敘《推背圖》第二十八象的讖語及頌曰，以為燕王奪位、景隆相助、皇宮焚毀、允炆出家，皆屬定數，況且委實不願為了讓自己良心稍安，再度深深刺痛允炆，也就噤聲不語，隨著溥洽、允炆去見彗明。彗明差不多還是十一年前的老樣子，只不過皺紋加深一些罷了。他乍見允炆、三保，略顯詫異，隨即寧定下來，聽完溥洽簡述，緩緩說道：「喫茶去。」這一方面是參照唐朝趙州禪師的公案，另方面也是讓欲出家者多了些許反悔機會。三保與允炆不明因由，俱感錯愕。溥洽道：「方丈，事出緊迫，這回就甭喫茶了吧！」彗明頷首道：「說的也是。」一伸手便取出剃度用具。來靈谷寺出家者著實不少，其中不乏達官顯要，彗明礙於情面及衍生出的輩分問題，往往必須親自為他們剃度，這些人平素頤指氣使慣了，縱然自認看破紅塵，打算遁入空門，也多半不耐久候，是以相關用具就擺在彗明觸手可及之處。

彗明道：「阿彌陀佛！事出甚緊急，儀式應從簡，今日即吉日，此時正良時。擬出家受戒者跪下。」允炆依言跪了下來。彗明先拈香禮佛，口誦一偈，聊為開示，偈曰：「諸法因緣生，諸法因緣滅，我佛大沙門，常作如是說。」他又誦：「願斷一切惡，願修一切善，誓渡一切眾生，你願發此心而受剃度否？」允炆含淚道：「弟子願意。」彗明唱誦起懺悔偈：「往昔所造諸惡業，皆由無始貪嗔痴，從身語意之所生，一切我今皆懺悔。」他續誦發願偈：「眾生無邊誓願渡，煩惱無邊誓願斷，法門無邊誓願學，佛道無上誓願成。」他每誦一句，允炆也跟著複誦一句，偈語聲中，剃刀滑動，允炆青絲翩然飄落。

彗明又誦：「生天本自生天業，未必求仙便得仙；鶴背傾危龍背滑，君王自古無百年。」繼而授戒予允炆，同時在他新剃的光頭上燒了六點戒疤，頃刻間皮焦肉爛的味道四溢，偈語繞梁，不絕於耳。允炆鼻聞肉香與檀香交織，復感光頭共心頭齊痛，望著地上青絲，頓覺繁華事散，一如過往雲煙，珠淚不禁撲簌簌落下，滴溼前襟。三保亦感世事無常，不免戚然。溥洽早已看慣這場面，只是萬萬沒想到，跪在眼前啜泣的，居然會是當今大明天子。彗明道：「按照太祖高皇帝御頒規定，新受戒出家僧人的度牒，須向朝廷僧錄司請領，再經禮部奏報皇上，這可說是緩不濟急，況且此時皇上……唔，適巧有個法號應文的遊方僧，昨日才在本寺無疾而終，他的年齡樣貌與你相仿，你權且頂替他吧！」允炆拜受，卻不知頭頂燒戒疤並非必要儀式[17]，但因剛圓寂的應文僧燒有戒疤，他既然要冒名頂替，自然須遭此厄，以減少破綻，而他才放火焚宮，此刻即受現世報，也算一奇。

允炆長跪於佛像前，溥洽去取來僧衣與應文的度牒。彗明接過，交給允炆，含笑道：「這時候總可以喫茶了吧？老衲忙了好一會兒，很想來一盅。」溥洽還沒來得及回應，一個灰衣僧人慌慌張張奔進，急切道：「啟稟方丈，有上千人馬硬闖進寺，來討要從皇宮裡出走之人，語氣極為不善，說甚麼『活要見人，死要見屍』，還出手打傷了了緣師兄。」那僧人看了允炆一眼，滿臉狐疑，他所稱的了緣師兄，即是看守山門的知客僧。彗明道：「去去去，寺內並無從皇宮裡出走之人，這位是應文，你認不得了嗎？」那灰衣僧道：「是，方丈，徒兒明白，只是那幫凶神惡

---

17 佛教僧侶頭頂燒戒疤只流行於漢地，據說源自元初的志德和尚，也有說是起自唐代，其原因與功用有三：一是燃香供佛，以示虔誠，二是顯示受戒程度，象徵地位，三是藉燒灼肉體的痛苦來阻卻假冒僧人之舉。

煞，恐怕不會這麼輕易就被打發掉。」溥洽對彗明道：「方丈，弟子出去瞧瞧，說不好只得動手了。」他心想寺內的五百僧兵勤練武藝，個個能夠以一敵十，何況還嫻熟陣法，因此對闖進寺內的區區一千之眾不大放在心上。彗明道：「阿彌陀佛，我佛慈悲，倘若可以不傷人命而能善了，那是最好不過的了，然而保護應文僧周全，乃是當務之急。」這其實純屬廢話，溥洽哪會不知，隨口應承，躬身退出。

三保以為前來的是燕軍，不想露面，忽然聽到一連串鴟鴞夜啼般的桀桀怪笑聲，胸口起了煩惡之感，心裡一驚，對彗明與允炆道：「得罪了！」出手輕點二人雙耳耳珠旁的聽宮穴，暫時閉住其聽覺，再急掠至門邊往外張望，見到來人分為兩股，左側的服色全白，胸襟上繡著血色紅日，日芒從一道至十二道不等，敢情是以光芒數來區分職級高低，領頭的乃是日月門的陽使陸地方，他的胸襟反而沒繡光芒，但那輪紅日比其手下的要大上許多；右側的服色全黑，胸襟所繡乃是慘白月亮，排在最後的是細細彎彎的月牙兒，愈往前的則愈接近滿月，帶頭並發出怪笑的，正是生有一張蒼白長臉的陰使伍天圓。三保本覺奇怪，這幫人的消息怎會如此靈通，心念一轉，即明白他們是朱棣派來追殺允炆的，因為朱棣口口聲聲宣稱自己起兵乃是為了殺奸臣、清君側，並非圖謀帝位，這弒君的勾當必得假手江湖幫會，以免自打嘴巴，只不知他怎會與日月門搭上線，或許是出自道衍的安排，不禁暗悔當初告訴道衍有關日月門之事。三保又驚覺，自己入宮救出允炆，早落在朱棣的算計中，他今天才沒要自己緊隨其側。

眾僧兵禁受不住怪笑聲，全都緊摀住雙耳，有些蹲伏著蜷起身子，有些甚至滿地打滾，皆露出痛苦不堪的神情。溥洽功力不弱，仍昂首挺立不動，但正運功勉力撐持，再無餘力阻止伍天圓發笑。三保無法逐一去點五百僧兵雙耳耳穴，聽出伍天圓的功力大有長進，與上回交手時不可同日而語，瞧他那副不可一世的德性，心裡有了計較，拾起七顆小石子，用上巧勁，往他頭臉擲去。

伍天圓仰天發笑，忽覺一道勁力直撲自己下顎，來勢並不甚強，不慌不忙地縮回腦袋，眼視前方來物，見只是顆小石子，笑聲不歇，瀟灑自若地伸出右手要接，那顆石子倏地下墜，飛向他臍下氣海穴。伍天圓忖道：「雕蟲小技。」右手隨之下沉，不意石後有石，另一顆直撲門面而來。伍天圓伸出左手要接，這第二顆石子急轉直下他腹部的上脘穴。他暗叫：「來得好！」左手也跟著下沉，豈知有第三顆石子冒了出來，直取兩乳正中的膻中穴，他不禁讚道：「有一套！」想以右手接了第一顆石子後再接這第三顆石子，天曉得怎又飛來兩顆石子分擊左右雙眼，另有一顆迫近咽喉，而且後發之石反倒先至。奇變陡生，伍天圓不免手忙腳亂，無暇評論對方手法，更加笑不出來，只暗暗驚呼：「我的媽呀！」他使出渾身解數，接下六顆飛石，方才自鳴得意，卻覺上脣劇痛，雙眼金星亂冒，一張嘴，吐出兩顆門牙與一大口鮮血，原來還有第七顆石子，他居然沒能察覺。

伍天圓中了暗算，氣得哇哇大叫：「是哪個狗雜種竟敢偷襲老子？龜縮起來暗箭傷人，算甚麼英雄好漢，快給老子滾出來，跟老子光明正大打上……打上一架。」他的門牙遭飛石擊落，叫喊時發音走風，血水從缺口處噴出，濺得老遠，模樣既滑稽，又令人作嘔。他叫罵不休，一見冤家三保現身，不由得心驚膽戰，但為了保住顏面，還是硬著頭皮罵完，只不過聲量立時小了下去，更彰顯其色厲內荏。三保在溥洽耳邊低聲道：「在下去擒拿那個沒門牙的，請溥洽法師幫忙擋住那穿白衣帶頭的。」也不等溥洽答應，閃電般竄到伍天圓身前，迅疾無倫地攻出數招，一出手，便使上八成勁力。

伍天圓沒料到對方招呼不打一聲就動手，攻勢還凌厲無比，勉強接了幾招，陰寒內勁不敢發出，以免反噬自身，要打，實在招架不住，要逃，輕功沒人高明，幾百個手下個個躲得大老遠，師弟陸地方跟一個中年和尚動上手，根本無人過來助拳，意圖故技重施，先拚盡全力搶攻一陣，稍挫對方攻勢，再趁機後躍，同時從腰間暗器囊中摸出一顆瓷蒺藜，卻不知這正是三保故意賣的破綻。三保掌上滿蓄內勁，待伍天圓取出瓷蒺藜，便發出渾厚無儔的掌力，打算讓此犀利暗器在伍天圓手中爆炸，如此一來，伍天圓就算死了，也是給自己炸死的，並非死於三保之手。求生本能當真不可思、不可議，伍天圓一見三保神情，腦中靈光乍現，瓷蒺藜不往前擲，反而逕朝後方扔去。那瓷蒺藜受三保掌力擊中，在伍天圓身後數尺外炸了開來，碎片射中十幾個站著較近的日月門徒眾，他們仰天倒下，抱著傷處哀號不已。伍天圓給爆炸震暈，往前撲倒在地，這一摔，撞歪了鼻子，鮮血長流。

三保原就訂下擒賊先擒王與各個擊破之策，既已打倒伍天圓，回頭見到溥洽左支右絀，根本不是陸地方的對手。溥洽身為建文帝欽命的主錄僧，自重身分，而且已經有些年紀了，不宜再使滿地打滾的地躺拳法與擒拿腳，這些年改練天女散花掌，姿態美則美矣，但花架子太多，並不實用，在陸地方純陽拳勁威逼下，已不成天女之姿，亦難顯散花之態，危急之際，三保出手來助。陸地方瞥見伍天圓慘敗之狀，自知不敵，邊溜之大吉，邊以手勢指揮手下退卻，日月門眾趕緊抱起伍天圓逃離。

待日月門眾走得不見縱影後，溥洽忽然大喊：「熱殺我也，快拿水來！」邊喊邊扯開僧衣，露出紅通通的上身，還四處張望，尋看哪裡有水。三保知他是遭陸地方的至陽掌力所炙，出掌抵住他後心靈臺穴，緩緩輸進內勁。溥洽原本感到全身血液似要沸騰，連呼吸都彷如焚風般掃過口鼻喉肺，痛苦無比，恨不能一頭扎進冰水裡，忽覺一股悠悠暖流自背心注入，逐漸擴及全身，消弭了難以忍受的熾熱。溥洽身子離開三保手掌，轉身稽首道：「多謝馬施主相救，阿彌陀佛。沒想到這白衣圓臉漢子的掌力如此厲害，貧僧僅是與他交手而已，即已如此難受，倘若當真挨受掌擊，那還得了！不知他們是何來歷？」三保道：「方才跟法師動手的是陽使陸地方，跟在下動手的是陰使伍天圓，二人同屬日月門，而這日月門似乎跟明教有些牽扯。」溥洽正要回話，忽見十來個僧人提著水桶，一副不知所措模樣，便道：「你們都下去吧，清水拿去澆花洗菜，可別浪費了。」

眾僧領命離去，溥洽這才回三保道：「貧僧曾耳聞日月門近年來為害東南沿海一帶甚烈，並不知他們竟是魔教餘孽。這些年魔教幾已銷聲匿跡，僅餘下一小股在陝甘一帶作亂，不意借屍還魂，搖身一變成為日月門，還變本加厲，幹起打家劫舍、魚肉鄉民的勾當，正應了『野火燒不盡，春風吹又生』這句老話。」三保跟明教的關係千絲萬縷，恩仇交織，無意洗刷其魔名，淡然道：「日月門應非明教旁支或餘黨，或許是首腦人物出身明教，如此而已。」溥洽道：「無論如何，有日月門從中作梗，往後的路途可說是危險重重，有賴佛菩薩保祐。」

三保知道允炆行蹤已然敗露，徬惶無計，聽溥洽說要仰賴佛菩薩保祐，覺得荒唐之至，不好明說，見寺內走出一人，定睛一瞧，不禁驚呼：「你怎會在此？」那人苦笑道：「行走江湖數年後，還是覺得當和尚習慣，幸得彗明方丈收留。」那人正是可慈法師，亦名鐵鉉。可慈道：「溥洽法師與三保吾友，請借一步說話。」二人隨他走到僻靜無他人處。可慈道：「聽說燕軍已入皇宮，剛剛有大隊人馬上門討要從皇宮裡出走之人，想必他們指的便是皇上。皇上會來靈谷寺求援，連小僧都猜得到，何況是燕王那隻老狐狸，敢問二位有何打算？」三保道：「太常寺卿黃……」溥洽插口道：「馬施主，逢人且說三分話，未可全拋一片心。」

三保道：「法師大可放心，這位便是傳聞中的鐵鉉，燕王幾度差點兒死於其手。」他不好意思說，其實正因自己出手相救，燕王才每次都能死裡逃生。溥洽道：「原來如此。」對可慈抱拳道：「在下素仰英名，有眼不識泰山，竟不知尊駕隱身敝寺。」他雖是個和尚，但長年習武，又與江湖人士多所交往，不免沾染了江湖氣。可慈道：「這是小僧的不是，日後再負荊請罪，此刻須先商議皇上今後何去何從才是。」溥洽道：「正是，都怪貧僧無知插嘴，還請馬施主繼續。」三保於是說了打算讓允炆隨黃子澄出海避難的主意。

可慈沉吟片刻，道：「黃子澄組船隊一事，三保知，燕王亦知，而燕軍大敗盛庸水師後，不逕攻京師，反倒先取鎮江，應該是想要截斷水路，對皇上來個甕中捉鱉……」他忽然掩住自己嘴巴，紅著臉，尖聲道：「喔，不不不，小僧不是說皇上是鱉，二位應該明白，那只是一種比喻。」溥洽不知可慈自宮，看他這麼一條偉岸大漢，還是個有些年紀的和尚，居然流露出小兒女情態，不由得汗毛直豎。三保見慣閹人，不以為意，道：「可慈法師顧慮得極是，那麼應當如何是好？」可慈道：「這的確教人左右為難。」三保驀然想起「假燕王嚇走呆盛庸」的戲碼，遂道：「不如將計就計，找個人冒充皇上，由僧兵伴隨著前去劉家河，在下則護送皇上西行。」可慈道：「此計雖妙，但三保太過惹人注目，況且燕王手下與方才那幫人多半識得你，由你護駕，實在不妥。此外，溥洽法師是個名僧，交遊滿天下，也非適合人選。不如這件差事就著落在小僧身上吧！」三保道：「可是你的武功……」可慈道：「小僧內力已廢，須挑選武功高強者隨行護駕。」

溥洽心裡已有適當人選，尤其允炆的頭形略偏，朱元璋要立他為儲君時，曾有大臣以此大做文章來諫止，但給朱元璋宰了，這事不少人聽說過，正巧寺裡有個年歲、體態、頭形都與允炆近似的僧人，於是雙手合十，道：「阿彌陀佛，菩薩保祐，這事不成問題，包在貧僧身上。」可慈道：「關於此事，知道內情的人愈少愈好，彗明方丈年事已高，禁受不住嚴刑逼供，須瞞著他為宜。」溥洽明白靈谷寺「天下第一禪林」的招牌為朱元璋欽賜，朱棣必定不敢擅動寺內一磚一瓦，但他對於僧人，恐怕就不會客氣了，了不起更換一批，可慈的顧慮確有道理，念及數年來朝夕相處的同修將遭遇劫難，不免黯然，沉聲道：「可慈師兄所言甚是，咱們趕緊分頭進行吧！」

二百僧兵留下，以保護寺內珍藏的玄奘大師頂骨舍利。三百僧兵簇擁著假建文帝，隨三保、溥洽離去。可慈與寺內十來個少林武僧，護衛允炆西去三保的故鄉雲南，覓著其長兄馬文銘，在文銘的協助下，從此過著清苦但尚稱閒逸的生活。最初鎮守雲南的沐英素與朱標交好，沐英早已死於三保之手，繼任的長子沐春七年後病逝，襲兄之位的沐英次子沐晟，在靖難中保持中立，為人還算仗義，不至於為難朱標的兒子，這也是他們議定避往雲南的原因之一。彗明方丈冷眼旁觀溥洽調動僧人，一味裝聾作啞，不聞不問，自顧自喫著茶。三保記掛著允炆，在數下西洋後，託言返鄉祭祖探親，暗會了允炆。到了明英宗正統年間，允炆於出走三十七年後亡故，世人還在四處尋找他，年已九旬的可慈有意了結此事，不願拖累馬文銘的後人，次年從雲南輾轉去到廣西，拿著三保給的允炆腰牌，宣稱自己即是失蹤的建文帝，旋遭逮捕下獄，過了四個月後被處死，同行的十二個僧人則流戍遼東。此為後話，按下不表。

且說三保一行人到了長江邊，分乘二十多艘船順流而東。三保曾組訓燕雲鐵衛營與刀馬陣，還帶過兵搭救受困的秦王及其部屬，這些年更是時常跟隨燕王征戰，十分明白如何指揮，上船前在溥洽的協助下，約定日間以旗幟為號，夜間以呼嘯為令，而號令務須嚴明恪遵。三百僧兵皆出身行伍，自然一聽即能領會，不過駕船的船家們暗笑三保把自己當成水師統領了，不怎麼當回事。

船行未久，一行人將至鎮江，三保與溥洽都懸著一顆心，卻出乎意料之外地未受到任何阻攔。朱棣原本的確有意在鎮江阻截允炆，再逼迫他遜位給自己，不過燕軍在奉先殿裡發現火焚過的皇冠與龍袍，以及馬皇后和幾名嬪妃的焦屍，朱棣靈機一動，故意指鹿為馬，宣稱身覆龍袍的馬皇后焦屍即是建文帝本人，還假惺惺哭道：「傻孩子啊，叔叔是來幫你清除身旁奸臣的，你何苦如此呢？」緊接著為允炆舉行隆重喪禮。朱棣為了自圓其說，當然不會再公然搜捕建文帝，這勾當得暗著來，而且最好直接殺了，並毀屍滅跡。

看看劉家河已不及百里，三保一行人這才稍稍放下心來。未幾，前頭赫然出現數十艘大型海船，南北向一字排開，使得寬闊的江面幾無空隙可容其他舟楫通過。溥洽以為是黃子澄得到風聲，率船隊來迎。三保眼尖，遠遠見到海船上懸著日月旗幟，知是日月門所收編的海盜船隊，連忙揮旗示警，下錨止住。這時海盜船也已發現僧兵船隊，不由分說，發砲便打，所幸相距尚遠，砲彈全落入江水裡，船砲也就止住不發。三保不願率眾僧硬闖而多傷無辜，料想日月門在南岸往劉家河路上必定設有重伏，於是指揮船隊泊靠北岸，稽首道：「多謝各位義助，咱們就此別過。」溥洽驚道：「你不跟我們一道，要去哪兒呢？」三保哂道：「自然是天涯海角。」拆了兩片船板縛在腳下，背負起冒牌建文帝，手持蛟龍劍，運起輕功，踏水凌波，逕往海盜船隊奔去。船家們全看傻了，以為他是神仙下凡，自己原先還對他心生鄙夷，不禁誠惶誠恐，又驚又敬，跪下磕頭膜拜不已，口中唸唸有詞，懇求神仙爺爺恕己無知之罪，也念在載送有功，務請保祐行舟安順，大發利市。眾僧想起達摩祖師一葦渡江以弘揚佛法的典故，如今親見三保為救助落難的大明天子，藉片板疾行江上，一時間沒意會到三保其實是穆斯林，個個熱淚盈眶，雙手合十，反覆高宣佛號不休。未幾，祝禱聲與宣佛聲皆被隆隆砲聲硬生生打斷，岸邊無論僧俗，皆引頸眺望，惟願三保及假建文帝安然無恙，不再作他想。

三保穿行箭雨彈幕中，已是司空見慣渾閒事，不過在水面可比在陸地難上何止百倍，況且身上背負著一個成年男子，手中蛟龍劍沉重異常，因此絲毫不敢怠慢，以七成勁力踏水，只用三成勁力護身，把不全劍法使得淋漓盡致，圓轉如意，絕無阻滯，四兩撥得萬鈞，運巧勁將飛砸過來的砲彈推了開去，此刻才知周顛所言非虛：武功兵器雖屬不祥，但若心存恬淡，不懷殺意，方能登峰造極。也幸虧蛟龍劍厚重堅韌，若換作常劍，任三保內力再強，早就摧折了。朱棣可萬萬料想不到，將蛟龍劍贈予三保之舉，固然三番數次讓自己脫險，卻也間接幫助政敵逃命。

三保堪堪來到一艘海盜船數丈外，忽見一張巨網兜頭罩下，估量無論如何閃避不了，默想：「劍兒，劍兒，今日便要靠你發威了。」一揮蛟龍劍，居然將又柔又韌的巨網一剖為二，但腳下一滯，下身浸入水中，背上的假建文帝驚呼連連。好個三保，福至心靈，用蛟龍劍身纏繞住半張巨網，脫手射出，牢牢插進船身裡，伸手抓住巨網尾端回扯，腳底一蹬，震碎兩片滑水木板，身子離水而出，飛向眼前的海盜船，左手五指成爪。如今他的功力遠邁戴天仇全盛之時，無需鋼爪，亦能輕易地指穿硬木，雙腳使出黏勁，身子攀附船邊，右手握住劍柄，往下一沉，不只割斷網子，還順勢把船身劃出一道口子，直至水面下寸許，然後左手指與雙腳往左側施力，使身子右移，左手指迅速脫出，隨即再次插進船身，如此飛快橫過這艘船，因得凸出的船腹掩護，移動速度又快極，船上之人對他莫可奈何。

這許多艘海盜船首尾相連，橫亙長江，三保藉此法渡江，上了南岸，並在每艘船底都動了手腳，離岸愈近的，破洞愈大，入水愈快，總算他心存仁慈，讓船上水手有逃命餘裕，無一人溺斃。埋伏江岸的日月門眾，連三保的模樣都沒能瞧清楚，遑論阻攔，弩箭暗器亂發一氣，其中不少著落在自家人身上，只聽得慘呼怒罵聲隨大江東去，迤邐不絕，緊接著怨責的怨責，告罪的告罪，救傷的救傷，解毒的解毒，數千人忙得不亦樂乎，暫時抽不出身來追趕三保。

劉家河在元代名為劉家港，乃漕糧海運的出海港之一，航運漁業繁盛一時。到了洪武年間，朱元璋一方面以肅清海盜倭寇為由，再方面因故步自封的天朝大國心態作祟，嚴禁百姓私自出航，甚至不許片板下海。雖說他禁由他禁，百姓自有對策，但劉家河漕運廢弛，從此沒落，顯現出一副繁華落盡後的蕭條破敗景象，加上江山即將易主，更瀰漫著一股肅殺詭譎的氣氛。街上這時杳無行人，只有幾隻喪家之犬在斷垣殘壁間遊蕩穿梭，血色斜暉從幾朵烏雲的間隙透出，照射在一條軀體上，雕琢出頎長健壯的身形。那人面陽佇立，卻全然看不到五官，因以錦帕蒙臉，忽見有人飛奔而近，緩緩從腰間解下一把以緬鐵鑄成的鎏金長劍，左腕一抖，金劍映著紅日，劍芒如血箭般飛射，似乎光憑這亮閃，就足以取人性命，幾隻狗兒夾著尾巴倉皇逃走，連低吠一聲也不敢。

三保遠遠見到攔路之人，不禁倒抽口涼氣，停住腳步，忖道：「竟然是他！他不是死了嗎？」放下背上的假建文帝，裝模作樣行臣子之禮，再大踏步趨向攔路惡客。那人森然道：「我真是搞不懂你，前番你幫燕王北征，立下戰功，然後拚命保護明教的龍鳳姑婆，這回你助燕王靖難，更是勳業非凡，卻冒死搶救燕王的敵人，豈非再度前功盡棄，你說，你圖的究竟是甚麼？」他果真就是蔣瓛。三保不答，反問：「泉州鄭府一戰，你挨長刀透胸，穿過心窩，怎會沒死？」蔣瓛扯開胸前衣襟，露出心口寸許長的傷疤，道：「我生具異相，心臟天生在右，當日那把刀才沒刺死我，清虛道人百密一疏，沒補上一劍，讓我僥倖存活。」方才他刻意壓低聲調，這幾句顯得嗓音尖細，不似以往那般渾厚悅耳。

三保心念一動，問道：「難道你也練了明教護教神功？」蔣瓛道：「正是！」三保驚呼：「你是如何辦到的？」蔣瓛發出刺耳尖笑，道：「我出身明教，還曾是錦衣衛首領，明教有甚麼事能瞞得過我？皇宮的祕道，以及你在皇城外祕道口的藏書，也都逃不過我的掌握。再告訴你，放眼當今華夏神州，可不是只有你兼通安息文與閩南方言。」當年伍天圓在祕道口撞見三保，遭猢猴咬傷，後來告知蔣瓛此異事，蔣瓛心思細密，親自搜查一番，找到祕道，也掘出明教神功祕笈。

三保道：「你是明教叛徒，怎有顏面修習明教護教神功？」蔣瓛道：「笑話！『水能載舟，亦能覆舟』，你沒聽說過嗎？武功一道，也是如此，既能護教，亦能滅教，誰說一定要拿來幹啥，何況我本為天下第一美男子，顏面正是給明教毀壞的，練其武功，聊為補償，亦不為過。」三保知道他在強詞奪理，不想在這點上多費唇舌，又問：「那麼日月門……」蔣瓛道：「沒錯，日月門是我創設的，意在取代日薄西山的明教，陰陽二使的武功也是我親自傳授的，但只各傳半套，一陰一陽。」他傳陰陽二使明教神功，可沒安甚麼好心眼，純是為了防範二使反叛，且要試探明教神功的效用，卻意外另闢武學蹊徑。

三保續問：「你創立日月門，蹂躪沿海一帶，何以還不知足，要效命於燕王？」蔣瓛道：「知足？呵呵，你真是聰明面孔笨肚腸。我原本要藉日月門爭霸天下，既任明教教主，兼當大明天子，然而不久前，有個相士袁珙為我相了運途，說是姓蔣的想要稱孤道寡，得再等五百年，即便如此，還只是個偏安一隅的小小天罡，我又見燕王靖難已成，是以心甘情願臣服其下，拿下建文帝，便是首功。你乖乖把人交出來，我便不跟你計較飛刀穿胸之仇，而你從此榮華富貴，享用不盡，祖上父兄，皆可封侯，正所謂『大丈夫不羞小節，而恥功名不顯於天下也』。哈哈哈……」他雖縱聲大笑，卻不顯開懷。其實蔣瓛也算是個人傑，不能人道後，變得野心勃勃，但他自知智謀不及道衍，武功不如清虛，連資質也遜於三保，朱棣將三人盡納麾下，還取得了小明王寶藏，加上日月門倚為搖錢樹的海盜們紛紛出走，至西洋投靠陳祖義，這些年靠海盜掠奪的錢財著實有限，終究成不了氣候，再經道衍暗中安排的袁拱為他相命，自此絕了爭雄天下之念，歸順朱棣。

三保是伊斯蘭創教先知穆罕默德的嫡裔，先人封過王，父祖襲封為侯，自己非但沒因此沾上一丁半點好處，反致家破人亡，也曾親見陳暉等人因為太想封侯而栽了大跟頭，是以對這碼子事不覺得有何稀罕，更認為榮華富貴僅屬過眼雲煙，遂道：「蝸角虛名，蠅頭微利，生不帶來，死不帶去，你何須如此費心算計而汲汲營營呢？」蔣瓛哼了聲，道：「你指稱我是明教叛徒，自己卻假仁假義，反覆無常，對於建文帝、燕王、明教，甚至清真，無一不叛，又有何面目在此說嘴呢？」倏地長身趨前，使出玉谿劍法中的「錦瑟無端」。他的青蛇劍失落於泉州鄭府，後來重新打造一把，既已不在朱元璋底下當差辦事，便肆無忌憚地把兵器弄得珠光寶氣，耀眼生輝，名為金蛇劍。

可慈學的明教神功為只解譯出八成的漢文版，從未練過雙人合抱式，蔣瓛所學則是一字不漏的安息文版，也練得周全，且因本就出身明教，武功路子契合無間，其間高下不言可喻，而且蔣瓛的可怕不全然在於武功，更在於心計。三保知之甚稔，並料想蔣瓛應該十分熟悉允炆，自己萬一失利，金蟬脫殼之計將功虧一簣，萬萬不敢掉以輕心，拔出蛟龍劍，銀光霍霍，寒氣森森，回了不全劍法中的「法因緣生」。蔣瓛見三保手中巨劍異彩流動，應是件稀世神兵，不待雙刃交鋒，劍走龍蛇，金光閃閃，接連使出「弦柱華年」、「莊生曉夢」、「望帝春心」、「滄海有淚」、「藍田生煙」、「情待追憶」、「時已惘然」、「春蠶絲盡」、「嫦娥應悔」等招，三保以「無壽者相」、「夢幻泡影」、「心無所住」、「生大歡喜」、「香風時來」、「離於愛者」、「心無罣礙」、「無老死盡」、「斷諸疑悔」等一一拆解，頃刻間，兩人交手百餘招。

三保習練明教神功的時日較長，與道衍在北平草庵裡長談後，更能揣摩神功創始者魚令徽的心態，深明其旨趣，且得密教功法真傳，並與絕配韓待雪同練過明教神功合抱式及隱仙派神交雙修法，功力之深，已超越魚令徽極盛時期。蔣瓛為求速成，別出心裁，將明教神功區分陰陽分傳二使，再強忍著噁心，與二使合體，由兩個糟老頭子一前一後緊貼自己，以收採陰攝陽之效，功力一日千里，著實非同小可。二人旗鼓相當，不分軒輊，劍鋒所經，無堅不摧，掌力所及，無銳不折，直鬥得飛沙走石，樹倒樓傾。假建文帝也通曉武藝，遠遠觀戰，感到目眩神馳，心旌撼動，若非親見，怎信世間竟有神功若此，看著看著，不覺紅日西沉，月上東山，兩條人影，或輕如遊霧，或重似崩雲，愈轉愈快，恍若龍捲風裡彼此交纏的兩道黑煙，再也分辨不清誰是誰了，唯激射出金光銀電，不久後烏雲滿天，遮蔽星月，不復見黑煙，刀光劍影也逐漸黯淡，獵獵風響卻更加扣人心弦。

正值登峰造極時期的蔣瓛，武學底子本已甚厚，這些年功力大進，自認為足以震古鑠今，此刻卻久鬥後生晚輩不下，未免焦躁，竄至三保身側，金蛇劍身屈曲，一招「月歸後門」，劍尖點向三保後心靈臺穴。三保的蛟龍劍既闊且長，不及回防，身子陡然橫移尺許，堪堪避開劍鋒。蔣瓛跟上，金蛇劍再度刺向三保身後，但此番劍尖下沉，擊往三保的尾閭穴，正是「重門後庭」。三保曾見蔣瓛使過這幾近撒潑無賴的怪招，而他心存恬淡，思慮清明，不囿於招式，仗著自己人高腿長，踮起腳尖，讓金蛇劍穿過胯下。蔣瓛發出冷笑，喊了聲「著」，本以為會刺中三保的子孫袋，驚覺對方早已淨身，哪還有子孫袋可刺，要急忙收劍，劍尖卻給三保左手三根指頭捏住猛一旋轉。蔣瓛把握不住，金蛇劍脫出左手，他反應奇快，左掌拍向三保後心，右手去接劍柄。三保呵呵一笑，手指鬆開金蛇劍，身子閃避了去。

蔣瓛遭到戲弄，惱怒非常，暴喝一聲，一招「三更三點」連出三劍，出劍時手腕陡震，每劍分刺三處，三劍共是九個部位，另一招「六曲連環」接踵而至，但見點點劍光挾著颼颼聲響，如無數水滴被狂風掃來。三保出入漫天箭雨無數次，見多不怪，不久前才跟劍術名家公孫霸對過招，眼界更開，隨手應以「阿耨多羅」與「六波羅蜜」，電光石火間雙劍相交數十回，假建文帝卻只聽得清脆至極的一聲噹響，此因二人出劍委實太快，常人聽來，數十聲融合為一。蔣瓛的金蛇劍乃百煉緬鐵製成，劍身表面還鎏金，剛柔兼具，居然被西夏開國雄主李元昊的蛟龍劍，斫得仿若一把鋸子，幸好金蛇劍上貫注有渾厚內力，否則已經斷為數十小片了。

蔣瓛在兵刃上吃虧，驚恚交加，但他是個梟雄，並不意氣用事，反倒暗中盤算，估摸僅憑一己之力，縱然使出自創的奪命絕招得逞，殺死眼前強敵，但對手的反擊必然猛烈非常，自己難保不受重創，陰使伍天圓無情無義，肯定會趁機殺害自己以篡奪一切。蔣瓛計上心來，挺立不動，凝視三保，靜待強援到來。三保見他如此，也不冒然舉措，在黑暗中與他對視，期盼多撐持一瞬，允炆便能多遠離險地一步。

蔣瓛的強援並非甚麼人，而是天，半晌過後，天降大雨，蔣瓛所等，正是這個。他潛運十足十的神功，金蛇劍身發出燦燦紅光，照亮暗夜，落於其上的雨滴皆化為裊裊蒸氣，不住滋滋作響。須臾，蔣瓛連人帶劍，全隱沒於氤氳霮䨴之中，他悄悄提起另一隻手，掌力暴發，掌風所及，雨滴凝結成冰，夾著強大內勁，突出煙霧，飛向三保，比手銃所射彈丸還來得迅疾猛烈。他不放心，接連拍出十多掌，以三保為中心的方圓十數丈內盡是冰珠，幾無空隙，但求擊中一顆，破了對方護體真氣，便可隨即使出大絕招，了結其性命。

三保也有化水成冰的本事，卻未刻意練習，無法像蔣瓛這般揮灑自如，況且天色幽暗，視線又受煙霧遮蔽，冰珠勢頭甚疾甚猛，待發覺時，已深陷危殆之中，比曾經遭遇過的任何一陣箭雨彈幕還凶險許多。好個三保，拚盡全力，施展無上輕功，身子驟退數丈，同時右手運劍使出「滅度一切」，左手發出「雨曼陀羅」，恰恰一道閃電劈落，照見成千上萬顆冰珠在半空中相互激撞，俱碎為粉塵，隨大雨掉落地面，復歸為滋潤大地之源泉活水，不再是傷身害命的歹毒暗器。蔣瓛鬼蜮伎倆落空，仍想智取，不願力拚，奪命絕招留住不發，另外設想計策。

此時一道清風輕掠過假建文帝身旁，到了對峙二人數丈外戛然止住，滂沱大雨裡陡然多出一條高瘦身影，一動不動，一語不發。三保與蔣瓛早從其身法得悉來人功力已臻化境，絲毫不遜於自己，不知雨夜裡這不速之客究竟是敵是友，皆凝神戒備，藉閃電光亮，看清楚來人乃是清虛。當真不是冤家不聚頭，自泉州鄭府大戰將近七年後，三人再度碰在一起，當時強弱懸殊，高下立判，如今功力悉敵，難分軒輊。三保悚然心驚，眼前這兩個之中任一個都異常棘手，要取勝已大大不易，若他倆聯手，自己絕討不了好去，恐將畢命於此，自己死了，或許是種解脫，偏偏在這節骨眼上負有重責要務，無論如何得撐過這場拚鬥，一雙星眸緊盯著清虛，以為他是受道衍指使前來力助蔣瓛的，畢竟蔣瓛已率日月門投效朱棣。

不過他猜錯了。清虛道：「請馬施主速帶皇上離去，有上萬名海盜帶著火器，正趕往此處來。」三保一怔，道：「那麼你呢？」清虛道：「貧道當年一時疏忽，留此妖孽禍害人間，今夜便來了結七年前的未竟之務。」清虛感恩圖報，長久被師兄道衍用為爪牙，這回來此卻是奉掌門師伯張三丰之命，再者他的師叔周顛在世時曾託他照看三保，因事涉師門之祕，清虛不願說出真相，隨口敷衍過去。蔣瓛才要開口說話，清虛不跟他囉嗦，唰地朝他刺出一劍，看似平平無奇，卻滿蘊殺機。蔣瓛瞧出厲害，道：「來得好！今日便換我在你身上刺個透明窟窿。」

世人只知張三丰的武功深不可測，並不曉得他其實是隱仙派掌門人，而其師姪清虛道人的武功雖也高得出奇，但他每回出手既不自報門派師承，又絕不留活口，是以隱仙派在江湖中沒沒無聞，其武功路數，當今世上罕有他人知悉。蔣瓛跟清虛動過手，因為詐死，成了唯一例外，這些年自宮練功，內力大進，並苦苦思索破解清虛劍法之道，如今終於再和清虛狹路相逢，抖擻起精神，揮舞金蛇劍，向清虛進招，不過由於另一強敵在側，暫留絕招不發，伺機出其不意使出，或可一舉擊殺對手，最起碼能用來保住己命。

三保挺劍上前，要助清虛殲滅強敵，沒想到清虛斜退一步，三尺青鋒刺向三保，淡然道：「馬施主若還不走，貧道連你也殺。」隨即再跟蔣瓛交上手。三保閃過清虛這一刺，長衫卻遭劃破，連裡頭的褻衣也裂開長長一道口子，露出肌膚，見這老道比戴天仇更加不可理喻，無可奈何，垂劍退開，道：「蔣瓛的內力可區分陰陽，陰寒足以拍雨成冰，陽熱適可握劍熔鋼，收發由心，厲害得緊，請道長務必小心。」清虛邊鬥邊呵呵笑道：「解因果玄機者，莫逾佛門；通陰陽奧變者，首推道家。姓蔣的這廝若膽敢在貧道面前班門弄斧，他可得倒大楣了。事有輕重緩急，我又不是韓姑娘，難道你跟貧道也要搞啥兒女情長，來個難分難捨嗎？哎呦！」他一向惜言如金，此刻居然多說了好幾句，還開起三保玩笑，不過一分心，差點給金蛇劍刺中。

三保不敢再多言，回身去背起假建文帝，風馳電掣，直奔黃子澄船隊駐紮處，高呼：「皇上駕到。」世上瞻仰過建文帝龍顏的沒多少人，且雨夜裡難辨真偽，守軍不敢攔阻，其實也攔阻不了，任憑三保背著一個歪頭僧人旋風般闖入。三保內功深湛，聲傳十數里，黃子澄聽到他的呼喊，急忙冒雨衝來迎駕，連鞋子都沒來得及穿好，乍見三保，吃了一驚，再打量他背上之人，昏暗中誤以為真是建文帝，撲倒便拜，頭磕在水窪裡，涕泗長流，大罵燕王狠惡無恥，自慚愚笨無能，嘮叨一陣子，見那人始終不發一語，覺得奇怪，起身抹去涕泗雨水，上前仔細一瞧，正要發火，被三保點中穴道，挾在腋下帶到僻靜無人處。

三保扼要說明前因後果，黃子澄原就鄙視厭惡三保至極，此時受他欺騙，又遭他挾持，直氣得鼻孔一張一歙，額頭青筋怒起，哪裡聽得進隻言片語。三保見他這副模樣，又聽得火器連串爆響與廝殺之聲，知道日月門眾已經攻至，一時沒了計較，咕咚跪倒在地，對黃子澄大磕三個響頭，泣道：「追兵迫在眉睫，皇上生死全繫於大人一念之間。」起身解了黃子澄穴道，轉身離去。假建文帝在三保身後喊道：「你走了，那我呢？」黃子澄支吾道：「陛……陛下，請即登船吧，再晚恐怕就來不及了。」三保放下心，自行離去。

黃子澄雖讓假建文帝上船，可萬萬不願對他行臣子之禮，以自己舉薦李景隆為帥、萬死莫辭為由，拒不隨行。原本在海上重重包圍劉家河港的日月門旗下大批海盜船隻，前一日泰半被調去阻截僧兵船隊，其中不少讓三保以蛟龍劍鑿沉，剩餘的雖趕了回來，包圍圈已遠不如先前嚴密。經過一番激烈海戰，雙方船隊互遭重創，載著假建文帝的船隻突圍而出，為逃避追擊，一路東航，歷經重重危難，船上之人若非在狂風暴雨中落海溺斃，便是死於飢渴或疾病，只有包含假建文帝在內的寥寥數人倖存，似乎隨著破損不堪的船隻漂流至美洲，留下蛛絲馬跡供後人探索[18]。

話說燕軍自金川門攻入京城，徐輝祖因兵器與座騎事先被李景隆派人盜走，敵不過朱能刀馬陣與紀綱、解縉的夾擊，落敗遭擒，京軍潰散，親軍十二衛也早已走得半衛不剩，幾百個內官大開皇城與宮城之門，讓燕軍長驅直入。解縉的官位不高，卻是京官中率先降燕者，以往看不起他或嫉妒其才的留京大臣們，這會兒爭相苦苦懇求他引薦自己給朱棣，只有少數幾位自戕以殉君國。盛庸、梅殷等人聞訊，知道大勢已去，江山易主，先後來降。朱棣沒把盛庸當回事兒，倒是十分熱絡地接見了梅殷，畢竟後者是頗受朱元璋器重的顧命大臣，還是妹婿，須另眼相待，和顏悅色道：「駙馬辛勞了。」梅殷這時候還要端臭架子，回道：「辛勞是有的，只可惜勞而無功。」朱棣的紫膛臉抽搐了下，只因目前尚須攏絡人心，於是乎強抑怒火，暫不跟梅殷計較。

降燕大臣無論文武，皆力勸朱棣登基，其厚顏無恥情狀，當真匪夷所思，驚彩絕倫。朱棣循例演出讓再讓三的戲碼，謙辭了幾回，見眾大臣涕泣求懇不已，捶胸頓足不止，倘不依從的話，恐怕他們全要攜手同蹈東海而死，這才「勉為其難」稱帝，緊接著派人押來披麻帶孝的方孝

18 此純屬小說家語，不能當真。然而幾年前英國海軍退休軍官孟西士宣稱鄭和船隊到過美洲，加拿大建築師基亞森也表示發現中國人在十五世紀到過北美的遺跡，都引發論辯，遭斥為無稽。其實早在一七六一年，法國學者德吉涅即根據《梁書》，提出中國人（應是慧深和尚）於西元五世紀時到達墨西哥的說法，後來又有別的法國學者根據《法顯傳》譯本再次提出該觀點。甚至十九世紀時還有英國人提出「殷人東渡美洲論」，華人之中，羅振玉、王國維、郭沫若、衛聚賢等人相信該論，近年來有人在美洲發現疑似為殷商甲骨文的刻痕。

孺，逼迫他起草昭告天下的即位詔書，脾氣拗極的方孝孺執意不肯。朱棣料想這人大概吃軟不吃硬，堆起笑臉，道：「朕順天應人，登此大位，絕無半點私心，實在是要仿效周公輔佐成王啊！」方孝孺道：「你既然要仿效周公，那麼成王何在？」朱棣道：「建文帝不是自焚而龍御賓天了嗎？」方孝孺道：「這事我當然知道。皇上是在我的力勸之下，捨身為國殉難的，我誓為皇上帶孝終身，以報知遇之恩。」

朱棣哂道：「建文帝既已崩殂，哪來的成王？」方孝孺道：「你可立皇上嫡子為君啊！」朱棣道：「朕遍尋太子文奎不得，只找到其弟文圭，然而他才兩歲，委實太過稚幼。」方孝孺道：「這不正是周公輔佐成王之意嗎？」朱棣道：「成王初受周公輔佐時已十來歲了，文圭不可與之相提並論。國家需要年紀稍長並有治國之能的君主，否則朕要輔佐幼君到何時，他才能自理朝政呢？」方孝孺道：「你可立皇上之弟啊！皇上的三位皇弟俱已成年，也都封了王，在藩地不無賢名，任一位都會是明君。」朱棣臉上一陣青，一陣白，硬是按捺住滿腔怒火，沉著聲道：「這是朕的家務事，請先生不要過問，惟望先生……」方孝孺搶白道：「既然是你的家務事，不容我過問，那還找我來做啥？」

朱棣蠻性發作，步下龍椅，將一管毛筆蘸飽濃墨，硬塞進方孝孺的手裡，道：「先生是大儒宋濂的高弟，道德文章堪稱當世第一，朝中大臣異口同聲，都說這詔書非先生起草不可。」這些大臣本身沒有風骨節操，還硬要拖方孝孺下水，用心確實歹毒。方孝孺一筆在手，不再推辭，龍飛鳳舞寫了幾個字。朱棣垂目一看，正要讚他書法高明，赫然發現詔書上直挺挺躺著「燕賊篡位」四個大字，惱怒至極反而不動聲色，只止不住全身發顫。方孝孺把毛筆往地上一扔，乜視朱棣，撇撇嘴道：「不過是個死，這即位詔書我定然不寫。」朱棣道：「先生號稱一代儒宗，應以孝悌為本，你他奶奶的難道不怕誅九族嗎？」方孝孺道：「即便誅十族，方某也甘之如飴，求之不得，何況我奶奶早已辭世。哈哈哈……」仰天大笑不已。古來連坐最重只及於九族，為了方孝孺這一句話，居然連他的朋友、門生也遭了殃，創下史上誅十族的首例。

朱棣氣炸心肺，道：「這可是你自找的，須怪朕不得。」命紀綱把方孝孺綁縛在京城正南的聚寶門[19]前示眾。方孝孺文名響徹雲霄，但因曾經焚燒民船，迫民毀屋，強徵民工，百姓極痛恨他，頓時一傳十、十傳百、百傳千、千傳萬，紛紛湧到聚寶門前圍觀，對他吐痰、辱罵，若非懼怕一旁如狼似虎的軍士，恐怕早已將一臉傲然的方孝孺給碎屍萬段了。方孝孺了無懼色，大罵燕賊不休，若干血性民眾頓時對他改顏相向，嘆服其忠肝義膽。

紀綱本為儒生，對方孝孺恭敬道：「先生乃今之文宗，文章之佳妙，議論之恢宏，那是天下讀書人有目共睹的。末學忝為諸生之一，拜讀過先生的每一篇文章，佩服得五體投地。」方孝孺道：「你倒很有眼光，只可惜自甘墮落，甘為燕賊爪牙。」紀綱也不生氣，道：「先生有篇〈豫

---

19 即今南京中華門。相傳沈萬三的聚寶盆埋於此城門下，以鎮伏水怪，其實此城門外有座聚寶山，才得此名，聚寶盆云云，純屬穿鑿附會。

讓論〉，開宗明義便道：『士君子立身事主，既名知己，則當竭盡智謀，忠告善道，銷患於未形，保治於未然，俾身全而主安；生為名臣，死為上鬼，垂光百世，照耀簡策，斯為美也。』這話著實頗有見地。」方孝孺道：「不錯，不錯，你背得一字不錯，雖是豎子，尚可教也。」紀綱道：「先生續道：『苟遇知己，不能扶危於未亂之先，而乃捐軀殞命於既敗之後，釣名沽譽，眩世駭俗。由君子觀之，皆所不取也。』誠偉言讜論也。」

方孝孺道：「正是！豫讓乃智伯家臣，智伯以國士之禮待豫讓，當智伯貪得無厭、縱慾荒暴時，豫讓本應一而再、再而三規諫智伯，若智伯不聽，這時就該自戕死諫，但豫讓並未如此做，反而袖手旁觀，終令智伯被趙襄子滅掉。其後，豫讓為了替智伯報仇，憑恃血氣之勇，不惜以漆塗身來毀壞形貌，吞炭以使嗓子變啞，行刺趙襄子失敗，即伏劍自刎，雖可謂悲壯忠烈，卻已於事無補，純為釣名沽譽、眩世駭俗罷了！」紀綱道：「誠然！建文帝不僅待先生如國士，甚至以帝師之禮奉先生，也可算是先生的知己了。在建文帝啟用李景隆為帥、迭出昏著時，先生同樣袖手旁觀，遑論死諫，終致建文帝兵敗自焚。此時，先生憑恃血氣之勇，甘受史無前例的誅十族之罰，且如潑婦般罵街，雖可謂悲壯忠烈，卻已於事無補，豈非如豫讓一般，純為釣名沽譽、眩世駭俗乎？」方孝孺憤恨道：「豎子休得胡言亂語！豫讓不過一介莽夫痴漢，豈可與我堂堂文學博士相提並論？虧你還是個士子，怎如此無知！」紀綱道：「先生甘願自附於腐儒之流，言行不一，竟還目空一切，何足道哉！何足道哉！」轉身大笑離去，不管身後方孝孺連珠砲似的惡毒咒罵。

其後，紀綱每搜捕到一批方孝孺的親友門生，便當著他的面，將他們好生羞辱凌虐一番，再砍掉他們的腦袋。方孝孺見狀，心痛如絞，忍不住涕泗縱橫。他的胞弟方孝友也是個書生，自幼即時常領受乃兄教誨，臨刑前，口賦一首絕命詩，詩云：「阿兄何必淚潸潸，取義成仁在此間。華表柱頭千載後，旅魂依舊到家山。」方孝孺見有家人支持，膽氣又壯盛起來，淚水戛然而止，眼睜睜看著同胞兄弟與親友門生一顆顆人頭相繼落地，隱隱覺得這都是成就自己忠義節烈之名，所必須付出的代價，正是「取義成仁在此間」，也作了一首絕命詞，詞云：「天降亂離兮孰知其由？三綱易位兮四維不修。骨肉相殘兮至親為仇，奸臣得計兮謀國用猷。忠臣發憤兮血淚交流，以此殉君兮抑又何求？嗚呼哀哉兮庶不我尤。」

就這樣過了七日，朱棣親自來到聚寶門前，見到一堆疊得錯落有致的人頭塔，問道：「這是誰堆的？」紀綱回道：「這是臣所為，以讓方逆瞧清楚有多少人因他而枉死。」朱棣道：「嗯，幹得好！你還真有才情，若非已任錦衣衛指揮使，當個工部侍郎也算合適。」朱元璋在藍玉案後，裁減錦衣衛員額，限縮其職權，朱棣一即帝位，反而將之大為擴張，還按照朱元璋擔任吳王時的舊制，改稱「錦衣親軍指揮使司」，並拔擢紀綱為指揮使。紀綱拉拔了一干親信進來，錦衣衛士不再是從小被收養的孤雛貧兒，反倒盡為趨炎附勢的潑皮無賴，其手段更加酷烈卑鄙，而且恣意妄為，攀誣構陷，全然不受刑部節制。

紀綱道：「臣蒙聖上隆恩，無論職位為何，都會盡心竭力，不敢別有妄想。」朱棣沉吟道：「朕還是得賞賜你甚麼。唔，一顆人頭賞一兩白銀，這裡總共有多少顆？」紀綱道：「臣方才仔細算過，計有八百七十三顆。」朱棣奇道：「怎就這麼一些？」紀綱慌忙跪下，道：「啟稟聖上，方逆女眷不論長幼妍醜，全送往教坊司充當官妓，這八百七十三顆頭都是男丁，據悉方逆還有些遠親與朋友、門生在逃，臣會加強搜捕，務使一個不留。」朱棣道：「切記，『斬草不除根，春風吹又生』，你要順藤摸瓜，才能將餘孽鏟除乾淨[20]。」紀綱叩首，高聲道：「臣遵旨。」

朱棣走到方孝孺面前，見他被綁縛在一根木樁上，形如枯槁，厲聲斥責左右道：「方先生是當今文壇魁首，還是天下讀書種子哩，你們怎好意思如此虧待他？」從腰間拔出一把匕首，走去割來一具死屍身上的腐肉，強塞進方孝孺的嘴裡，吟吟笑道：「方先生餓了吧？來，吃點你親友的肉，補補身子。」方孝孺將腐肉吐到朱棣臉上，咬牙切齒道：「我要效法伯夷、叔齊不食周粟，縱使要吃，也要生吃篡位燕賊的肉。」朱棣怒極，不急著抹去臉上的腐肉，舉起匕首，唰唰兩下，將方孝孺的嘴角劃開至兩邊耳際。方孝孺痛得張口大叫，朱棣伸手進去他嘴裡，一把拉扯出舌頭，揮刀割斷，塞入自己嘴裡大嚼起來，弄得整副嘴臉滿是鮮血，還流淌到龍袍上，再呸一

20 朱棣如此作法，史稱「瓜蔓抄」，而光是受方孝孺一人株連的，最終竟多達數千人。

聲，吐到地上，大力踩跺，鄙夷道：「哼！甚麼三寸不爛之舌，根本當不起朕的幾下咀嚼，幾次踩踏，你有本事再罵啊！你名叫孝孺，朕從今日起自號笑儒——笑話儒生。哈哈哈……」他笑得十分輕狂得意。

方孝孺仍不屈服，喉中荷荷作響，雙眼似要噴出火來。朱棣止住狂笑，喊道：「來人哪！」左右應道：「在！」朱棣道：「立將方文學博士凌遲處死，須割滿八百七十三刀，多一刀或少一刀，在場官員同受其刑。」他不禁懷念起錦衣衛的秦剝皮來，這樣的人才不知流落何方，否則可以活剝方孝孺的皮，鋪在龍椅上，日日坐於屁股下，不時放個響臭之屁加以薰陶，方消心頭之恨。眾人領命，惶惶不安，交頭接耳好一陣子，因這些年錦衣衛行刑人才凋零殆盡，新任的皆手段粗殘，做不來如此細緻活兒。紀綱要遮掩手下的無能，只得親自主刀。他有意在朱棣面前賣弄本事，掏出雙勾，抖擻精神，先凌空劃了幾下，再推出一掌，方孝孺頓時衣衫落盡，一絲不掛，其皮肉與綁縛的繩索俱絲毫無損，圍觀人群齊聲叫好。紀綱命人取來一個大鍋子，塞進方孝孺腳下，他出手如電，封閉方孝孺周身穴道，以減緩血流，繼用一張細目漁網緊緊勒住方孝孺，使其肌膚一小塊一小塊地鼓凸於漁網外，然後一刀刀碎剮起這位一代文宗來，滴血片肉全落入大鍋中。

在旁監刑的朱棣，好整以暇地抹去臉上的血漬、腐肉，一邊欣賞方孝孺痛楚難當的扭曲面容，一邊玩味眾官員提心吊膽的慌張德行，同時審視圍觀百姓又驚嚇又愛看的矛盾模樣，頗感舒暢快意，覺得當皇帝之樂，莫過於此。當紀綱剮到第五百二十刀時，狗兒前來奏報朱棣，說三保已經回宮，有要事稟報。朱棣連正眼也沒瞧狗兒一眼，道：「讓他等著吧，你自個兒先回去，朕得看完這場精彩好戲。」京師裡別說宦侍了，花招勝過狗兒的王公大臣可多著呢，他們全都迫不及待地獻媚於朱棣。狗兒本已失寵，如今更覺落寞，對三保的敵意由是大減。

就在紀綱割下第八百七十片肉後，差不多已成為一具骷髏的方孝孺，咽下今生最後一口氣，眾官員面面相覷，心驚膽顫。朱棣沉下臉，道：「朕是不是數錯了呢？還差三刀哩！」紀綱跪奏道：「臣的的確確割了八百七十刀，然而陛下先在方逆嘴上劃了三刀，加總起來正好是八百七十三。」朱棣笑道：「沒錯，沒錯，正是如此。」眾官員放下懸著的一顆心，圍觀的民眾紛紛叫好。朱棣走上前去，再度抽出匕首，剖開方孝孺的腸子，用刀尖撥了幾撥，道：「呸，如此一代大儒，肚子裡裝的竟然不是道德文章，不過是堆臭屎罷了！」眾人很知趣地撫掌大笑。朱棣龍心大悅，朗聲道：「奸臣伏誅，大快朕心，統統有賞，見者有分。」在場官員民眾對方孝孺的欽佩，遠遠比不上對銀子的喜愛，因此歡聲雷動，心悅誠服地跪下山呼：「吾皇萬歲萬歲萬萬歲。」

朱棣指示紀綱，將方孝孺被剮下的肉片與內臟剁成碎末，連同骨架、血液，再加些佐料，以方孝孺家中所藏經書做為柴薪，烹煮成一大鍋「文學博士湯」，分賜給城裡的乞丐吃喝，讓他們享用一丁點兒讀書種子滋味，說不定下輩子也能讀書進學得功名哩！乞兒們難得喝到一碗有滋有味的熱湯，感動萬分地盛讚朱棣慈愛仁德。朱棣揚揚自得啟駕回宮，才入內，一條人影閃至面前，跪在地上。朱棣嚇了一跳，定下神來，看清楚跪在面前的是寶貝女兒朱玉英，道：「妳這是幹啥？」朱玉英道：「爹爹先答應女兒的請求，女兒才說這是為了甚麼，也才願意起來，否則將在這裡長跪不起。」朱棣道：「妳又在胡鬧了，天底下有女兒這樣子威脅她老子的嗎？更別提她老子還是堂堂天子哩！」朱玉英嘟起小嘴，道：「我不管別人，我就是這樣。」朱棣知道她的性子，而且以為她想休掉夫婿袁容，沒啥大不了的，遂道：「好好好，只要別太離譜而且做得到，父皇答應妳就是了。」

朱玉英甜甜一笑，道：「這事爹爹非但做得到，而且還是義所當為哩！」朱棣嘻嘻笑道：「休夫可不算義所當為。」朱玉英一怔，道：「休夫？誰要休夫了？」朱棣道：「不休夫也成，女兒要多少男人，父皇都找給妳，只怕妳招架不住。」朱玉英紅著臉道：「這說到哪去了呢？光一個老公就快把我氣死了，我要那麼多男人做啥？女兒是要爹爹饒恕馬和，也就是鄭和鄭三寶。」朱棣臉色驟變，道：「他背叛父皇，妳怎麼會要父皇饒恕這個叛徒呢？」朱玉英道：「據女兒所知，他只不過是履行最初的約定，爹爹當時也應允了他，此時怎可說他背叛爹爹呢？」三保曾表明將力保允炆性命周全，朱棣回覆理應如此，然而君無戲言，只是謊話連篇，更何況當時朱棣尚非一國之君。

宮中人多口雜，此事關係重大，絕不能外洩，朱棣無法辯駁，念頭轉個不停。他原本有意除掉三保，但知道這勾當甚不易辦，而且必須將燕雲鐵衛營以及與三保交好的將領一網打盡，在皇位坐穩前，實不宜輕舉妄動，為此已躊躇數日，這時候給寶貝女兒一鬧，心裡有了另一番計較，故作勉為其難貌，道：「關於鄭和，父皇暫且依妳，不過妳也要答應父皇一件事才行。」朱玉英道：「只要爹爹饒恕鄭和，而爹爹要求的事別太離譜而且做得到，女兒答應爹爹便是。」朱棣道：「不離譜，不離譜，而且這件事妳非但做得到，還是分所當為哩！」朱玉英道：「請爹爹說吧！」朱棣道：「那就是妳再幫父皇生個白胖孫子。哈哈哈……」朱玉英雙頰飛紅，兩眼蘊淚，沉重萬分地垂下了粉頸。

第三十六回　出海

「鄭和，你好大的膽子，竟敢私自帶走那人！」朱棣其實早已料到三保會潛入宮中救走允炆，於是順水推舟，以便永絕後患，還可省卻不少麻煩，只是蔣瓛及日月門居然全都失手，非但讓允炆逃走，也沒殺掉三保，據報允炆已登上黃子澄所組船隊出海，卻完全查不到究竟去往何處。朱棣這幾日食不甘味，睡不安枕，直到目睹方孝孺遭凌遲處死，這才展顏歡笑。面對新任大明皇帝聲色俱厲的怒斥，三保昂然不語，殊無愧色，更了無所懼。朱棣見他威武不能屈，放軟了語氣，道：「三寶啊，朕問你，那人是否當真出海去了？若是，那麼他到底去了哪裡？你如實稟告朕，朕擔保不會傷害那人的性命。」朱棣已煞有介事地為允炆舉辦過隆重葬禮，不願意再說出他的名字或稱號。

「她呢？」三保不答反問。「誰啊？」朱棣問道。「當然是韓姑娘。」三保離開劉家河後，即去北平燕王府找韓待雪，打算說服她跟隨自己回返雲南，卻遍尋她不著。留守燕王府的人受他逼問後，才透露韓待雪已隨朱高熾前往京師，他於是匆匆南下應天。朱棣笑道：「幾年前你一見到朕，就劈頭討要韓姑娘，後來才知她是被道衍那老賊禿藏在他的破廟裡，怎麼此刻你又來了呢？」三保道：「屬下聽說世子將韓姑娘帶來應天皇宮。」朱棣道：「聽你這樣子說，朕倒是想起來了，似乎真有這麼一回事，不過你別心急，朕先為你引薦幾個好朋友。」他喊道：「都出來吧！」從內走出三人，三保見是日月門的陰陽二使與蔣瓛，這麼一來，清虛那夜顯然已遭蔣瓛毒手，不免戚然，這老道士雖然古裡古怪，蠻不講理，其實對待自己甚親厚，還救過自己與韓待雪的性命。

朱棣指著蔣瓛道：「這位你隨我去錦衣衛指揮使司時會過了，不必再介紹。」隨後指著陰陽二使道：「這兩位的名字可好玩了，白臉的叫陰肅肅，紅臉的叫陽赫赫。」三保心想他倆分明是朱元璋的御前侍衛伍天圓與陸地方，朱棣理應見過多次才對，他卻裝模作樣，故作初識陰陽二使，但三保無意揭穿，逐一向三人略略抱拳，聊表致意。他們雖然打過幾場架，畢竟並無私仇，況且江湖中往往恩怨是假，利害為真，如今面子上皆為新任天子效力，三人於是也向三保還禮。

蔣瓛道：「鄭公公方才提到的韓姑娘，在下幸得一面之雅，果真是國色天香，人間無雙，只可惜玉容寂寞，鴛鴦瓦冷，翡翠衾寒，誰人與共，在下與陰陽二使憐香惜玉，正打算向皇上自告奮勇，從此常伴佳人左右，鄭公公大可放心。」三保知道朱棣是以韓待雪為質來要脅自己，不理睬蔣瓛的風言風語，對朱棣道：「敢問殿下……」「要稱呼朕『陛下』或『皇上』，『聖上』更好，若要叫『萬歲』也成，後頭加個『爺』字更顯得親切，你跟隨朕這麼久了，竟然連最起碼的規矩都不懂！」朱棣有蔣瓛等人在旁，膽氣立壯，板起臉來訓飭三保。

三保遲疑了下，無意在名稱這種小事情上跟朱棣扯破臉，改口道：「敢問陛下，屬下要如何做，才能見到韓姑娘呢？」他依然自稱「屬下」，不稱「臣」或「奴才」。朱棣嘻嘻笑道：「這再簡單不過了，那人是你帶走的，你去把那人悄悄帶回來給朕，甚麼時候辦到，你就甚麼時候可以再見到你的寒姑娘還是熱姑娘。」三保皺眉道：「天下如此之大，卻要到哪裡去尋覓那人呢？」假若果如朱棣所言，那麼他與韓待雪恐怕今生再也無法相會。他跟她見面時話不投機，分別後卻又牽腸掛肚，思念極深，此刻不免愁上心來。朱棣道：「要傷腦筋的是你，不是朕，你帶走那人時，應該先設想後果。」

三保心念一動，道：「陛下可知韓姑娘與陛下可能是……」「放肆！」朱棣斥道：「朕與懿文太子[21]、秦王、晉王都是孝慈高皇后親生的同乳兄弟，這事將載於史冊，永傳後世，你切莫胡言亂語，妄論朕的身世，更別以為史官們多有風骨，縱使其中幾個有，也全給朕殺了，朕要剩下的史官怎麼寫，他們就會怎麼寫，朕無論如何胡作非為，倒行逆施，在史冊上依舊會是仁武聖明。」三保看朱棣額頭青筋爆突，圓睜的雙眼滿布血絲，顯然激動至極，自己從未見過他如此模樣，即便兵敗齊眉山後眾將打算叛離亦然，知道他極在意自己的身世傳聞，不惜連親娘都不認，

21 朱棣登基後，即削奪朱標孝康皇帝的諡號，仍稱懿文太子。

若跟他挑明了講，他必將殺死韓待雪，而且手段肯定凶殘到駭人聽聞，因此垂頭默然不語。

蔣瓛插口道：「陛下，奸逆黃子澄的船隊雖然出了海，但是黃子澄並未隨行，已讓臣的手下逮住，他原本不肯吐露船隊去向，因熬不住臣的嚴刑逼供，這才說出船隊去了西洋。」朱棣道：「竟有此事！你為何不早說呢？」蔣瓛道：「臣擔心受這奸臣哄騙，打算先行查證，倘若屬實，再稟報陛下，此時說出，是要安鄭公公的心。」他拿出錦衣衛察顏觀色的高超手段，審視三保聽到這消息瞬間的表情與細微動作，卻不曉得一山還有一山高，三保的情緒受過戴天仇嚴格壓抑，喜怒哀懼愛惡欲皆可不形於色，甚至操控自如。三保看破蔣瓛的伎倆，故意露出祕密遭揭發時的反應，又隨即掩飾，做得不慍不火，恰到好處。

蔣瓛因此已有幾分相信黃子澄所招乃是實話，但茲事體大，還不放心，待要追問三保，這時紀綱拉扯著兩個遭五花大綁的漢子進來，起腳踢在他們的腿彎上，兩人都跪伏在地。朱棣認出其中之一是齊泰，其模樣十分狼狽，沒等紀綱行禮奏報，便問：「我說齊大人啊，你怎弄得下襬全是墨汁？朕聽說有人能以手指寫字，難道你是用貴寶臀來畫潑墨山水嗎？」齊泰臉有愧色，默然不答。紀綱道：「啟稟聖上，齊逆有匹駿馬通體雪白，無一根雜毛，乃魏國公徐輝祖所贈，齊逆視為珍寶，自以為世人盡知，因此在喬裝逃命時，將白馬以墨汁塗黑，不意該馬於疾馳後出汗，暈開墨汁，反而惹眼，他教人給認了出來，扭送來京。臣方才返回衛所，他剛好到案，臣不敢耽擱，隨即押解他來面聖。」朱棣嘆道：「所謂『百無一用是書生』，看來還真有點兒道理！

齊大人是兩榜進士出身，精通經史，筆下來得，卻蠢笨如此，朕那允炆姪兒竟還引為股肱重臣，焉能不遭大敗！朕指稱你為奸臣，恐怕還是大大抬舉你了，試想古往今來，哪有這麼蠢的奸臣呢？」蔣瓛、紀剛等人忍不住竊笑，齊泰滿臉羞愧，將頭伏得更低，巴不得埋到地磚裡去。

朱棣問道：「先不管這個蠢才了，另一個是誰？」紀綱答道：「他正是鐵鉉，躲藏在雲南山間，給錦衣衛擒獲，他另有十多個同黨，都已遭亂刀分屍。」三保吃了一驚，方才沒瞧見那大漢的像貌，假若真是鐵鉉，那麼允炆的下落呢？長兄文銘一家是否也受到牽連？朱棣三番兩次險些命喪鐵鉉之手，惱怒極了他，也對他有點兒畏懼，幸好此刻有眾高手在旁衛護，又見其雙手已被斬斷，於是嘻嘻笑道：「鐵鉉，鐵鉉，你這塊頑鐵還鉉得起來嗎？」鐵鉉仰起頭來，一臉是血，面目猙獰，喉中連發「荷荷」聲響，聽不清楚說些甚麼，原來他的舌頭也已遭割除。

朱棣道：「紀綱既然逮著了齊泰與鐵鉉，蔣瓛且將黃子澄交給錦衣衛一併處置。」蔣瓛得令，雖然滿心不情願，也只能遵旨。紀綱斜眼瞥了下這位前任，自以為聖眷正隆，不免志得意滿，踞傲神情溢於言表。蔣瓛殺機已萌，只不動聲色，蒙面錦帕紋絲未動，好似忽然沒了呼吸一般。朱棣對於他二人的心思瞭然於胸，忖道：「紀綱這王八羔子愈來愈不像話，幾日前為了搶奪美豔道姑張玄妙，竟把他的山東老鄉薛祿給打得頭破血流，而且這道姑似乎是太祖高皇帝僅存在世的女人，寶慶公主的親娘，這可犯了天家大忌，不過老子還得利用紀綱這王八羔子，牽制住蔣瓛這個狼心狗肺的東西，並借其辣手多殺些人，且容他囂張一時，日後再看老子怎麼整治他。」

紀綱拉起齊泰與鐵鉉，告退出去。鐵鉉走過三保身旁時，兩人四目交接，鐵鉉眼中倏地冒出極端恨惡的凶光，喉間發出野獸般的嘶吼聲，和身要撲往三保，讓紀綱扯住，往他腰眼狠擊一拳，橫拖倒曳地拉將出去。鐵鉉倒在地上，兀自拚命掙扎，伸長腳要踢三保，自然踢他不中。朱棣疑道：「三寶，這廝還當真恨你，怎會如此呢？」三保道：「他幾次的詭計都給屬下破解，自然恨極屬下。」朱棣釋懷，道：「這說得也是。」卻不知那位實非鐵鉉，而是明教日使蘇天贊之子蘇俊。蘇俊這些年跟十幾個明教徒窩藏在雲南山間，搶奪過路行人財物為生，錦衣衛遍尋不著世間本無、現已不存的鐵鉉，紀綱膽大包天，逮著蘇俊後，用他來頂替交差。朱棣雖曾面會過鐵鉉，但當時是在深夜的密林中，瞧不清楚其面貌，而蘇俊如今的身形與那時的鐵鉉差相彷彿，朱棣心中先入為主，便誤以為他真是鐵鉉了。

三保當然不會錯認，驀然驚覺自己當年從詔獄劫出明教死囚，恐怕真是落入了朱元璋與蔣瓛精心設下的圈套，讓他們得以順藤摸瓜，一舉鏟除隱伏在民間的明教勢力，自己一直執著於做義所當為之事，曾譏嘲王公將相只計較利害得失，不在乎是非善惡，然而何謂是非，何謂善惡，不都也是基於本身的立場與觀感來論斷的嗎？再者要是自己不曾劫獄，金剛奴等人也就毫無機會號召明教徒舉事，數十萬軍民不至於死於非命，明教仍得以在中土暗中流傳，宗喀巴尊者所說的「淫慾非惡，我執才是，凡所有相，皆是虛妄」，確有幾分道理，或許因緣果報方屬人間實相，自己何必一再無端造業呢？他一念至此，於是硬起心腸，沒打算再到詔獄劫出蘇俊，以免牽扯出真正的鐵鉉與允炆來。他其實想岔了，當年設下劫獄圈套的並非朱元璋與蔣瓛，而是道衍。紀綱擔心露餡，很快便處死冒牌鐵鉉，因想到「鐵杵磨成繡花針」這句成語，將蘇俊讓幾匹健馬在粗石堆中活活拖行至屍骨無存。朱棣率領一千文武，一邊飲酒吃肉，一邊觀看行刑，咸感酣暢快意。

齊泰、黃子澄這兩位所謂首惡元凶都已逮著，朱棣並不覺得歡快，畢竟他倆僅是起兵靖難的藉口而已。日子一天天過去，允炆尚不知去向，朱棣益覺寢食難安，面對後宮諸多佳麗，本就無能為力，白白便宜了高煦、高燧二豎子，且由於遍尋不著允炆長子文奎而大發雷霆，也著實擔心允炆留下未知的龍種，乾脆將後宮數千宮人全都剮了，連去北平密告京師防務空虛的四喜兒也沒能倖免，慘遭肢解為七十二塊，只差沒被剁為肉醬做成四喜丸子。曾跟朱高燧合謀陷害朱高熾的燕王府內官黃儼，因善於逢迎，也有一眼辨識出處女、良駒及收括財物的好本事，被朱棣提拔為司禮監太監。朱棣因懷念生母，連連差遣黃儼出使朝鮮挑選處女，順便強索駿馬與國之重寶，搞得朝鮮君臣憤恨不平，唯敢怒而不敢言。

朱棣自度得位不正，應向世人戮力證明是他，而非朱標，更非允炆，才是克紹朱元璋箕裘的不二人選，因此打算做幾件轟轟烈烈的創舉。他思考好一會兒，覺得雖然曾有不少使節下過西洋，但自己將打造一支令人望而生畏的無敵艦隊，既可尋找失蹤的建文帝，還能耀武異邦，使其來朝，並將流芳百世，光耀青史，更要緊的是，三保將帶走讓自己有如芒刺在背的燕雲鐵衛營，然後即可一一處理掉朱能等人[22]，當真是一舉數得，正所謂：「太平本是將軍定，不許將軍見太平。」

朱棣愈想愈得意，傳蒯祥來見，不待蒯祥參見畢，劈頭便問：「蒯卿，你所能建造的最大船隻，究竟能有多大？」蒯祥道：「回皇上的話，臣曾受鄭公公激勵，有意建造長逾四十四丈、闊達十八丈的巨艦。經臣估算，這樣的一艘巨艦，可容上千名軍士，得要二百名水手才可以操控，古往今來，從無如此大船，臣這些年四處尋覓，不久前在福建深山覓得巨杉，可用以製造龍骨與桅桿。」朱棣龍心大悅，道：「好極，好極，正該如此，才顯得氣派。朕再問你，若要數艘這樣的大船，另外再加上兩百艘小一些的船隻，多久可建造完成？」蒯祥道：「臣得仔細計算過才知，粗估即便傾全國之力，最起碼需時五年。」朱棣道：「五年太久了，三年可以嗎？」蒯祥道：「這委實太難，而且指揮操控這樣的艦隊，也得費時演練。」朱棣道：「朕即任命你為工部左侍郎，你儘量趕工，若三年內完成，將有重賞。」蒯祥謝恩而去，即日起加緊建造船艦，三保

22 盛庸在永樂元年受御史彈劾而自殺。永樂三年，前軍都督僉事譚深、錦衣衛指揮趙曦將梅殷推落橋下溺死，聲稱他是自殺。梅殷妻子寧國公主向朱棣哭訴，朱棣處死譚、趙二人，二人臨刑前喊道：「這是皇上命令的，奈何要殺臣？」朱棣即命錦衣衛力士擊落二人牙齒，又斷其手足並剖腸，以祭奠梅殷。朱能在朱棣登基後受封為成國公，永樂四年征討安南，病逝於軍中，得年僅三十七歲，獲追封為東平王。同年，為朱標奉祀的允炆幼弟朱允熙死於火災。永樂五年，遭禁錮於家中的徐輝祖死亡，其姊皇后徐氏亦於同年去世。永樂七年，朱棣在奏章中看到平安的名字，詢問左右：「平保兒還活著嗎？」平安一聽說此事，隨即自殺。同年，丘福戰死塞外。朱權、朱橞等藩王先後遭到改封徙遷，甚至削藩。

加緊利用現有的船艦訓練水手，朱棣則加緊整肅異己，獵殺他所謂的「奸臣」，大家各忙各的。

朱棣巧妙地將蔣瓛的手下吸納為己用，讓日月門的陰陽二使及一干自宮黨羽轉任內廷宦侍，以抗衡心向三保的燕雲鐵衛，內官堂而皇之地習武參政，自此蔚為風氣，大違明太祖朱元璋的規制。錦衣衛遭紀綱及其爪牙把持，囂張一時，永樂十四年，朱棣藉蔣瓛與日月門徒之力，剷除紀綱一夥人，於永樂十八年另外創設東緝事廠，簡稱東廠，以蔣瓛年事已高為由，擇宮中太監主掌東廠事務。東廠與錦衣衛合稱為廠衛，而東廠手段之殘酷狠虐更勝錦衣衛，偵緝對象不限於王公將相、文武百官和明教徒眾，也及於士人富戶、平民百姓與江湖武人，大明朝深陷於人人自危的恐怖氣氛中，黑暗勢力達於空前。四天王金剛奴早在明成祖永樂七年即遭擒殺，明教在名義上算是滅亡了，但徒眾星散民間，依附多種宗教信仰，續有傳承。這些都是後來的事，不予細表。

且說永樂元年間某夜，三保住處來了個不速之客，三保一見，不禁驚呼：「你沒死！」此話方出，立覺失言，然而知道對方齊萬物而一死生，不會介懷，也就無意粉飾。那人哂道：「貧道與蔣瓛素無私仇，那夜僅是要助公公脫困而已，犯不著當真跟那廝拚得你死我活。貧道師兄勞請公公屈駕其處，公公請隨貧道來吧！」他正是清虛道人。三保如今是四品太監，宦官的最高位階，清虛跟著道衍改稱他為公公，不再稱施主。

朱棣靖難得逞，篡奪了皇位，道衍敘功第一，卻不接受任何財物賞賜，也不肯封侯拜相，只願擔任僧錄司左善世，職司管理佛門事務，不過區區正六品的小官，等同於百戶或清虛曾擔任的提點，位階還低於三保，但道衍位輕權重，每每與聞軍國大事，白日著官服上朝議事，夜裡則換穿黑色僧衣，仍居住在寺院裡，世人稱他為「黑衣宰相」。他一見三保，滿臉堆歡，道：「恭喜公公！賀喜公公！」三保詫異道：「喜從何來？」道衍道：「公公自幼即懇望，有朝一日能夠乘風破浪，遨遊大海，老衲聽說皇上命蒯祥督造龐大艦隊，將由公公擔任統帥，以尋訪建文帝下落，並宣撫異邦，公公自能藉機高掛雲帆，遠濟滄海，前往默加朝聖，一償宿願，而且以大明使節身分前往，所受禮遇，迥非常人可比，這豈非可喜可賀！」

三保苦笑道：「兒時夢想，竟要以如此理由、如此方式實現，還不如不要實現得好！唔，不知國師深夜召喚，有何見教？」道衍霍地跪倒，道：「老衲已是古稀之翁，畢生有一宏願，還望公公成全。請公公趁揚帆異域之際，務使媽祖信仰流傳海外，讓明教餘脈得以延續發皇。」三保慌了手腳，連忙將他扶起，道：「國師所託，三保萬萬不敢答應。拜國師宏願之賜，三保家破親亡，一生孤苦，身殘處穢，子嗣永絕，此外，天下有百萬生靈死於非命，受苦受難者以千萬計，國師這個願望可當真值得？」道衍道：「是否值得，不能以一人一地一時來論斷，或許要等到千百年後，世人才能廣被恩澤，也才會有人明白老衲的一片苦心。」

三保過去以為道衍的所作所為乃是基於私欲，如今耳聞目見他未沾到一絲半點好處，黑色僧衣滿是補綴，袖口更是磨損得厲害，居處簡陋無比，不忍再予苛責，嘆道：「對於今生今世，我已無可奈何，只想趕緊過完便了，至於千百年後，你我早已作古，又何必牽掛那麼許多呢？」

道衍道：「『無上甚深微妙法，百千萬劫難遭遇；我今受持得見聞，願解如來真實義。』這是中土唯一女帝武則天所作的開經偈，當年她為了爭寵奪權，手段異常狠辣，可說是無所不用其極，她得位後，知人善任，利益民生，而她致力於宏揚佛法，更是嘉惠千秋萬世。順帶一提，武則天對於明教，也不無提攜促進之功，據說她自名為『曌』，這個『曌』字，正是明教徒所獻，意為『日月當空』。」

三保道：「國師要宏揚的，究竟是明教，還是佛法？」道衍道：「明教與佛法，乃二而一，一而二，兩教創教祖師苦民所苦、拔苦救難的用心，殊無分別。」三保慨嘆道：「生而為人，為何如此多苦呢？既然這麼苦，咱們何必來此一遭呢？」道衍道：「苦是人生真實義，即佛祖成道後初轉法輪時所說的『苦聖諦』。」三保問道：「何謂『苦聖諦』？」道衍答道：「云何苦聖諦？謂生苦、老苦、病苦、死苦、怨憎會苦、愛別離苦、所求不得苦、略五盛陰苦。」接著簡略闡釋各種各樣的苦。三保又問：「苦，當真能拔除嗎？」道衍道：「佛祖所悟所傳，本是教人離苦得樂的無上妙法，愚夫愚婦卻妄想藉以升官發財，免災去難，實乃捨本逐末。」隨後揭示了「集、滅、道」另外三聖諦。

三保聽得如醉如痴，彷彿醍醐灌頂，甘露滋心，對於今生所受痛苦，更能釋懷，宗喀巴贈己「世間所有諸衰敗，彼之根本為無明；佛說若見緣起義，即能斷除無明痴」之偈語，似在耳邊響起，頓覺二十幾年來的生離死別、刀光劍影，彷如一場惡夢，而此身為地水火風的四大假合，因緣而生，緣盡即滅，並非真實常有，想起允炆落髮出家，以及自己曾對可慈許下的承諾，跪下道：「三保罪孽深重，願皈依國師座下，學習佛法。」道衍喜道：「善哉！善哉！你我皆非恪守陳規的俗物，你今夜便以在家居士身，受菩薩戒，法號福吉祥。」三保在道衍的指導下，先誠心懺悔所犯罪愆，再朗誦皈依誓詞，領受戒律。

道衍道：「福吉祥，你打從此時此刻起，即成為三寶弟子，正應了你當年投入燕王府時的化名。」三保嘆道：「原來弟子早具佛緣。」道衍道：「正是。唔，國不可一日無君，建文帝不知去向，燕王只是暫攝帝位，以安民心，你出海尋得建文帝，務必向他稟明清楚，並迎請他回來。」道衍聰明一世，只因《推背圖》第二十八象的頌曰有句「真龍遊四海」，便輕信黃子澄的供詞，誤以為允炆必定是出逃海外。三保原想說出允炆的真實去處，話到嘴邊，硬生生忍住，道：「大海茫茫，人跡杳杳，是否真能尋找到建文帝，弟子委實毫無把握。」道衍道：「謀事在人，成事在天，你勉力而為便是了。」

三保道：「是，弟子領命。對了，弟子懇請師父相救一人。」道衍道：「是韓姑娘嗎？這事可不容易辦啊！」朱棣利用韓待雪來箝制三保，哪裡甘願放手，三保明白其中關節，自然不敢奢望，道：「弟子懇求師父相救的並非韓姑娘，而是靈谷寺僧溥洽，他也是建文帝的主錄僧，現遭囚繫於詔獄裡。」當日溥洽率僧兵回返靈谷寺，途中遇上紀綱及其手下，溥洽不敵紀綱，負傷遭擒，供稱自己護送建文帝要至劉家河登船，半途受到攔阻，建文帝給日月門擄去。紀綱得此供詞，大喜過望，密告朱棣，說蔣瓛挾天子以自重，肯定意圖不軌。朱棣查無實據，又不能宣揚允炆尚在人世，隨便安了個罪名給溥洽，將他下在詔獄裡。此刻道衍頷首道：「為師盡力試試[23]，你先回去歇下吧。」

三保拜辭後，從裡間走出一個青年，眉清目秀，丰神內斂，居然是東禪南少林寺的沙彌洪業，如今長得身材頎長，還蓄起頭髮。他向道衍稽首，恭謹喚道：「師父。」道衍道：「為師如此大費周章，卻絲毫套不出鄭和的話來，看來那人當真出海去了。胡濙，當年鄭莫睬託你轉交《斷絕祕笈》給可慈，你拆閱後憑著過目不忘的本事默記下來，如今可都練成了？」俗家名為胡濙的洪業答道：「感謝恩師指點，弟子都練成了。」道衍道：「你的武功盡得為師真傳，更融合佛、道、明三教最上乘武學，料想連清虛也不再是你的對手，你打從明日起，混入鄭和的船隊，等他下西洋時仔細監視，一旦遇見那人，便伺機出手將他結果掉，以永絕後患。」胡濙躬身道：「徒兒遵命。」

這個胡濙自幼受道衍收為徒弟，並布置在東禪南少林寺，向泉州官府告密的正是他，逼走可慈後，他也就返回道衍身旁，其資質與三保相去無幾，既得明師指點，且心無旁騖，一意向學，無論武功、韜略、文學、醫藥，無一不通，無一不精，數年前牛刀小試，高中進士，在朝中

23 直到永樂十六年道衍臨死前，朱棣才釋放溥洽。

活動官員，以做為燕王內應，徐增壽便是受他策反的。張三丰不知周顛已遭道衍殺害，命師姪清虛明查暗訪周顛下落，道衍由是對清虛深懷戒心，加緊傳授胡濙武功，不久前更建言朱棣仿照靈谷寺前例，在武當山上大修宮廟殿宇，並糾合各大小道觀，形成一個統合的門派，以抗衡南北少林寺和張三丰主掌的隱仙派，也順便討好道教徒，同時大肆宣揚朱棣為真武大帝的化身，好讓天下百姓相信燕王靖難篡位乃出於天意。

允炆繼任為帝後，根據數年前三保輾轉所獻除倭方策，與日本通商修好，也放寬了海禁，讓一些人無須當盜匪即有利可圖，倭患稍減，但滿朝文武皆昧於日本國情，日方使者也蓄意隱瞞，允炆因此不知有天皇存在，賜封掌控實權的室町幕府征夷大將軍足利義滿為日本國王。朱棣登基後為了彰顯自己才是正統，恢復朱元璋的鎖國政策，沿海倭亂再起，然而渡海來華的真倭本就不多，而且已從效忠足利義滿的北朝武士，丕變為躲避室町幕府迫害的南朝武士及浪人，後者既是亡命之徒，手段比前者更加肆無忌憚。大明原乏可用之將，經過靖難後，更缺足量之兵，剿倭委實有心無力。永樂二年，一艘巨型寶船和數十艘較小船艦趕工完成，朱棣命三保出使日本，以從根源滅絕倭患，也藉機試航，接受大海考驗，順便暫時拔除如同眼中釘、背上刺的三保。

三保率通譯馬歡、燕雲鐵衛營及一萬水師，在日本遣明使堅中圭密的引領下，跨海東渡。航行於茫茫大海時，船隊日夜操練甚勤，也故意拉長時程，看看一旦久離陸地，一般人的身心會起甚麼樣的變化，獲得了不少寶貴經驗。三保假冒王爺混進霸王島時，得悉海盜多受祕結之苦，因而除了相應的醫藥外，此行多備鮮果與果乾，還試著在船上種菜，成效斐然。堅中圭密趁著演訓空檔，約略告知三保有關日本的歷史，三保這才知道日本不但有天皇，且自一百三十多年前起分屬二支。此因第八十八代天皇後嵯峨出家成為法皇時，本由皇子久仁繼任為後深草天皇，是為持明院統，後嵯峨晚年另立偏愛的七皇子恆仁為龜山天皇，是為大覺寺統，二統各擁支持勢力，在後嵯峨死後相爭不下，經鎌倉幕府調解，決議二統交互輪替。

然而無論何統在位，大權皆掌握在幕府手裡，天皇僅屬虛位之君，大覺寺統的第九十六代天皇後醍醐心有未甘，乘武士階層對鎌倉幕府離心離德之機，興兵討幕，鎌倉幕府遣足利尊氏反擊之，足利尊氏卻倒戈相向，滅掉鎌倉幕府。後醍醐天皇返回京都，表面上推行維新，史稱「建武新政」，實則致力於君主獨裁。這麼一來，換成足利尊氏心有未甘，擁立持明院統的光明天皇，獲任命為征夷大將軍，開啟室町幕府時代，日本遂陷於南北分裂，歷時逾一甲子之久。直至十二年前，室町幕府第三代征夷大將軍足利義滿巧施詭計，哄得南朝大覺寺統的後龜山天皇交出象徵天皇法統的三神器，南北才告統一，而足利義滿不久後出家，把征夷大將軍之位私自授予兒子足利義持，自己仍任太政大臣（等同於宰相）。堅中圭密是足利義滿的親信，其陳述大致不謬，卻著實為足利家族粉飾遮掩了不少。

三保一行登陸後，水師留駐岸邊，以免驚擾民眾，只帶著馬歡和燕雲鐵衛營，押送大明天子給予足利義滿的厚賜，跟隨堅中圭密循陸路抵達京都，來到足利義滿居住的北山殿（後改稱鹿苑寺，即俗稱的金閣寺）。原名北山第的北山殿雖是幕府將軍府邸，其占地之廣，樓閣之多，教三保大吃一驚，尤其碧綠湖畔一幢樓高三層、滿覆金箔、耀眼生輝的舍利殿，更讓他舌撟不下。堅中圭密瞥見三保如此神情，不免暗自得意，領著他和馬歡步入舍利殿，道：「上使稍坐歇息，下官去稟報主公。」堅中圭密不知，久居大明皇宮與燕、秦王府的三保，真正感到詫異的是足利義滿的驕奢妄為，倒不是北山殿的金碧輝煌，一向以仁厚自命的建文帝在即位之初，就以王府規制越級為由罷黜周王，另還導致湘王舉家自焚。

殿內無椅，三保和馬歡落坐於地板，因皆屬穆斯林，對於此事可謂駕輕就熟，三保還是個練家子，盤膝坐得四平八穩，不動如山。須臾，一個十歲上下、生得玉雪可愛的小沙彌出來奉茶，三保不禁想起東禪南少林寺的洪業，不過洪業表情肅穆，舉止恭謹，眼前雙眸靈動的小沙彌，卻不斷對來客擠眉弄眼，煞是逗趣，更像年少時的自己，因此對小沙彌油然萌生出幾分好感。過了約莫一盞茶光景，堅中圭密伴隨著一個高大僧人走出，三保與馬歡立即站起，小沙彌依舊俯臥在地，雙手支頤，仰頭直盯著三保瞧。

那僧人年近半百，濃眉鷹眼，勾鼻鳥嘴，像貌與足利勝頗為肖似，原本滿臉堆歡，剎那間板起面孔，帶著責備語氣，對小沙彌說了句話。馬歡在三保耳邊低聲道：「他說：『周建，不可無禮。』」小沙彌沒答腔，始終未看那僧人一眼，撇了撇嘴，站起身來，一溜煙跑了。那僧人搖搖頭，輕嘆口氣，隨即對三保稽首為禮，用流利華語道：「劣徒自幼在安國寺出家，因秉性頑劣，不服管教，多生事端，安國寺住持全然束手無策，不久前才讓他跟從臣源道義[24]，臣雜務纏身，還沒管教好他，讓上使看笑話了。」三保哂道：「哪裡的話，小師父可愛得緊，我很喜歡。」當時輩分謹嚴，中日皆然，而位極人臣、威震東瀛的足利義滿，居然拿一個小沙彌全然沒轍，讓三保和馬歡暗暗稱奇，他倆也驚訝於足利義滿居然精通華語。

四人坐下，堅中圭密向義滿簡介三保與馬歡，概述此行過程，尤其盛讚寶船之巨大與明兵之精實，義滿直聽得眼眸閃閃發亮，不時追問關於船隊的諸多細節。堅中圭密堪堪說完，義滿道：「上使遠道而來，風波險惡，舟車勞頓，請暫先休憩，晚間臣謹設陋宴，聊為上使洗塵。」三保道：「閣下客氣了。吾皇命我攜來薄禮，懇望閣下笑納。」義滿早就探悉朱棣好大喜功，所謂「薄禮」，肯定價值非凡，而且來使鄭和為人正直，非屬貪得無厭、仗勢欺人的司禮監太監黃儼之流，因此笑得合不攏嘴，言不由衷道：「上使親來，即是給臣的最大獎賞。」他雖如此說，倒沒表示不收禮物。雙方再經過一番言不及義的對答與虛情假意的互捧，義滿急著玩賞「薄禮」去了。堅中圭密引領三保遊賞北山殿，不無炫耀之意。馬歡當真累了，反正堅中圭密通曉華語，因此並未跟隨。

24 足利義滿本姓源，法名道義，致允炆與朱棣的書信皆自稱源道義。

日本武士階層原就生活儉樸，蒙古兩度興兵來犯時，更是自籌裝備與糧秣迎戰，死傷也是自行承擔，事後未得到任何賞賜，生活益發堅困，不免怨恨沸騰，終究導致當時的鐮倉幕府潰滅，不過到了繼任的室町幕府時代，情況並無絲毫改善。足利義滿出身武士世家，日常倒是奢侈得很，加上日本僧人不避葷酒，他食皆珍饈，飲必佳釀，但由於生性慳吝，既得堅中圭密告知三保是個皈依大乘佛教的穆斯林，飲食有諸多禁忌，當夜的「陋宴」還真是名符其實，只備一鍋芋粥，幾盤菜蔬，數碟糕點，一壺淡茶，侍者人數比菜色還多。三保自然是主客，馬歡坐於他下首。三保陪客赫然是後小松天皇，他年約三十，神情萎頓，活像個小老頭兒，衣衫陳舊，有幾處補綴。三保誤以為這位天皇異常節儉，也不怎麼看重此接風宴，其實這已是他最體面的一套衣服了。

三保乃大明天子特使，席間對大權在握的足利義滿自稱「我」，卻向形同傀儡的後小松天皇謙稱「在下」，義滿甚感不悅，有意顯顯威風，好讓三保明白誰才是當今日本真正的主子，於是嚴肅面容，沉聲道：「皇上，上使是遠道而來的貴客，即使無酒，你怎好不以茶代酒敬敬上使呢？」後小松正舉杯就口，聽見足利義滿出言責備，慌了手腳，茶水濺在衣襟與胯間，好生狼狽，滿面羞慚道：「准父[25]教訓得極是。」緊接著尷尬萬分地長跪而起，向三保連聲道歉，顧不得侍者新倒入的茶水燙口，仰頭先乾為敬，頓覺從嘴灼痛至心，淡薄的茶湯竟然苦澀得難以言

[25] 足利義滿迫使後小松天皇認自己的繼室為「准母」，近似於義母，足利義滿也就成了天皇的義父，而他獲得「准三后」的封號，名正言順享受太上皇的待遇。

喻。三保長跪起回敬，對這位年紀還小著自己幾歲的日本天皇心生憐憫。

義滿仍未解氣，從僧袍裡摸出一尊滿布瓔珞寶石、雕刻得栩栩如生的金馬，得意道：「皇上，天朝上國的永樂大帝，恩賜給臣許許多多珍貴無比的禮物，承蒙上使不辭勞苦遠道攜來，光拿臣手上的這尊寶馬來說吧，其價值恐怕抵得上整座皇宮。」朱棣不知日本有天皇，未備禮品，三保不敢擅自將他賞賜給足利義滿之物轉贈後小松，此刻本以為義滿會將寶馬呈獻天皇，哪知他玩賞了一會兒後塞回僧袍裡，志得意滿地乜視垂頭喪氣的後小松。三保俠義心陡起，附在馬歡耳邊說了句話，馬歡告退，須臾取來蛟龍劍，三保將劍恭贈予後小松。蛟龍劍貴氣逼人，工藝非凡，舉世無雙，硬是把號稱天皇三神器之一的天叢雲劍給比了下去，更何況後龜山天皇交出的三神器可能是西貝貨，造成日本南北分裂的後醍醐天皇就曾幹出這樣的事來，而且據說真的天叢雲劍，早已隨著第八十一代天皇沉於海底了。

義滿弄巧成拙，惱怒非常，吩咐左右道：「傳周建進來收拾，其他人不准幫忙。」後小松一見到小沙彌周建，身子不由自主地起了陣顫抖，隨即強自克制，垂頭不再看他。周建不時偷瞥後小松，秀目蘊淚，默默收拾杯筷碗盤，截然不同於日間的活潑俏皮。義滿不發一語，獰笑著來回觀看後小松與周建。堅中圭密眼觀鼻，鼻觀心，心如古井，不起微波細瀾。三保望向馬歡，馬歡同樣也是一臉茫然。杯筷碗盤相互碰撞所發出的清脆響聲，更加襯托出當場安靜得駭人，空氣中的水分彷彿隨時會凝結成冰。周建好容易才收拾完畢，低著頭退了出去。義滿拍拍手，三名僧人魚貫走入，依序向足利義滿、三保、馬歡、後小松行禮，再退至牆邊趺坐，闔上眼皮子，似乎屁股一沾到榻榻米便已入定。

義滿道：「臣聽聞上使乃大明第一高手，更是永樂大帝親軍燕雲鐵衛營總教頭，在靖難起義中立下非凡功業。敝國的天龍寺與上邦的少林寺一般，僧人在禮佛參禪之餘，也會練練武功，藉以強身健體，這三僧的功力在天龍寺中算是稀鬆平常，臣命他們耍弄幾套把式，當作茶餘飯後的消遣，耍弄不周到之處，還請上使不吝指點一二。」當時佛教在日本勢力薰天，影響深遠，上至王公將相，下至販夫走卒，莫不篤信之，足利義滿之所以遜位出家，絕非純然渴慕佛法，而是打算邊拉攏邊掌控。他承繼鎌倉幕府與後醍醐天皇的規制，進一步確立了「五山十剎」的制度，雖然名義上另有座南禪寺的地位淩駕於五山十剎之上，但名列五山之首的嵐山天龍寺，為足利義滿祖父足利尊氏創建，在足利家族的心目中，其地位自然不能與諸寺等量齊觀，寺內武僧隱然成為足利家族的私人武力，遣明使堅中圭密即出身天龍寺，而坐於牆邊的這三僧，實乃天龍寺青壯輩武功最高者。

三保道：「傳聞萬萬不可輕信，我只不過較常人高大些、多幾斤力氣罷了，哪會甚麼武功啊！」義滿道：「上使武功冠絕中華，威名遍傳天下，實不宜過謙。」不等三保接話，指示三僧之一出場。那僧三十多歲年紀，打熬得十分壯碩精實，一套拳使得虎虎生風，淩厲非常，還表演了空手擊碎厚冰、肉掌劈斷粗木等把戲，接著向三保鞠躬搦戰。義滿斥道：「放肆！」轉對三保道：「這廝自不量力，請上使替臣教訓教訓他。」三保個人並無爭競心，看了後小松一眼，有意替他出口怨氣，同時宣揚大明國威，也就不再謙辭，起身下場。那僧擺好架式，暴喝一聲，一拳中宮直進。三保不格不避，反而將胸膛迎上前去。義滿急喊住手，那僧武功還沒練到家，無法收發由心，拳頭結結實實打在三保胸膛上，發出砰一聲巨響。義滿緊張站起，見三保渾若無事，那僧卻抱拳倒臥在地，牙關緊咬，冷汗直冒。另一僧上前查看，稟報說那僧四根手指骨粉碎。三保無意重傷對方，否則倘若全力施為，那僧整條手臂立即廢了不說，臟腑也會被震得移位碎裂。

義滿大吃一驚，但瞧三保胸膛鼓凸飽滿，以為他衣襟內暗藏鐵板，不管受傷的僧人，命左右取來兩把木劍，由另一僧向三保討教劍法。三保不接木劍，一手負於身後，另一手從素色瓷瓶中拈出一枝菊花，微笑著朝對手示意進招。這僧見三保如此藐視自己，不禁怒從心頭起，惡向膽邊生，顧不得對方身分尊貴，將木劍高舉過頭，也發出霹靂斷喝，氣勢更勝前僧，緊接著快速移動雙腳，驟然變換方位，使出渾身解數劈落而下，不知怎的，木劍竟脫手飛出，掠過三保耳畔，差點兒擊中義滿。義滿嚇得往後仰倒，摔得四腳八叉，委實狼狽之至。這僧抱著手倒臥地板，強忍痛楚，姿勢表情與前僧殊無二致，果然是同門師兄弟。原來三保用上蔣瓛的玉谿劍法，以菊花柔枝代替緬鐵軟劍，削斷對手兩根手指。

三保先將絲毫無損的菊花敬獻給後小松，再對三僧朗聲道：「佛法為本，武功為末，逐末捨本，如之奈何？武功雖廢，無礙過活，而今而後，一心向佛。」馬歡將這段話譯為日語。第三僧自知武功跟三保天差地遠，也被其言打動，有所感悟，撲倒在三保腳前大磕其頭，連喊知錯。義滿怒不可遏，以日語厲聲道：「來人哪，把他們三個拖出去，拿刀子給他們切腹自盡。」馬歡一譯完，三保急道：「慢著！勝負本屬尋常事，怎能處死比武落敗者呢？」義滿改用華語道：「他們學藝不精，大大玷辱了天龍寺和自己家族，萬萬沒有臉再繼續苟活於世，況且臣並非處死他們，只不過讓他們可以藉由自戕來湔雪恥辱，於他們的名聲大有好處。」三保還要再辯，義滿搶先道：「這是敝國佛門中事，連敝國天皇也管不著，懇請上使切莫介入。」其實這三僧無論勝負，結局都是死，此因他們過於自負，曾對義滿顯露不敬神色，義滿早就想藉故除掉他們，只是沒料到他們輸得如此淒慘，讓自己顏面盡失。三保為三僧請命無效，這場陋宴遂以賓主不歡而散收場。

當天深夜，三保忽聞中庭傳來輕微的啜泣聲，起身出外一看，居然是周建。他將周建帶進房內，找來通譯馬歡，詢問周建為何哭泣。不問不打緊，一問之下，周建從低聲啜泣不變為破口大罵，罵的赫然是「老淫賊」、「老色狗」、「臭烏龜」之類。挨罵的是足利義滿，三保毫不驚訝，卻無法相信，這麼年輕的小沙彌，竟會罵出這樣的字眼，屢屢跟馬歡確認並無誤譯。

原來足利義滿睡遍天皇家女眷，甚至沒放過後小松的生母，亦即後圓融天皇之后，把後圓融天皇給活活氣死。如此一來，後小松可能是義滿的種，然而已享太上皇待遇的義滿猶不知足，打算讓鍾愛的兒子足利義嗣繼任天皇，於是將義嗣過繼給後小松為子，同時逼迫諸皇子出家，僅留下太子躬仁。此因按照成規，皇子出家屆滿一年，即喪失繼位資格，暫留太子，可稍稍遮掩司馬昭之心，待時機成熟，即罷黜躬仁，並逼使後小松遜位給義嗣。周建聰穎可愛，是最得後小松歡心的皇子，年僅五歲便被迫出家，兩年後義滿將他帶來北山殿，一方面就近看管，另方面讓後小松父子可以相見卻不得相認，煞是威風，這可是一般太上皇辦不到的事呦！義滿一心一意藉作賤天皇家來榮顯自己，行徑異常乖張大膽，毫不忌諱流言閒語。周建耳聞目見諸多醜行劣跡，恨極了義滿，但這個老淫賊或許是自己的親爺爺，他對自己無情無義，自己卻不可以當真恨他，連罵他都覺得辱及自身與父皇，況且除了擺臭臉給他看之外，也全然無能為力，小小心靈委實痛苦不堪。

三保聽完周建抽抽噎噎的陳述，與馬歡斷斷續續的翻譯，暗自慨嘆天家最不缺的，就是狗屁倒灶混帳事，中日皆然，尤其可笑又可恨的是，他們竟都自以為神聖不可侵犯，臣民稍顯不敬，輕則殺頭，重則夷族，卻任由權臣為所欲為，百般欺凌，天理究竟何在呢？周建現在的年紀，跟自己慘遭滅門時差相彷彿，孩童何辜，上蒼豈有絲毫仁慈呢？三保明白周建深陷於根本無解的絕命死題中，於是引述龍樹菩薩「淫慾即是道」之偈，予以勸慰開導。馬歡畢竟是穆斯林，對佛法不甚瞭然，何況此偈義理精深，因此譯得不盡不實。周建聽得糊裡糊塗，若存若亡，到了二十歲上，長久蓄積的悲憤潰決於一時，尋短未遂，活轉過來後，驀然想起這偈，卻誤解為「淫慾才是道」，作一和歌云：「欲從色界返空界，姑且短暫作一休。暴雨傾盆由它下，狂風捲地任它吹。」並改法號為一休，從此縱情聲色詩畫，一生頗多逸事，成為日本一代奇僧，甚至得享遐齡，算是錯有錯著。

且不提周建沙彌或一休和尚未來遭遇，話說當下雖然義滿惱怒三保不給面子，三保鄙視義滿猖狂不仁，但彼此還得相互利用，不能因私憤而扯破臉。雙方次日談論起正事，很快議定義滿發兵九萬，連同大明渡海東來的一萬水師，統歸三保號令，堅中圭密為副，不日出發剿倭，事成之後，三保奏請永樂帝援引建文朝舊例，欽封義滿為日本國王，雙方簽署勘合貿易之約，正式通商往來，至於後小松天皇嘛，那就請大明朝廷和三保甭管了，反正眼前態勢擺明了天皇之位遲早歸於足利家族。三保以成千上萬神州百姓的生計為重，顧不上日本天皇一家榮辱，畢竟後者屬於天照大神的事兒，自己是個先攪入明教恩仇、又陷於顯密之爭、後皈依三寶的穆斯林，實在愛莫能助，遂將協議內容，飛書奏報朱棣，同時調兵遣將，一得朱棣回詔應允，即率領十萬明、日聯軍，由京都左近開拔，朝向西南，水陸並進，掃蕩盤據於山陰道與山陽道的倭寇。

三保鑑於征討洮州番變舊事，不輕易相信義滿之言，但見對手組織嚴密，訓練有素，顯非尋常盜匪，為慎重起見，親自抓了幾名倭寇回營，與堅中圭密一同會審，這幾名倭寇皆坦承長年來在中國打家劫舍，對抗官府。三保再無懷疑，不過依然心存善念，大軍所至，網開一面，未予以痛殲，殺死無幾，上萬倭寇乘船出海，逃竄至壹岐島，給明、日水師團團圍住。到了第八日的旭日東昇時分，三保所乘寶船打橫過來，船身一側的十二門火砲齊發，砲彈乒乒砰砰猛烈撞擊島上山壁，嘩啦啦、轟隆隆引發大片土石崩塌，倭寇雖傷亡無多，但氣為之奪。砲擊三輪後，三保拈弓搭箭，將勸降書射上岸，書信裡自稱為天照大神使者。這些倭寇哪曾見過這麼巨大的船艦、這麼強大的火砲、這麼驚人的神力，還能不相信嗎？況且飢渴難耐，隨即棄械投降。十萬明、日聯軍押解上萬俘虜至京都，堅中圭密事先以飛鴿奏報義滿。

義滿親至京都城外迎接，見著三保，自是諛詞潮湧。三保可不想聽這麼多廢話，打斷義滿的連珠馬屁，問道：「閣下打算如何處置俘虜？」義滿道：「上使怎麼吩咐，臣就怎麼辦理，不敢有絲毫違誤。」三保道：「倭寇雖然可惡至極，然而上天有好生之德，況且俘虜中有不少老弱婦孺與傷患，懇望閣下善待之。」義滿道：「上使大智大慧，大仁大勇，大慈大悲，臣感佩莫名，忍不住要哭了。」他用衣袖抹了抹雙眼，續道：「臣出家為僧數年，從來謹守戒律，而這些盜匪畢竟是臣的同胞，既已誠心歸順，臣何忍再以刀刃加之？」三保知他奸狡，補充道：「也不得迫令他們自殺或坑殺之。」義滿道：「當然，當然，臣原就有意如此。」

當夜義滿犒勞聯軍軍士，還在北山殿裡大擺慶功宴，迥異於接風宴的寒酸，這次酒肉源源不絕，累癱了侍者，而任誰也感受得出，義滿快活非常，難得對陪客後小松天皇和顏悅色。三保仍不飲酒，但覺肉味奇特，有股難以形容的口感，為生平僅嚐。義滿含笑表示，這些是最上等的和牛肉，殊為稀少珍貴，即便在日本，品嚐過的人也寥寥無幾，何況在他國，上使覺得肉味非比尋常，自然不足為奇。三保釋懷，放心大啖，他食量甚宏，連盡兩大盤所謂和牛肉。

次日一早，義滿備妥文書、國之重寶與二十名倭寇匪酋，命堅中圭密進獻朱棣，堅中圭密不多耽擱，隨即出發。三保因周建之故，盤桓數日，同時為大明水師進行整補，看周建開朗了些，這才離開京都。大明船隊駛離日本前夕，三保與馬歡、幾個把弟，在泊於岸邊的寶船甲板上仰望星空，邊喝奶茶，邊開懷暢談，好似幼時與家人歡度良宵一般。三保自認為首度出航即從源頭根除倭患，且近年來華人海盜紛步陳祖義後塵避走西洋，神州東南沿海想必可以暫獲平靜，因此大感欣慰，還矢志下西洋掃蕩海盜，讓那裡的老百姓也能安生過日，才不枉如此勞師動眾。眾人談興甚濃，過了子時才各自回艙房歇息。

這麼多年來，三保頭一遭感受到輕鬆舒泰，起伏晃動的寶船，如同碩大無朋的搖籃，或遠或近的濤聲，彷彿慈母的低唱，他沒練功便沉沉睡去，睡得無比香甜，好夢連連，夢到的都是幼時家中的瑣碎情景。夢裡母親溫氏喚道：「三保，明兒就過年了，你拿把刀子給你爹，請他殺隻雞，娘來做年菜。」三保應道：「好的，娘。」伸出手拿了把刀子，迷迷糊糊間，覺得手裡當真有個冰冰涼涼的扁平硬物，張開眼睛，眼前並非母親，而是團黑糊糊的細瘦人形，再低頭一瞧，自己手裡赫然抓著一把短刀的刀刃，刀柄握在那細瘦人形的手上。平常三保周遭一丈內若有任何物事移動，他都能立即察覺，今夜耽於美妙夢境中，居然讓刺客迫近身旁來。

那細瘦人形用力回奪刀子，卻紋絲未動，用日語咒罵了聲，同時出拳打在三保胸膛上，竟軟綿綿地毫不受力，正自心驚，兩股柔和若春風卻沛然莫能禦的力道，從雙臂傳上身來，不由自主地鬆開刀柄，頭一仰，往後倒落床下，隨即被點中穴道。隔艙的王景弘聽到異響，趕緊過來查看，在艙房外問道：「大哥怎麼了？您沒事吧？」三保道：「我沒事，你請馬歡過來。」王景弘很快找來馬歡，在這當兒，三保點燃油燈，看清楚那細瘦人影是個少年，生就濃眉鷹眼，勾鼻烏嘴，與足利義滿有幾分肖似，卻是清秀許多。

馬歡居中翻譯，三保盤問那少年，那少年一臉憤慨，雙眼如要噴出火來，卻始終緊抿著嘴，連罵人的話也沒再冒出隻言片語。三保問道：「你是足利義滿派來的？」那少年嘴脣動了動，忍著沒說出口，臉現不屑神色，撇過頭去。三保看問不出個所以然來，也不願意用強，回想起自己刺殺太子朱標、秦王朱樉的情景，不免感慨萬千，道：「我一生立身行事，向來不問名利，但求俯仰無愧，然而一再受人欺瞞利用，做過不少錯事，害死不少好人，希望你別重蹈我的覆轍。」待馬歡譯完，出手解了那少年被封的穴道，衣袖一拂，掉落床上的短刀飛起，插在門板上，道：「你走吧！這把刀子華美鋒利，應是府上祖傳寶物，但願你今後慎用之。」

少年聽完馬歡口譯，起身走到門邊，拔出短刀，見艙外旭日初昇，霞光萬丈，一隻孤鳥鼓翅飛過，明白自己今生無論再如何勤學苦練，武功終究須差三保千山萬水，正如同小小鳥兒不管再怎樣伸展翅膀，也根本遮蔽不住普照人寰的燦爛陽光，忽然一陣寒風襲體，忍不住打了個機伶，頓覺萬念俱灰，反握刀柄，猛力插往自己胸膛。三保兀自想著心事，乍聽見王景弘和馬歡的驚呼，警醒過來，搶上門邊，飛快點了少年幾處穴道，緩住其胸口血流。王景弘隨即找來的船隊醫生，赫然是曾化身為小沙彌洪業的胡濙喬裝改扮的。少年重傷昏迷，生死難卜，三保不忍心棄他於不顧，也就帶著他啟航西返。這個胡濙也真有本事，船隊還在海上之際，居然把生命垂危的少年給救得活轉了。少年醒過來後，受三保的真誠打動，供出自己名為足利義憒，曾祖父足利尊氏正是足利義滿的祖父，也就是室町幕府初代征夷大將軍，算起來義憒是義滿的堂姪。

七十多年前，足利尊氏與身分卑微的女子越前局私通生子，尊氏非但不認帳，還坐視出身豪族的妻子逼死越前局，私生子流落寺院為沙彌，任人欺凌。尊氏之弟足利直義並無子嗣，得悉此事後，收養了哥哥的私生子，將他取名為直冬，待為己出，親授武藝與兵法。直冬天資本高，加上受慣磨難，苦心孤詣，學得十分精勤，然而尊氏依舊不肯承認直冬，尊氏嫡子義詮更是屢屢排擠這個同父異母哥哥。後來尊氏、直義兄弟反目，興兵相向，直義在直冬的力助下大獲全勝，顧念兄弟之情，與尊氏媾和，反遭尊氏毒害，尊氏與義詮父子緊接著大舉圍捕直冬。直冬武藝超群，力戰逃脫，收整直義部屬，誓言要滅掉尊氏嫡系，雖曾結合南朝軍隊兩度攻占京都，卻未能如願，給義詮一家逃脫。

歷尊氏、義詮與義詮之子義滿三代，始終剷除不了直冬一脈的反抗勢力，直到義滿借助大明武力與三保神威方才得逞。直冬與其部屬一心一意復仇，從未離開日本，根本不是擾華倭寇，而俘虜供稱的「中國」，其實是日本山陰道與山陽道的合稱。他們投降後，無論男女老少，除了直冬的長孫義憒外，悉遭活活烹煮，犒勞大明、日本軍士，直冬早在十多年前便已逝世，屍骨被掘出熬湯，兩個兒子身上精肉則進了三保肚子。義滿告訴義憒，大明特使三保是個狡猾陰狠的閹宦，使用詐術騙他們投降，還吃了他的父叔，以為如此做可讓自己玉莖重生。義滿然後釋放義憤，要他潛伏到大明寶船上，待船隊駛離日本後再刺殺三保，好為父叔報仇。義憤沉不住氣，趁三保熟睡之際下手，卻是一敗塗地，覺得既然報仇無望，三保也實在不像是個陰狠小人，獨自一人對足利義滿全然無可奈何，也就舉刀自戕了。

三保這一驚非同小可，鄭重道：「我以馬家列祖列宗之名起誓，我根本不知道俘虜遭烹殺一事，反而一回到京都，便要求足利義滿善待他們。」義憤奇道：「你不是姓鄭嗎？怎會以馬家列祖列宗之名起誓呢？」三保早已想清楚，朱棣賜自己姓鄭，實非出於善意，嘆了口氣，道：「這事一時間說不明白，日後再跟你解釋。」隨後要馬歡找來同行的日本人，經過一番旁敲側擊，交互比對說詞，確認義憤所言屬實，同時得悉足利勝正是足利義滿派遣來華滋事的同父異母弟，因此足利義滿就算不是倭患的真正起源，也是大力助長者。

三保一回抵應天，立刻進御書房謁見朱棣，稟報足利義滿的諸多惡行，奏請撤銷對足利義滿的敕封。朱棣寒著一張紫膛臉聽完，沉聲道：「朕日前才把根絕倭患一事告祭過太廟，並將所謂倭寇匪酋的腦袋瓜子，傳送沿海各省示眾，況且此時黃儼大概已將『日本國王』的金印交給足利義滿那廝了，你現在才跟朕說這些，要朕這張臉往哪兒擺呢？」三保道：「臣一時愚昧，受賊人愚弄，陷陛下於不義，甘受責罰。足利義滿不忠不義，奸狡凶殘，喪心病狂，天理難容，我國為天朝上邦，不能坐視小人得志，否則四海萬國皆將不服王化。」

朱棣道：「好，你說得真好！足利義滿這個混帳王八蛋天理難容，既然如此，自有老天爺收拾他，朕犯不著出手。」三保還要再辯，朱棣阻住他，道：「朕畢竟是中華之君，須置華夏事務於最先，你當前首要任務是出海找到那個人，其他事就暫且甭管了。唔，這樣子好了，咱們先等著瞧，要是倭患當真減少，那就放足利義滿一馬，否則朕肯定饒這個混帳王八蛋不得。另外，朕會交代史官別記錄這件事，幫你我都留點面子。朕乏了，想休息休息，你下去吧！」永樂朝的一些史官本就欠缺風骨，朱棣要他們怎麼寫，他們無不遵從，因此鄭和出使日本一事未載入正史，只見於稗官野史，再者，史官身在京師，平日上朝退朝，從未親自求證，並不清楚許多事情的來龍去脈，也不敢詳加深究，因此不免流於人云亦云，很容易受到有心人士操弄。

三保一走，堅中圭密冒了出來，跪在地上，大磕其頭。朱棣埋怨道：「令主公莫非長了豬腦袋？鄭和武功如此之高，令主公竟然派了個小娃兒去刺殺他，這分明是在開玩笑嘛！」堅中圭密明白足利義滿的心理異常扭曲，其目的主要在於折磨三保和義憤，否則當真刺死天朝特使，那還得了？堅中圭密不敢吐實，而且聽朱棣怪罪的，似乎並非唆使亂黨暗殺特使，反倒是沒暗殺成，一時間丈二金剛摸不著腦袋，只唯唯諾諾道：「嗯，嗯，是，是。」朱棣看他不辯解，反而消了氣，笑道：「話說回來，你送來的二十個俘虜，十個精壯凶惡的，給朕砍了腦袋示眾，另外十個細皮嫩肉的，清蒸的滋味還挺不錯，朕吃過幾回人肉，就屬這批最美味，日本料理果真有一套。」堅中圭密鬆了口氣，道：「日本料理哪裡比得上中華美饌，說穿了不過是慎選食材罷了，只要食材夠好，簡單料理起來就很可口。」

朱棣一拍大腿，道：「就是這個道理。」見堅中圭密顯現出得意神色，打算壓壓他的氣燄，道：「話再說回去，令主公幹出這樣的蠢事，朕可不能不追究。」堅中圭密又緊張起來，腦門磕得砰砰響，把額頭的皮給磕破了，冒出血絲，顫聲道：「聖上恕罪，聖上恕罪。」朱棣道：「死罪可免，活罪難逃。朕罰你們十年內不得再來朝貢，否則鄭和脾氣拗得很，每見著你們一回，肯定會來煩朕一回，朕的耳根子不得清靜。」其實足利義滿上貢的「國之重寶」，朱棣根本看不上眼，覺得遠遠比不上自己給對方的賞賜，因此派出大明第一搜刮能手黃儼前去日本，假賜印之名，行榨取之實，諒此蕞爾島國，經黃儼親自出馬，十年內再也榨不出甚麼像樣的玩意兒。堅中圭密一聽竟是如此懲罰，樂得免受波濤之苦，假意道：「這樣子的話，臣將有十年見不著聖上天顏，這比殺了臣還讓臣難受萬分。」朱棣嘻嘻笑道：「那麼朕賜你一幅朕的畫像，你恭請回去日本，全家日夜膜拜，朕會派錦衣衛盯著你。」堅中圭密內心大悔失言，臉上卻堆滿歡顏，嘴裡千恩萬謝。

話說三保回府，左思右想，決定仿效足利義滿借刀殺人，將學自明教的刺客本事傳授給義憤。義憤學藝初有小成，東返日本，在義滿著手讓愛子義嗣篡奪天皇之位前夕刺死義滿，了卻一樁橫跨四代、長達五十餘年的家族恩仇。義滿死得太過突然，未留下任何遺命，他的兩個兒子義持和義嗣為了爭權而兵戎相見，義持畢竟是征夷大將軍，嫻熟軍事，獲得勝利，活活燒死父親鍾愛、自己妒恨的同父異母弟弟義嗣，也因對父親的偏心深懷怨懟，一朝得勢，便拆毀北山殿，僅遺留舍利殿，更一反義滿的政策，與大明斷絕通商往來，倭患隨之再起，為禍較前尤烈。義憤報仇雪恨後更姓改名，隱居山間，將學自三保的本事融入忍術，把忍術提升至另一番境界，予以發揚。此皆為閒話，且按下不表。

永樂三年，二百四十餘艘大小船艦，載著二萬七千多名大明士卒，由三保擔任正使主帥，王景弘為副，從蘇州劉家河泛海至福建停泊。三保憶起當年與韓待雪、鄭莫睬因擔心遭受朝廷鷹犬追殺而亡命海上，如今自己居然搖身一變，成為指揮大明無敵艦隊的特使，跟曾經的摯愛韓待雪反倒恩斷義絕，而且餘生恐怕再也無法相見，一念至此，難免百感交集。三保親至福州覓著鄭莫睬，在鄭莫睬的協助下，迎請媽祖神像登艦護祐，一方面安軍士涉險遇難之心，另方面解自己思念伊人之愁，此外還夾帶不少明教徒上船，說是幫忙的雜役，然後從福建長樂閩江口首航西洋。永樂七年，三保奏請朱棣恢復媽祖天妃稱號[26]，並在長樂南山起造天妃宮，京師裡也建祠祀之，媽祖信仰便隨著大明艦隊的航程，在中國東南沿海及西洋一帶廣布流傳，不願接受朱明統治的明教徒，也從此在異域落地生根，開枝散葉。

26 元世祖、成宗、仁宗、文宗、惠宗（即順帝）皆誥封媽祖為天妃，明太祖朱元璋或許是因明教之故，將媽祖降格為聖妃，永樂朝恢復。清聖祖康熙在施琅攻取臺灣後，始封媽祖為天后，並在臺灣戮力推廣，藉以取代大明與明鄭的真武大帝信仰。

馬三保，也就是鄭和，或稱三寶太監，莫名其妙練成絕世神功，無可奈何成就非凡功業，與大明皇帝的恩怨情仇，貫穿了太祖朱元璋、興宗朱標、惠宗朱允炆、成祖朱棣、仁宗朱高熾、宣宗朱瞻基數代，身不由己地配合演出了一連串荒謬絕倫的宮廷大戲，也捲入了凶殘無比的江湖恩怨，以及詭譎萬狀的宗教鬥爭。他以伊斯蘭創教先知嫡裔之尊榮，承擔著滅門絕後之不幸，肩負起無法也不願達成之使命，竟因此為大明朝寫下極為光輝燦爛的一頁。「鄭和之前，從無鄭和；鄭和之後，或許不該再有鄭和」，朱高熾經由韓待雪的口述，瞭解到三保異常坎坷的身世，生出如此想法，即位後便以數下西洋耗費過鉅、徒勞無功為由，下旨焚毀造船廠及出海紀錄。明仁宗朱高熾在位數月即逝，鄭和於宣宗朝又奉旨下西洋一次，已是花甲之翁的他，此行終於追隨父祖步履，去到默加朝聖，未再生還中土。

此刻，永樂三年的一個冬日向晚時分，在血紅殘陽下，三保頂著烈烈海風，孤身挺立於開天闢地以來最大船隻的船首，凝視著一望無際的金黃海面，他的心卻飛掠過神州大陸，直至滇池南岸，透過心靈之眼，彷彿看到一個長身少年，在夕陽餘暉裡，猛力搖晃他父親蒲扇似的大手，執拗地要父親再次講述航行大海的故事，而此時的他衷心希望，這些故事只是自己永遠不會親身經歷的美麗傳說。

（全書完）

釀冒險70　PG2871

不全劍（參）：風雲靖難

作　　者	傅　羽
責任編輯	石書豪
圖文排版	蔡忠翰
封面設計	吳咏潔

出版策劃	釀出版
製作發行	秀威資訊科技股份有限公司
	114 台北市內湖區瑞光路76巷65號1樓
	電話：+886-2-2796-3638　傳真：+886-2-2796-1377
	服務信箱：service@showwe.com.tw
	http://www.showwe.com.tw
郵政劃撥	19563868　戶名：秀威資訊科技股份有限公司
展售門市	國家書店【松江門市】
	104 台北市中山區松江路209號1樓
	電話：+886-2-2518-0207　傳真：+886-2-2518-0778
網路訂購	秀威網路書店：https://store.showwe.tw
	國家網路書店：https://www.govbooks.com.tw
法律顧問	毛國樑　律師
總 經 銷	聯合發行股份有限公司
	231新北市新店區寶橋路235巷6弄6號4F
	電話：+886-2-2917-8022　傳真：+886-2-2915-6275

出版日期	2023年3月　BOD一版
定　　價	450元

讀者回函卡

Printed in Taiwan

國家圖書館出版品預行編目

不全劍. 參, 風雲靖難 / 傅羽著. -- 一版. --
臺北市 : 釀出版, 2023.03
面 ;　公分. -- (釀冒險 ; 70)
BOD版
ISBN 978-986-445-784-7(平裝)

863.57　112000896